III

이청 장편소설

미스 프린스 3

초판 1쇄 인쇄 2020년 2월 12일
초판 1쇄 발행 2020년 2월 26일

지은이 이청
발행인 오영배
편집 편집부
디자인 Mull
본문편집 오정인
제작 조하늬

펴낸곳 (주)삼양출판사 · 피오렛
주소 서울시 강북구 도봉로 173
대표 전화 02-980-2112 / **팩스** 02-983-0660
편집부 전화 02-987-9393 / **팩스** 02-980-2115
블로그 blog.naver.com/dan_gul
출판등록 1999년 3월 11일 제9-00046호

ISBN 979-11-283-9849-0 (04810) / 979-11-283-9846-9 (세트)

fioret 은 (주)삼양출판사의 로맨스 판타지 문학 브랜드입니다.

미스
프린스

III

이청 장편소설

❖ CONTENTS ❖

Chapter 18
현자의 돌   007

Chapter 19
늦지 않는 저주   065

Chapter 20
마법이 필요 없는 세상   141

Chapter 21
그리하여, 결말   197

Epilogue
에필로그   301

외전 1
당신과 내가 함께인 미래   311

외전 2
그리하여 모두가 영원히 행복했습니다   361

현자의 돌

남자 기숙사의 A동 302호실.

디엘의 침대 위에 누워 무언가 생각에 잠겨 있던 에드는 문밖에 있는 인물이 노크를 미처 하기도 전에 입을 열었다.

"들어와. 텐."

허락을 받은 텐은 조심스레 안으로 들어서서 깊숙이 고개를 숙였다.

"에드윈 님."

몸을 반쯤 일으킨 에드는 그를 향해 자리에 앉으라는 것처럼 고갯짓을 하였다.

텐은 순순히 그 명령에 따랐다. 하지만 에드는 텐이 의자를 엉덩이에 막 걸칠 때쯤, 불쑥 심술을 부렸다.

"아, 거기 말고 그 옆으로 앉아."

졸지에 엉덩이를 뒤로 뺀 채로 굳어 버린 텐이 엉거주춤 옆으로 몸을 옮겼다.

대체 무슨 이유에서 갑자기 자리를 옆으로 지정한 건가 싶었지만, 이유를 따로 묻진 않았다.

에드가 트집을 부리는 것은 대부분 터무니없는 이유가 원인이었다.

본래 트집이라는 것 자체가 정당한 이유가 없는 것이긴 했지만.

"거긴 디엘이 늘 앉는 자리거든. 다른 놈이 앉는 거 싫어."

"……."

역시나 터무니없는 이유였구나.

속으로 한숨을 푹 내쉰 텐이 바르게 자세를 고쳐 앉는 사이, 에드가 거만하게 침대 헤드에 몸을 기대고 턱을 까닥하였다.

"보고해."

"네, 에드 님. 우선 저주에 대한 걸……."

"그 이야기라면 빼도 돼. 이미 확인 끝났으니까."

"네? 그게 무슨……."

"이미 불필요한 정보라고. 그러니까 로비나의 상황이나 말해 봐."

"……."

몇 날 며칠을 꼬박 고생해 가며 성별을 바꾸는 저주에 대해 알아봐 온 텐이 입을 쩍 벌렸다.

저주에 대한 정보를 얻는 것은 쉬운 일이 아니었기에 이번 조사는 평소보다도 훨씬 더 힘들었다.

텐 본인도 며칠 정도는 아카데미를 빠져나가야 했을 정도였다.

그런데 그렇게 고생해서 얻은 정보가 이제 필요 없다니.

억울해도 이렇게 억울할 수가 없었다.

"아니, 하지만…… 아무리 그래도—"

텐이 우물쭈물 거리며 충격에서 쉽게 벗어나지 못하자 에드가 성가시다는 것처럼 눈썹을 꿈틀거렸다.

"왜? 불만이라도 있나?"

"아, 아닙니다!"

얼른 표정 관리에 들어간 텐이 고개를 붕붕 저었다.

감히 누구 안전이라고 불평을 늘어놓을 정신 나간 생각을 했담.

헛기침을 한 텐이 얼른 에드가 원하는 정보를 꺼냈다.

"자르타 왕가에서는 아직 이렇다 할 변화가 감지되지는 않았습니다. 셋째 왕자도, 다섯째 왕자도 평소와 크게 다를 건 없었습니다. 다만……."

"다만?"

"디엘 왕자의 시중을 들던 그 시녀의 상태가 이상하다 합니다."

"……상태가 이상하다고? 어떻게?"

"병에 걸린 것 같지는 않은데, 나날이 야위어 가고 있는 모양입니다. 그리고 최근에는 왕자궁이 아니라 후궁— 즉, 디엘 왕자의 모친이 있는 궁에서 생활하고 있는 것 같습니다."

"……흠. 후궁에 있다, 라."

턱을 긁적이며 생각에 잠겨 있던 에드가 불쑥 입을 열었다.

"데려와."

"네?"

언제나처럼 앞뒤가 없는 명령에 텐이 입을 헤, 벌렸다. 데려오라니, 누굴? 어디로?

"디엘의 그 전속 시녀를 스타투스로 데려오라고."

타 왕국의 시녀를 납치해 오라는 터무니없는 명령을 내리면서도 에드는 당당하였다.

유무를 허락하지 않는 강한 어조였다.

"그 여자는 디엘이 로비나에 두고 온 유일한 약점이야. 여차한 순간에는 짐이 될 수도 있으니까, 미리 이쪽에서 손을 써야지."

"······처리하란 말씀이십니까?"

"미쳤어? 그랬다간 디엘이 날 다신 안 볼걸."

"······."

태어나서 단 한 번도 남을 신경 써 본 적이 없는 남자가 한 말에 텐은 길게 침묵하였다.

"데려오면 안전한 곳에 두고 보호해."

에드는 디엘과 나누었던 대화를 통해 그녀가 처해 있는 상황을 정확하게 이해하고 있었다.

그리고 디엘에게 있어서 전속 시녀가 어떤 존재일지도 쉽게 추측할 수 있었다.

"로비나는 그 여자에게도, 디엘에게도 독전갈이 득실거리는 소굴이나 다름없을 테니까."

차갑게 가라앉은 눈빛으로 에드가 중얼거렸다.

'나는…… 내가…… 기분 나쁘지 않습니까?'

저의 비밀이 드러난 날, 디엘은 괴로워하였다.

아들에 집착하는 어머니에 대한 이야기를 하던 그녀의 얼굴은 체념과 슬픔에 푹 절어 버린 사람처럼 아팠다.

그녀는 자신의 과거를 길게 설명하지 않았다.

하지만 권력욕에 미쳐서 아이의 성별을 바꾸는 금기까지 저지른 어미 밑에서 어떤 생활을 해 왔을지는 짐작할 수 있었다.

에드가 디엘에게 '지워 줄까?'라고 물은 것은 결코 농담이 아니었다.

원한다면 디엘에게 끔찍한 고통과 감추고 싶은 비밀을 안긴 이들을 얼마든지 제거할 수도 있었다.

그러나 디엘은 그것을 원치 않았다.

그렇다면 에드로서도 우선은 그 뜻을 존중해 줄 수밖에 없었다.

이 인내가 과연 언제까지 계속될지는 모르지만.

"죽은 그놈에 대한 조사는 어떻게 되었지?"

에드가 물은 것은 존 스미스라는 이름을 쓰고 있던 자에 대한 것이었다.

텐은 스타투스 경비대와 다른 수사기관을 통해 얻은 정보를 늘어놓았다.

"본명은 필 그란드. 여러 번 수감 생활을 한 적이 있는 탈옥범입니다. 쓰레기를 유물이라 속여 팔거나 고가의 유물을 무단으로 유적에서 훔친 범죄 이력을 가지고 있었습니다."

"도망친 바인이라는 놈은?"

"필 그란드가 데리고 다니던 부하인 건 분명하나 그들이 어디서 어떤 식으로 접촉하게 된 건지 알아내지 못했습니다."

텐이 늘어놓은 정보 중에는 이렇다 할 만한 단서는 없었다.

에드는 얼굴을 찌푸리며 팔짱을 꼈다.

아무래도 놈들이 속해 있는 도굴단은 생각보다 훨씬 규모가 큰 모양이었다.

이렇게 되면 제국에 있는 누이, 마고 여황의 도움을 받는 편이 훨씬 더 빠르게 일 처리가 가능할 터였다.

조만간 그녀에게 연락을 해 보아야겠다고 생각하며 에드가 입을 열었다.

"도굴단의 정보도 계속 수집해서 보고하도록."

"네, 전하."

볼일이 끝났으니 이만 나가 보라며 에드가 손을 팔랑거렸다.

하지만 텐은 평소처럼 선뜻 자리를 떠나지 않고, 머뭇거렸다.

매사에 고분고분한 그치고는 드문 일이었기에 에드가 호기심 어린 눈으로 그를 보았다.

"뭐야, 텐? 뭔가 할 말이라도 있어?"

"에드윈 님. 혹시 디엘 왕자는…… 그, 에드윈 님께서 생각하시던 대로…….'"

조심조심 말을 잇는 텐의 얼굴에는 감출 수 없는 걱정이 가득하였다.

이러니저러니 해도 에드가 이렇게까지 푹 빠진 상대가 로비나의 일곱 왕자인 것이 많이 심난한 모양이었다.

"만일 그가 남자가 아닌 여자인 것이라면, 에드윈 님께서는—"

곤란함이 가득한 그 눈에는 차라리 디엘이 진짜로 저주에 걸린 게 맞으면 좋겠다는 기색이 얼핏 보였다.

그것을 물끄러미 보고 있던 에드가 심술 맞게 히죽 웃었다.

"아, 맞아. 텐."

제 말을 대끔 끊어 먹으며 에드가 저를 부르는 소리에 텐은 불길함을 느꼈다.

대부분 에드가 이렇게 저를 부를 때는 아주 곤란한 요구를 해 오는 경우가 대부분이었다.

"생각해 보니까 네가 해 줄 일이 하나 더 있네."

평소보다도 훨씬 더 밝게 웃는 황태제를 보니 불길함이 차츰 확신으로 바뀌어 갔다.

심지어 에드가 나지막하게 덧붙인 말이 결정타였다.

"성별을 바꾸는 저주를 푸는 방법에 대해 알아 와 봐."

"……네?"

지금 무슨 말을 들은 것인가 싶어서 텐이 재차 묻자 에드는 한쪽 눈썹을 꿈틀거렸다.

같은 말을 반복하게 만들 셈이냐는 위협이었다.

위기를 감지한 텐은 얼른 뒤로 몸을 빼내었다.

자리에서 천천히 몸을 일으킨 에드가 텐의 앞으로 다가와 몸을 숙였다.

붉은 눈이 저에게 가까워질수록 등줄기가 오슬오슬 떨려 왔다.

에드가 잔뜩 굳은 텐의 어깨를 몇 번 두들겼다.

격려인지 아님 그냥 구타인지 알 수 없는 세기였다.

"미래의 황태제비를 위해 힘써 봐."

차라리 아까 빨리 방을 나갈걸! 미쳤다고 쓸데없는 걸 물어서는!
텐은 속으로 울부짖었다.

'대체 저주를 푸는 방법 같은 건 어디 가서 찾아야 하는 건데!'

괜한 노파심에 쓸데없는 혹만 하나 더 단 셈이었다.

*　　*　　*

본관 의무실로 향하는 복도. 주머니에 손을 찔러 넣고 바삐 걸음
을 옮기던 에드는 낯익은 뒷모습을 발견하였다.

흑단 같은 검은빛의 머리칼과 아직 덜 자란 소년의 것처럼 늘씬
한 뒷모습.

바로 디엘의 동기인 유진이었다.

손에 무언가를 든 그가 향하는 방향이 디엘이 있는 의무실이라
는 것을 알아차린 에드가 얼굴을 찌푸렸다.

"흠."

얼마 전부터 면회가 허락된 탓에 디엘을 찾는 학생들이 부쩍 늘
어나서 성가셨다.

디엘은 자신이 로비나의 왕자이기 때문에 사람들의 이목을 끈다
생각하는 모양이었지만, 사실 그것만이 이유는 아니었다.

어느 신화 속에서 나오는 물의 요정 같은 신비로운 분위기와 아

름다운 생김새.

디엘에게 관심이 모이는 것은 바로 그녀 자신이 지닌 매력 때문이기도 하였다.

'뭐, 내가 홀딱 넘어갈 정도니까 당연한 거겠지만.'

어떤 순간에도 자화자찬을 잊지 않는 에드가 앞서 가는 유진을 불러 세웠다.

"거기. 앞서 가는 검은 머리칼의 미소년."

에드의 목소리를 들은 유진은 곧바로 자리에서 멈추어 서서 몸을 뒤로 돌렸다.

에드를 마주하는 얼굴에는 당혹스러움이 얼핏 보였다.

"에드 군."

"안녕. 의무실로 가는 길이야?"

히죽 웃은 에드가 손을 가볍게 흔들자 유진이 쓴웃음을 지으며 입을 열었다.

"······유진입니다."

"뭐가? 아, 네 이름?"

고개를 끄덕인 유진이 말을 이었다.

"되도록 이름으로 불러 주시면 좋겠습니다. 당신에게 미소년이라는 말을 들으니까 상당히 부끄럽네요."

어딜 가서든 잘생겼다는 칭찬은 빼먹지 않고 듣는 남자에게 미소년이라는 말을 듣다니.

유진이 괜스레 머리를 긁적이자 에드가 고개를 갸웃하였다.

"흠, 유진이라면 이름이 진이겠네?"

"……단국의 성명 표기법에 대해 아시는군요."

눈을 동그랗게 뜬 유진은 놀라움을 금치 못하였다.

일반적으로 남구에서는 대륙의 여타 나라와는 달리 성이 앞에, 그리고 이름이 뒤쪽에 위치하였다. 물론 이 사실이 널리 알려지지 않은 데다가 남구인의 이름이 대륙인의 것보다는 짧기에 남구인에게는 성이 없다고 착각하는 이들이 많았다.

이 아카데미에서도 유진의 이름을 정확하게 인지하고 있는 것은 교수 몇 명, 그리고 디엘 정도밖에 없었다.

"아는 사람 중에 남구인이 몇 명 있거든."

에드의 신분을 알지 못하는 유진은 그저 그가 참 발이 넓다 생각하였다.

에드는 유진이 고개를 끄덕이는 걸 심드렁하게 바라보다가 입을 열었다.

"그래서?"

"네?"

"아까 물었잖아. 의무실에 가는 중이냐고."

"아, 네. 그렇습니다. 그러는 에드 군은……"

"우리 주인님한테 무슨 볼일이라도 있어?"

나른한 것 같은 목소리에 조금 날선 기색이 서렸다.

그것을 감지한 유진은 저도 모르게 한 걸음 뒤로 물러섰다.

이쪽으로 향하는 붉은 눈에는 무어라 형용할 수 없는 경계심이 가득하였다.

"아니, 그…… 별건 아니고, 디엘 군의 상태가 어떤지 알고 싶어서."

"부상 회복은 매우 순조로워. 조만간 일상생활로 복귀해도 된다는 허락도 떨어진 상태고."

디엘의 근황을 줄줄이 설명해 준 에드는 팔짱을 꼈다.

"더 알고 싶은 건? 뭐든 대답해 줄 테니까 말해 봐."

그는 고개를 까닥거리며 웃고 있었지만, 전혀 살가운 표정은 아니었다.

유진은 혹시나 하는 생각을 하면서 조심스럽게 입을 열었다.

"……저, 에드 군. 설마 제가 디엘 군을 만나러 가는 게 싫으신 겁니까?"

"응."

뭘 그리 당연한 걸 묻느냐는 얼굴로 에드가 고개를 끄덕였다. 그 뻔뻔함에 유진은 잠시 말문이 막혔다.

"왜……."

"왜긴 왜야. 내가 독점하고 싶어서 그렇지."

에드에게 디엘은 1분 1초라도 떨어져 있는 시간이 아까운 상대였다.

그녀를 좋아한다 느끼기 전에도 늘 같이 있고 싶다고 생각했다.

마음을 깨닫고 난 후에는 그런 생각을 더하면 더했지, 덜 할 리가 없었다.

그러니 에드에게 있어서 디엘과의 시간을 방해하는 존재나 요소는 모두 성가신 것이었다.

유진뿐만이 아니라 나나도 거슬린다고 느낄 때가 종종 있을 정도였으니까.

"에드 군. 저는 딱히 당신에게서 디엘 군을 빼앗을 생각 같은 건 없습니다. 그저 같은 학문을 전공하는 동기이자 친구로서 그를 걱정할 뿐입니다."

상대는 악마의 이름으로 불리는 무서운 남자였지만, 유진에게는 어쩐지 지금의 에드가 덩치 큰 어린아이처럼 보였다.

좋아하는 사람을 독점하고 싶으니 네가 싫다고, 눈앞에서 사라지라고 말하며 떼를 쓰는 아이.

자연스럽게 에드에게 건네는 말도 아이를 이르는 것 같은 상냥한 어조였다.

"알아. 네가 쓸데없는 생각을 하고 있는 게 아니라는 것 정도는. 그런데 아는 거랑 이건 별개의 문제라고."

에드는 오른손을 들어 올려 집게손가락으로 제 머리를 가리켜 보였다.

"나는 그 아이 생각을 해. 아주 많이. 오래도록. 어쩌면 모든 시간마다. 근데 야속한 우리 주인님은 나 말고도 생각할 거리가 넘쳐흐른다고."

이번에는 에드의 손가락이 유진에게 향하였다.

사람에게 삿대질을 하는 건 매우 무례한 행동이었으나 유진은 그를 비난하지 않았다.

에드의 표정이 전에 본 적 없이 진지하였다.

"휴일에 같이 외출해서 놀 친구라거나 그렇게 좋아하는 고대학에 대해 실컷 떠들 친구라거나."

그래서 네 존재가 달갑지 않다는 말 대신 에드가 다시 손가락을 제 몸으로 향하게 돌렸다. 왼쪽 가슴, 심장의 바로 위에.

"그때마다 내 여기가 아주 요란해져. 그리고 나는 불쾌하고 싫은 기분이 되지."

"……."

유진은 아무 말도 할 수 없었다. 단순히 아이 같은 독점욕이라 생각했던 것은 실수였다.

에드가 디엘에게 보이는 것은 일반 사람이 이해하기 어려운 집착에 가까웠다.

가만히 에드의 붉은 눈을 바라보던 유진이 입을 열었다.

"그래서 디엘 군을 고립시키려는 건가요?"

상대가 자신에게 의존하게 만들기 위해 고립시키고, 몰아붙인다. 그러한 관계는 결코 오래갈 수 없으며 올바르지 않다.

디엘과 에드, 두 사람 모두를 위해서 옳지 못한 일이었다. 걱정스러운 마음으로 유진이 던진 물음에 에드는 잠시 침묵하였다.

"심적으로는 그렇지만."

고개를 천천히 저으며 그가 말을 이었다.

"그러지 않을 거야."

뜻밖의 말이었기에 유진은 조금 놀랐다.

평소에 그가 소문으로 들어 알던 에드라면, 그리고 지금까지 받아 온 인상으로라면 당연히 고개를 끄덕일 것만 같았는데.

"나는 그 아이가 원하는 걸 전부 줄 생각이니까."

그러니까 그렇게 하지 않을 거야.

그것은 유진에게 하는 말이라기보다는 사실상 자기 자신에게 들려주는 말 같았다.

유진은 복도의 먼 곳을 응시하고 있는 에드의 얼굴을 훑어보았다.

다른 학생들이 사람이 아니라며 두려워하는 이 남자에게도 누군가를 소중히 여기고 싶어 하는 마음이 있다는 게 신기했다.

하지만 그 이상으로 안심이 되었다. 에드는 상식에서 한참 벗어난 인물이지만, 그가 디엘을 불행하게 만들 것 같진 않았다.

물론 에드가 디엘에게 품고 있는 것이 애정인지 아니면 애정 같은 우정의 연장선인지는 알지 못하지만.

'허나 어느 쪽이어도 괜찮겠지.'

유진은 제가 기억하는 디엘의 모습을 떠올렸다.

곧게 편 등과 꼿꼿하게 세운 고개. 언제 어디서건 당당하고 우아한 왕자의 모습을 잃지 않는 학우.

하지만 때때로 이유를 알 수 없는 슬픈 눈을 하는 친구.

그런 디엘이 에드의 옆에 있으며 혹은 에드와 이야기를 할 때면 자주 감정을 쏟아 냈다.

좋은 감정도 나쁜 감정도 모두. 그게 얼마나 굉장한 일인지 유진은 알고 있었다.

평생을 걸쳐도 그런 상대를 만나지 못하는 이들도 많았다.

그렇기에 유진은 결코 세상이 축복하지 않을 디엘과 에드의 사이를 응원하기로 결심하였다.

앞으로 어떤 일이 있더라도 저만은 그들의 편이 되리라고.

물론 실은 디엘이 여자라는 걸 알지 못하기에 굳힌, 비장한 마음이었다.

"걱정하지 마세요, 에드 군. 저는 당신만큼 그에게 가까이 다가갈 생각은 없어요. 가장 적절한 거리가 어느 정도인지 알고 있으니까요."

지나치게 가깝지 않게, 하지만 멀지도 않게. 유진에게는 그리 어려운 일이 아니었다. 하지만 정작 에드는 불만스러운 얼굴이었다.

"뭐야? 설마 지금 벽 쳐 놓고, 적당히 친한 척을 하겠다고 말하는 거야? 감히 우리 주인님을 상대로?"

이 대답이면 에드를 만족시킬 수 있겠거니 생각하던 유진은 쓴웃음을 지었다.

어느 장단에 맞추라는 건지, 원.

"그런 뜻이 아니에요. 단지 당신보다 디엘 군에게 가까운 사람이 되지는 않을 거란 이야기입니다."

"알아."

내가 그렇게 둘 거 같냐고 말하며 에드가 어깨를 으쓱하였다.

"이건 단순한 심술이야. 그럼에도 불구하고 기꺼이 우리 주인님의 친구가 되려 한다면 네 근성은 인정해 주지."

바꿔 말하면 자신이 인정한 사람이 아니면 그 누구도 디엘의 곁에 두지 않겠다는 뜻이었다.

그 숨겨진 의미를 파악한 유진은 한숨을 쉬었다.

이래서야 디엘을 고립시키겠다고 말하는 것과 무엇이 다른가 싶었다.

"디엘 군이 상당히 불쌍하다는 생각이 드네요."

저도 모르게 입 밖으로 새어 나간 진심에 에드가 무슨 소리냐며 눈썹을 까닥였다.

"불쌍하긴 뭐가 불쌍해? 내가 세상에서 가장 행복하게 만들어 줄 텐데."

"……."

어쩐지 디엘이 '에드와 이야기하다 보면 벽을 보고 대화하는 게 낫지 싶을 때가 한 두 번이 아닙니다.'라고 말했던 것이 이해가 되었다.

무언가 더 말하기도 귀찮아진 유진은 손에 들고 있던 것을 앞으로 내밀었다.

에드는 선뜻 그것을 받아 들지 않고, 의심스럽다는 시선을 보냈다.

"이걸 전해도 될까 말까 고민했는데 많이 회복했다 하니 괜찮을 것 같네요. 저 대신 디엘 군에게 전해 주세요."

에드는 시선을 아래로 내려 유진이 내민 물건을 힐끔 보았다.

잘 보니 독특한 문양의 표지가 인상적인 책이었다.

받아 보니 생각했던 것보다도 제법 묵직하였다.

"……현자의 돌?"

표지에 적힌 타이틀을 소리 내어 읽은 에드가 고개를 갸웃하였다.

"얼마 전에 우연히 손에 넣은 책인데, 디엘 군이 그동안 줄곧 조사하던 것과 관계가 있을 것 같은 책이라서 가져왔어요."

원래는 직접 책을 건네며 이런저런 대화를 주고받을 생각이었지만, 어쩐지 오늘은 날이 아니라는 생각이 들었다.

만일 지금 이대로 에드와 함께 의무실로 갔다가는 틀림없이 따가운 눈총 세례를 피할 수가 없을 터였다.

"왜 직접 전해 주지 않고? 아, 설마 내 심술을 감당할 수 없을 것 같아서 그래?"

책을 이리저리 살펴보던 에드가 고개를 들어 올렸다.

심술을 유난히 강조하는 붉은 눈에는 유진을 시험해 보려는 것 같은 예리함이 있었다. 유진은 담담히 웃었다.

"두 분의 오붓한 시간을 방해하지 않으려는 나름대로의 배려예요."

저는 나중에 다시 가보겠다며 유진이 몸을 빙글 돌렸다. 오던 길을 그대로 되돌아가려는 모습이었다.

유진은 여전히 저를 향해 날카로운 눈빛을 보내는 에드를 향해 묵례하였다.

"이만 가 보겠습니다. 디엘 군에게 안부 전해 주세요."

말을 마친 그는 그대로 걸음을 옮겨서 복도 너머로 사라졌다.

제자리에서 잠자코 그 모습을 지켜보던 에드는 손에 남겨진 책과 복도 너머를 번갈아 보았다. 곧 그의 입가에 만족스러운 웃음이 걸렸다.

"생각보다 괜찮은 놈인데?"

아무래도 디엘의 사람 보는 눈이 나쁘지는 않은 모양이라고 생각하며 에드는 의무실로 향하였다.

복도에서 디엘이 있는 의무실까지는 그리 먼 거리가 아니었다.

의무실 문 근처에 도착한 에드는 머리를 긁적이며 밖으로 나오는 닥터 제이와 마주쳤다.

"……켁."

에드를 보자마자 닥터 제이는 죽은 쥐를 본 사람처럼 얼굴을 찌푸렸다.

익숙한 반응이었기에 에드는 피식 한 번 웃을 뿐이었다. 제이는 깊게 숨을 몰아쉬며 그를 보았다.

"오늘도 오셨습니까."

다른 학생을 대하는 것과는 명백히 다른 태도였다. 어깨를 으쓱한 에드가 말을 받았다.

"그러는 제이는 오늘도 죽을상이네. 또 술이야? 그러니까 작작 좀 퍼마시라니까. 본국에 있을 때도 그러더니 여기서도 변함이 없네. 그래서야 늙어 죽기 전에 장가인들 가겠어?"

끌끌 혀를 차는 에드의 표정에는 제이를 딱하게 여기는 기색이 역력하였다.

"……그러는 에드윈 님께서도 여전하시지 않습니까."

사람이 어디 그렇게 쉽게 바뀌는 법이냐며 닥터 제이도 싫은 소리를 몇 마디 하였다.

에드의 정체를 알면서도 뻣뻣하기 짝이 없는 남자였다.

과연 마고 여황이 제안한 여황 전속 주치의 자리를 걷어차고, 모르아로 온 괴짜다웠다.

"디엘은?"

"매일매일 그 질문을 받는 제 입장을 좀 고려해 주시면 좋겠다고 생각하며 답변 드리자면 매우 좋습니다. 이틀 후에는 기숙사로 돌아가도 됩니다."

"흉터는 남지 않는 게 확실하지?"

제이는 과거 이시호 제국의 선대 황제, 즉 에드의 아버지를 치명상에서 구한 적이 있는 명의였다.

그런 사람이 한 수술이니 당연히 별문제가 없을 거라 생각하면서도 에드는 쉽게 걱정을 거둘 수가 없었다.

"이것도 몇 번이고 말씀드렸는데, 확실합니다. 제 양손을 걸고 맹세하지요. 디엘 왕자ㅡ 아니, 공주라고 해야 합니까? 어쨌든ㅡ"

"제이."

에드가 긴말 없이 짧은 부름으로 제이의 말을 막았다.

붉은 눈에 어린 옅은 분노를 감지한 제이가 어깨를 굳혔다.

제 발언이 경솔했음을 깨달은 탓이었다.

"……죄송합니다."

"주변에 사람이 없긴 하지만, 조심은 해야지. 이 아카데미에서 지금 그 아이의 비밀을 아는 건 너와 나, 그리고 학장 정도야."

되도록 철저하게 디엘의 비밀을 지켜 주고 싶었지만, 부상을 입은 그녀를 저 혼자 지키는 것은 어려운 일이었다.

그나마 저와 친분이 있는 제이에게 디엘을 맡긴 것은 그가 실력이 좋은 의사인 동시에 여차하면 입을 막을 수 있는 상대이기 때문이었다.

제이 역시 에드의 의중을 아주 잘 이해하고 있었다.

"앞으로 주의하겠습니다."

에드가 결코 호락호락한 상대가 아니라는 걸 잘 아는 제이가 깊게 고개를 숙였다.

그 모습을 차가운 눈으로 보던 에드가 곧 표정을 스르륵 바꿨다.

조금 전까지 감돌던 서늘한 노기가 거짓말처럼 사라지고 없었다.

"그래, 조심해 줘. 그 아이를 위해서도, 그리고 자네를 위해서도."

웃는 얼굴로 조곤조곤 내뱉는 말은 틀림없는 협박이었다.

제이는 다시 한 번 무겁게 고개를 끄덕였다.

"아, 어디 가는 중이었지? 의무실은 내가 지킬 테니까 얼른 가 봐. 아예 안 돌아와도 상관없고. 물론 디엘에게 무슨 일이 생기면 곧바로 와야 하지만."

이제 얼른 가 보라며 에드가 가볍게 손짓하였다. 주변을 맴도는 개를 쫓는 것 같은 손동작이었다.

제이는 속으로 그가 사람을 부려먹는 태도가 본국의 여황보다도 더 악랄하다 투덜거리며 뒤로 물러섰다.

그가 복도 너머로 사라지는 것을 힐끔 본 에드가 노크도 없이 곧바로 의무실 문을 열었다.

"주인님. 나 왔어."

이제까지 유진이나 닥터 제이를 대하던 것과는 다르게 한없이 부드럽고 유쾌한 어조로 에드가 디엘을 찾았다.

침대 위에 앉아서 무언가를 하고 있던 디엘이 힐끗 에드를 보더니 다시 시선을 원래 자리로 되돌렸다.

"뭐야, 반갑다고 키스로 맞아 주질 못할망정, 무시하는 거야?"

서운하다는 티를 팍팍 내며 에드가 침대 근처로 다가가서 너스레를 떨었다. 정작 디엘의 반응은 여전히 시큰둥하였다.

"하루가 멀다 하고 보는 얼굴인데 뭐가 그리 반갑습니까. 좀 안 보다 보는 거면 모를까."

"헤에. 그렇게 나오겠다 이거지? 모처럼 좋은 걸 가지고 왔는데."

토라진 아이 같은 얼굴을 한 에드가 유진이 주고 간 책을 들어 올렸다.

디엘은 그것이 무엇인지 몰라 고개를 갸우뚱하였다.

"뭡니까, 그게?"

"진이 전해 달라고 한 거."

"진? 아아, 유진을 말하는 겁니까?"

"응. 그 녀석이 우연히 발견한 건데, 아마 네가 조사하던 것과 관계가 있을 것 같다고 가져온 책이라나."

"내가 조사하던 것……? 아!"

머릿속에 떠오르는 것이 있었기에 디엘이 침대에 기대 있던 몸을 벌떡 일으켰다.

그녀가 손을 뻗어 에드에게서 책을 빼앗아 들려고 하자 그가 얼른 뒤로 물러섰다.

"에드. 지금 뭐하는 겁니까. 그건 유진이 저에게 전해 주라 한 물건이잖습니까."

"음, 그렇긴 한데. 지금은 내 손에 있잖아? 그러니까 내 꺼지."

"……."

무슨 그런 터무니없는 주장이 다 있담. 디엘이 기가 막힌다는 얼굴로 에드를 보자 그가 씨익 웃었다. 잘생긴 얼굴에 얄밉도록 어울리는 웃음이었다.

"이거 갖고 싶어? 그러면—"

"설마 키스라도 해 달라는 말을 하려는 건 아니겠죠, 에드?"

"아하하— 역시 우리 주인님이네! 내가 하고 싶어 하는 말을 어쩜 그렇게 잘 알 수 있어? 역시 우리는 잘 통한다니까."

에드가 상반신을 숙여 고개를 디엘에게 들이밀었다. 삽시간에 얼굴이 가까워지자 디엘은 저도 모르게 몸을 다시 침대 헤드보드에 기대었다.

"키스가 싫으면 뽀뽀도 괜찮아. 자."

얼른 여기다가 입술을 가져다 대라며 에드가 뺨을 내밀었다. 그 모습을 물끄러미 보고 있던 디엘이 조금 가라앉은 목소리로 중얼거렸다.

"당신은…… 어떻게 그런 마음이 드는 겁니까. 지금의 나는 아직—"

남자인 채인데. 차마 뒷말을 잇지 못한 디엘이 시선만 아래로 떨구었다.

편편한 가슴에서 반짝 빛을 내는 녹색 펜던트가 보였다.

아직 여자의 몸이 될 때까지 서너 시간 정도가 더 필요했다.

물론 여자일 때도 에드에게 선뜻 입을 맞추진 못하겠지만, 지금은 더더욱 그럴 용기가 없었다.

"상관없어."

숙인 머리 위로 들려오는 목소리에 이끌리듯 디엘이 고개를 들어 올렸다. 다른 이들에게는 한없이 차갑기만 한 붉은 눈이 디엘에게는 마치 따뜻한 햇볕처럼 다정하였다.

"너잖아."

다른 누구도 아닌, 그 무엇도 아닌 너니까. 그러니까 다 좋아.

감정을 고백하던 그날과 똑같은 톤으로 이어지는 에드의 말에 디엘이 입을 작게 열었다 곧 닫았다.

시선을 아래로 내리깐 그녀의 눈에 에드가 손에 쥐고 있는 책이 보였다.

"……눈을 감아 주시겠습니까."

헛기침을 하며 디엘이 요청하자, 에드가 놀란 얼굴을 하였다. 설마 정말로 제 말에 따라 줄 거라고는 예상 못했다는 표정이었다.

"싫으면 못 들은 걸로 해 주세요."

멋쩍은 얼굴로 디엘이 고개를 슬쩍 돌리려고 하자 에드가 고개를 격하게 저었다.

"아니, 아니! 그럴 리가!"

눈을 감은 그가 싱글벙글하는 얼굴로 재차 얼굴을 앞으로 내밀었다. 디엘은 무방비한 그 모습을 지긋하게 바라보았다. 반듯한 콧날과 모양 좋은 입매, 뚜렷한 턱 선에 오래도록 시선이 갔다.

참 쓸데없을 정도로 잘생긴 얼굴이었다. 이렇게까지 잘생길 필요는 없잖아. 괜히 마음 심란해지게.

속으로 투덜거림을 삼키며 디엘이 손을 들어 에드의 뺨을 감쌌다. 손바닥에 닿는 살갗은 따뜻하였다.

그녀는 그가 전에 그랬던 것처럼 부드럽게, 그리고 천천히 그 뺨을 어루만지면서—

있는 힘껏 뺨을 꼬집어 주었다.

"아야!"

불시의 통증에 에드가 눈을 번쩍 떴지만, 이미 손에 쥐고 있던 책은 디엘의 손에 넘어간 후였다.

"디엘."

따끔거리는 뺨을 어루만지며 에드가 불만 어린 목소리로 디엘을 불렀다. 책을 양손으로 쥐고 있던 디엘이 그를 힐끔 보고 픽 웃었다.

"무엇을 기대한 겁니까, 에드? 나는 당신에게 입을 맞추겠다고 한 적이 없었습니다만."

"……."

에드가 눈썹을 꿈틀거리며 재차 불만을 드러냈지만, 디엘은 개의치 않았다. 이러니저러니 해도 이 남자에게 매번 질 생각은 없었다. 앞으로도 길게, 오래 함께할 사이라면 적당히 그를 다루는 법을 익혀 둘 필요가 있었다.

"아아, 기대했는데 너무하네."

침대 위로 머리를 툭 떨어트린 에드가 디엘을 향해 삐딱한 시선을 보냈다.

디엘은 자신이 그런 에드를 '귀엽다'고 생각한 것을 깨닫고 화들짝 놀랐다. 어디 가서 말했다간 정신머리를 의심받을 생각이었다.

"가끔 보면 우리 주인님도 엄청 심술쟁이라니까?"

"당신만 못된 장난을 칠 줄 아는 건 아니니까요."

"흐음, 그렇게 나온다 이거지? 나중에 두고 보자고."

어쩐지 후환이 두려운 미소를 지으며 에드가 턱을 괴었다. 디엘은 그 말은 못 들은 것으로 하기로 하였다.

그녀는 얼른 어렵게 쟁취한 전리품— 유진이 전해 준 책으로 시선을 돌렸다.

"현자의 돌."

짙은 녹색의 표지에 쓰인 타이틀은 짧았다. 디엘은 어딘지 모르게 기시감이 느껴지는 그 문구를 한참 내려다보았다.

"현자의 돌……?"

분명히 어디선가 들은 적이 있는 이름이었는데.

미간을 살짝 찌푸린 디엘이 책의 표지를 넘기자 에드가 의자에 걸터앉아 양다리를 침대 위에 올렸다.

무례하기는. 디엘은 에드를 보고 잔소리를 퍼부으려다 입을 꾹 닫았다.

생각해 보면 무례하다는 비난이 통할 상대가 아니었다. 상식이 결여된 것 이상으로 신분이 대단한 남자였으니까.

대체 어째서 이런 남자가 인망 높고, 상냥한 성품의 소유자라는 헛소문이 대륙 내에 만연하게 된 걸까. 설마 실체를 아는 사람이 없었나.

실없는 생각을 하며 디엘은 책장을 넘겼다.

곧 병실 안에서 팔랑거리며 책장이 넘어가는 소리가 짧게 퍼졌다.

목차를 훑어보던 디엘은 멈칫하였다.

"디엘? 이 책이 뭔데 그래?"

심상치 않은 기색을 감지한 에드가 고개를 쓱 들이밀어 디엘이 보고 있는 책에 시선을 두었다.

그곳에는 표지에 쓰여 있던 것과 흡사하나 또 다른 말이 적혀 있었다.

"철학자의 돌?"

"라피스 필로소포룸(lapis philosophorum). 현자의 돌. 별칭 철학자의 돌. 혹은 마법사의 돌."

마치 감정을 완전히 지운 사람처럼 디엘이 억양 없는 목소리로 말을 이었다.

그러나 고개를 든 에드는 디엘의 눈에서 감출 수 없는 흥분을 읽어 냈다.

"이게 네 저주를 풀 수 있는 거야?"

그 물음에 디엘은 쉽게 입을 열지 못하였다. 지나친 흥분을 억누르기 위해 말을 고르는 것처럼 보이는 모습이었다.

"현자의 돌이 대체 뭔데? 유물이야?"

이어지는 질문 역시 무시한 그녀가 얼른 다음 페이지로 책장을 넘겼다.

후드를 깊게 눌러쓴 어떤 이가 손바닥 위에 돌멩이를 들고 있는 삽화가 제일 먼저 눈에 들어왔다.

디엘은 그 그림을 유심히 보며 입을 열었다.

"……에드. 블루 블러드에 대해서 얼마나 알고 있습니까?"

"으음. 마법을 쓸 수 있는 고대 종족이라는 것 정도?"

고대학을 전공하지 않는 사람에게 너무 많은 것을 기대해서는 안 되는 법이었다.

쓴웃음을 지은 디엘은 에드에게 잘 보이도록 책을 조금 더 꾹꾹 눌러 펼쳐 제 무릎 위에 올려 두었다.

"그럼 블루 블러드가 마법을 사용하기 위한 도구로 광물— 특히 그중에서도 보석을 선호했다는 것은?"

에드는 새로운 사실을 알았다는 얼굴로 말했다.

"헤에. 유적지에 있는 유물이 보석으로 가공한 게 많은 건 그래서 였나 보군. 근데 그게 지금 이 책이랑 무슨 상관이 있는 건데?"

감질 맛이 나니 어서 설명해 보라며 에드가 디엘의 손등을 가볍게 간질였다.

디엘은 한숨을 푹 내쉬었다. 어째 재촉하는 행동조차 묘한 끈적거림을 동반한 남자였다.

"블루 블러드가 마법을 사용하기 위해 보석으로 제작한 마법 도구의 도움을 받았던 것은 제법 유명한 이야기입니다. 그리고 그중에서도 전설 속의 유물로 칭해지는 마법 도구가 하나 있습니다."

"음, 그게 바로 이 현자의 돌이라고?"

디엘은 고대학 강의 시간에 들었던 내용을 회상하며 고개를 끄덕였다.

"라피스 필로소포룸은 아주 강한 힘을 가진 어느 블루 블러드가 만들어진 것으로 불리는 광물입니다. 전해지는 말은 많으나 이제까지 단 한 번도 그 실물을 본 사람이 없기에 전설 속의 물질로 불리는 것이기도 합니다."

책장을 넘긴 디엘은 또 다른 삽화를 에드에게 보여 주었다.

삽화 속에서는 쓰레기가 귀금속으로 변하거나 지팡이를 짚고 있던 노인이 건강한 젊은 청년으로 변하는 모습이 그려져 있었다.

그리고 다음 장에는 어떤 이가 자유자재로 성별을 바꾸는 모습이 그려져 있었다.

그 위를 손가락으로 천천히 쓰다듬으며 디엘이 눈을 번쩍 빛냈다.

"변화를 상징하는 광물."

문득 카리스 학장이 남기고 간 말이 떠올랐다.

'단서는 이미 손에 쥐고 있을 거예요. 그것이 무엇인지 잘 생각
해 보세요.'

디엘의 입가에 천천히 미소가 그려졌다. 학장의 말대로였다. 단
서는 이미 그녀의 손안에 있었다.

*　　*　　*

무사히 의무실을 벗어나게 된 디엘에게는 가까스로 평온한 일상
이 돌아왔다.

물론 처음에야 저를 두고 수군거리거나 걱정스러운 시선을 보내
는 학생들 사이에서 약간의 불편함을 느끼긴 하였지만, 그 상태는
그리 오래가지 않았다.

바로 몇 주 후에 닥쳐올 학기 시험 때문이었다.

"으으, 노트 필기는 빠지지 말고 했어야 했는데. 어쩌자고 난 이
걸 다 미뤄 둔 걸까……."

역사학관의 카페테라스.

훌쩍거리는 시늉을 하며 니나가 테이블 위로 털썩 엎어졌다.

손에 책 한 권을 들고 있던 디엘은 재빠르게 테이블 위를 톡톡 두
들겼다.

딴청을 피우지 말고 어서 필사를 계속하라는 야단이었다.

부스스 고개를 들어 올린 니나가 원망스러운 얼굴로 디엘을 보았다.

"뭐야, 디엘! 이럴 때는 친구라면 '저런, 니나. 필기하는 게 무척 힘들지? 내가 좀 도와줄까?'라고 말해 줘야 하는 거 아니야?"

"도와주고 있잖아. 니나가 땡땡이를 못 피우도록 감시하면서."

"으아아앙! 우리 디엘이 심술쟁이가 다 되었어! 에드한테 옮았나 봐."

니나가 재차 우는 시늉을 하며 은근슬쩍 노트를 옆으로 밀어냈다.

그러자 디엘의 옆에 앉아 테이블 위에 다리를 올리고 있던 에드가 그것을 발로 쳐 냈다.

엉겁결에 다시 노트를 받아 든 니나가 입술을 삐죽이며 에드를 노려보았다.

물론 에드는 가렵지도 않다는 얼굴이었다.

"우리 주인님 하는 말씀 못 들었어, 니나? 성실하게 필기를— 아야!"

거들먹거리던 에드는 디엘에게 꿀밤을 얻어맞고, 미간을 팍 구겼다.

하나도 아프지 않은 주제에 그는 아파 죽겠다는 것처럼 울상이었다.

읽고 있던 책을 슬그머니 무릎 위에 올려 둔 디엘이 엄한 얼굴을 하였다.

"당신이 남 말할 처지가 아닐 텐데요, 에드."

"내가 뭘?"

"이번 학기에 들어서 당신이 제대로 제출한 과제가 하나도 없다고 제롬 교수님이 무척 슬퍼하셨습니다."

"어라? 그럴 리가 없는데? 우리 주인님은 설마 내가 과제도 제출 안 하고 설렁설렁 농땡이나 피우고 다닌다고 의심하는 거야?"

"네, 매우 의심합니다. 아니, 확신합니다."

딱 잘라 대답한 디엘은 제 가방에서 종이 뭉치를 한 아름 꺼내어 에드의 앞에 내려놓았다.

에드가 이게 뭐냐는 얼굴로 디엘을 힐끔 보았다.

하지만 디엘은 가타부타 설명 없이 펜을 한 자루 꺼내어 에드의 손에 쥐어 주었다.

"에드가 이번 학기 시험을 무사히 보기 위해 꼭 제출해야 할 과제만 모아 둔 것입니다. 기초 약초학, 장치의 이해, 중급 검술 이론 기초 과정, 감성과 이성의 시학, 도덕적인 삶, 그리고—"

디엘이 하나하나 손가락을 꼽아 가는 수는 열 손가락을 훌쩍 넘기는 것이었다.

이쯤 되면 수강하고 있는 전 과목이 모두 과제 미제출 상태인 셈이었다.

가만히 그 모습을 지켜보고 있던 니나는 존경스럽다는 얼굴로 에드를 보았다.

"우와…… 에드 너 설마 작년에도 그랬어? 대체 어떻게 진급을 한 거야?"

"아니, 뭐. 그렇게 칭찬할 일까지는 아닌데."

딱히 칭찬받은 적도 없건만, 에드는 우쭐거리는 것처럼 의기양양한 얼굴이었다.

디엘은 한숨을 쉬며 다시 한 번 테이블을 두들겼다.

"엉뚱한 소리 그만하고 당신도 빨리 과제를 하길 바랍니다, 에드. 종이마다 각 과제의 제출 기간이 적혀 있으니 그 기간을 꼭 지키도록 하고요."

에드는 마치 남 이야기를 듣는 것처럼 시큰둥한 얼굴로 과제 제출지를 힐끔거렸다.

"그나저나 이걸 왜 다들 너한테 맡긴 거야?"

디엘은 차분한 목소리로 답했다.

"난 하르파스의 주인이니까요."

이미 모르아에서 붉은 눈의 악마를 다룰 수 있는 사람은 디엘 샤르타 하나뿐이라고 소문이 파다하게 난 상태였다.

본의는 아니지만 그 소문이 썩 틀린 것은 아니었기에 디엘은 결국 저에게 모여드는 사람들을 내칠 수가 없었다.

'디엘 군! 괜찮다면 부디 에드 군에게 이 과제를 꼭 제출하라 전해 줄 수 없겠나?'

라고 말하며 손에 과제 제출지를 은근슬쩍 쥐어 주고 도망가는 어떤 교수라거나,

'이번에도 과제를 제출하지 않으면 아무리 학기 시험 점수가 좋아도 이 과목은 패스 불가야!'

라며 디엘에게 대신 으름장을 놓고 가는 교수라거나,

'강의는 안 나와도 좋으니 꼭 과제를 제출하게 자네가 힘을 좀 써주게나.'

라고 하면서 울먹이던 교수까지.

각양각색의 사람들이 모두 제발 에드를 어떻게 좀 해 달라며 디

엘을 의지해 왔다.

그들에게 차마 싫다는 소리를 할 수는 없었다. 이러니저러니 해도 디엘은 남의 부탁을 쉽게 거절하지 못하는 성격이었다.

게다가 그들이 저에게 부탁한 것은 하나같이 에드가 무사히 아카데미 생활을 마칠 수 있도록 하는 것뿐이었다.

디엘 역시 에드가 무사히 진급하였으면 하는 마음이었기에 그녀는 재차 에드를 향해 눈을 빛냈다.

"제출기간을 반드시 지켜서 모든 과제를 내도록 해요, 에드."

"으으―"

싫어하는 채소를 먹으라고 야단맞은 아이처럼 에드가 얼굴을 잔뜩 찌푸렸다.

여기서 더 강하게 나갔다는 싫증을 낼 게 뻔했다. 밀어서 안 될 때는 당길 것.

디엘은 방침을 약간 수정하기로 하였다.

"난 당신이 유급을 하건 말건 아무 상관이 없습니다."

무릎 위에 올려 두었던 책을 들어 올리며 디엘이 천천히 한 말에 에드가 듣던 중 반가운 소리라는 것처럼 히죽 웃었다.

"그래? 그러면―"

"하지만 기왕이면 선배로서 모범이 되는 모습을 보여 주면 어떻겠습니까. 에드 선배님."

디엘이 부러 또박또박 힘을 주어 말한 '선배님'이라는 말에 에드의 어깨가 움찔하였다.

"……주인님. 나한테 지금 뭐라고 했어?"

에드가 눈을 번쩍 빛내며 다시 한 번 말해 보라며 졸라 왔다.

평소에는 호칭에 그다지 집착하지 않는 남자라 이런 수법이 통할까 싶었는데, 생각보다도 훨씬 더 효과가 좋았다.

디엘은 일부러 무심한 척 굴었다.

"글쎄요."

"아까 분명 나한테 선배라고 했지, 그렇지?"

뭐가 그리 좋은지 에드가 들뜬 얼굴로 디엘의 얼굴을 유심히 바라보았다.

하지만 디엘이 아무 반응을 보이지 않자 얼른 반대편에 있는 니나에게 시선을 보냈다.

니나는 디엘을 대신하여 고개를 끄덕여 주었다.

제가 들은 선배 소리가 환청이 아니라는 걸 확인한 에드의 입가에 능글맞은 미소가 떠올랐다.

그는 책을 읽는 시늉을 하는 디엘 쪽으로 몸을 숙이고 졸랐다.

"디엘. 한 번만 더 말해 봐. 에드 선배라고."

"……당신이 과제를 무사히 마치고, 진급하게 된다면 생각해 보도록 하죠."

"흐으음."

영 수지가 안 맞는 것 같은데. 엉뚱한 말을 중얼거리며 에드가 디엘의 귀에 입술을 가져다 대었다.

그리고 다른 사람에게는 들리지 않을 만큼 작은 음량으로 속삭였다.

"그럼 선배라고 부르는 대신 키스는 어때?"

아니, 대체 어디서 뭐가 어떻게 되어서 그런 결론이 나오는 거지.

너무나 기가 막힌 나머지는 디엘은 책에서 시선을 떼고 에드를 노려보았다.

에드는 선이 또렷한 제 입술을 혀로 느릿하게 핥았다. 다분히 성적인 메시지가 담겨 있는 동작이었다.

이 남자가 진짜. 성질이 난 디엘은 들고 있던 책으로 에드의 얼굴을 밀어냈다.

"당신이 모든 과제에서 만점을 받고, 학기 시험 결과도 만점이라면 생각해 보죠."

이제까지 강의 출석조차 제대로 하지 않았던 남자에게는 다소 어려운 일이리라 생각하며 디엘은 까다로운 조건을 내밀었다.

아무리 에드가 천재 소리를 듣는다고 해도 전 과목 만점은 결코 쉬운 일이 아니었다.

전에 분명 제롬 교수가 학기 시험 만점 어쩌고 같은 소리를 한 적은 있으나, 디엘은 그것이 검술학에 관련된 학문에 국한된 것이라 생각하였다.

그러니까 괜찮겠지, 라고 생각하며.

그러나 조건을 받은 에드는 실망한 기색을 하기는커녕 히죽 웃었다.

디엘의 등골이 오싹해지는 미소였다.

"헤에. 그럼 약속한 거다?"

"……약속을 하겠다는 말은 한 적 없습니다."

"어허, 주인님? 로비나의 왕자님씩이나 되는 분이 지금 한 입으로 두말하는 거야?"

붉은 눈이 형형한 기색을 내뿜으며 빛났다.

디엘은 자신이 무언가를 실수했다는 것을 깨달았다.

생각해 보니 이 남자는 교수를 협박해서라도 전 과목 만점이라는 과업을 달성할 수 있는 사람이었다.

그렇다고 이제 와서 없던 말로 하기에는 에드의 기대 어린 눈이 지나치게 무서웠다.

잠시 고심한 디엘은 한 가지 더 조건을 걸기로 하였다.

"부정행위나 다른 편법을 쓰지 않는다면 좋습니다."

디엘의 말에 에드가 훗, 웃었다.

그는 약속을 잊지 말라는 것처럼 눈짓한 후 니나에게 고개를 돌렸다.

"너도 들었지, 니나?"

"응. 좋겠다, 에드는! 디엘이 상도 준다고 하고! 부러워."

"……."

대체 어디를 어떻게 하면 이게 상을 준다는 소리로 들렸던 걸까.

디엘은 머리가 은근히 아파 오는 것을 느끼며 관자놀이 부근을 슬슬 문질렀다.

그사이에도 저에게는 뭐가 없냐는 니나의 시선이 끈덕지게 디엘을 따라붙었다.

"……니나. 무사히 학기 시험을 끝낸다면 주말에 함께 외출을 하는 건 어떻겠습니까?"

"당연히 너무 좋아!"

아이처럼 발을 구르며 니나가 기쁨에 찬 환호성을 질렀다.

"디엘이랑 데이트야!"

"데이—"

트가 아니라고 말하려던 디엘은 저에게 쏟아지는 따가운 시선에 멈칫하였다.

과제 제출지 위에 무언가를 적고 있던 에드가 어느새 딱딱하게 굳은 얼굴로 저를 보고 있었다.

"잠깐, 주인님? 왜 나한테는 데이트 제안을 안 한 거야?"

"후후후! 부럽지, 에드?"

분위기를 파악하지 못하는 건지, 단순히 대담한 건지 알 수 없는 니나는 에드를 약 올리느라 정신이 없었다.

"그거야 당연하지! 주인님 나도 데이트! 나도 데이트에다가 키—"

쾅—! 에드가 터무니없는 소리를 하기 전에 디엘은 테이블 위를 손바닥으로 세게 내리쳤다.

다른 테라스에 있던 학생들이 놀란 얼굴로 이쪽을 보는 것이 느껴졌다.

그러나 이미 예전보다 많이 뻔뻔해진 디엘은 그것이 크게 신경 쓰이지 않았다.

"두 사람 다 조용히 하고, 할 일에 집중할 순 없는 겁니까?"

눈썹을 꿈틀거리며 디엘이 건넨 경고에는 한 번만 더 이랬다가는 약속이고 뭐고, 없을 줄 알라는 은근한 협박이 담겨 있었다.

니나도, 에드도 조용히 입을 다물고 저들 앞에 놓여 있는 과제와 고독한 다툼을 벌이기 시작하였다.

그 모습을 물끄러미 보고 있던 디엘은 속으로 한숨을 내쉬었다. 이제야 좀 조용해졌네.

디엘은 읽고 있던 책을 마저 읽기 위해 시선을 돌렸다.

두 문제아와 다르게 모든 강의에 성실하게 참석하고, 과제 역시 밀린 적이 없기에 가능한 여유였다.

비록 부상으로 인해 일주일 정도 강의에 불참하긴 했으나, 유진의 도움과 다른 교수들의 배려 덕에 학업 진도를 따라가는 일에는 큰 어려움이 없었다.

평소에 성실하게 수업에 임하고, 복습과 예습을 꼼꼼히 해 둔 영향도 컸다.

이럴 때는 로비나에서 보냈던 성실한 시간이 저에게 퍽 도움이 되었다.

'꼭 나쁜 일만이 있는 건 아닌 거겠지.'

당시에는 모든 것이 고통스럽고, 또 무의미했다고 느꼈던 것도 어느 순간에는 꼭 그렇지 않다고 알게 될 때가 있었다.

디엘은 로비나에서 보냈던 제 시간 속에서 의미를 하나하나 찾아가는 것이 기뻤다.

그것 덕에 조금은 자신에게 떳떳한 기분이 들었다.

'우리 디엘 님은 행복해지실 거예요. 그 누구보다도.'

눈을 스르르 감으니 언제나처럼 다정한 목소리가 귓가를 간질이는 기분이었다.

레아. 저에게는 유일한 가족이나 다름없는 이의 이름을 중얼거리며 디엘이 감았던 눈을 다시 떴다.

그녀의 시선 끝에는 레아와 무척이나 닮은 니나가 다 죽어 가는 얼굴로 필기를 해 나가고 있었다.

'하지만 꿈을 아주 많이 꾸고, 또 그 꿈보다 더 많이 울고 나서야 알게 되었어. 나는 가족을 찾을 수 없을 거란 사실을.'

이번에는 니나가 힘겹게 내뱉었던 말이 선명하게 떠올랐다.

그날 이후로 디엘은 그 화제를 다시 입 밖으로 내지 않았다.

니나 역시 재차 묻거나 무언가를 부탁하지 않았다. 어쩌면 조금 더 그녀에게 시간이 필요할지도 모른다.

영영 잃어버린 줄 알았던 걸 어쩌면 찾을 수 있을 거라는 희망은 달콤한 동시에 잔혹한 것이기도 하였다.

만일 모든 것이 디엘의 섣부른 판단이라면 그녀는 친구에게 절대 줘선 안 되는 상처를 주는 것이나 마찬가지였다.

그렇기에 디엘은 니나가 먼저 마음을 굳히기를 기다렸다. 제가 먼저 나서서 움직이는 건 무척이나 무례한 일이었으니까.

하지만 한편으로는 빨리 사실을 확인하고 싶다는 마음도 있었다.

레아와 니나가 자매인 게 확실하다면 저에게 소중한 이들에게 행복이 하나씩 더 늘어나는 셈이었다.

'적어도 레아에게 연락이 온다면 떠보기라도 할 텐데.'

디엘은 긴 속눈썹을 아래로 내리깔며 아랫입술을 살짝 깨물었다.

기억을 더듬어 보면 디엘이 레아에게 편지를 보낸 것이 제법 오래전 일이었다.

제트의 저택에서 발견한 유물에 대한 보고서를 쓰던 날이 첫 번째.

그리고 저와 다툼을 벌인 에드가 잠시 가출하던 시기에 두 번째.

마지막으로 부상에서 회복한 뒤 한 통을.

손꼽아 세어 보면 총 세 통이나 되는 편지를 보는 셈이었다.

하지만 어쩐 일인지 레아에게서 답장이 돌아오지 않고 있었다.

그녀가 바빠서 쉽게 답장을 못 하겠거니 생각하고는 있었지만, 이제까지 아무 연락이 없는 것은 좀 이상하다 싶었다.

'설마 무슨 일이 있는 건 아니겠지?'

로비나에 있는 그녀를 위협할 요소는 많지 않았다. 그러나 가장 위험한 상대가 레아의 바로 옆에 있었다. 바로 디엘의 어머니인 바바라였다.

'18년 전, 바바라 님께서는 제 목숨을 살려 주는 대신 이곳을 떠나지 말라 하셨습니다.'

목숨을 담보로 성에서 영원히 비밀을 지키라고 했던 어머니였다.

혹시라도 디엘이 세우고 있는 계획을 알아차리기라도 한다면 절대 레아를 그냥 둘 리가 없었다.

읽고 있던 책장을 슬쩍 덮은 디엘이 입술을 손끝으로 문질렀다.

그간 아카데미에서의 일이 너무 바빠 본국의 상황을 너무 소홀하게 한 게 아닌가 하는 후회가 들었다.

가급적 빠르게 성에 심어 둔 첩자들에게 연락을 취해 보아야 할 것 같았다.

깊은 생각에 잠겨 있던 디엘은 문득, 이쪽으로 가까워지는 기척을 눈치채고 고개를 들어 올렸다.

"어?"

이쪽으로 가까이 다가오는 사람은 뜻밖에도 유마 교수였다.

그녀가 가르치는 정치 외교학을 따로 수강하지 않았기에 제법 오랜만에 보는 얼굴이었다.

디엘과 눈이 마주친 유마는 가볍게 고개를 끄덕거렸다. 디엘은 얼른 자리에서 일어서서 깍듯한 마주 인사하였다.

그러나 필기에 제법 집중한 니나는 상황을 전혀 모르는지, 꼼짝도 하지 않았다. 심지어 디엘보다 한참 빠르게 기척을 감지했을 에 드는 시큰둥한 얼굴로 펜대를 굴리고 있을 뿐이었다.

디엘이 그런 두 사람을 보며 속으로 한숨을 쉬고 있는 사이, 바로 근처까지 다가온 유마 교수가 먼저 말을 건넸다.

"마침 여기 있었군요, 디엘 군."

"안녕하십니까, 유마 교수님."

디엘이 재차 고개를 숙이며 인사를 하는 것과 동시에 옆에서 요란한 소리가 들려왔다.

"유, 유마 교수님!?"

어째서인지 여태까지 머리를 테이블에 들이박을 기세로 손을 움직이던 니나가 화들짝 놀라 자리에서 일어서 있었다.

엉거주춤하게 엉덩이를 든 모양새가 꼭 줄행랑을 치려는 것 같은 모습이었다.

디엘이 미심쩍다는 얼굴로 그런 니나를 보자 유마 교수가 입을 열었다.

"음악학과 2학년생인 니나 양도 여기 있었군요. 마침 어제 강의에 출석하지 않은 이유가 궁금하던 찰나인데."

오호라. 디엘은 니나를 향해 그녀의 결석을 꾸짖는 것 같은 눈빛을 하였다.

졸지에 유마 교수와 디엘 두 사람에게 엄한 시선을 받게 된 니나는 손과 고개를 동시에 저었다.

"아, 아니에요, 교수님! 제가 결코 땡땡이 같은 걸 친 게 아니고요! 콩쿠르에 나갈 준비를 하면서 연습에 몰두하다가 시간 가는 걸 모르고 그만ㅡ"

온 힘을 다해 필사적으로 제 사정을 설명하는 니나의 모습에는 진실성이 느껴졌다.

그 모습을 물끄러미 보던 유마 교수는 안경을 고쳐 올렸다.

"그래요. 나도 니나 양이 일부러 강의를 결석한 건 아닐 거라고 생각하고 있어요. 평소에는 와서 차라리 숙면을 취할지언정 강의를 빠지지는 않으니까요."

"……."

디엘은 에드처럼 강의를 빠지는 일은 없으니 잘하고 있다고 칭찬을 해야 하는 건지, 아니면 가서 내내 졸고 온다고 어이없어 해야 하는 것인지 알 수가 없어졌다.

그 복잡한 속마음을 알아차린 것처럼 니나는 디엘을 향해 애교

넘치는 웃음을 흘렸다.

도저히 잔소리를 할 래야 할 수 없는 그런 얼굴이었다.

"어제 강의에 결석한 이유는 잘 알았습니다. 니나 양이 콩쿠르 준비에 열심히 인 건 알지만, 학생의 본분을 잊지 말도록 해요. 다음 강의 시간에는 꼭 참석하고, 사유서를 작성해 오도록 하세요."

"넵, 알겠습니다."

니나가 작은 입술을 꾹 다물며 고개를 몇 번이고 끄덕였다.

그런 니나를 물끄러미 보던 유마 교수의 시선이 이번에는 에드에게로 옮겨 갔다.

에드는 디엘이 건네준 펜을 손안에서 획획 굴리며 놀다가 유마 교수를 보고는 히죽 웃었다.

"오. 유마 교수님. 오늘도 기분이 안 좋아 보이네요."

"네. 다 에드 군 덕분이죠."

차갑게 대꾸한 유마 교수가 에드의 앞에 쌓여 있는 종이 뭉치를 한 번 본 뒤, 놀랍다는 듯 입을 열었다.

"에드 군이 어쩐 일로 과제를 다 하고 있군요. 무슨 바람이 분 거죠?"

어깨를 으쓱한 에드가 고갯짓으로 디엘을 가리켰다.

"제 주인님이 좀 엄하셔서."

유마 교수는 더더욱 놀란 얼굴로 디엘과 에드를 번갈아 보았다.

그녀의 눈빛에는 명백히 '저 에드가 누군가가 시킨다고 그걸 따른단 말이야?'라는 놀라움이 담겨 있었다.

어쩐지 머쓱한 기분에 디엘은 작게 헛기침을 하였다.

"교수님. 아까 저를 보고 먼저 말을 건네셨는데. 혹시 저에게 무슨 볼일이라도 있으신 겁니까?"

"아아, 참. 그렇지. 깜빡할 뻔했네요."

제정신 좀 보라며 고개를 작게 흔든 유마 교수가 주머니에서 편지 봉투를 두 개 꺼내 들었다.

"내 앞으로 우편물에 디엘 군 앞으로 온 편지가 섞여 있었어요."

편지? 의아하다는 얼굴로 편지를 받아 든 디엘은 두 통의 편지가 모두 로비나에서 온 것이라는 걸 알아차렸다.

한 통은 바바라, 그리고 한 통은 레아에게서 온 것이었다.

"디엘 군은 내 강의를 따로 듣는 것이 없어서 샤칼 교수님에게 맡겨 두려고 가던 중이었어요. 그런데 마침 여기 있기에 직접 주는 게 좋겠다 싶어서."

"감사합니다. 그리고 번거롭게 해 드려서 죄송합니다."

디엘의 정중한 감사 인사에 유마 교수가 가볍게 고개를 저었다.

"아니에요. 나도 샤칼 교수님의 교수실까지 갈 수고를 덜어서 좋네요. 그럼 다음에 보도록……"

그대로 뒤를 돌아서려던 유마 교수가 멈칫하였다.

그녀는 히죽거리고 있는 에드를 한 번 본 후, 어째서인지 디엘을 향해 입을 열었다.

"디엘 군."

"네?"

"난폭하고, 성질이 포악한 짐승일수록 한 번 길들여지면 그 상대의 말에 절대 복종한다는 이야기가 있더군요."

"……네?"

"쉽진 않겠지만, 힘내도록 해요."

제법 다정스럽게 디엘의 어깨를 토닥인 유마 교수가 이번에야말로 정말 자리를 벗어났다.

그녀가 남기고 떠난 말에 진의를 알아차리지 못한 디엘은 그 뒷모습을 보며 고개를 갸웃하였다.

난폭하고, 성질이 포악한 짐승?

그게 무슨 소리일까 생각하며 고개를 돌리던 디엘은 에드와 눈이 마주쳤다.

태양 아래서 더욱 찬란하게 빛나는 붉은 눈동자를 본 순간, 유마 교수가 하고 간 말이 무슨 뜻인지 이해할 수 있었다.

저 남자를 길들이라고? 내가?

디엘이 멍하니 에드의 얼굴을 보고 있자 에드가 장난스럽게 윙크를 하였다.

익살맞은 얼굴인데도 잘생겼다는 생각이 먼저 드는 걸 보니 제 눈이나 머리에 이상이 생긴 건 아닐까 싶었다.

아니, 잘생긴 건 사실이긴 하지만—

"우리 주인님. 그렇게 넋 놓고 날 보면서 무슨 생각을 하는 걸까나? 혹시 내가 잘생겼다는 생각해?"

어떻게 저런 낯 간지러운 말을 얼굴색 하나 안 변하고 할 수 있지.

참 대단하다 감탄하면서도 디엘은 무심한 어조로 대꾸하였다.

"네, 당신이 정말 쓸데없이 잘생겼다고 생각하고 있었습니다."

이러니저러니 해도 에드가 잘생긴 건 사실이니 그것까지 부정할 마음은 없었다.

그러나 에드는 눈을 휘둥그레 뜨며 이해할 수 없다는 얼굴로 반박하였다.

"그게 무슨 소리야? 잘생긴 게 어떻게 쓸데가 없어? 잘생김은 이미 그것만으로 쓸모가 있는 거야."

댁이야말로 그게 무슨 소리냐고 반박하고 싶었지만, 디엘은 입을 꾹 다물었다.

그사이 옆에 있던 니나가 좋은 말을 들었다며 열렬하게 박수를 쳐 댔다.

"오오! 에드가 옳은 말을 다 하네! 그래, 맞아! 잘생김은 이미 그것만으로도 가치가 있는 거지!"

"그럼, 그럼. 니나 너도 뭘 좀 아는데?"

히죽 웃은 에드가 한 마디를 받아 주자 니나가 또다시 엉뚱한 말을 꺼냈다. 테이블이 금세 다시 소란스러워졌다.

이제 조용히 하라는 말을 하는 것도 지겨웠기에 디엘은 한숨을 한 번 쉬고, 그들을 무시하였다.

그녀는 조금 전 유마 교수가 건네주고 간 두 통의 편지를 보았다.

작은 분홍 꽃무늬의 편지 봉투는 레아에게서 온 것이고, 자르타 왕가의 문양이 그려진 흰색 편지 봉투는 바바라가 보낸 것이었다.

두 통 중 디엘이 먼저 봉투를 열어 본 것은 하얀 봉투였다.

속에서 나온 편지를 읽어 내려가는 디엘의 태도는 지극히 사무적인 것이었다. 내용 역시 사무적이었다. 형식적으로 안부를 묻는 말은 처음 한 문장뿐이었다.

그 뒤로는 줄곧 국내 정세라거나 왕자들끼리의 알력 다툼에 대한 것이 줄줄이 적혀 있었다.

본의는 아니지만 로비나 내부 상황을 자세히 알게 된 디엘은 딱딱하게 굳은 얼굴로 편지를 다시 접었다.

편지에는 학기 시험이 끝난 후, 알려 줄 깜짝 소식이 있으니 꼭 방학 기간에 귀국하라는 말이 덧붙여져 있었다.

아무래도 그때 제 회임 사실을 밝히려는 모양이었다.

'언제까지고 감출 필요는 없을 테니까.'

손가락을 접으며 달수를 세어 보니, 그때쯤이면 바바라의 배도 제법 불렀을 것 같았다.

편지를 봉투 안에 다시 집어넣으며 디엘은 학기 시험 이후의 일정을 계획해야겠다고 생각하였다.

레아를 위해서라도 로비나에 한 번은 돌아가야 하겠지만, 되도록 가능하다면 이번에는 가고 싶지 않은 마음이 있는 것도 사실이었다.

일단 천천히 바바라에게 답장을 써야겠다 생각하며 이번에는 레아에게서 온 편지 봉투를 집어 들었다.

바바라에게서 받은 편지를 볼 때와는 다르게 레아의 편지를 읽는 디엘의 얼굴에는 감출 수 없는 설렘이 가득하였다.

총 세 장의 편지지에는 익숙한 필체로 그리운 이야기가 가득 적혀 있었다.

성에서 무슨 일이 있었는지, 그리고 자신에게는 어떠한 일이 있었는지 적어 나간 레아의 편지는 평소의 그녀처럼 다정하고, 상냥

하였다.

다만 적혀 있는 내용 중에 의아한 것이 몇 가지 있었다.

"아젤리아……?"

편지에는 왕성 담 근처에 핀 아젤리아가 무척 예쁘고 탐스러워서 그 모습을 디엘에게도 보여 주고 싶다는 말이 적혀 있었다.

하지만 지금 이맘때라면 로비나에서는 아젤리아가 벌써 졌을 시기였다.

그런데 그런 내용이 편지에 적혀있는 것이 이상하였다.

그것 외에도 묘하게 계절감이 어긋난 내용이 몇 가지 보였다.

한참 편지를 읽어 내려가던 디엘이 그 이유를 알아차린 것은 레아가 또박또박 적어 둔 일자를 본 후였다.

편지 끝에 적혀 있는 일자는 디엘이 이 아카데미에 도착해서 약 일주일 정도가 지났을 무렵이었다.

즉, 이 편지는 디엘이 처음으로 써서 보냈던 편지에 대한 답장이었다.

'왜 이제야 이 편지가 도착한 거지?'

의아한 마음에 봉투에 소인을 확인해 보니 로비나에서 보내진 일자는 비교적 최근이었다.

봉투를 유심히 바라보며 디엘이 미간 사이를 찌푸렸다. 무언가 묘한 기분이 들었다.

"왜 그래, 디엘?"

한참 생각에 잠겨 있던 디엘은 저를 부르는 에드의 소리에 천천히 고개를 들었다.

어느새 니나의 모습은 보이지 않았다. 대신 니나가 앉아 있던 맞은편 자리에는 에드가 있었다.

디엘이 어리둥절한 얼굴을 하자 에드가 먼저 설명해 주었다.

"니나는 아까 다음 강의 때문에 간다고 인사하고 자리에서 일어섰잖아. 못 들었어?"

전혀 그것을 눈치채지 못했던 디엘은 머쓱하게 고개를 끄덕였다. 픽 웃은 에드가 턱을 괸 채, 입을 열었다.

"대체 누구한테서 온 편지기에 그렇게 정신없이 푹 빠져서 읽었던 거야? 혹시 나 몰래 모국에 두고 온 애인이라도 있어?"

그의 입 밖으로 흘러나온 말은 장난스러운 내용이었으나 어조는 결코 가볍지 않았다.

레아에게 무언가 안 좋은 일이라도 생길까 봐 걱정이 된 디엘은 얼른 고개를 저었다.

"그런 게 아닙니다. 이건…… 나에게 있어서 유일하게 가족 같은 사람에게서 온 편지입니다."

디엘의 말을 들은 에드가 영 불쾌하다는 얼굴로 눈썹을 까닥거렸다. 하지만 디엘은 그런 기색을 전혀 눈치채지 못하였다.

"가족이면 가족이고, 아니면 아닌 거지. 같은 사람은 뭐야?"

마땅히 대꾸할 말을 찾지 못한 디엘은 쓴웃음을 지었다. 그 말대로였다. 그러나 다른 사람에게 레아에 대해 설명하는 건 쉬운 일이 아니었다. 그녀는 단순히 제 전속 시녀가 아닌 사람이기 때문이었다.

"어쨌거나 그런 사람이 있습니다."

"헤에. 그런 사람이 있다, 라…… 그럼 아까 제일 처음 읽은 편지는 누구한테서 온 거기에 그렇게 전쟁터에 나가는 것처럼 비장한 얼굴이었어?"

뭐가 그리 궁금한 것이 많은지 에드의 질문이 이어졌다.

디엘은 테이블 위에 올려 둔 반듯한 흰 봉투를 힐끔 보았다.

덩달아 그녀를 따라 봉투를 본 에드가 먼저 답을 말해 보았다.

"자르타 왕가의 문양이 있는 걸 보니 로비나의 국왕?"

"폐하가 그러실 리가."

디엘은 저도 모르게 냉소적인 웃음을 뱉었다.

아름다운 얼굴과 우아한 행동거지, 그럭저럭 부족함 없는 능력을 갖춘 일곱째 왕자는 국왕에게 큰 재산이 아니었다.

디엘은 이제까지 그에게서 개인적인 편지 한 통— 아니, 단 한 줄만 적힌 메시지 카드조차 받아 본 기억도 없었다.

"어머니께서 보내신 편지입니다. 방학 때는 로비나에 오면 좋은 소식을 들려준다는군요."

마치 남 일처럼 말한 디엘이 바바라의 편지를 들어 올려 가방 안에 대충 넣어 두었다.

이대로 편지의 존재를 기억 속에서 지워 버리고 싶어 하는 것처럼.

그것을 물끄러미 보고 있던 에드가 입을 열었다.

"싫으면 가지 마."

마치 디엘이 무엇을 생각하는지 잘 아는 것만 같은 말이었다.

바바라의 것과는 달리 레아의 편지를 조심스레 읽던 책 사이에 끼워 두던 디엘이 고개를 들어 그를 보았다.

여전히 턱을 괸 남자가 웃음기 없는 얼굴을 하고 있었다.

"말했잖아. 굳이 참고 살 필요 없다고."

기억을 더듬어 보면 전에 분명 그런 말을 들었던 기억이 있었다. 참고 살다가 화병으로 죽을 일이 있냐고 했던가.

그때 일을 떠올린 디엘의 입가에 슬쩍 웃음이 번졌다.

참 이상하게도 에드의 말이 터무니없다고 생각하면서도 그의 말 한 마디가 저를 조금 편하게 만들어 줄 때가 있었다. 지금처럼.

"……귀국하지 않으면 딱히 갈 곳이 없는 것도 사실입니다."

마음에 걸리는 것은 그것뿐만이 아니었지만, 디엘은 머릿속에서 제일 먼저 떠오른 곤란함을 털어놓았다.

방학 기간 중에 학생이 아카데미에 머무는 것은 허락되었지만, 여러 가지로 제출해야 할 서류가 많아서 번거로웠다.

"그럼 이시호로 와."

에드는 대체 무엇을 고민하느냐는 얼굴로 말하였다.

정작 그 말을 들은 디엘은 멍한 표정을 지을 수밖에 없었다.

"이시호 제국으로 말입니까?"

"응. 내가 관광 하나는 아주 기가 막히게 시켜 줄 자신이 있거든. 수도는 물론이고, 루베니움 지역도."

루베니움은 과거 키르해 연합에 소속되어 있는 왕국의 영토 전역을 지칭하는 것이었다.

이시호의 속국이 된 후, 그 왕국의 왕족은 모두 유배당하거나 적당한 이유를 붙여 사형 당하였다.

표면적으로는 마고 여황이 관리하는 것으로 되어있으나, 실제로는 에드가 황태제로서 관리하는 영토 중 하나였다. 에드는 산과 바다가 닿아 가까워 아름다운 자연경관을 가지고 있는 루베니움에 대한 칭찬을 늘어놓았다.

"우리 주인님은 바다를 한 번도 본 적이 없다고 했던가? 그럼 루베니움에 있는 해변가는 꼭 걸어 봐야지. 해가 져서 땅거미가 내려앉을 무렵이 딱 좋아. 조금 전까지는 새파랗게 빛나고 있던 물결이 순식간에 불이라도 붙은 것처럼 붉디붉게 변하는 것이 근사하거든. 사각거리는 하얀 모래알을 맨발로 밟으면서 바다 너머로 커다란 태양이 떨어지는 모습을 하염없이 구경하는 거지."

에드의 설명은 제법 생생하였다.

디엘은 어렵지 않게 그와 자신이 함께 어느 해변가를 거닐고 있는 모습을 상상할 수 있었다.

그 크기를 짐작할 수 없을 만큼 넓은 바다로 떨어지는 태양. 붉게 물들어 가는 사방. 불어오는 바람. 상상만으로도 가슴속이 뻐근해지는 아름다운 풍경이었다.

"일몰을 보고 난 후에 해가 완전히 지면 그때는 근처에 있는 언덕으로 갈 거야. 산턱에 있어서 오르는 길이 편하진 않지만. 걱정할 건 없어. 여차하면 내가 안아서 데리고 가 줄 테니까. 그 언덕에 도착한 우리는 밤이슬이 맺히기 시작하는 수풀 사이에 겉옷을 깔고 앉아서 밤하늘을 올려다보겠지. 그곳에서 보는 별은 무척 아름다워. 별자리도 몇 개 찾을 수 있을 거야. 이름을 모르는 별자리에는 마음대로 이름을 붙여 주는 것도 좋겠네."

에드의 말에 귀를 기울이고 있는 디엘의 표정이 차츰 변해 가기 시작하였다.

아주 부드러운 깃털로 누군가가 제 가슴을 간질이고 있는 것만 같았다. 아니, 누군가가 아니었다.

앞에 앉아 있는 남자가 저를 그렇게 만들고 있었다.

"……에드."

알기 쉬운 격려나 위로는 아니었다. 어떤 의미로는 지독하게 저다운 방식으로 그는 디엘을 다독이고 있었다. 그 마음이 좋았다.

로비나에 있을 때 레아가 말없이 저에게 타다 주던 따뜻한 차 한 잔에 행복했던 것처럼, 디엘은 지금 행복하다는 생각이 들었다.

설령 지금 이 순간 붉은 해가 넘실거리는 바다를 본 것이 아니어도, 이름 모를 별자리에 이름을 붙여 준 것이 아니더라도.

그것을 함께하고 싶다 말해 주는 사람이 있는 것만으로도 기뻤다.

세상에 저 혼자만 있는 것이 아니라는 안도감이 어깨를 토닥여 주는 기분이었다.

어느새 입가에 잔잔한 미소를 지은 디엘이 입을 열었다.

"무척 즐거울 것 같군요."

"당연하지. 내가 함께 있을 텐데."

어떻게 즐겁지 않을 수 있겠냐는 말을 덧붙인 에드가 씩 웃었다.

"함께 가자."

"……"

마음 같아서는 바로 고개를 끄덕이고 싶었다. 하지만 레아를 내팽개쳐 두고, 저 혼자만 즐거운 시간을 보내는 것은 마음에 걸렸다.

적어도 레아의 안전을 확인할 수 있다면— 아니, 확인하는 것만으로는 의미가 없었다. 이러니저러니 해도 그녀가 로비나에 있는 동안, 디엘은 크건 작건 불안을 느껴야만 했다.

지금처럼 뒤늦게 도착한 답장에 불안해하는 것처럼.

결국 이 문제를 해결하기 위해서는 레아를 왕성에서 빼내야만 했다.

문제는 그것이 디엘이 모르아로 올 때와는 다르게 아주 어려운 일이라는 점이었다.

잠시 생각에 잠겨 있던 디엘이 에드의 눈을 재차 마주하였다.

그에게는 미안하지만, 역시 섣불리 고개를 끄덕일 수는 없었다.

"미안합니다. 에드. 로비나에서 해결해야 할 일이 하나 있습니다. 그것을 해결하기 전까지는 마음 편하게 이시호로 향할 수 없을 것 같습니다."

"도와줘?"

그게 무슨 일이냐고 묻는 대신 에드가 던진 질문은 단순했다.

제 대답 한 마디에 따라서는 에드는 정말 디엘을 위해 움직여 줄 터였다.

이시호 제국의 황태제가 가진 위력이라는 것은 디엘이 갖고 있는 힘과는 비교도 할 수 없는 것이니까.

그의 도움을 받으면 쉽게 일을 진행할 수 있는 건 분명했다. 디엘은 아주 잠깐, 그 유혹에 마음이 흔들렸다.

하지만 자국의 일에 타국의 사람을 끌어들이는 일은 위험했다.

상황에 따라서는 디엘이나 레아가 반역자로 몰릴 가능성도 있었고, 외교 문제로 상황이 악화될 우려도 있었다.

에드가 그런 실수를 저지를 것 같지는 않지만, 디엘 역시 노파심을 완전히 접을 수는 없었다.

그러니 일단 스스로 해 볼 수 있는 만큼은 최선을 다할 생각이었다.

"우선은 제가 혼자서 노력해 볼 셈입니다. 하지만 만일 당신의 도움이 필요하다면…… 그때는 도움을 청해도 괜찮겠습니까?"

저를 위해 무엇이든 해 주겠다는 남자의 말이 기쁜 건 사실이었기에 디엘이 조심스레 에둘러 거절을 표현하였다.

혹시라도 그가 쓸데없는 고집을 부리며 어쩌나 걱정하면서.

그러나 뜻밖에 에드는 토라지거나 싫은 기색 없이 고개를 끄덕였다.

"당연하지."

"이해해 주셔서 감사합니다, 에드."

디엘이 부드러운 미소와 함께한 말에 에드도 덩달아 살갑게 웃었다.

"그래서?"

"네?"

갑자기 또 무슨 그래서란 말인가.

디엘은 시와 때를 가리지 않는 에드의 뜬금없는 물음에 당혹감을 느끼며 고개를 갸우뚱하였다.

에드는 되레 왜 그리 제 말을 못 알아듣는 거냐는 얼굴로 재차 물었다.

"유일하게 가족 같다는 그 상대는 누구야? 애인 아닌 건 분명한 거지?"

"……그게 지금 그렇게 중요한 이야기입니까?"

이 화제는 아까 이미 끝난 게 아니었나 생각하며 디엘이 한숨을 쉬었다.

알면 알수록 은근히, 아니 대놓고 집요한 성격의 남자였다.

"당연하지. 혹시라도 나 몰래 우리 주인님이 로비나에 애인을 숨겨 두었으면 어쩌나 하는 걱정 때문에 지금 얼마나 불안한지 알아?"

"그럴 리가 없잖습니까. 당신은 대체 날 뭐로 생각하는 겁니까, 에드."

무슨 엉뚱한 소리냐는 핀잔 대신 디엘은 에드를 쏘아보았다.

사실 디엘은 남자에서 여자로 바뀌는 몸으로 생활해 온 탓인지, 이제까지 그 누구에게도 특별한 감정을 느껴 본 적이 없었다.

여자는 물론이거니와 남자 역시 마찬가지였다.

제아무리 아름답거나 근사한 사람을 보아도 그저 그러려니 생각하는 것이 전부였다.

그러나 에드는 쉽게 물러서지 않았다.

"그거야 혹시 또 모르지. 내가 조사해 보았을 때는 안 나왔던 것들이 있을지도."

"조사?"

결코 그냥 들어 넘기면 안 될 것 같은 단어가 들려왔기에 디엘이 눈썹을 꿈틀거렸다.

제가 말실수를 한 것을 깨달은 에드가 잠시 어깨를 흠칫하였다. 다만 그것은 찰나에 불과하였다.

그는 곧 제가 무슨 말을 했냐는 얼굴로 뻔뻔스럽게 웃었다. 디엘이 그를 차가운 눈으로 노려보며 물었다.

"에드. 설마 당신 내 뒷조사를 하고 다닌 겁니까?"

"으음? 글쎄. 로비나에서 정보 조사를 한 적이 있긴 한데, 그게 꼭 우리 주인님에 대한 것이었던 것 같지는 않은데."

아니라고 딱 잡아떼는 것이 아니라 능청을 부리는 모습이 얄밉기 짝이 없었다.

거짓말만큼이나 천연덕스러운 연기가 몸에 잘 배어 있는 남자였다.

과연 그 마고 여황의 친동생이라 내심 감탄하며 디엘이 입을 열었다.

"조사하는 건 상관없지만, 실수로라도 티는 내지 마세요."

"생각보다 화를 안 내네?"

조금 의외라는 얼굴로 에드가 중얼거리자 디엘이 담담히 말을 받았다.

"당신의 상황과 위치를 생각해 본다면 당연히 해야 할 일입니다."

비록 이시호보다는 작은 나라여도 디엘 역시 한 왕국의 왕족이었다.

에드가 제 뒷조사를 했다고 기분 나빠 할 정도로 세상 물정을 모르지는 않았다.

만일 입장이 반대였다고 한다면 그녀 역시 에드와 똑같은 행동을 했을 터였다.

암살 위협에 휘말렸던 이가 아무 의심 없이 아무 사람이나 곁에 둔다면 오히려 그편이 더 문제였다.

"음. 역시."

뭐가 역시라는 것인지는 모르지만, 에드는 만족스러운 얼굴이었다.

그가 고개를 끄덕이며 황태제비 어쩌고 한 말은 제 귀의 환청이라 생각하기로 한 디엘은 가방을 챙겨 들고 자리에서 일어섰다.

"하지만 기분이 나쁜 것 역시 사실이군요."

"어라? 디엘? 방금 분명 화 안내기로 한 거 아니었어?"

"그런 말은 한 적이 없습니다. 그리고 설령 그런 약속을 했다고 해도 기분이 나쁜 걸 드러내지 말라는 법은 없지 않습니까."

"어, 음. 틀린 말은 아니긴 한데."

드물게 에드가 정말 당황한 것 같은 얼굴을 하였기에 디엘은 내심 유쾌한 기분이 들었다.

에드가 저를 놀리는 게 이런 이유에서라면 본의 아니게 조금 공감할 수 있을 것 같았다.

"그런 이유에서 오늘은 더는 당신 얼굴을 보고 싶지 않으니 먼저 일어서죠. 과제 힘내시기 바랍니다."

말을 마친 디엘은 휙 몸을 돌려 테이블을 벗어났다.

"뭐? 잠깐!"

그런 게 어디 있냐며 뒤에서 에드가 몸을 일으키는 기척이 느껴졌기에 디엘은 걸음을 멈추고, 뒤를 돌았다.

"지금 따라오면 내가 당신을 무시하는 기간이 늘어날 겁니다."

마치 열댓 살 아이들이 마음이 상했으니 절교를 하겠다고 선언하는 것 같은 말이었다. 협박치고는 좀 유치하다 싶었지만, 디엘은 애써 그런 생각을 잊으려고 하였다. 그리고 짐작한 것보다도 디엘의 협박은 아주 효과적이었다.

"……."

자리에서 벌떡 일어섰던 에드가 털썩 다시 자리에 주저앉는 것이 보였다.

잘난 입술이 대발이나 나와 있는 모습이 제법 귀여웠다. 늘 저런 모습을 보여 준다면 좋으련만.

무의식중에 자신이 낯부끄러운 생각을 하고 있다는 것은 전혀 눈치채지 못한 채, 디엘이 슬쩍 웃었다.

"만일 당신이 오늘 내로 과제를 다 한다면 내 기분이 조금 빨리 좋아질 것도 같습니다."

그녀가 덧붙인 말에 에드가 고개를 옆으로 기울이더니 답지 않게 부드럽게 웃었다.

보기만 해도 기분이 좋아지는 미소였다.

그에 이끌려 마주 웃게 될 것만 같았기에 디엘은 얼른 시선을 돌렸다.

절대 저 얼굴에 넘어가지 말아야지, 다짐하며.

그럼에도 불구하고, 역시 그를 무시하는 건 불가능할 것만 같다는 생각이 들었다.

Chapter 19

늙지 않는 저주

디엘의 적절한 채찍질과 달콤한 사탕 덕에 에드는 하루 만에 전 과목의 과제를 끝내는 위엄을 보였다.

그날 이후로 그는 시시때때로 키스와 데이트를 졸라 왔지만, 어쨌거나 디엘이 내건 조건은 '학기 시험 만점'이라는 항목도 있었다.

덕분에 디엘은 그것을 빌미로 조금 더 에드를 편하게 다룰 수 있었다.

그것은 바로 지금 같은 상황에서도 유용하였다.

"에드."

기숙사 복도에 멈춰 선 그녀의 앞에는 어느 학생 무리와 대치 중인 에드가 있었다.

디엘은 에드의 앞에 있는 학생들이 바로 제트의 저택에서 저를 곤경에 빠트렸던 검술학과 상급생이라는 것을 어렵지 않게 알아차릴 수 있었다.

그들의 새파랗게 질린 얼굴이 익숙한 것은 물론이거니와 에드가 조용히 퍼트리는 살기는 예사로운 것이 아니었다.

"에드."

디엘은 재차 에드의 이름을 부르며 그의 어깨를 손으로 짚었다. 에드는 미동조차 하지 않았다.

"데이트."

어쩔 수 없다는 생각에 디엘이 내뱉은 한 마디에 에드의 어깨가 작게 움직였다. 좋은 반응이었다.

"키스."

이번 한 마디야말로 효과적인 말이었다. 에드는 몸에 갑옷처럼 두르고 있던 살기를 완전히 누그러트렸다.

움직이지도 못하고 다리만 덜덜 떨고 있던 검술학과 상급생은 물론 괜히 근처를 지나가다가 살기에 눌렸던 다른 학생들이 한꺼번에 깊게 숨을 내뱉었다.

다리에 힘이 풀린 학생 몇 명은 그대로 자리에 주저앉기도 하였지만, 아무도 그들을 꼴불견이라고 비웃지 않았다.

심지어 어째서 디엘이 에드를 향해 '데이트'라는 말과 '키스'라는 단어를 나열한 것인지 의문을 갖는 사람도 없었다.

"여긴 기숙사 복도입니다. 소란을 피우는 건 곤란합니다."

"그래? 그럼 기숙사가 아니면 괜찮아?"

괜찮긴 뭐가 괜찮단 말인가. 불온한 발언에 움찔한 디엘은 에드의 등을 한번 때려 주는 대신, 고개를 저었다.

"안 됩니다."

"으음. 우리 주인님은 다 좋은데, 사람이 너무 착하단 말이지. 그래서야 이 험난한—"

"선배님들."

에드가 무어라 투덜거리기 시작하였지만, 디엘은 그것을 일체 무시하고 한 걸음 앞으로 나아갔다.

어깨를 움츠리고 딱딱하게 굳어 있던 검술학과 상급생들이 일제히 뒤로 물러섰다.

디엘을 비밀 장치 밑바닥으로 던져 넣을 때와는 사뭇 다른 태도였다.

"제가 의식을 회복하지 못한 동안, 여러분께서 의무실을 찾아왔다는 말은 전해 들었습니다."

허리를 꼿꼿하게 편 디엘은 앞에 있는 학생들의 얼굴을 하나하나 바라보았다.

그녀와 눈이 마주칠 때마다 학생들의 동공에서 지진이 일어났다.

"하지만 선배님들께서 진심으로 잘못을 뉘우치건, 혹은 아니건 저는 여러분의 사과를 받아들일 마음이 없습니다."

평온한 어조로 디엘이 이어 나가는 말에 모여 있던 학생들 사이에 작은 수군거림이 퍼지기 시작하였다.

보통 이런 상황에서는 용서하겠다, 사과를 받아들이겠다고 말하는 것이 일반적이기 때문이었다.

"그…… 어, 그 일은……."

검술학과 상급생들 역시 당혹감을 감추지 못하는 얼굴로 입을 열었다 닫기를 반복하였다.

그들은 내심 디엘이 쉽게 사과를 받아 줄 것을 기대하고 있었다.

소문으로 들은 바에 의하면 미스 프린스는 시끄러운 걸 싫어하는 평화주의자이기 때문이었다.

"사과는 가해자가 마음의 짐을 덜기 위해 하는 것이 아니라 진심으로 잘못을 뉘우칠 때 하는 것입니다. 또한 아무리 진심이 어렸다 한들, 피해자가 가해자의 사과를 꼭 받아 주어야 한다는 법도는 없습니다. 용서는 관용이지 필수가 아닙니다."

사실 조금 전까지만 해도 디엘은 다른 학생들이 기대하는 것처럼 눈앞에 있는 학생들을 용서할 마음이었다.

하지만 에드가 그 학생들과 대치한 순간, 다른 방식을 취해야 한다는 것을 깨달았다.

디엘이 보지 않는 곳에서 에드가 무슨 일을 벌일지 알 수 없는 노릇이었다.

게다가 만일 이번에 순순히 저들을 용서한다면 이런 일이 또 일어날지 모른다는 우려도 있었다.

성가신 일은 미온에 방지하는 것이 제일이었다.

"허나 선배님들께서 진심으로 그날 일을 반성하고 계셔서 저에게 사과를 하고 싶어 하는 것이라면 한 가지 제안을 드리고 싶습니다."

"무, 물론 진심이지!"

"맞아! 우린 정말 그렇게까지 일을 크게 벌일 생각이 없었—"

옳다구나, 하고 입을 열던 상급생 무리는 날카로운 칼날처럼 피부를 찔러 대는 살기에 입을 꾹 다물었다.

물론 살기의 주인은 팔짱을 낀 채 디엘의 뒤에 버티고 서 있는 에드였다.

그와 눈이 마주치는 순간, 죽을지도 모른다는 생각에 상급생 무리는 얼른 고개를 숙였다.

그것을 본 디엘은 내심 실소하였다. 이러니저러니 해도 에드의 말처럼 두려움은 상대를 지배하는 데 효과적인 수단이었다.

"그렇군요. 그럼 선배님들께서 모두 제 제안을 받아들이시는 걸로 생각하겠습니다. 괜찮겠습니까?"

디엘의 물음에 그들은 모두 앞뒤 생각조차 하지 않은 채, 고개를 끄덕였다.

"그래! 당연하지!"

"그럼! 하고, 말고!"

하나같이 영혼 없는 말로 덥석 수긍한 후. 한 학생이 조심스레 입을 열었다.

"그런데…… 무슨 제안인데?"

질문을 받은 디엘의 입가에 묘한 미소가 걸렸다. 에드만큼은 아니어도 충분히 악랄한 웃음이었다.

"여러분 전원과 결투를 했으면 합니다."

"겨, 결투?"

생각하지도 못한 말에 상급생들의 얼굴에 당혹감이 어렸다.

모여서 상황을 지켜보고 있던 학생들 사이로 재차 웅성거림이 퍼져 나갔다.

다른 나라 대부분이 그러하듯 이 아카데미에서도 정식으로 신청을 받아 이루어지는 결투는 불법이 아니었다.

다만 한창때의 혈기왕성한 젊은이들이 많이 모여 있는 공간 특성상 정식 결투 신청이 이루어지기 전에 주먹다짐이 벌어지는 일이 잦을 뿐이었다.

그러한 이야기를 귀에 담은 적이 있는 디엘은 고개를 끄덕였다.

"네. 결투를 통해 결과가 어떠하건, 사사로운 감정을 완전히 정리했으면 합니다. 설령 어느 쪽이 이기건 간에 승복하는 겁니다."

결투는 어떤 의미로는 가장 세련되고 우아하게 일을 마무리할 수 있는 방법이었다.

물론 거기서도 도가 지나치면 유혈 사태가 벌어지고, 오히려 감정이 악화되는 경우도 있으나 지금 상황에서는 오히려 그런 불상사가 일어날 확률이 적었다.

"어ー 그건 우리야 상관이 없긴 한데……."

상급생 중 하나가 무어라 형용할 수 없는 표정을 지으며 디엘을 힐끔거렸다.

그가 줄인 뒷말이 무엇인지 이미 짐작하고 있는 디엘은 픽 웃었다.

"네, 압니다. 검술학과 학생이신 여러분과 제가 결투를 하는 건 너무나 불리한 조건이죠."

제아무리 디엘이 로비나에서 검술을 배웠다고 한들, 모르아에서 검술을 전공하는 학생 댓 명을 상대로 붙어 이기는 것은 불가능하였다. 그녀는 자신의 실력만큼 한계 역시 잘 알았다.

게다가 무모함과 용감함을 착각하지 않는 지혜로움도 겸비하고 있었다.

"그렇기에 저는 저를 대신하여 싸워 줄 이를 세울 생각입니다."

말을 마친 디엘이 뒤를 돌아보았다. 이미 짐작하고 있었다는 것처럼 에드는 자신 있는 웃음을 짓고 있었다.

척척 걸어와 디엘의 어깨에 팔을 올린 그가 이 즐거움을 참을 수 없다는 얼굴로 속삭였다.

"이제 알겠네. 결투에서 정정당당하게 죽이라는 거지?"

"……."

왜 이 남자는 대체 거기서 벗어나질 못하는 거지.

사람을 안 죽이고 일을 원만하게 해결한다는 사고방식 자체가 없는 건가.

디엘은 에드의 옆구리를 쿡 찔렀다.

에드는 히죽 웃으면서 넉살맞게 윙크를 날렸다.

왜 디엘이 저의 옆구리를 찔렀는지 이해하지 못하는 게 분명하였다.

나중에 조금 더 따끔하게 주의를 주리라 생각하며 디엘은 하얗게 질린 상급생 무리를 마주하였다.

"아까 전 여러분께서 분명히 제 제안을 받아들인다 하셨으니 결투는 성립되었습니다. 일자는 언제가 좋으시겠습니까?"

"……."

조금 전까지는 술술은 아니어도 제법 혀를 잘 굴리던 학생들이 이제는 아무 말도 없었다.

입을 꽉 다문 조개처럼 침묵을 지키는 그들에게서는 이 난관을 어떻게 극복해야 할지 머리를 굴리는 기색이 역력하였다.

그 모습을 잠시 지켜본 디엘은 주변을 한 번 둘러보았다. 마침 많은 학생들이 흥미롭게 상황을 지켜보고 있는 중이었다.

"어, 그게…… 우리는 결투는 좀—"

"증인이 이렇게 많으니 따로 필요한 구두 맹세는 없을 것 같군요. 언제가 좋으시겠습니까?"

두 번이나 같은 말을 반복하는 디엘에게서는 절대 물러서지 않겠다는 확고한 의지가 느껴졌다.

지켜보고 있던 학생들은 디엘이 결투를 핑계 삼아 상급생 무리를 반 죽여 놓으려는 게 분명하다고 수군거렸다.

실제로 디엘의 옆에 선 에드가 손가락을 까닥거리는 동작이 심상치 않았다.

제법 가까이에 있는 어떤 학생은 "저놈은 목, 저놈은 다리—"라는 중얼거림도 들을 수 있었다.

"만일 선배님들께서 특별히 희망하시는 일자가 없다면 바로 지금 결투를 행했으면 합니다. 어떻습니까?"

"지, 지금!?"

"네, 지금."

마침 기숙사에는 검술학과 학생들을 위한 훈련실이 따로 마련되어 있었다.

복도에서 벌어지는 난투는 토니에게 제제를 받겠지만, 훈련실에서 일어나는 결투는 딱히 처벌받을 일이 아니었다.

그것까지 이미 계산에 마친 디엘은 빙긋 웃었다.

"이견이 없으신 모양이니 그럼 허락하신 걸로 알겠습니다."

상급생 무리가 쉬이 입을 열지 못하자 그사이에 디엘이 술술 일을 진행시켰다.

이제 와서 피할 수도, 도망칠 수도 없게 된 학생들은 울상이었다.

"그럼 훈련실로 장소를 옮기도록 하죠. 함께 가시죠."

디엘은 검술학과 상급생들을 향해 앞장서라는 손짓을 하였다.

제자리에서 발을 쉽게 떼지 못하던 그들은 에드가 눈썹을 꿈틀거리는 것을 보고 재빠르게 걸음을 옮겼다.

근처에 모여 있던 학생들 역시 우르르 몰려 뒤를 따르기 시작하였다.

마치 서커스단의 뒤를 졸졸 쫓아다니며 구경거리에 흥미를 보이는 아이들 같은 모습이었다.

다른 곳에 있다가 그 모습을 목격한 학생들은 어리둥절한 얼굴로 고개를 내밀었다.

"저게 뭐야? 다들 어디 가는 거야?"

"결투래! 하르파스랑 검술학과 상급생이랑!"

"뭐? 결투!?"

먹이를 찾아 헤매는 하이에나처럼 언제나 자극거리에 굶주린 남학생들에게 결투는 도저히 그냥 지나칠 수 없는 최고의 오락거리였다.

게다가 그 결투를 벌이는 것이 이 아카데미의 유일무이한 악마로 불리는 에드라면 더더욱 그러하였다.

처음에는 수십 명 정도에 불과하던 학생들의 수는 점차 늘어나더니, 훈련실에 도착할 무렵에는 백 명이 훌쩍 넘는 수에 달하였다.

심지어 계속 말이 퍼지고 있는 중이라 끊임없이 학생들이 모여들고 있었다.

공개적으로 톡톡히 망신을 당하게 생긴 상급생 무리의 얼굴은 썩 좋지 않았다.

애초에 그들은 자신들이 에드를 이길 수 없다는 걸 잘 알고 있었다.

디엘은 절망 어린 얼굴을 한 그들을 힐끔 본 후, 에드를 보았다. 상급생들과는 반대로 에드는 신이 나 죽겠다는 얼굴이었다.

마치 저쪽은 지옥을, 그리고 이쪽은 천국을 경험하고 있는 것처럼 상반된 모습이었다.

그녀는 에드의 곁에 바짝 다가가 그를 불렀다.

"에드."

"응, 왜? 특별히 더 많이 아프게 해 주었으면 하는 놈이라도 있어?"

"……사망자가 나오는 불상사가 없으면 합니다."

디엘이 조심스레 뱉은 말에 에드가 눈을 느리게 깜빡였다.

지금 자신이 무슨 말을 들은 것인가 의심하는 표정이었다.

"잠깐. 지금 나보고 저놈들을 봐주라는 거야? 왜?"

"봐주라는 것까지는 아닙니다. 정당한 결투면 됩니다. 사망자나 큰 부상자가 나오지 않는 선에서 말입니다."

"……."

역시나 이해할 수 없다는 얼굴로 에드가 눈살을 찌푸렸다. 디엘

에게 했던 짓을 생각해 본다면 진즉 아카데미 밖으로 치워 버려야
했을 놈들이었다.

마음 같아서는 지금도 저들을 곱게 두고 싶지가 않았다.

제아무리 저들이 그럴싸한 변명을 늘어놓아도 디엘이 큰 부상을
입었던 것은 결국 그들의 어리석은 행동 때문이었다.

아직도 그날 일을 생각하면 분노를 쉽게 가라앉힐 수가 없을 정
도였다.

"왜 그래야 하는데?"

표정을 딱딱하게 굳힌 에드는 불만을 감추지 않았다.

디엘은 기운 없이 검집을 만지작거리고 있는 상급생 무리를 향
해 고개를 돌리며 입을 열었다.

"에드. 나에게는 내 방식이 있다는 걸 기억합니까?"

전에도 한 번 디엘에게 검술학과 학생들이 괜한 시비를 걸어온
적이 있었다.

그때 에드는 디엘의 허락을 구하지 않고, 멋대로 그들을 응징하
였다.

그로 인해 본의 아니게 며칠간 서로 불편했던 것을 기억하는 에
드가 고개를 끄덕였다.

"응, 기억해."

"그렇다면 이번에는 제 방식에 따라 주셨으면 합니다."

"……."

어느새 고개를 다시 돌린 디엘의 연한 녹빛 눈동자가 선연하게
빛나고 있었다.

에드가 기억하는 모든 녹색 중 가장 아름다운 색이었다.

어떻게 이 눈동자를, 그리고 이 아름다움을 가진 사람을 거스를 수 있을까.

"……알았어. 그럼 붕대 좀 빌려줘."

디엘이 늘 붕대를 소지하고 다닌다는 것을 알고 있는 에드가 손을 내밀었다.

웬 붕대? 의아해하면서도 디엘은 순순히 붕대를 내밀었다.

그것을 받아 든 에드가 허리춤에 있는 검집에서 검을 뽑아 들었다.

검이 뽑히는 소리에 상급생들도 너나 할 것 없이 검을 뽑아 들었다.

반사적인 행동이었지만, 검을 든 손은 가볍게 떨리고 있었다.

흥, 코웃음을 친 에드가 뽑아 든 검에 천천히 붕대를 감기 시작하였다.

붕대 하나를 통째로 다 감고 나니 검의 모양새가 영 이상하였다.

검 끝까지 꼼꼼하게 두꺼운 붕대를 휘감은 그가 그 위로 손가락을 미끄러트렸다.

그것을 지켜보고 있던 디엘이 설마 하는 얼굴로 물었다.

"……설마 그걸 쓸 겁니까?"

"응."

에드가 고개를 끄덕이자 디엘은 당황하였다.

"그걸 쓸 바에는 차라리 검집을 사용하는 게 낫지 않겠습니까?"

"그건 속이 비어 있잖아. 맞으면 이거보단 덜 아플걸."

에드가 히죽 웃으며 붕대를 휘감은 검을 허공에서 가볍게 휘둘렀다. 공기 중을 가르는 소리가 심상치가 않았다.

맞으면 죽진 않아도 최소한 뼈가 부러지겠는데.

다시 한 번 주의를 주려던 디엘은 입을 다물었다.

이번 일은 그가 디엘의 방식에 따라주려는 모양이니, 자신 역시 에드의 전투방식에 불필요한 참견을 할 수는 없었다.

살상력을 약화시킨 검을 쥔 에드가 앞으로 천천히 나아갔다.

그는 훈련실 중앙에 멈추어 섰다. 에드에게서는 눈빛만으로도 상대를 제압할 수 있는 기백이 느껴졌다.

비록 손에 들고 있는 검이 붕대를 칭칭 휘감은 상태였어도 에드 본인이 가지고 있는 살기 그 자체가 살상 무기나 다름이 없었다.

그것을 감지한 상급생들의 어깨가 굳어졌다. 결투현장을 지켜보고 있던 학생들 역시 마찬가지였다.

긴장감이 감도는 훈련실 안에서 누군가가 침을 꼴깍 삼키는 소리가 울렸다.

앞에 있는 학생 중 하나의 목울대가 위아래로 오르내리는 것을 본 에드가 고개를 까닥거렸다.

"누구부터 나올래? 아, 아니다. 귀찮으니까 한 번에 다 와."

귀찮음을 감추지 않는 얼굴에는 제 앞에 있는 남학생 무리를 얕잡아 보는 기색이 역력하였다.

모르아의 악마를 두려워하는 와중에도 그것이 자존심이 상한 상급생들이 일순, 발끈하였다. 서로를 향해 시선을 주고받은 그들은 함께 앞으로 나섰다.

1:1 승부라면 에드에게 상처 하나 입히는 것조차 어려울 수 있지만, 여러 명이 덤빈다면 혹시 모를 가능성이 있었다.

게다가 지금 에드는 검에 붕대를 감아 무기의 살상력을 완전히 봉인해 둔 상태였다.

이 정도면 해 볼 만하다는 생각에 남학생들의 표정이 조금 밝아졌다.

그들은 에드가 이미 과거에 숱하게 다수의 학생을 상대로 싸움을 벌인 적이 있으며, 그때도 생채기 한 번 단 적이 없다는 것을 까마득하게 잊고 있었다.

"그럼 소등 시간도 가까우니, 동시에 가도록 하지."

비겁하다는 말을 듣는 건 싫은지, 한 명이 변명 같은 말을 주절거렸다.

에드는 어련하겠냐는 얼굴로 히죽 웃었다. 명백히 상대를 도발하는 미소였다.

"그래. 좋지. 그럼 처음도 양보해드릴까, 선배님들?"

그 말을 들은 에드를 상대하는 학생들의 얼굴이 환해졌다.

다른 이가 상대였으면 벌컥 화를 냈을 터지만, 상대가 상대인 만큼 조금이라도 이길 수 있는 요소에 집착하게 된 탓이었다.

"그럼, 사양 않고— 히야압!"

한 명이 먼저 용감하게 달려들었다.

지면을 박차 오르는 발걸음은 재빨랐고, 허공을 가르는 검에는 묵직한 무게가 실려 있었다.

검의 끝은 정확히 에드의 머리를 노리고 있었다. 에드는 재빠르게 검을 위로 치켜 올려 공격을 막아 내었다.

퉁—!

금속과 붕대를 휘감은 금속이 맞부딪치는 소리가 묘하였다.

뒤에 있던 학생 중 한 명이 빈틈을 노리려는 것처럼 가세하였다. 위를 막고 있는 탓에 에드의 왼쪽 옆구리가 텅 비어 있었다.

날카로운 은광이 늘어나는 그림자처럼 길게 뻗어 나왔다. 허나 그것은 에드의 몸에 닿지조차 못하고 막혔다.

앞서 달려든 학생과 대치상태인 에드는 왼쪽 다리를 휘둘러 정강이를 걷어찼다.

퍽一!

"윽!"

예상하지 못한 통증에 검을 맞대고 있던 학생이 뒤로 물러섰다. 그와 동시에 에드가 곧바로 어깨를 노리고 검을 찔렀다.

평소 같으면 포크가 박힌 고기처럼 부드럽게 어깨가 쓸려 나갔을 터였지만, 지금은 상황이 달랐다.

"아악!"

턱, 무언가가 부러지는 소리와 함께 학생이 뒤로 고꾸라졌다.

조용히 결투를 지켜보고 있던 디엘은 저도 모르게 입을 헤, 벌렸다.

소리로 짐작하건대, 아무래도 바닥에 쓰러진 학생의 어깨에 문제가 생긴 게 분명했다.

최소 뼈에 금이 갔거나 만일 그것보다 심각한 상태라면 어깨뼈가 박살 난 게 분명했다.

분명 내가 봐주라고 했던 것 같은데?

디엘이 에드를 향해 매서운 눈빛을 보내자 그새 다른 학생을 상대하고 있던 에드가 넉살 좋게 윙크를 던졌다.

그 어떤 상황에서도 잘난 척을 잊지 않는 모습이 이제 어떤 의미로는 존경스러웠다.

"어디에 정신을 팔고 있는 거냐!"

제법 결투에 몰입하고 있던 상급생 중 한 명이 요란한 고함과 함께 검을 휘둘렀다.

옆으로 살짝 틀어 그 공격을 가볍게 피한 에드의 옆으로 곧바로 다른 이의 공격이 날아들었다.

아슬아슬한 거리에서 공격을 받아친 에드가 손목을 휙 비틀어 닿아 있는 검을 아래로 내리쳤다.

챙!

요란한 소리와 함께 검이 바닥으로 떨어지자 당황한 학생이 제 양손을 멍청하게 내려다보았다.

에드는 그 얼빠진 얼굴을 향해 검 대신 주먹을 날렸다.

정확하게 미간에 꽂힌 주먹에 그는 소리도 지르지 못하고, 그대로 나가떨어졌다.

쓰러진 그는 그대로 의식을 잃었는지 미동조차 없었다.

숫제 주먹이 아니라 망치로 얻어맞은 모양새였다.

바닥에는 벌써 세 명이나 쓰러져 있었다.

마지막으로 남아 있는 학생은 이미 전의를 상실한 얼굴이었다. 처음부터 결과가 분명한 싸움이라 그런지 분한 기색도 없었다.

그래도 마지막까지 검을 내던지며 항복을 외치지 않는 점 하나만큼은 칭찬해 줄 만하였다.

그것을 본 에드가 왼손으로 검을 고쳐 쥐어 자세를 바로 하였다.

다른 학생들은 갑자기 쓰는 손을 바꾸는 에드를 보고 이상하다는 얼굴을 하였지만, 디엘은 에드가 저와의 약속을 지키려고 한다는 것을 알아차렸다.

"셋."

조용한 공기 속에서 에드가 나지막하게 숫자를 읊조렸다. 흠칫 어깨를 떤 학생이 허리를 숙이며 방어 자세를 취하였다.

"둘."

에드는 천천히, 하지만 결코 빈틈이 없는 걸음으로 한 발자국 앞으로 나아갔다.

맞은편에 있는 학생은 손이 새하얗게 변할 정도로 세게 검을 움켜쥐었다.

"하나."

말을 마치는 것과 동시에 에드가 앞으로 몸을 날렸다.

작은 바람이 부는 것 같은 가벼운 소리와 함께 그가 움직인 검이 상대방의 가슴을 노렸다.

살기에 서늘함을 느낀 상급생은 반사적으로 검을 눕혀 공격을 막아 냈다.

"크으…!"

둔탁한 소리와 함께 맞부딪힌 검은 무거웠다. 한 번을 받아 내는 것조차 힘에 겨웠는지 상급생은 반걸음 정도 뒤로 물러났다.

에드는 곧바로 검을 대각선으로 돌려 휘둘렀다.

부웅—

묵직한 소리와 함께 바람을 가른 검이 이번에는 머리로 향하였다.

상급생은 재빠르게 뒤로 고개를 빼서 머리를 보호하며 반사적으로 가슴을 내밀었다.

그 틈을 노린 에드가 재차 가슴을 향해 검을 밀어 넣었다.

푹—

아까보다 힘을 조절한 것인지 조금 둔한 타격음이 울렸다. 하지만 공격을 받은 당사자에게는 결코 가볍지 않은 수준이었다.

"커, 업……!"

그가 몸을 휘청거리자 자세가 무너져 내렸다. 바닥으로 쓰러진 학생의 목에 에드가 검을 가져다 댔다.

만일 붕대를 휘감아 두지 않았더라면 조금 깊게 베였을지도 모를 정도로 바짝.

파랗게 질린 상급생이 손에서 검을 떨어트렸다. 챙강, 바닥에서 검이 구르는 소리가 짧게 퍼졌다.

"져, 졌다."

저는 이제 전투 의사가 절대 없다며 유일하게 의식이 있는 상급생이 양손을 들어 올렸다.

덜덜 떨리는 손끝이 볼썽사납긴 해도 현명한 판단이었다. 그 얼굴을 물끄러미 보고 있던 에드가 천천히 뒤로 고개를 돌렸다.

디엘과 눈이 마주친 그가 눈빛으로 물어 왔다. 이 정도면 되겠어?

피식 웃은 디엘이 고개를 끄덕였다.

그녀는 학생들이 쓰러져 있는 중앙으로 걸어 나왔다.

"승부가 난 것 같군요."

바닥에서 앓는 소리를 내는 학생이 한 명, 의식을 잃고 기절한 지

한참 된 학생이 한 명, 그리고 소리조차 못 내며 다리를 부여잡고 있는 학생이 한 명.

그들을 하나하나 둘러보던 디엘은 에드의 바로 옆에서 걸음을 멈추었다.

아직도 에드가 겨눈 검 끝에서 벗어나지 못하고 있는 학생이 디엘을 향해 애절한 눈빛을 보내 왔다.

"그래. 우리가 졌어."

승자는 패자에게 무엇이든 원하는 것을 요구할 수 있는 법이었다.

자포자기한 얼굴로 양손을 들고 있는 학생이 입을 열었다.

"원하는 건 뭐지?"

"앞으로 저와 제 파트너에게 불필요한 간섭을 삼가 주셨으면 합니다."

혹시라도 터무니없는 요구 조건을 내밀며 어쩌나 걱정하던 학생의 얼굴이 오묘하게 변하였다.

마치 제가 들은 말이 환청이라 생각하는 것 같은 그런 표정이었다.

이제까지 상황을 지켜보고 있던 학생들 역시 비슷한 반응이었다.

웅성거림이 물결처럼 퍼져 나가는 가운데, 디엘은 또렷한 목소리로 말했다.

"여러분께서 제 파트너— 에드에게 반감을 가지고 계신 것은 잘 알고 있습니다. 그리고 그 이유가 무엇인지도 압니다. 이 남자는 마치 다른 사람이 어디까지 저를 미워하고, 싫어할 수 있나 시험해 보는 것 같은 존재니까요."

디엘의 지목을 받은 에드는 한쪽 눈썹을 까닥거렸다.

불만이 가득한 얼굴이었으나 디엘은 개의치 않았다.

"하늘 높은 줄 모르는 오만함과 저 혼자만 좋으면 된다는 이기심, 그리고 수단과 방법을 가리지 않고 뜻을 반드시 관철하고야 마는 악랄함까지. 에드가 어째서 이 아카데미에서 모두에게 두려움의 대상이 된 것인지, 그리고 여러분이 이 남자에게 한 방을 먹이고 싶어서 안달인지 저도 충분히 이해합니다."

"저기, 주인님? 지금 나 욕먹는 중인 거야? 널 대신해서 결투에서 이겼는데?"

기가 막힌다는 얼굴로 에드가 옆에서 손을 흔들어 보였다. 물론 디엘은 이번에도 그것을 무시하였다.

"하지만 동시에 이제는 인정하실 때도 되었다고 생각합니다. 이 남자는 자연재해 같은 존재라는 사실을 말입니다."

"자연재해……?"

멍하니 디엘의 말을 듣고 있던 상급생이 앵무새처럼 말을 따라하였다.

전혀 생각하지도 못했던 말이라는 반응이었다. 디엘은 심각한 얼굴로 고개를 끄덕였다.

"그렇습니다. 에드는 일종의 자연재해입니다. 그것도 우리의 힘으로는 어찌할 수 없는— 이를테면 지진이나 화산 폭발, 혹은 해일 같은 겁니다. 알고 있어도 도저히 막을 수 없는, 그래서 차라리 피하는 것만이 답인 존재."

"……"

이어지는 일장 연설을 듣고 있던 학생들이 고개를 한두 번씩 끄덕거렸다. 다들 어느새 깊이 디엘의 말에 공감하고 있었다.

맞아, 악마가 강림하는 걸 피할 순 없잖아.

기가 막힌 비유라며 학생들이 감탄하는 가운데, 오로지 에드만이 도저히 이해할 수 없다는 얼굴을 하고 있었다.

"잠깐, 디엘. 대체 내가 어디가 자연재해 같은 존재라는 거야? 굳이 비유한다면 가뭄의 단비라거나 장마 끝에 찾아오는 햇볕 같은 거 아니야?"

왜 사람은 자신을 객관적으로 바라볼 수 없는 것일까.

모두가 안타까운 얼굴로 에드를 바라보는 사이, 디엘은 몸을 굽혀 상급생의 어깨에 척 손을 올렸다.

에드가 겨누고 있던 검이 자연스럽게 옆으로 밀려났다.

"여러분이 어떤 행동을 하건 에드는 타격을 입지 않을 겁니다. 오히려 수십, 아니 수백 배에 달하는 보복 행위로 더욱 큰 고통을 안겨 주겠죠. 저는 그것이 매우 비효율적이라고 생각합니다. 그러니까 여러분이 하실 수 있는 가장 좋은 방법은 이 남자에게 절대 관여하지 않는 것입니다."

조곤조곤 말을 이어 나가는 디엘의 목소리에는 묘한 설득력이 있었다. 게다가 그 내용 자체도 앞뒤 문맥을 맞추어 보면 크게 틀린 말은 아니었다.

디엘이 모든 학생에게 '절대 에드가 무서워서가 아니라 더러워서 피한다'는 느낌을 심어 주도록 신중히 말을 고른 덕이었다.

무언가를 생각하는 것처럼 한참 입을 다물고 있던 상급생이 조심스레 입을 열었다.

"그 말대로…… 하도록 하지."

대답을 들은 디엘이 빙그레 웃었다.

"제 뜻을 이해해 주서서 감사합니다. 그럼 이 결투를 끝으로 저희 사이에는 그 어떠한 미련도 남지 않는 것으로 하겠습니다."

"그래. 우리도 그렇게 하도록 하마."

의사를 표현할 수 없는 친구들을 대신하여 상급생이 고개를 끄덕였다.

이러니저러니 해도 에드와의 결투로 잃은 게 많지는 않았다. 디엘의 신사적인 태도 덕에 상급생 무리가 꼴사납게 졌다기보다는 에드와 대등한 위치에서 결투를 끝낸 분위기였다.

디엘은 학생들이 작게 웅성거리는 소리를 흘려들으며 주머니에서 작은 병을 몇 개 꺼내 들었다. 그녀는 그것을 앞으로 내밀었다.

"상처 회복에 도움이 될 연고입니다. 선배님들께서 결투에서 입은 부상이 부디 심한 것이 아니길 바랍니다."

상급생은 선뜻 그것을 받아 들지 못하고, 미심쩍다는 얼굴을 하였다. 당연하다면 당연한 반응이었다.

이미 그것을 예상하고 있던 디엘은 담담한 목소리로 말을 이었다.

"이것의 출처가 의심스럽다면 버리셔도 상관없습니다. 다만 오늘 정정당당하게 결투에 임했던 여러분에게 경의를 표하며 제가 보내는 작은 성의입니다."

정정당당한 결투, 경의, 성의.

절대 나쁘게 받아들일 수 없는 말이 이어지자 결국 상급생은 그

약병들을 받아 쥐었다.

디엘은 그를 향해 묵례한 후, 입을 일자로 다물고 있는 에드의 소매를 잡아당겼다.

"갑시다, 에드."

"……그래, 그래. 오만하고 이기적이고, 악랄한 나지만, 내가 또 우리 주인님 말은 기가 막히게 잘 듣지."

툴툴거리면서도 에드는 디엘의 뒤를 따랐다. 그대로 그곳을 빠져나가려던 디엘이 잠시 멈칫하였다.

"참."

뒤를 돌아 상급생들을 곧게 바라보던 디엘이 가볍게 고개를 숙였다.

"멋진 승부를 보게 되어 영광이었습니다."

다른 이가 말했다면 빈정거림처럼 들렸을 법도 했다.

하지만 디엘의 정중한 태도와 진지한 목소리 덕에 그 말은 마치 사실처럼 느껴졌다.

어느새 그곳에 모여 있는 학생들은 방금 전 자신들이 본 결투가 마치 세기의 대결과도 같은 멋진 현장이었다고 느끼기 시작하였다.

실제로는 에드가 일방적으로 상급생들을 가지고 논 자리였지만.

말을 마친 디엘은 이번에야말로 에드를 데리고 사라졌다.

그 모습을 지켜보고 있던 학생들은 누구 하나 쉽게 입을 열지 못하였다.

무거운 침묵이 깨진 것은 누군가가 감탄 어린 어조로 내뱉은 한마디 때문이었다.

"방금 봤냐? 저 하르파스가 미스 프린스 말에 꼼짝도 못 하는 거?"

"당연히 봤지! 저놈이 저런 얼굴도 할 줄 알았어?"

주거니 받거니 시작한 대화 덕에 훈련실은 금세 시끄러워졌다.

에드의 움직임을 눈으로 좇지조차 못했다는 말이며 디엘이 에드에게 내린 박한 평가며, 화제로 삼을 거리가 많았다.

하지만 그중에서도 단연 그들의 마음을 사로잡은 것은 디엘의 태도였다.

"저번 실습 때 그렇게 심하게 다쳤다면서 어떻게 저렇게 관대할 수가 있지?"

"어디 그것뿐이야? 경의를 표한다면서 약까지 주고 갔잖아."

"생긴 건 진짜 계집 같은데, 완전 남자 중의 남자더라. 캬아!"

신이 나서 떠드는 학생들 사이에서는 디엘에 대한 우호적인 기류가 형성되기 시작하였다.

"지금 생각해 보면 여자애들이 왕자님 같다고 꺅꺅거리는 게 이해가 가긴 해. 실제로 왕자잖아."

언제는 재수 없는 왕자 놈이라고 욕했던 학생 한 명이 한 말에 다른 이가 맞장구를 쳤다.

"어, 맞아. 그리고 보니까 그냥 곱상하게 생겼다기보다는 확실히 좀 왕자처럼 우아하게 생긴 얼굴이긴 하더라."

"말투나 태도도 신분에 상관없이 정중한 것 같아."

디엘에 대한 칭찬이 끝없이 이어졌다. 에드에 대한 이야기가 나올 때도 있었지만, 모두들 전처럼 그에 대한 반감이나 두려움을 강하게 표현하지는 않았다.

그가 디엘의 말에 순순히 따르는 것을 본 탓이었다.

"에드 그놈도 미스 프린스의 그 넓은 포용력에 반해서 저렇게 잘 따르는 거 아닐까?"

"야! 미스 프린스가 뭐냐! 이제 디엘 님이라고 불러야지."

"참, 맞아! 그래야지!"

소등 시간이 가까워져 오는 것도 모르고 모여든 학생들은 신나게 떠들어 댔다.

모두들 더는 '디엘 샤 자르타'가 계집처럼 곱상한 왕자라고 생각하지 않았다.

그리고 그들 중 그 누구도 이 모든 게 디엘의 노림수였다는 것을 알지 못하였다.

*   *   *

"……."

한적한 복도를 걸어가는 에드와 디엘 사이에는 아무런 대화가 없었다.

디엘은 제 옆에 있는 남자를 한 번 힐끔 본 후, 가볍게 기침을 하였다.

"도와주셔서 감사합니다, 에드."

다른 사람이 상대라면 부상을 입은 곳은 없냐거나 괜찮냐 묻는 것이 순서겠지만 옆에 있는 남자에게 그런 배려는 전혀 쓸데없는 것이었다.

검술학을 전공하지 않는 디엘의 눈에도 그들과 에드 사이의 실력 차이는 완연하였다.

세 명의 학생을 전투 불능 상태로 만들고, 남은 한 명이 완전히 전의를 상실하게 만들기까지 걸린 시간은 다 합쳐 봐야 몇 분도 채 되지 않았다.

사실 그마저도 에드가 그들을 많이 봐주며 적당히 상대했기에 걸린 시간이었다.

그런 남자에게 해야 할 말이라고 해야 별 게 없었다. 고마움을 표현하는 인사 정도.

디엘은 아까부터 입을 꾹 다물고 생각에 잠겨 있는 에드를 힐끔거렸다.

그녀가 아는 에드는 저를 이용한 것으로 화를 내거나 불쾌해할 남자는 아니었지만, 침묵이 길자 약간 걱정스럽기는 하였다.

"에드?"

"……."

역시 화가 난 건가. 디엘이 에드의 어깨를 잡아 돌려 그의 표정을 확인하려던 찰나.

"전에도 생각했는데 말이지."

에드가 불쑥 입을 열었다. 난데없이 시작된 이야기에 당황하는 것도 잠시, 디엘은 듣고 있다는 시늉으로 고개를 끄덕였다.

"병 주고 약 주는 게 아주 능숙하단 말이야."

"……제가 말입니까?"

눈을 동그랗게 뜬 디엘의 말에 에드가 걸음을 멈추었다. 디엘을 가만히 내려다보는 그 표정은 무어라 표현할 수 없는 것이었다.

즐거워하는 것 같기도 하고, 그런 자신을 낯설어하는 것 같기도 한 얼굴.

디엘 역시 그에 이끌린 것처럼 지그시 에드를 올려다보았다. 부드러운 녹색 눈동자에는 아주 약간 금빛이 감돌고 있었다.

에드는 선연한 보석 같은 눈에 제 모습이 담겨 있는 것을 확인하며 만족스럽게 웃었다.

디엘은 그가 왜 웃는지 모르겠다는 얼굴이었다. 에드는 커다란 손으로 가볍게 디엘의 볼을 꼬집어 주었다.

"아야—"

아프지 않은데도 디엘이 반사적으로 신음을 흘렸다.

그러자 에드가 이번에는 손끝으로 자신이 꼬집은 부분을 살살 문질러 주었다.

마치 주인을 좋아하는 개가 장난으로 손을 물고는 핥는 것 같은 동작이었다.

이거야말로 병 주고 약 주고 아닌가.

디엘은 말없이 그의 손을 툭 쳐 냈다. 에드는 별로 기분이 상한 기색도 없이 손을 주머니에 찔러 넣더니 다시 걸음을 옮기기 시작했다.

"언제부터 생각해 둔 계획이야?"

그 뒤를 따르며 디엘이 담담한 목소리로 답하였다.

"저들이 저에게 사과를 하러 왔다는 말을 당신에게 들었을 때부터입니다."

사실 이번 일은 이 아카데미에서 에드를 파트너로 두고 생활하는 디엘에게 있어서 한 번은 넘어야 할 산이었다.

에드에게 성격을 바꾸라 할 수는 없는 노릇이니까.

"당신이 이제까지 해 왔던 방식은 혼자였기에 통용되는 것입니다. 또한 이곳이 당신의 모국이었다면 아주 효율적이었겠죠. 하지만 여기는—"

"이시호가 아니고, 나는 황태제 에드윈 디 듀크가 아니지."

에드가 맞받은 말에 디엘이 멈칫하였다.

다른 이유에서가 아니라 처음으로 그의 입에서 풀 네임을 들었기 때문이었다.

에드윈 디 듀크. 괜히 입속으로 몇 번 그 이름을 중얼거려 본 후, 디엘은 다시 입을 열었다.

"당신에게는 당신의 방식이 가장 적합하겠지만, 나에게는 이 방식이 가장 걸맞습니다."

"그렇겠지. 하늘 높은 줄 모르는 오만함과 저 혼자만 좋으면 된다는 이기심, 그리고 수단과 방법을 가리지 않고 뜻을 반드시 관철하고야마는 악랄함을 가진 나와 우리 주인님은 아주 다르니까 말이야."

"……."

생각했던 것보다도 그 말이 충격이었던 것일까. 아니면 단지 토라진 것뿐일까.

에드는 아까 전, 디엘이 다른 학생들 앞에서 했던 말을 토씨 하나 안 틀리고 그대로 외웠다.

그 놀라운 기억력에 감탄이 나오기보다는 웃음이 먼저 나왔다.

온 대륙에서 천재라 소문이 자자한 이시호 제국의 황태제 전하께서 이렇게까지 유치하게 굴 줄이야.

"……즐거워?"

킥킥거리는 웃음을 감추지 못하는 디엘을 보는 에드의 눈이 다정하였다.

다른 누군가가 그랬다면 진즉 목을 꺾고도 남았을 그였다. 하지만 디엘이 하는 것이라면 그게 무엇이든 괜찮았다.

에드를 잘 아는 이들이라면 누구나 놀랄 일이었다.

실제로 텐조차 에드가 디엘에게 갖는 비정상적인 관심과 우호적인 태도에 어쩔 줄 몰라 했다.

그러나 곰곰이 생각해 보면 처음 만났을 때부터 저에게는 그런 기미가 있었다.

'……너는 누구지?'

에드와 디엘이 처음 마주한 것은 제트의 저택 안이었다.

아무도 찾지 못할 공간에서 홀로 조용히 시간을 보내고 있던 에드는 저를 방해한 인물이 근래 잘 찾아오던 암살자 중 하나라고 생각하였다.

하지만 곧 자신의 생각이 틀렸다는 것을 깨달았다.

제아무리 살기를 감추는데 능숙한 암살자라 하더라도 그들에게서는 감출 수 없는 피비린내가 났다.

그러나 물빛 머리칼을 흐트러트린 아름다운 이에게서 전혀 그런 불쾌한 향을 맡을 수 없었다.

그래서 에드는 디엘에게 관심을 가질 수밖에 없었다. 바로 조금 전 물속에서 걸어 나온 요정을 마주한 기분이었으니까.

"그런 의도는 아니지만, 조금은."

짧게 대답하는 디엘의 입가에 지우지 못한 웃음이 잔상처럼 남았다. 그게 보기 좋아 에드는 덩달아 픽 웃었다.

방금 전까지 무슨 이야기를 하고 있었던 건지, 또 어떤 생각을 하고 있었던 건지 따위는 아무래도 좋았다.

네가 웃고 있는데, 다른 게 뭐가 그리 중요할까.

"신선한 기분입니다."

디엘이 불쑥 꺼낸 말에 에드가 옆으로 고개를 기울였다.

뭐가? 그가 눈으로 그렇게 묻자 디엘은 에드를 응시하고 있던 시선을 살짝 틀었다. 무언가를 회상하는 것처럼 먼 곳을 응시하는 눈이 조금 쓸쓸하였다.

"로비나에서는 계획대로 일이 움직이는 것이 이렇게 유쾌하지 않았으니까요."

셋째 왕자와 다섯째 왕자 사이에서 필사적으로 제 자리를 굳히기 위해 해 왔던 일이 제법 있었다.

어디 가서 당당하게 어깨를 펴고 말할 수 없는 내용이 대부분이었다.

속고, 속이고, 움직이고, 굴리고.

겉으로야 어쨌거나 그 밑바닥은 피비린내와 흙탕물이 뒤엉킨 흉한 것이었다.

어떤 때는 자신이 사람이 아닌 존재처럼 느껴질 때도 있었다.

이렇게까지 해야 하냐는 자괴감을 수십 번, 수백 번도 더 느낀 밤도 있었다.

하지만 당하기 전에 먼저 꺾어 두어야 한다는 것이 바바라의 말버릇이었다.

디엘은 그녀의 말이 세상의 전부인 줄 알았다. 그 말대로 따르면 언젠가 자신이 훌륭한 왕이 되어 있을 거라고도 생각했다.

자신은 체스판 위의 킹이라 생각했지만, 실상은 폰이었다. 지금에 와서 생각해 보면 부끄러운 노릇이었다.

"과거를 지우거나 버리고 싶다고 생각하지는 않지만— 뭐랄까."

어떻게 설명해야 좋을까. 이 복잡한 감정을. 디엘은 가슴 위에 손을 가만히 올리고 에드를 바라보았다.

곤란한 것 같이 웃는 입가에는 희미한 슬픔이 배어 있었다.

"자신이 미숙하고, 한없이 부족했던 존재임을 상기할 때마다 창피하다고 느낍니다."

"누구나 그런 거지. 처음부터 완벽한 존재는 없어."

디엘의 마음을 가볍게 해 주려는 것처럼 가벼운 말이었다. 그러나 그 내용은 결코 가벼운 것이 아니었다.

"어른이라고 실수하지 않는 것도 아니고, 아이라고 반드시 틀린 답을 내놓는다는 법도 없지."

디엘도, 에드도 분명 모국에서 법적으로 인정받은 '성인'이었다. 하지만 동시에 모르아에서 공부를 하고 있는 '학생'이기도 하였다.

그들은 아직도 배워야 할 것이 많았다. 디엘 역시 매일 그것을 인지하였다.

애초에 나이를 먹었다고 해서 반드시 성숙한 인격체가 된다는 보장은 없었다.

실수하고, 후회하면서도 조금이라도 바르다고 여기는 선택을 하는 건 당연한 일이었다.

언젠가 카리스 학장이 말했던 것처럼 조금 헤매는 삶도 나쁘지 않았다.

"자신에게 닥쳐온 고난이나 불행을 대하는 태도에 정답 같은 게 어디 있겠어. 누구나 그 당시에 할 수 있는 최선을 다할 뿐인 거 아니야?"

"……맞는, 말이군요."

이 남자가 이런 상식적인 말도 다 하는구나. 디엘이 놀란 얼굴로 에드를 바라보았다.

평소보다 부드러운 얼굴을 한 에드가 디엘의 뺨을 다시 어루만졌다.

"보통 불행은 자랑하는 게 아니지만 말이야. 이상하게 다들 자기가 얼마나 불행한지 내세우게 될 때가 있잖아."

에드가 꺼낸 말은 아주 엉뚱하다 싶은 것은 아니었다.

디엘 역시 로비나에 있을 무렵에는 그런 대화에 끼게 된 경험이 몇 번 있었다.

내가 더 힘드니 너는 아무것도 아니라는 것처럼 사람들은 제 불행을 자랑하고 싶어 할 때가 있었다.

"하지만 난 말이지. 불행은 자랑할 게 아무것도 없단 말이야. 얼굴은 잘났지, 머리는 똑똑하지, 검술 실력은 일류지. 덤으로 신분도 그럭저럭 괜찮기까지 하지."

"……."

이어지는 자랑 공세에 디엘의 눈이 조금 뾰족했다.

물론 에드의 말이 전부 옳긴 하나 그걸 전부 본인 입으로 말해 버리면 고운 눈으로 볼 수 없는 것도 사실이었다.

이 남자는 지금 대체 무슨 말을 하고 싶은 걸까. 디엘이 한숨을 내쉬던 때였다.

"그러니까 너한테는 내가 필요해."

전혀 뜻밖의 말에 디엘이 잠시 굳어 버렸다. 그녀가 고개를 들어 올리자 짙은 붉은 눈동자가 깊고 그윽하게 빛나고 있었다.

"……내가 불행한 사람이라서?"

그래서 불행하지 않은 당신이 필요하다는 겁니까? 이어지는 뒷말을 입 안으로 삼키며 디엘이 입술을 꾹 깨물었다.

혹시라도 그가 저를 동정해서 이런 말을 하는 걸까, 하는 생각에 가슴이 무거웠다.

어쩌면 지금까지 보여 준 호의 역시 동정의 연장선일지도 몰랐다.

"그런 것이라면 사람을 잘못—"

택했다고 하려던 말은 끝맺을 수 없었다.

"아니. 이 세상에서 나만큼 널 깊게 이해할 수 있는 사람은 없을 테니까."

디엘이 그게 무슨 뜻인지 이해하기도 전에 에드의 담담한 목소리가 이어졌다.

"너는 단 한 번도 네가 겪어왔던 일들을 불행하게 표현하려고 노력하지 않았어. 어떤 이라면 더 비극적으로 말했을 일들을. 그저 받아들이려고 무던히 노력하잖아. 나는 그게 미치도록 사랑스럽다고 느껴."

"……."

"그러니까 너에게는 내가 필요한 거야. 나만큼은 그 누구보다도 제대로 널 이해할 수 있어. 네가 아끼는 것들을 지키기 위해 얼마나 많은 노력을 해왔는지."

가만히 에드의 말을 듣고 있던 디엘이 고개를 저었다.

"하지만 내 입장이었다면 누구나 그렇게 행동했을 겁니다. 나는 특별하지 않아요."

"그런 비교는 의미가 없어. 너는 너이기에, 디엘 샤 자르타로 살아온 거야."

다른 누구도 나와 같이 행동했을 거라는 말, 나는 특별한 게 없다는 말은 아무 소용도 없다며 에드가 고개를 저었다.

"로비나에서 네가 했던 일들, 쓸모가 없다고 생각하지 마. 실제로 여기서 도움이 되었잖아. 안 그래?"

"……."

울컥거리는 무언가가 가슴속을 가득 채웠다. 디엘은 입술을 지그시 깨물어 그것을 안으로 집어삼키기 위해 애를 썼다.

슬픈 것도, 아픈 것도, 화가 난 것도 아니었다. 그런데도 속 안에 있는 어떠한 감정이 밖으로 뛰쳐나오고 싶어 안달이었다.

그것을 밖으로 내는 순간, 울어 버릴 것 같았기에 디엘은 눈을 살짝 내리깔았다.

머리칼과 같은 물빛 속눈썹이 파르르 떨리는 것이 마치 바닷바람에 지친 나비의 날갯짓 같았다.

수없이 꺾였지만, 그럼에도 아직 나는 것을 포기하지 않는 것처럼.

"에드의…… 말이, 맞는 것 같습니다."

한참 후, 디엘이 천천히 눈꺼풀을 밀어 올렸다.

마치 그림자에 가려져 있던 푸른 수풀이 드러나는 것처럼 연한 녹청색이 잔잔한 빛을 발하였다.

이브닝 에메랄드. 언제부턴가 에드가 가장 좋아하게 된 색이었다.

언젠가 그녀에게 이브닝 에메랄드로 만든 반지를 선물하리라 생각하며, 에드는 뺨을 쓰다듬던 손가락으로 광대 부분을 천천히 문질렀다.

디엘은 싫어하는 기색 없이 순순히 그것을 허락하였다.

부드럽고, 탄력 있는 피부를 쓰다듬던 손가락이 이번에는 위로 향하였다.

누구보다 단단한 의지를 품고 있지만, 동시에 누구보다도 여린 아픔을 간직하고 있는 눈.

그 근처에 머무른 손이 부드러운 눈썹과 여린 살을 더듬었다. 이번에도 디엘은 싫다 하지 않았다.

얼마 전까지는 상상조차 할 수 없는 일이었다. 이 거리는 그녀와 제가 얼마나 가까워졌는지를 증명해 주는 것이었다.

아마도 이 세상에서 유일하게 단 한 사람에게만 허락할 수 있는 거리. 에드는 자신이 그 속에 들어 있다는 것을 깨달았다.

그것이 좋아서 에드는 고개를 숙여 그 눈꺼풀 위로 입을 맞추었다.

화들짝 놀란 디엘이 뒤로 물러서려고 했지만, 에드는 그녀의 어깨를 덥석 끌어안아 뺨에도 가볍게 입을 맞추었다.

"에드!"

혹시나 누군가 본 사람이라도 있을까 봐 주변을 둘러보며 디엘이 에드를 질책하였다.

"이게 뭐하는—"

"괜찮잖아. 아무도 없어. 그리고 바로 코앞이 우리 방이고."

여전히 디엘의 어깨를 끌어안은 에드가 고갯짓으로 앞을 가리켰다. 그의 말대로 바로 앞에 방이 있었다.

디엘의 얼굴은 조금보다 더욱 딱딱하게 굳어졌다. 기분 탓이 아니라면 지금 이대로 방에 들어갔다가는 무슨 일이 벌어질 것 같다는 생각이 들었다.

게다가 지금은 밤이었다. 디엘이 원래의 몸을 되찾는, 여자로 돌아오는 시간대.

저와 한 약속이 있으니까 에드가 섣부른 행동을 하지 않을 거라고 생각하는 한편— 이 남자라면 몇 마디 말과 정신없는 행동으로 저를 구슬려서 원하는 걸 무엇이건 손에 넣고 말 거라는 불안함도 있었다.

디엘은 뒤로 엉덩이를 슬금슬금 빼내며 입을 열었다.

"에, 에드. 미안하지만, 나는 잠시 신선한 밤공기를 쐬고—"

"그래? 그럼 나도 같이 가야지."

바늘 가는 데 실이 어찌 빠질 수 있겠냐며 에드가 디엘의 몸을 빙글 돌렸다.

본의 아니게 복도에서 한 바퀴 턴을 하고 만 디엘이 얼이 빠진 사이, 커다란 손이 그녀의 손을 자연스레 쥐고 있었다.

디엘의 손을 잡은 상대는 무슨 생각을 하는지 음흉한 미소를 짓고 있었다.

"밖에서 이런 거라던가 저런 걸 하는 것도 꽤 스릴 넘치고 좋지."

"……."

"딱히 남이 보는 앞에서 하는 것에 불타오르는 특이한 취향은 아니긴 하지만, 사람이 편식을 하면 안 되는 법이잖아? 뭐든 도전해 보면 새로운 세계가 열릴지도 모르고 말이야."

"대체 나한테 무슨 짓을 할 작정입니까."

디엘이 눈을 차갑게 빛내며 한 말에 에드가 한쪽 입꼬리를 밀어 올렸다.

"너랑 내가 좋아할 만한 거?"

당신만 좋아하는 거겠지! 속으로만 버럭 외친 디엘은 최대한 감정을 드러내지 않으려고 노력하며 입을 열었다.

"에드. 전에도 분명 말하지 않았습니까? 이런 건 내가 정식으로 저주를 풀—"

"지금이라면 동쪽 입구 근처가 한가하고 좋겠네. 아니면 아예 담

넘어서 밖으로 나갈래? 마침 얼마 안 가서 그럭저럭 괜찮은 호텔이 있는데 말이야. 거기 욕조가 아주 기가 막히니까 둘이 같이 들어가서ㅡ 아, 근데 약 바르는 게 먼저이려나?"

사람 말을 듣지 않는 남자답게 에드는 저 혼자 신이 나서 불필요한 계획을 줄줄 읊기 시작하였다. 아무래도 나가겠다는 말을 한 게 실수였다.

차라리 조금 전 했던 말을 취소하고 안으로 들어가는 것이 나을지도 모른다는 생각을 하던 디엘은 고개를 저었다.

방 안에 들어가면 약을 발라 주겠다는 핑계로 당당하게 제 옷을 벗길 남자였다.

실제로도 요 며칠간 계속 디엘은 에드와 그런 실랑이를 벌이고 있었다. 그런 의미에서 이 남자와 함께 있으면 어디건 위험하긴 마찬가지였다.

방으로 돌아가는 것이 현명할까, 아님 밖으로 나가는 것이 옳은 것일까.

에드는 여전히 신이 나서 저 좋은 계획만 늘어놓고 있었다. 그것을 흘려들으며 디엘은 한숨을 내쉬었다. 언제나 쓸데없는 고민만 늘어놓는 남자에 대한 원망을 가득 담은 무거운 숨이었다.

* * *

시험 기간이 가까워질수록 아카데미 내부에서는 진귀한 모습을 자주 볼 수 있었다.

식당에서 음식 대신 책장을 열심히 씹어 먹고 있는 학생이라거나, 수풀 사이에 머리를 박고 잠이 들어 있는 학생이라거나, 혹은 퀭한 눈으로 손에 용도를 알 수 없는 물건들을 들고 다니는 학생들까지.

평소에는 특별히 모르아의 학생들이 명문 아카데미의 재학생이라 느낄 일이 없었다.

그러나 시험 기간을 4주가량 앞두니 여러 가지 의미로 그들의 진면목이 드러났다.

어디를 가던 간에 아카데미 안에는 어느새 사그라지지 않는 긴장감과 찌릿찌릿한 열기, 그리고 이른 체념 같은 것이 조금씩 섞여 있었다.

그것은 강의 시간 역시 마찬가지였다.

"······이상, 오늘의 강의를 마칩니다. 다들 다음 강의 시간까지는······."

강단 앞에 선 샤칼 교수의 말에 끝까지 귀를 기울이고 있던 디엘은 주변을 휘이 둘러보고 내심 놀라움을 금치 못했다.

평소에는 책상에서 머리를 박고 일어서지도 않고 있던 학생들이 오늘은 모두 허리를 쭉 펴고 앉아 강의를 경청하고 있었다.

디엘이 강의실 안을 샅샅이 눈으로 훑는 것을 본 유진이 빙그레 웃었다. 그녀가 무슨 생각을 하고 있는지 잘 안다는 얼굴이었다.

"평소에 암만 졸았다 하더라도 이맘때만 정신을 차리면 기본 점수는 받을 수 있다고 하더라고요."

"그래서 다들 수업 태도가 좋았군요."

실제로도 샤칼 교수는 강의 시간에 학기 시험에 대한 힌트를 자주 알려 주는 편이었다.

덕분에 고대학 시험은 무사히 패스하는 학생이 많았다. 대화를 두런두런 나누며 디엘과 유진은 자리에서 일어섰다.

"안녕히 가십시오, 디엘 님."

"다음 강의 시간에 뵙겠습니다!"

이제는 여기저기서 날아드는 인사가 익숙했기에 디엘은 그들에게 가볍게 묵례를 하였다.

유진도 다른 학생들에게 조곤조곤한 목소리로 인사를 하였다. 완전히 일상이 되어 버린 모습이었다.

인사를 마친 그들은 어깨를 나란히 하고, 1층으로 향하였다. 유진은 인문학관으로, 그리고 디엘은 예술학관으로 이동해야 했다. 마침 가는 길이 겹치는 경로였다.

"블루 블러드의 식문화에는 매우 흥미로운 점이 많은 것 같아요."

계단을 걸어 내려가며 두 사람이 나누는 대화는 자연스럽게도 오늘 배운 고대학 수업에 대한 것이었다.

"저도 그렇게 생각합니다. 그들이 음식에도 금가루나 보석 가루를 넣었다는 걸 볼 때, 어쩌면 그들은 언제나 바로 마법을 쓸 수 있도록 준비하던 게 아닌가 싶더군요."

샤칼 교수의 강의 내용에 따르자면 블루 블러드는 식사 시에도 보석이나 금 같은 광물의 가루를 향신료처럼 뿌려 섭취했다고 하였다.

학생들은 매우 신기해하였지만, 디엘은 아연함을 먼저 느꼈다.

보석으로 온갖 것을 치장할 뿐만이 아니라, 심지어 그것을 먹기까지 하다니.

아무리 절대적인 힘을 가진 존재가 하는 일이었다고 하더라도 제정신은 아니다 싶은 행동이었다.

그들이 그렇게 소비하던 보석은 아주 오랜 시간에 걸쳐 만들어지는 자연의 산물이었다.

그러니 공급이 수요를 못 따라가는 건 당연하였다.

'붉은 피의 시작'이 사실은 보석 채취에 동원되던 사람들로부터 시작되었다는 것 역시 충분히 이해가 갔다.

어찌 보면 그들이 몰락의 길을 걸은 건 예정된 수순이었다.

"그렇기에 그들에게는 '현자의 돌'이 필요했던 게 아닐까요. 그것은 물을 포도주로, 돌은 금으로 바꿀 수 있는 것이었으니까요."

현자의 돌. 유진의 입에서 흘러나온 말에 디엘은 멈칫하였다.

그사이 유진은 층계를 완전히 내려와 1층에 발을 내딛고 있었다.

그 뒤를 향해 디엘이 조심스레 입을 열었다.

"유진 군. 전에 에드를 통해 전해 준 책―"

디엘이 그 책의 출처에 대해 물으려고 하던 때였다.

"앗, 디엘!"

저를 부르는 반가운 소리에 놀라 고개를 드니 1층 복도 너머에서 경쾌한 발걸음으로 달려오는 니나의 모습이 보였다.

"니나? 어째서 여기에……."

디엘의 기억이 맞다면 그녀는 현재 수강 중인 역사학관이나 고대학 관련 강의가 없었다.

당연히 이곳으로 올 일 역시 없었다. 게다가 요새는 니나가 참가하는 콩쿠르 일정이 얼마 안 남아서 하루에도 몇 시간씩 피아노 연습에 매진하고 있는 시기였다.

그런 때에 왜 하필 여기에? 디엘이 미심쩍다는 눈으로 니나를 보자 그녀가 귀엽게 헤헤 웃었다.

"오늘은 역사학관 카페에서 수요일 한정 요거트 아이스크림을 파는 날이거든. 그걸 먹으러 왔지! 가끔은 숨 좀 돌려야 손가락도 더 잘 움직이는걸."

맙소사. 모처럼 쉬는 시간에 여기까지 온 이유가 고작해야 아이스크림 때문이라니. 디엘은 저도 모르게 미간 사이를 문질렀다.

"시간 괜찮으면 디엘 너도 같이─ 아."

평소처럼 디엘을 제 디저트 타임에 끌어들이려던 니나가 갑자기 하던 말을 멈추었다.

그것을 의아하게 생각한 디엘이 니나를 보자, 유진을 보고 굳어 있는 그녀가 보였다.

무슨 일인가 싶어서 유진 쪽을 힐끔 보았지만, 정작 유진은 별다른 반응이 없었다.

그저 늘 그런 것처럼 부드러운 미소를 짓고 있을 뿐이었다.

"디엘 군의 친구분인가 보군요."

니나와 유진이 초면이라는 것을 깨달은 디엘이 고개를 끄덕였다.

"네. 유진. 이쪽은 음악학과에서 피아노를 전공하고 있는 2학년생 니나입니다. 그리고 니나, 이 친구는 저와 함께 고대학을 전공하는 1학년생 유진입니다."

"처음 뵙겠습니다. 니나 선배님."

유진이 정중하게 인사를 건네자 니나는 그것보다 더욱 깊게 고개를 숙였다.

"아, 안녕하세요! 그, 선배…… 라고는 안 하셔도 괜, 괜찮아요. 편하게 불러 주셔도……."

"그렇습니까? 그럼 다시 한 번 반갑습니다, 니나 양."

미소 지으며 재차 인사를 하는 유진의 모습은 어딜 보나 완벽한 신사의 태도였다.

디엘은 유진이 단국에서 제법 신분이 좋은 집안의 자제라는 걸 재차 상기하였다.

사실 디엘이나 에드만큼은 아니어도 유진 역시 은근히 다른 이들의 이목을 끌었다.

생김새가 남들과 다른데다가 남구인이라 그런 것도 있지만, 유진만이 갖고 있는 독특한 분위기나 우아함 역시 무시할 수 없는 요소였다.

고대학 강의 시간에도 괜히 유진에게 말을 붙여 보는 여학생도 몇 번 본 적이 있었다.

그때마다 유진은 부드럽고, 정중하게─ 하지만 어딘지 모르게 벽을 두고 학생들을 대했다.

처음에는 왜 그러나 싶었지만, 나중에 알고 보니 단국에서는 남자가 가족이나 정혼자 외의 여자와 친하게 지내면 안 되는 풍습이 있다고 하였다.

아무래도 유진은 모국의 풍습을 지켜 가며 적절히 여학생들에게 선을 긋고 있는 모양이었다.

"평소에 디엘 군이 이야기를 자주 하는 걸 들었습니다."

그래도 디엘의 친구라고 평소보다 살가운 태도로 유진이 니나에게 웃어 보였다.

"나, 나도 그래요. 반가워요. 유진, 군."

어째서인지 니나는 꽈배기 꼬듯 몸을 배배 꼬고 있었다.

평소에는 누구를 상대로 하건 말이 막히는 법이 없는 니나이건만, 오늘따라 유독 상태가 이상하였다. 마치 낯가림이라도 하는 것 같은 모습이었다.

거기다가 얼굴은 새빨갛기까지 하였다. 그 모습을 본 디엘은 어리둥절하여 고개를 갸웃하였다.

'혹시 니나가 안면 홍조증이 있었나? 아니면 요거트 아이스크림 생각에 들떠서 열이라도 나는 건가?'

디엘은 조금 걱정스럽게 니나를 바라보았다. 그것을 알아차린 니나가 작게 헛기침을 하였다.

어색하게도 일부러 하는 것이 다 티가 나는 모습이었다.

"그, 그러고 보니! 디엘이랑 유진 군은 어디로 가던 중이야?"

"응? 아, 나는 예술학관으로 가던 중이었어. 그리고 유진은 인문학관으로 간대."

디엘이 고개를 돌려 역사학관 문밖을 가리키는 시늉을 하였다. 그러자 니나가 눈을 반짝 빛내며 말했다.

"그래? 그럼 잘됐다! 나도 마침 예술학관으로 가야 하니까 같이 가면 되겠다."

"응? 어, 하지만―"

아까 분명 아이스크림 먹으러 이곳으로 왔다고 하지 않았나.

아까와는 말이 완전히 달라진 니나에게 디엘은 미심쩍다는 시선을 보냈다.

그리고 니나가 유진에게서 눈을 떼지 못하고 있다는 것을 깨달았다.

"……어?"

그 모습을 보니 순간, 머릿속에서 스쳐 지나가는 예상이 하나 있었다. 에이, 설마. 그럴 리가.

하지만 단순한 제 착각으로 넘기기에는 유진을 보는 니나의 눈이 너무나 열정적이었다.

디엘은 로비나에서 그런 눈을 본 적이 있었다.

그것은 셋째 왕자에게 첫눈에 호감을 드러내는 귀족 영애들이 주로 짓던 표정과 비슷하였다.

아무래도 제 감이 틀린 것이 아니라면 니나가 유진에게 첫눈에 반했다―까지는 아니더라도 엄청난 호의를 갖고 있는 건 분명했다.

디엘은 내심 당황하여 두 사람을 번갈아 보았다.

니나는 유진과 쉽게 눈을 못 마주치고, 발끝으로 바닥을 톡톡 치고 있었다.

비록 디엘이 니나를 알고 지낸 지 오래된 것은 아니었지만, 그래도 그녀를 어느 정도 안다고 생각했기에 정말 의외의 모습이었다.

'니나가 유진한테? 정말로?'

니나가 누구에게 첫눈에 반할 성격은 아닌 것 같다 생각했지만, 동시에 알 수 없는 일이라는 생각도 들었다.

아무리 오래 알고 지낸 사람도 아주 사소한 것을 계기로 그 사람의 색다른 모습을 보게 될 때가 있는 법이니까.

"그럼 니나 양도 도중까지 함께 가면 되겠군요."

"그러게요."

마치 요조숙녀처럼 조신하게 대답하는 니나의 모습에 디엘은 저도 모르게 입가를 가렸다.

방심했다가는 웃음이 터져 나올 것만 같았다. 니나의 모습이 지나치게 낯선 탓이었다.

만일 이 자리에 있는 게 유진이 아니라 에드라거나, 혹은 다른 남학생이었다면 니나가 절대 저런 모습을 보일 리가 없었다.

"디엘? 무슨 일인가요?"

한 걸음 앞으로 나아가려던 유진이 뒤에서 입을 가리고 있는 디엘을 향해 의아함이 가득한 시선을 보냈다.

그 옆에서 조금 떨어져 있는 니나의 얼굴은 무어라 형용할 수 없는 표정이었다.

안절부절못하는 것 같은 그 모습이 디엘의 눈에는 귀여워 보였다.

평소에는 그녀를 놀려 줄 기회가 별로 없어서 그런지 조금 심술을 부리고 싶은 기분도 들었다.

"아무것도 아닙니다. 그럼 셋이서 함께 가도록 하죠."

디엘은 웃는 얼굴로 그들을 따라 정문을 벗어났다.

밖으로 나오니 역사학관의 특유의 무겁고 습한 공기 대신 따뜻한 햇볕이 가득 밴 상쾌한 공기가 코끝을 간질였다.

나나가 이곳까지 아이스크림을 먹으러 달려왔던 것도 조금 이해가 되었다.

오늘은 고양이처럼 햇볕을 쬐며 아이스크림을 야금야금 먹기 딱 제격인 날이었다.

나나와 유진 사이에 서서 걷던 디엘은 나나가 자꾸 무슨 말을 하고 싶어 하는 것처럼 옆을 힐끔거리고 있다는 것을 깨달았다.

작은 입술을 열었다 닫았다, 눈동자를 이리 두었다가 저리 두었다가. 혼자 분주한 모습이었다.

디엘은 자꾸 입꼬리가 실룩거리는 것을 참기 위해 안간힘을 써야했다.

대체 유진의 어딜 보고 이렇게 좋아하는 걸까? 게다가 방금 두 사람은 분명 처음 만난 걸 텐데.

나중에 둘이 있을 때, 그녀의 속마음을 샅샅이 캐물어 보고 싶다는 생각에 디엘의 몸이 저절로 들썩거렸다.

각자 생각에 잠긴 세 사람 중 누구 하나 먼저 입을 여는 사람이 없었기에 잠시 고요한 침묵이 이어졌다.

뜻밖에도 먼저 침묵을 깬 것은 유진이었다.

"디엘 군."

"네?"

나나에게 한창 신경을 쓰고 있던 디엘이 흠칫 놀라 고개를 돌리자 유진이 조금 걱정스럽다는 얼굴을 하고 있었다.

"혹시나 등의 상처가 불편한 건 아닌가요? 아까부터 자꾸 어깨를 들썩이고 계시던데."

"아, 괜찮습니다. 상처는 전혀 아무 이상이 없습니다."

디엘은 얼른 고개를 저었다. 물론 자신이 몸을 가만두지 못하는 것은 니나의 반응을 지켜보며 나오는 웃음을 참기 위해서라는 말을 할 수는 없었다.

"상처는 잘 아물었고, 혹시 모를 일을 대비해서 닥터 제이가 처방해 준 연고를 매일 밤 바르고 있습니다."

그럴 필요까지는 없나 싶었지만, 닥터 제이는 제발 부탁이니 자신이 처방해 준 연고는 꼭 다 처방하라 일렀다.

혹시라도 등에 흉터가 남으면 제 목숨이 간당간당할 거라는 의미 불명의 말도 덧붙이며.

그렇기에 어쩔 수 없이 디엘은 그의 지시를 따랐다. 혼자서 등에 약을 바르는 것은 불가능했기에 에드의 도움을 받는 수밖에 없었다.

그래서 요새는 매일 밤—

"……."

무심코 근래, 그것도 어젯밤에 있었던 일을 떠올린 디엘은 아까와는 다른 의미로 입가를 가려야만 했다.

그것을 힐끔 본 유진이 어리둥절한 얼굴을 하였다. 그것을 눈치챈 디엘은 작게 헛기침을 하였다.

"이미 시간이 제법 지났는데도 다들 걱정이 지나친 것 같습니다."

"그게 무슨 소리야, 디엘! 네가 며칠이나 의식을 잃고 있었는데? 걱정하는 건 당연하지."

이제까지 입을 꾹 다물고 있던 니나가 한 마디를 하자 유진이 맞장구를 쳤다.

"맞습니다. 출혈량이 심한 것이 아닌데도 며칠째 의식불명 상태였으니까요."

유진의 말대로 디엘이 입은 부상은 그녀가 겪은 후유증에 비하면 심각한 것이 아니었다.

물론 부상에 경중이 어디 있겠냐마는, 몸이 건강한 사람이었다면 비교적 금방 회복할 수 있는 것이었다.

하지만 디엘의 경우에는 다른 이보다 조금 심한 후유증이 남았다.

아무래도 갑자기 여자의 몸으로 되돌아왔던 것 역시 상처로 인한 충격이 몸에 영향을 준 게 아닌가 싶었다.

"그래도 설마하니 학장님께서 의무실까지 찾아오실 줄은 몰랐습니다."

디엘이 한숨을 푹 내쉬며 한 말에 니나와 유진은 그대로 걸음을 멈추었다.

마치 자로 잰 듯 똑같은 타이밍이었다. 디엘이 덩달아 걸음을 멈추자 니나가 먼저 빽 소리를 질렀다.

"뭐어!? 학장님? 거짓말!"

조금 전까지 조신하게 굴던 숙녀의 모습은 어디 갔는지 어느새 완전히 평소의 니나로 되돌아와 있었다.

당황한 디엘이 그게 무슨 말이냐고 묻기도 전에 옆에서 유진도 물음을 던졌다.

"그게 사실입니까, 디엘? 정말 카리스 학장님을 뵌 겁니까?"

"네? 아, 네."

대체 그게 뭐가 그리 놀라운 일이냐고 두 사람 다 이런 반응을 보이는 걸까.

디엘이 알 수 없다는 얼굴을 하자 유진과 니나가 시선을 교환하였다.

니나는 정말 믿을 수 없다는 얼굴로 다시 한 번 디엘에게 물었다.

"디엘. 진짜 '그' 학장님을 본 거야? 입학 때도, 졸업 때도 아닌데?"

"……이 아카데미에 있는 학장님이 카리스 학장님 한 분뿐이라면, 분명 내가 본 건 그 학장님이 맞아."

그 대답을 들은 니나가 손뼉을 짝 쳤다.

"굉장해! 어쩌면 조만간 좋은 일이 있을지도 몰라. 아니면 나쁜 일이 있거나."

"저기, 니나. 그거 되게 의미 없는 말이지 않아?"

기가 막힌다는 얼굴로 디엘이 묻자 니나가 그것을 가볍게 무시하였다.

"어쨌거나! 진짜 대단하다!"

"아니, 이게 그렇게 대단할 일이야……?"

디엘이 도저히 알 수 없다는 얼굴로 중얼거리자 가만히 두 사람의 대화를 듣고 있던 유진이 조심스레 입을 열었다.

"디엘. 카리스 학장님은 뵙기가 무척 힘든 분이세요. 그러니까 니나 양이나 제가 놀라는 것은 당연한 거고요."

"그렇…… 게까지 뵙기가 힘든 분이라고요?"

유진이나 니나는 마치 카리스 학장이 전설 속의 멸종동물이라도 되는 것처럼 말하고 있었다.

디엘은 그것이 썩 이해가 가질 않았다. 에드는 원하면 언제든지 학장을 찾아낼 수 있는 것처럼 말했던 기억이 있었다.

이상하다 생각하며 고개를 갸웃하려던 디엘은 이내 에드가 어떤 사람인지를 떠올렸다.

분명 에드라면 언제든 원할 때 쉽게 학장을 만날 수 있을지도 몰랐다.

'하지만 일반 학생이 학장을 자주 못 보는 것도 그렇게 드문 일은 아니지 않나?'

상식적으로 이렇게 거대한 교육기관의 학장과 일반 학생이 마주칠 기회가 몇이나 있을까.

학장을 자주 접하지 못하는 것이 딱히 이상한 일은 아닌 것 같았다.

다른 교육기관의 상황도 아마 크게 다르지 않으리라.

그러자 디엘이 무슨 생각을 하는지 알아차린 것처럼 옆에 있던 니나가 설명을 덧붙였다.

"예전에 졸업한 선배에게 들은 건데, 보통 이 아카데미에 입학한 학생은 학장님을 딱 두 번 볼 수 있대. 첫 번째는 입학할 때, 그리고 두 번째는 졸업할 때. 그 외에는 아무리 만나고 싶어도 만날 수가 없다나. 그래서 입학 때나 졸업 때가 아닌 상황에서 학장님을 보게 된 학생은 좋은 일이 있거나 혹은 나쁜 일이 있을 거라는 말이 있어."

응? 잠깐만. 좋은 일이 있거나 나쁜 일이 있는 거면 그거 학장님을 만난 것과는 별 상관없는 거 아닌가?

디엘은 매우 지당한 의문을 품었지만, 그것을 입 밖으로 내지 않았다.

정확히는 디엘이 입을 열 틈도 없이 유진이 바로 말을 이은 탓이었다.

"그분은 다른 학사 일정에도 얼굴을 비치는 법이 없으시다면서요? 심지어 학기 시험 이후에 열리는 파티에서도 한 번도 뵌 적이 없다는 말도 자주 들었습니다."

"응, 맞아요. 내가 이제까지 총 두 번 정도 파티에도 참여하고, 다른 아카데미 행사에도 열심히 참여했지만 언제나 유마 교수님이 대리로 참석해서 자리를 지키셨다니까요."

힘차게 고개를 끄덕이는 니나의 얼굴에는 아까까지 느껴지던 어색함이 없었다.

흥미진진한 화제가 나온 덕분에 평소의 활발함을 되찾은 모습이었다.

"아무리 이 아카데미가 넓어도 그렇지, 아카데미에 재학 중인 학생도 이만큼 많은데, 학장님을 보는 학생이 없다는 건 진짜 이상한 것 같아요."

니나의 말에 유진도 고개를 끄덕이며 동의를 표하였다.

"30년 전부터 그래 왔다고 들었어요. 학장님을 뵙는 것이 전설 속의 신수를 만나는 것만큼 희귀한 일이라고요."

"……응? 30년 전?"

가만히 대화를 듣고 있던 디엘은 무언가 이상하다는 생각에 멈칫하였다.

"니나. 지금 아카데미의 학장님은…… 언제 학장으로 취임한 거야?"

"아."

니나는 디엘이 무엇을 묻고 싶어 하는지 알아차린 것처럼 웃었다.

"들은 바에 의하면 30년 전에도 그분이 모르아의 학장이었대."

"뭐? 하지만 그분은 아무리 봐도—"

"응, 서른 초중반으로밖에 안 보이긴 하지. 하지만 아마 연세가 올해로 쉰은 족히 넘으셨을걸? 어디까지나 학생들의 추정이긴 하지만."

말도 안 돼. 디엘은 믿을 수 없다는 얼굴로 니나를 한 번, 그리고 유진을 한 번 보았다.

두 사람 모두 디엘의 심정을 충분히 이해할 수 있다는 듯 고개를 끄덕였다.

"맞아. 정말 거짓말 같지? 근데 진짜야. 내 선배의 선배의 선배의 선배의 선배 때부터도 학장님은 저 얼굴이셨대."

"그래서 사실은 학장님이 '저주'로 늙지 않게 된 게 아니냐는 소문도 있더군요."

늙지 않는 저주. 사람의 성별을 바꾸는 저주도 있으니 아주 말도 안 되는 소리는 아니었다.

다른 사람들은 터무니없다 웃을망정, 디엘은 그것을 마냥 헛소문이라고 생각할 수 없었다.

아무리 생각해도 학장은 30대의 건장한 남성으로밖에 보이지 않았다.

'나는 아직도 헤매고 있답니다.'

문득, 의무실에서 먼 곳을 응시하며 중얼거리던 카리스 학장의 모습이 떠올랐다.

그는 대체 무엇을 헤매고 있는 것일까? 혹시나 그가 정말로 늙지 않는 저주에 걸린 인물인 건 아닐까? 머릿속이 순식간에 복잡해졌다.

'만일 그게 사실이라면 내 사정을 안 학장님은 대체 무슨 생각을 하셨을까?'

디엘은 왼쪽 이마를 손끝으로 문질렀다. 자신에게 운명을 바꿀 때까지 계속 이곳에 있으라고 다독이던 목소리가 아직도 기억 속에 선명하였다.

그 목소리가 유독 다정스럽게 들렸던 것은 기분 탓이었을까. 아니면 간사한 뇌가 지나간 기억을 미화하고 있는 것일까.

"디엘? 왜 그래?"

골똘히 생각에 잠겨 있던 디엘은 저를 부르는 목소리에 정신을 차렸다.

고개를 들어 보니 니나와 유진이 이상하다는 얼굴로 저를 보고 있었다. 디엘은 아무것도 아니라는 듯 고개를 저었다.

"늙지 않는 저주라는 게 흥미로워서. 그것에 대해 잠시 생각해 보고 있었어."

유진은 디엘의 말이 이해가 간다는 얼굴로 말하였다.

"그렇죠. 일반적으로 저주라는 것은 다른 사람에게 해를 입히거나 고통을 주는 게 대부분이니까요. 그런 의미에서 보면 늙지 않는 저주라는 것은 다른 저주와는 다소 유형이 다른 것 같다는 생각이 드네요."

고대학과 학생답게 유진은 제법 진지한 얼굴로 의견을 피력하였다. 디엘 역시 그처럼 심도 있는 말을 꺼내려던 찰나.

"맞아! 늙지 않는 저주라는 거 굉장히 멋있는 것 같아. 그런 저주라면 나도 한번 받아 보고 싶어."

나나가 천진난만한 얼굴로 떠드는 말에 유진은 묘한 얼굴을 하였다. 그것을 눈치챈 디엘이 입을 열었다.

"왜 그러십니까, 유진?"

"아니요. 별 건 아니에요. 다만…… 전 늙지 않는다는 것이 그렇게 좋은 일이라는 생각이 들지 않아서."

유진이 한 말을 들은 나나가 옆에서 고개를 쏘옥 내밀었다. 그녀는답지 않게 조금 조심스러운 태도로 입을 열었다.

"왜요? 늙지 않으면 주름살 생길 일도 없고, 머리가 하얗게 새거나 빠질 일도 없잖아요."

단순하지만, 일반적으로 사람들이 할 만한 생각이긴 하였다.

사람은 누구나 불로불사에 대한 동경을 품고 있었다.

역사학에서는 어느 왕국의 폭군은 영생을 꿈꾼 나머지 나라를 파멸로 몰고 갔다는 기록 역시 심심치 않게 찾아볼 수 있었다.

그들은 이미 고대에 사라진 블루 블러드에서 환상을 보았다.

"대신 남들에게 미움 받는 존재가 될지도 모르죠."

유진이 한 말에 디엘이 멈칫하였다. 그의 말대로였다.

바바라가 디엘이 저주에 실패했다는 걸 알았을 때— 제 아이가 남자도 여자도 아닌 존재라는 걸 깨달았을 때, 얼마나 경멸 어린 눈으로 저를 보았던가.

다시 떠올려도 등골이 오싹해질 만한 시선이었다.

유사한 경험을 가지고 있는 디엘은 유진이 한 말에 깊이 공감하였다.

그러나 일반적으로 할 만한 생각은 아니었다.

마치 유진 역시 디엘과 비슷한, 사람에게 미움을 받을 수밖에 없는 일을 겪어 본 사람 같았다.

"그런가요? 하지만 오히려 부러워할지도 모르잖아요."

유진의 주장에 동의할 수 없다는 것처럼 니나가 이의를 제기하였다.

매사가 긍정적인 그녀다웠다. 그러나 이번만큼은 디엘 역시 유진과 같은 입장이었다.

"아니, 다른 건 언제나 미움의 대상일 수밖에 없어."

조금 가라앉은 목소리로 디엘이 한 말에 니나가 놀란 얼굴을 하였다.

"디엘?"

"사람들은 자신이 이해할 수 없는 것― 그리고 자신과 다른 것은 배척하고 싶어 해. 그러니까 다른 사람과 달리 나이를 먹지 않고 살아가는 사람이 있다면, 그 사람을…… 혐오하겠지."

지금 제 옆에 있는 두 사람은 어떨까. 디엘은 저의 비밀을 알게 된 니나와 유진이 어떤 반응을 보일지 상상해 보려다가 그만두었다.

에드처럼 제 비밀을 쉽게 받아들여 줄 것 같지는 않았다.

"그런…… 걸까?"

조금 전과 다르게 나나도 사뭇 진지해진 모습으로 중얼거렸다. 디엘은 그런 나나를 향해 말을 이었다.

"나나. 블루 블러드라는 고대 종족을 알지?"

"마법을 쓸 수 있던 그 종족?"

"그래, 맞아. 그들에 대해 생각해 봐. 그렇게나 엄청난 능력을 가지고 있었음에도 불구하고, 결국 세상에서 모습을 감추었어. 사람들은 자신과 다른 블루 블러드를 처음에는 두려워했고, 그다음에는 숭배했으며, 마지막으로 미워했지."

그녀가 배운 대로라면 대부분 블루 블러드와 고대인들이 전쟁을 벌이게 된 이유를 블루 블러드의 지나친 횡포와 사치 때문이라 말하였다. 분명 그것은 사실이었다.

하지만 동시에 그것이 역사의 전부는 아니리라.

"남과 다른 힘이 반드시 축복이라 할 수는 없다 생각해. 오히려 '다르다'는 것은 때로는 그 자체만으로도 저주일 수도 있어."

말을 이어 가는 디엘의 표정은 착잡하였다. 조금 전까지만 해도 장난스럽던 나나도 덩달아 깊은 생각에 잠긴 얼굴이었다.

그들을 힐끔 본 유진이 천천히 입을 열었다.

"하지만 만일 그런 저주가 있다면…… 사실 그것보다도 더 힘든 점은 따로 있을 거라고 생각해요."

그게 무엇이냐는 얼굴로 디엘과 나나가 유진을 보았다.

"사람들과 다른 시간을 살아가야 하는 건, 무척 괴로울 것 같아요."

다른 시간. 그 말을 하는 유진의 눈이 무척 슬퍼 보였다.

"아무리 오래도록 함께하고 싶은 사람이더라도 그 사람이 먼저 떠나가는 것을 지켜봐야겠죠. 가족도, 친구도, 사랑하는 이도 모두 떠난 삶은……."

유진은 끝말을 잇지 않았다. 하지만 디엘은 그 뒷말이 궁금하지 않았다.

옆을 힐끔 보니 니나가 멍하니 무언가를 생각하고 있는 모습이 보였다.

잠시 세 사람 사이에는 무거운 적막이 감돌았다. 처음 만났을 때와는 다른 종류의 어색함이었다.

초면에 나누기에는 너무 심도 있는 대화를 나눈 탓이었다.

뒤늦게 그것을 깨달은 디엘이 무슨 말로 침묵을 깨야 좋나 고민하던 때였다.

"아."

유진이 흘린 짧은 소리에 고개를 들어 보니 어느새 인문학관의 모습이 보였다.

"저는 이만 가 봐야 할 것 같네요."

어색하게 웃은 유진이 인문학관을 가리켰다. 디엘이 고개를 끄덕이며 니나를 힐끔 보았다.

눈이 마주친 니나는 웃으려다가 실패한 것 같은 얼굴을 하고 있었다. 유진은 그런 니나를 향해 고개를 꾸벅 숙였다.

"오늘은 초면에 재미없는 이야기만 잔뜩 늘어놓은 것 같아 죄송하네요, 니나 양."

"아, 아니에요! 조금 공부하는 것 같은 기분이 들었던 것도 사실이지만, 덕분에 도움을 받았는걸요."

도움을 받아? 방금 유진이 뭔가를 했던가? 디엘은 어리둥절한 얼굴로 유진을 보았다.

유진 역시 자신이 니나에게 무엇을 했는지 모르겠다는 표정이었다.

"이번에도 도움을 받았네요, 고마워요. 유진 군."

"이번에도?"

계속해서 이어지는 말 역시 수수께끼 같은 것이었다.

디엘이나 유진이 그게 무슨 말이냐고 물을 틈도 없이 니나가 덥석 그녀의 손을 잡아끌었다.

"다음에 기회가 되면 또 만나요, 유진 군!"

활기차게 외친 니나가 반대쪽 손을 힘차게 흔들어 보였다. 그 모습은 완전히 평소대로의 니나였다.

"아, 네. 그럼 안녕히……."

유진이 느릿하게 눈을 껌뻑이는 모습을 뒤로한 채, 니나와 디엘은 빠르게 그곳을 벗어났다.

제 손을 잡은 니나의 손힘이 제법 다부졌다.

디엘은 뒤를 돌아보았다. 유진이 아직도 이쪽을 보고 있는 것이 보였다.

거리가 제법 멀어서 표정이 자세히 보이지는 않지만, 놀란 얼굴이었다.

당연한 일이었다. 갑작스러운 니나의 태도 변화에 디엘 역시 많이 놀란 참이었다.

대체 무슨 일인가 싶어서 디엘이 고개를 다시 앞으로 돌린 순간, 니나가 입을 열었다.

"나! 만나 보고 싶어, 디엘!"

"응? 누구를?"

"나랑 닮았다는, 디엘이 안다는 그 사람. 나, 그 사람과 만나 보고 싶어."

"……."

전혀 생각하지 못했던 말에 디엘은 걸음을 멈추었다. 질질 그녀를 끌어당기던 니나 역시 천천히 멈추어 섰다.

디엘은 자신이 방금 전 들은 말을 의심하는 것처럼 니나를 보았다.

그 눈을 마주한 니나가 무어라 형용할 수 없는 얼굴로 웃었다. 괴롭지만, 애써서 웃고 있는 것 같은 그런 표정이었다.

"……괜찮겠어?"

이 질문이 무슨 의미가 있나 생각하면서도 디엘은 그렇게 물을 수밖에 없었다.

혹시라도 레아가 제 가족이 아닐 때, 니나가 느끼게 될 실망과 상실감을 생각한다면.

"모르겠어."

니나는 천천히 고개를 저었다.

"하지만…… 아까 유진 군이 한 말을 들으니까. 지금 해야 한다는 생각이 들었어. 만일 내 가족이…… 어린 날의 나를 아는 사람이 세상 어딘가에 남아 있다면…… 그 사람들을 찾는 건 지금이어야 하는 것 같아."

디엘은 그제야 유진이 했던 말에 니나가 왜 그리 골똘히 생각에 잠겨 있었는지 깨달았다.

그간 말은 안 해도 그녀 나름대로 많은 고민을 했던 것이 분명했다.

"만일 그들과 내가 다른 시간을 살게 된다면 만나 볼 기회조차 없는 거잖아. 그러니까…… 만나볼래."

활짝 웃는 니나의 얼굴이 언제나처럼 밝고 명랑하였다. 하지만 이 모습이 니나의 전부가 아니라는 걸, 디엘은 알고 있었다.

디엘은 자신의 손을 잡고 있는 니나의 손을 조금 힘주어 잡았다.

"미안해, 니나."

니나만큼은 아니어도 디엘 역시 내심 많은 생각을 하였다. 그중에는 괜한 말을 꺼냈나 하는 후회도 있었다.

차라리 먼저 레아에게 사실을 확인하고, 니나에게 말을 꺼냈다면 그녀를 상처 입힐 가능성을 조금이라도 줄일 수 있지 않나 하는 생각도 하였다.

거기까지 미처 생각이 미치지 못한 자신의 미숙함이 부끄럽기도 하였다.

그런 디엘의 마음을 다 아는 것처럼 니나가 고개를 저었다.

"미안할 게 뭐 있어. 너는 날 생각해서 한 말이었잖아."

"응. 하지만—"

디엘이 쉬이 말을 못잇고, 머뭇거렸다. 그것을 물끄러미 보고 있던 니나가 디엘의 손등을 다정하게 토닥거렸다.

정작 위로받아야 할 사람은 니나이건만, 입장이 완전히 반대였다.

"좋아하는 사람한테 행복을 찾길 바라는 건 당연한 일인걸. 디엘은 내가 행복해지길 바란 거잖아? 그러니까 미안해할 것 없어. 우리가 서로 입장이 반대이더라도 나도 똑같이 행동했을 거야."

"……."

어쩌면 다정함이라는 것은 선천적으로 타고나는 것이 아닐까. 아무리 노력해도 이런 따뜻함과 강인함을 평생 손에 넣지 못하는 사람도 있었다.

디엘은 로비나에 있을 레아를 생각하였다. 그리고 그녀와 똑 닮은 갈색 머리칼의 소녀를 바라보며 말하였다.

"로비나에 바로 사람을 보내서 연락을 취할게."

딴에는 니나를 생각해서 한 말이었지만, 어째서인지 그녀가 고개를 저었다.

"기왕이면 학기 시험이 끝날 때쯤이 좋을 것 같아."

무슨 이유에서냐고 물으려던 디엘은 곧 니나의 뜻을 알아차렸다.

"그때가 콩쿠르 끝날 시기구나."

니나가 참가하는 콩쿠르는 학기 시험 일정과 겹치는 시기에 열렸다.

괜히 마음이 들떠 집중력이 흐트러지기라도 한다면 애써 준비하던 콩쿠르가 헛수고가 되는 셈이었다.

"알았어. 그럼 학기 시험이 시작되기 바로 전쯤 연락해 볼게."

그때쯤이면 딱 학기 시험이 끝나고 나서 레아에게 답을 받아 볼 수 있을 터였다.

"응. 그럼 잘 부탁할게."

고개를 끄덕이는 니나의 눈동자에는 미세한 긴장이 서려 있었다. 그녀의 불안이 조금이라도 희미해지길 바라며 디엘은 조금 더 손에 힘을 주었다.

"괜찮을 거야."

"응."

입 밖으로 나오는 것은 상투적인 말뿐이었다. 자신의 말주변이 이렇게 부족했나. 조금 더 니나를 안심시키고, 격려해 줄 수 있는 말은 없을까. 이럴 때 제 주변 사람들이라면 어떻게 행동했을까 생각해 보던 디엘은 멈칫하였다.

갑작스러운 니나의 말에 놀라 잊고 있던 것이 재차 떠오른 탓이었다.

"그러고 보니, 니나. 아까 유진한테 했던 말은 무슨 뜻이야? 두 사람 초면인 거 아니었어?"

분명 유진은 니나를 처음 보는 것 같았는데.

디엘이 중얼거린 말에 니나가 헤헤 웃었다. 쉽게 사연을 털어놓을 마음은 없는 모양이었다.

이럴 때의 니나가 얼마나 고집이 센지 아는 디엘은 지금은 우선 물러서기로 하였다.

이 일과 관련해서도 유진에게 넌지시 운을 떼어 봐야겠다 생각하며 디엘은 슬그머니 웃었다.

할 일이 많이 늘어났건만, 전혀 싫지 않은 기분이었다. 소중한 친구를 위해서니까.

* * *

"……위대한 일을 완수하는 것으로 우리는 새로운 세계를 맞이하게 될 것이다."

소리 내어 마지막 문장까지 완독한 디엘은 책을 그대로 탁, 덮었다.

그녀가 방금 전까지 읽고 있던 책은 유진이 준 '현자의 돌'에 관련된 책이었다.

그녀는 책 표지를 내려다보며 골똘히 생각에 잠겼다.

이 책에 적혀 있는 내용이 사실이라면 디엘이 저주를 푸는 방법은 현자의 돌 외에는 없었다.

현자의 돌. 그 무엇이든 가능하게 할 수 있으면 동시에 그 누구도 갖지 못하는 유물.

현자의 돌에 대해 아는 사람들은 대부분 그 돌이 어디에 있는지 알지 못하는 경우가 태반이었다.

그러나 디엘은 분명 돌이 어디에 있는지를 알고 있었다.

자리에서 일어선 디엘은 창문 근처로 다가가서 커튼을 들추었다. 어둠 속에서 먼 곳을 응시하는 눈이 예리하였다.

그녀의 시선 끝이 향하는 곳은 타틴 산 중턱, 바로 제트의 저택이 있는 곳이었다.

그녀는 존 스미스가 저에게 고대어 해독을 지시하며 벽면을 가리키던 모습을 떠올렸다. 거기에 쓰여 있던 것은 분명 철학자의 돌, 즉 현자의 돌에 대한 것이었다.

디엘은 눈을 살짝 감고, 기억을 더듬었다.

불멸, 생명, 위험, 보물.

벽에 쓰여 있던 단어를 상기하자 자신이 어렵사리 해독했던 문장이 꼬리에 꼬리를 문 것처럼 기억났다.

'불멸의 생명을 원한다면 뜻대로 이루어지리. 그릇된 것을 바른 자리로 되돌려 놓는 것과 바른 것을 그릇된 것으로 만드는 것을 원한다면 그 또한 뜻대로 이루어지리라. 이것은 가장 위대한 일이며 세상의 본질이자 변화. 그렇기에 이 위험한 보물을 도둑들로부터 보호하기 위해 이곳에 감춘다.'

자신이 바르게 해석을 했는지 조금 불안하였지만, 크게 잘못 해석한 것 같지는 않았다.

입술을 만지작거리며 그다음 문장을 떠올리려던 디엘이 멈칫하였다.

유리창에 얼핏, 욕실에서 나오는 에드의 모습이 비쳤다.

뒤를 돌아보니 언제나처럼 실오라기 하나 안 걸친 에드의 알몸이 보였다. 디엘은 재빠르게 다시 고개를 앞으로 돌렸다.

"에드!"

대체 언제까지 내가 저 남자 옷 입으라는 잔소리를 해 대야 하는 걸까. 이러다가 저 알몸을 보는 일에 익숙해지는 게 아닐까 겁이 덜컥 날 정도였다.

"응, 왜?"

내심 안절부절못하는 디엘의 반응을 즐기기라도 하는 것처럼 에드는 느긋하게 그녀에게 다가왔다.

제대로 닦지 않은 물기가 바닥으로 뚝뚝 떨어지고 있을 게 분명했다.

왜냐하면 에드가 디엘의 허리를 감싸 안는 것과 동시에 얇은 셔츠의 축축하게 젖어 버렸으니까.

덕분에 몸에 닿는 열기가 마치 맨살에 닿는 것처럼 생생하였다.

디엘은 제 뒤에서 저를 끌어안은 에드의 몸을 의식하지 않으려고 애를 쓰며 입을 열었다.

"……비켜요, 에드."

단 한 번도 디엘의 말을 순순히 들어 준 적이 없는 남자답게 에드는 물러서지 않았다.

그는 오히려 디엘의 머리칼을 손가락으로 희롱하며 그녀의 심장 박동이 빠르게 뛰는 것을 즐겼다.

"웃……."

원래부터도 스킨십이 잦은 남자였지만, 요새는 그 정도가 심하였다.

디엘은 제 얼굴에 홍조가 돌지 않기를, 심장이 조금만 천천히 뛰기를 바라며 에드의 손을 밀어내려고 하였다.

하지만 그녀의 손이 힘줄이 보기 좋게 돋은 팔에 닿은 순간, 에드가 반대쪽 손으로 그 손을 감싸 쥐었다.

창밖에 짙은 어둠이 드리운 탓인지 유리창은 마치 거울처럼 모습을 비추고 있었다.

디엘은 유리창에 보이는 남자의 얼굴이 아끼던 사냥감을 노리는 짐승처럼 난폭하다는 것을 깨달았다.

문자 그대로 저를 잡아먹을 것 같은 눈빛이었다.

"⋯⋯에드."

"뭘 보고 있었어?"

불쑥 에드가 던진 질문에 디엘이 멈칫하였다. 저를 끌어안은 단단한 팔에서는 여전히 거스를 수 없는 강한 힘이 느껴졌다.

"무슨 생각을 하고 있었어?"

아무 대답이 없자, 에드가 재차 물어 왔다.

디엘은 자신이 조금 전까지 보고 있던 방향으로 다시 시선을 돌렸다.

볼록하게 솟아오른 삼각형으로밖에 보이지 않는 타틴 산의 모습이 그곳에 있었다.

바로 그 아래쪽에 위치한 제트의 저택을 가늠해 보며 디엘이 입을 열었다.

"제트의 저택에 한번 가 봐야 할 것 같습니다."

비밀의 방에서 발견한 글귀가 어디까지가 사실인지는 알 수 없었지만, 만일 정말 현자의 돌이 그곳에 실존한다면 더할 나위 없는 기회였다. 마침 디엘은 모르아의 학생이었고, 고대학을 전공하고 있었다.

"언제?"

에드가 디엘의 귀에 소곤거리는 소리가 숨결처럼 나지막하였다.

저도 모르게 등줄기가 파르르 떨렸다. 그것이 싫어서 앞으로 몸을 빼내려고 하였지만, 이번에도 소용없는 시도였다.

에드는 저의 품에서 벗어나려고 하는 디엘에게 보복이라도 하는 것처럼 입술 끝으로 귓불을 가볍게 물었다.

"에, 드!"

놀란 마음과 부끄러운 마음을 감추지 못한 디엘이 소리를 지르자 쿡쿡, 웃는 기색이 느껴졌다.

이 남자는 지금 장난을 치고 있다.

그걸 알면서도 수작에 넘어가는 스스로에게 화가 났다. 아무 반응을 보이지 않으면 되는데, 그게 세상에서 그 무엇보다 힘든 일이었다.

잠시 킥킥거리던 에드가 디엘의 뺨을 느릿하게 만지작거렸다. 마치 토라진 연인을 달래는 것처럼 애정 어린 동작이었다.

"제트의 저택에는 지금 스타투스 경비대가 진을 치고 있어. 당분간은 조사 때문에 엄청 드나들 거야."

에드의 말이 사실이라면 조용히 숨어드는 것은 어려울 것 같았다.

디엘이 입술을 지끈 깨물며 초조한 기색을 드러내자 그것을 알아차린 에드가 물었다.

"치워 줘?"

"……."

뭘 어떻게 할지는 몰라도 그는 정말 경비대를 유적지에서 '치우는 게' 가능할 터였다. 잠시 생각에 잠겨 있던 그녀는 고개를 저었다.

"아니요. 그렇게까지 할 필요는 없습니다. 유적지는 도망가지 않을 테니까요."

게다가 경비대가 그렇게 있다면 오히려 외부인이 숨어들 걱정도 없었다.

조급하게 마음먹을 필요는 없다 생각하며 디엘은 깊게 숨을 내쉬었다.

"경비대가 언제까지 조사를 진행할지 알고 있습니까?"

"아마 학기 시험 전에는 철수할 거야. 지금도 한창 애들이 예민할 시기라서 조용히 조사를 하고 있는 중이니까."

그 정도라면 충분히 수용 가능한 기다림이었다. 10년간 기대도 하지 못했던 일을 이루게 되었는데, 고작 4주 정도야.

"그럼 시험이 끝난 후에 가는 게 좋겠군요."

"좋아, 네 뜻대로."

그 외에 별다른 말은 없었지만, 디엘은 에드가 반드시 자신과 동행하리라는 걸 알고 있었다. 내색은 하지 않아도 그것이 안심이 되기도 하였다.

등 뒤에서 저를 끌어안고 있는 이는 이 세상에서 그 누구보다 위험한 남자였지만, 동시에 저를 완벽하게 지킬 남자이기도 하였다.

어느 틈엔가 그의 품에서 디엘은 편안함을 느끼고는 하였다.

비록 그것이 날카로운 발톱과 커다란 몸집의 맹수가 저에게만 호감을 표현할 때 같은 아슬아슬한 안도감이기는 하였지만.

"⋯⋯."

두 사람 사이에서는 잠시 고요한 적막이 흘렀다. 딱히 어색하거나 불편하지 않은 분위기였다.

언제부터 그와 자신이 이렇게 되었던 걸까 생각하며 디엘이 입을 열었다.

"에드."

"으응?"

디엘의 왼쪽 귓바퀴를 만지작거리고 있던 에드가 건성으로 대답하였다.

말랑말랑한 살결에 닿는 묘한 자극에 가슴속에 화끈거리는 불덩이가 들어앉은 것만 같았다.

자신이 하려던 말이 무엇인지 잊은 채, 디엘은 고개를 숙였다. 앞에 있던 차가운 유리창에 이마가 닿아 기분이 좋았다.

그러나 그와는 대조적으로 등 뒤에서부터 저를 감싸고 있는 모든 것이 뜨거웠다.

"왜, 귀를……"

"점이 예뻐서."

"……점?"

예상하지 못했던 말에 디엘이 이마를 창에 기댄 채, 뒤를 힐끔 보았다.

반사적으로 제 왼쪽 귀를 살피려는 동작이었다. 에드는 그것을 보고 쿡쿡 웃었다.

그 웃음소리에 디엘은 자신이 무의미한 행동을 했다는 것을 깨달았다. 거울에라도 비추어 보지 않는 한, 귓바퀴에 있는 점이 보일 리가 없었다.

"물방울 모양의 점. 예뻐."

그렇게 말한 에드가 디엘의 귓바퀴에 입술을 문질렀다.

그대로 주저앉을 것만 같았기에 디엘은 창가 아래쪽을 얼른 잡았다. 그것을 알아차린 에드가 그대로 디엘의 몸을 들어 올렸다.

어, 하는 사이에 어느새 그녀는 침대 위에 완전히 앉아 있었다.

이 방에서 딱 하나밖에 없는 침대. 매일 밤 에드와 디엘이 나란히 잠이 드는 장소였다. 옆을 뜨끈하게 덥히는 체온이 이제는 제 것처럼 익숙했다. 그래도 결코 긴장감 자체가 희미해지는 것은 아니었다.

디엘은 제 앞에 선 남자를 멍하니 올려다보았다. 저 오만한 붉은 눈동자 앞에 있는 자신이 터무니없을 만큼 나약하고, 작은 존재가 된 기분이었다.

혹시라도 지금 이 순간.

에드가 자신을 원한다면 도저히 거부할 수가 없을 것만 같았다.

그럴 힘도 없을 뿐더러 마음조차 이 남자를 밀어내지 못할 테니까.

그런 자신에게 기가 막히는 동시에 딱히 자신이 비겁하나 약해서는 아니라는 생각도 들었다.

이 남자가 원하는 것을 거부할 수 있는 사람이 세상에 얼마나 있을까.

'이럴 생각은 아니었는데.'

디엘은 뒤로 조금 물러섰다. 시선은 아래로 내릴 수도, 위로 둘 수도 없었기에 애매한 허공에 머문 채였다.

"에드, 나는……."

"벗어."

디엘이 무언가 말하려던 차에 에드가 짧고 낮게 명령하였다. 디엘은 그대로 굳어 버렸다.

벗어?

잠시 패닉에 빠진 머리는 그 말이 무슨 뜻인지 이해하기를 거부한 것 같았다.

그녀가 녹슨 문짝이 삐걱거리는 것처럼 고개를 들어 올리자 어느새 침대 위에 올라탄 에드가 보였다.

바로 코앞에 심장에 좋지 않은 얼굴이 있었다. 디엘은 눈을 질끈 감았다.

"에, 에드! 이, 이렇게 갑자기…… 준비가, 아무—"

머릿속에서 떠오르는 생각은 수십, 수백 가지였다. 그중에서는 그간 이런 상황을 제대로 대처하는 방법에 대해 배워 둔 게 없다는 후회도 있었다.

그때야 여자의 몸을 되찾을 거란 생각을 해 본 적이 없으니 별수 없는 노릇이었지만— 그래도 만일 디엘이 일반적인 여성이 받는 기본적인 교육을 받았다면 적어도 이럴 때 어떻게 하면 좋을지 알 수 있을 터였다.

어떻게든 이 상황을 벗어나야 한다는 생각과 어찌할 줄 모르는 수치심에 디엘이 시트 자락만 꾹 움켜쥐던 그때.

"약."

"약?"

에드가 불쑥 한 말에 디엘이 눈꺼풀을 느릿하게 깜빡거렸다. 눈앞에 익숙한 약통이 하나 보였다.

닥터 제이에게 처방받아 매일 밤 흉터 위에 바르고 있는 바로 그 연고였다.

그것을 본 순간, 디엘은 자신이 에드의 수작에 걸려들었다는 것을 깨달았다.

아니나 다를까.

"무슨 생각했어? 설마─ 야한 생각?"

디엘이 무슨 생각을 했는지 전부 안다는 얼굴로 에드가 히죽거리고 있었다. 주먹을 날리고 싶을 만큼 얄미운 표정이었다.

"……에드."

디엘이 낮게 그르렁거리자 그것이 기폭제가 된 것처럼 에드가 웃음을 터트렸다. 귀를 빨갛게 물들인 디엘은 옆에 있던 베개를 에드에게 휙─ 던졌다.

한 손으로 그것을 요령 좋게 받아 낸 에드는 베개를 다시 원래 자리로 되돌려 두었다.

"그렇게 삐치지 마. 귀여워서 진짜 덮치고 싶잖아."

"……닥쳐요, 에드."

디엘에게 험한 말을 듣고서도 에드는 여전히 싱글벙글이었다.

"그래, 그래. 우리 주인님이 나를 가지고 그렇고 그런 생각을 한 건 나만 아는 비밀로 알 테니까 이제 옷이나 벗자."

"……."

이 남자는 진짜 사람 속을 긁는 재주 하나는 탁월했다. 디엘은 다시 한 번 베개를 던지려다가 그게 얼마나 무의미한 짓인지를 깨닫고 포기하였다. 어쨌거나 에드에 관해서는 쓸데없는 수고를 들이는 것보다는 포기하는 게 훨씬 현명할 때가 많았다.

몸을 돌린 그녀는 천천히 단추를 끌어내려 등에 찰싹 달라붙어 있는 셔츠를 조심스레 벗었다.

부끄러움을 동반하는 상황인 건 분명했으나, 아까 전 있었던 일에 지친 탓인지 평소처럼 창피해할 기력도 없었다. 그냥 빨리 일을 마치고, 잠이나 자면 좋겠다는 마음뿐이었다.

"에드?"

그러나 한참을 기다려도 등 뒤의 남자가 움직이는 기색이 느껴지질 않았다.

이상하다 싶어서 디엘이 뒤를 돌아보려고 할 때. 긴 그림자가 덮치는 것처럼 그녀의 등에 닿았다.

부드럽지만 조금 물기 어린, 그래서 낯선 감각. 그것은 무방비한 디엘의 등 위를 쓰다듬듯, 그리고 확인하듯 천천히 움직이고 있었다. 솜털이 쭈뼛쭈뼛 설 정도로 삽시간에 감각이 예민해졌다.

간지러움을 닮은 감각에 어깨를 둥글게 말았다. 입을 열었다가는 묘한 신음이 흘러나올 것만 같아 에드를 부를 수조차 없었다. 그녀가 앞으로 몸을 숙이자 커다란 손이 어깨를 잡았다. 도망치려는 것을 막는 것처럼.

"이번에는 혼자 두지 않아."

그 위로 떨어지는 속삭임은 지독하게 다정하였다. 디엘은 멈칫하였다. 뒤에 있는 남자가 어떤 얼굴을 하고 있을지 쉽게 상상이 가질 않았다.

내가 또 다칠까 걱정을 했구나. 당신이.

그 어떤 것도 두려워하지 않을 것 같은 에드윈 디 듀크가.

굳어 있던 어깨에 스르르 힘이 풀렸다.

"……내 부상은 당신 탓이 아닙니다."

이미 몇 번이고 했던 말이었다. 에드도 신경 쓰지 않는다며 어깨를 으쓱하였다. 참으로 그다운 반응이라 이미 마음에 담아 두지 않은 줄 알았다. 그러나 사실은 전혀 그렇지 않았던 모양이었다.

"그래. 하지만 내가 싫어."

그가 등에 입술을 댄 채 속삭이는 탓에 디엘의 얼굴이 다시 붉게 물들었다. 쪽, 입을 맞추는 소리가 연신 이어졌다. 파르르 떨리는 몸에 힘을 주며 디엘이 힘겹게 입을 열었다.

"에드, 약을……"

"응, 바르고 있잖아."

뜨거운 입술이 궤적을 그리듯 디엘의 상처를 훑었다. 정성 들여 입을 맞추는 그 행위는 정말로 상처를 치료하는 것처럼 느껴질 정도였다.

절대 잊을 수 없는 생소한 감각이었다. 그의 입술이 닿는 곳마다 열기가 스몄다. 디엘을 소중히 여기는 감정이 고스란히 전해지는 그런 입맞춤이었다.

그래서 디엘은 차마 하지 말라 말할 수가 없었다.

사랑받고 있다는 것을 확인하는 이 순간이 좋았다.

에드에게는 절대 말할 수 없었지만.

대신 디엘은 다리를 모아 끌어안았다. 둥근 어깨로도, 매끄러운 목덜미로도 입맞춤이 이어졌다. 다정한 숨이 등을 간질이는 것을 느끼며 디엘이 눈을 천천히 감았다.

치료는 그 뒤로도 제법 긴 시간 동안, 이어졌다.

Chapter 20

마법이 필요 없는 세상

시간은 쏜살처럼 빠르게 흘러갔다. 과제 제출이며 공부에 열중하느라 다른 것에 신경을 쓸 틈이 없을 정도였다.

디엘은 현자의 돌에 대한 것은 잠시 잊은 채 학기 시험 준비에 집중하였다.

반드시 좋은 성적을 거두어야 한다는 압박감은 없었지만, 대신 욕심은 있었다.

시험공부를 하면서 디엘은 자신이 생각보다 승부욕이 강한 타입이라는 것을 알았다.

그녀는 전 과목에서 A 이상의 점수를 받는 걸 목표로 삼았다. 평소보다 기상 시간은 빨라졌고, 취침 시간은 늦어졌다.

에드는 그것이 불만인지 옆에서 시시한 장난을 치곤하였지만,

도를 넘어서는 법은 없었다.

덕분에 디엘은 그럭저럭 공부에 집중할 수 있었다.

"······그웬 가문이 진행하던 협정은 단 1시간 만에 파경을 맞이하여······."

교재를 손에 쥔 채, 입술을 작게 달싹이는 디엘의 눈이 전에 없이 예리하였다.

그 모습을 침대에서 빈둥거리며 지켜보고 있던 에드가 픽 웃었다.

"주인님? 이제 그만 좀 쉬는 게 어때?"

침대를 팡팡 두들기며 이리로 오라고 부르는 목소리가 다디단 젤리 같았다.

그러나 디엘은 그 말을 무시하고, 교재에서 시선을 떼지 않았다. 한숨을 푹 쉰 에드가 침대 밖으로 다리를 내렸다.

"꼭 오늘까지 그렇게 공부를 해야 해? 어차피 이제 1시간 후면 시험 시작이잖아."

왜 그렇게 열심히인지 통 이해할 수 없다는 에드의 말에 디엘이 고개를 번쩍 들었다.

"그러니까 당연히 더 열심히 해야죠. 마지막까지 최선을 다해야 하지 않겠습니까."

에드의 말대로 오늘은 학기 시험 첫날이었다.

총 3일에 걸쳐 시험이 진행되는 만큼, 오늘의 결과가 남은 이틀의 컨디션에도 영향을 줄 가능성이 컸다.

"이런 공부는 그냥 시간을 많이 투자한다고 해서 점수가 잘 나오는 건 아니지. 요령이라고, 요령."

"분명 당신의 말에도 일리는 있습니다. 하지만 대충 공부를 하고 점수가 잘 나오길 기대하는 것보다는 조금 더 파고드는 것이 저의 적성에는 더 잘 맞습니다."

"……주인님, 지금 좀 긴장한 거구나?"

에드가 고개를 쑥 빼며 묻는 말에 디엘은 아무 대답도 하지 않았다.

인정하고 싶지는 않지만, 그의 말은 사실이었다. 디엘은 모르아에서 처음으로 치르는 학기 시험을 앞두고 조금 긴장하고 있었다.

"내가 전에 말해 주지 않았어? 이럴 때는 마법의 주문 하나면 된다니까. '케이크를 먹는 토끼.' 어때? 긴장이 풀리지 않아?"

"……."

더는 당신의 헛소리를 상대해 줄 마음이 없다는 대답 대신 디엘은 침묵을 택하였다.

어깨를 으쓱한 에드가 디엘의 손에서 '스타투스의 민족과 문화'라는 교재를 빼앗았다.

졸지에 책을 빼앗긴 디엘이 사납게 그를 째려보았다.

"에드, 장난은 그—"

"여기 나올 거야."

화를 내려던 디엘이 멈칫하였다. 에드가 쑥 잡아당긴 교재의 어느 문단을 가리키고 있었다. 디엘이 그곳을 눈으로 훑는 사이, 에드가 말을 이었다.

"스타투스는 모르아 때문에 도시국가가 되기 전에도 각국에서 몰려온 다민족으로 인하여 독특한 문화가 형성되었던 시기가 있지.

딱 도시국가가 성립하기 직전인데, 그때에는 대륙 공용어가 아니라 모국어를 사용하는 사람들이 더 많았기에 사람들이 주로 사용하는 언어로 그룹을 나누어 구분했지. 예를 들면 우카나 공국이나 벨라루아는 인타어라 불리는 언어를 사용했고……"

"자, 잠깐만요, 에드! 설마 작년에 이 과목을 수강하였습니까?"

디엘의 물음에 에드가 고개를 끄덕였다. 디엘은 더욱 어리둥절한 얼굴을 할 수밖에 없었다.

"당신은 강의를 대부분 제대로 들은 적이 없다 하지 않았습니까?"

제 기억이 맞다면 에드는 분명 수강 신청만 해 놓고, 출석 일수를 간당간당하게 채워서 진급을 한 문제아였다.

그런 그가 기출 예상 문제를 짚어 주는 것이 영 꺼림칙하였다.

디엘이 미심쩍다는 얼굴로 저를 보자 에드는 당당하게 대답하였다.

"응. 맞아. 강의는 거의 안 들었지. 하지만 시험은 만점 받았어."

"……만점이라고요?"

"응. 만점."

"그…… 검술학에 관련된 과목만 만점을 받은 게 아니었습니까?"

"아니? 작년에 수강했던 모든 과목이 다 만점이었는데? 아니면 진급 자체를 할 수 없었을걸. 안 그래도 교수들이 다 날 퇴학시키겠다고 얼마나 벼르고 있었는데. 하하."

시험 성적을 본 교수들의 얼굴이 아직도 눈에 선하다며 에드는 유쾌하게 웃었다.

멍하니 그 얼굴을 보고 있던 디엘이 입을 작게 벌렸다.

잠깐, 전 과목이 만점이었다고? 그녀는 자신이 에드와 주고받은 약속 하나를 떠올렸다.

'키스도 해 줄 거야?'
'당신이 모든 과제에서 만점을 받고, 학기 시험 결과도 만점이라면 생각해 보죠.'

맙소사. 디엘은 머리를 부여잡았다. 처음부터 결과가 뻔한 내기에 제 키스를 건 셈이었다.

열심히 공부하는 저와는 달리 내내 놀고 있던 에드를 보며 내심 안심했던 디엘의 얼굴이 굳어졌다.

"……에드."

"으응?"

"자신 있는 겁니까?"

에드는 무엇을 말하는 거냐 묻는 대신 히죽, 웃었다. 자신감이 넘치다 못해 폭발하는 미소였다.

그것을 본 디엘이 제 얼굴을 양손으로 감싸 쥐자 에드가 바닥에 털썩 주저앉았다. 디엘의 얼굴을 아래에서 올려다볼 수 있는 자리였다.

"나는 처음부터 내가 지는 게임은 안 해, 디엘."

이를 아드득 갈며 디엘이 답하였다.

"에드. 앞으로는 당신과 절대 내기를 하지 않겠습니다."

"에이, 벌써부터 그렇게 말하면 섭섭하지. 혹시 또 알아? 이번에는 내가 실수를 좀 많이 해서 만점을 못 받을지도."

"아까 분명 자신이 있다고 하지 않았습니까?"

"응, 나야 자신 있지."

"그럼 틀림없이 결과도 정해졌군요."

디엘이 그동안 본 에드는 결코 허세를 부리는 타입이 아니었다. 장난을 치는 것처럼 혹은 농담하듯이 했던 말을 그는 얼마든지 실행할 수 있었고, 실제로도 그래 왔다.

이 남자를 적으로 돌리는 것이 얼마나 위험한가 생각하며 디엘은 무릎 위로 손을 포갰다.

"나 역시 지는 싸움은 싫어합니다. 에드. 그러니까 앞으로 당신과는 아무 내기도 하지 않을 겁니다."

"으으으음. 그건 곤란한데."

에드는 디엘의 무릎 위로 머리를 툭 떨구었다. 그녀의 손에 부드러운 머리칼이 닿았다.

무심코 만지작거리고 싶을 정도로 보들보들한 감촉에 손가락이 움찔하였다.

"난 너랑 무엇이든 하고 싶거든. 조금 좁은 침대에서 함께 자는 것도 좋고, 맛있는 걸 나눠 먹는 것도 즐겁고, 재미있는 걸 같이 보는 것도 신이 나. 심지어 사소한 일로 다투는 것도 전부."

"……나와 싸우고 싶은 겁니까?"

마지막 말은 적잖이 의외였다. 보통 이런 상황에서는 사이좋게 지내고 싶다고 하는 게 아닌가.

디엘이 영 알 수 없다는 얼굴로 묻자, 에드가 고개를 슬그머니 들어 히죽 웃었다.

"화해하는 것도 좋으니까."

에드는 바로 근처에 있는 디엘의 손가락에 쪽, 입을 맞추었다.

"싸우고 화해할 수 있는 사이라는 거, 엄청 가깝고 친밀하다는 뜻이잖아. 너랑은 그렇게 오래오래 함께 있고 싶어."

마치 새가 부리로 간질이는 것 같은 감각에 디엘이 손가락을 굽혔다. 그 위로도 버드 키스가 이어졌다.

따듯한 수증기 같은 열기가 손가락을 타고 조금씩 위로 올라왔다.

그 생소한 감각에 조금 전까지 열심히 외웠던 연혁이 머릿속에서 지워지는 건 아닐까 걱정이 되었다.

"저번처럼 또 모습을 감출 거라면 화해할 마음은 없습니다."

"그건 그런 게 아니었다니까? 나는 일부러 거리를 둔 것뿐이었다고. 설마하니 우리 주인님이 나를 그렇게 걱정해 줄 줄은 꿈에도 몰랐지."

"누가 당신을 걱정했다는 겁니까? 나는 그저 성가신 상황에 얽히는 게 싫을 뿐입니다."

디엘은 일부러 차갑게 대꾸하며 에드의 얼굴을 손바닥으로 밀어냈다. 그 순간, 손바닥에 따뜻하고 부드러운 것이 닿았다.

깜짝 놀란 디엘의 눈에 제 손바닥에 끈적끈적하게 입을 맞추고 있는 에드의 모습이 보였다.

"에드!"

아침부터 대체 이게 무슨 짓이냐고 화를 낼 틈도 없이 에드가 먼저 입을 열었다.

"응원."

시험을 응원하는 의미의 키스니 봐 달라는 뜻이었다. 심술궂은 고양이처럼 눈을 빛내는 남자의 얼굴이 얄미웠다.

다만 도저히 미워할 수는 없는 얼굴이었다. 그 얼굴을 홀린 듯 보고 있자니 한 번 더 손등에 입맞춤이 떨어졌다.

너무 다정해서 전신을 깃털로 간질이는 것 같은 그런 키스였다.

"응원은 한 번이면 족합니다."

가까스로 평정심을 끌어모은 디엘의 핀잔에 에드가 히죽 웃었다.

"이건 하고 싶어서 한 건데?"

"……."

"좋은 성적을 거두길, 내 주인님."

이번에는 디엘의 양손을 끌어당긴 에드가 번갈아서 입술을 비볐다.

정말 저를 응원해 주는 마음이 느껴지는 터라 디엘은 이 행위를 도저히 싫어할 수가 없었다.

대신 그녀는 헛기침을 몇 번 한 후, 속삭였다.

"당신도ㅡ 좋은 결과가 있기를."

제 응원이 무슨 의미가 있을까 싶었지만, 에드는 정말 기쁜 얼굴로 고개를 끄덕였다.

그에 이끌린 것처럼 디엘 역시 웃었다. 아까 전까지 느꼈던 긴장감은 온데간데없었다.

틀림없이 기분 좋게 첫 시험을 치를 수 있을 것만 같았다.

첫 번째 시험 장소는 역사학관에 있는 강의실이었다.

평소에는 강의를 들으러 자주 왔던 공간이건만, 유독 오늘따라 낯설게 느껴졌다.

시험 장소에 10분 일찍 도착한 디엘은 챙겨 온 전년도 문제지와 필기 노트를 읽었다.

간밤에 지나치게 열심히 공부를 한 탓인지, 아니면 은근한 긴장 때문인지는 몰라도 눈이 따끔거렸다.

손가락으로 눈두덩이 위를 가볍게 마사지하는 사이, 강의실 안으로 담당 교수와 낯선 사람이 두 명 들어왔다.

아무래도 따라 들어온 사람들은 시험 감독관인 모양이었다.

아카데미가 넓고 교직원이 많아 그런지 시험 감독관은 전부 낯선 사람들이었다.

얼굴에 주근깨가 가득한 젊은 청년은 디엘을 힐끔거리며 학생들로부터 교재와 문제를 걷어 갔다.

그 앞에서는 교수가 시험에 관한 주의 사항을 몇 가지 일러 주고 있었다.

"시험을 진행하기에 앞서 간단한 안내 사항을 공지합니다. 시험 시간은 총 40분, 시험문제는 주관식 20문항입니다. 여러분은 지정된 자리를 떠나서는 안 되며, 일체의 부정행위는 금지됩니다. 만일 부정행위가 적발될 경우, 즉각 퇴실해야 하며 본 강의를 패스하는 것이 불가능합니다. 또한—"

끝없이 이어지는 내용은 대부분 부정행위를 엄격히 금한다는 경고였다.

디엘은 강의실에 있는 다른 학생들을 한번 훑어보았다. 이런 명문 교육기관에서도 부정행위를 저지르는 학생은 있는 모양이었다.

교수가 설명을 하는 사이, 다른 시험 감독관이 강의실 안을 한 바퀴 돌았다.

머리를 하나로 묶고, 안경을 쓴 그녀는 유마 교수처럼 날카로운 인상이었다.

그녀는 학생들이 앉아 있는 책상을 꼼꼼하게 살핀 후, 뒤로 향하였다.

그사이 주근깨가 가득한 얼굴의 시험 감독관이 학생들 책상 앞에 문제지를 배부하였다.

제 일을 마친 그는 다른 감독관과 달리 강의실 앞으로 향하였다.

아무래도 시험 감독관은 앞뒤로 서서 학생들의 부정행위를 감시하는 모양이었다.

"설명은 이상입니다. 그럼 정확히 30초 후에 시험을 시작하도록 하겠습니다."

어느새 설명을 끝낸 교수가 교탁 위에 모래시계를 올려 두었다.

고운 색 모래가 아래로 후두둑 떨어졌다. 빠르게 모래가 줄어든다 싶더니 어느 순간, 교수가 가볍게 탁자를 두들겼다.

"시작."

그 말을 기점으로 학생들이 일제히 펜을 집어 들었다. 사각사각 거리는 소리가 거침없이 울리기 시작하였다.

다른 학생들처럼 디엘도 재빠르게 문제를 풀어 나가기 시작하였다.

첫 번째 문제는 스타투스의 기원을 묻는 아주 기본적인 문제였다. 매우 순조로운 시작이었다.

펜을 움직이는 손놀림 역시 가벼웠다. 수월하게 문제를 풀어 가던 디엘이 멈칫한 것은 10번 문제 때문이었다.

'스타투스가 도시국가가 되기 전, 사용하던 언어별로 각 민족을 분류하시오.'

1시간 전, 에드가 저에게 시험에 나올 거라고 알려 주었던 바로 그 문제였다.

그 문제를 한동안 멍하니 바라보던 디엘은 피식 웃었다. 평소에는 속 썩이는 일이 많은 남자이건만, 이럴 때는 또 새삼 대단하다 감탄하게 되었다.

에드라면 이번에도 어렵지 않게 전 과목 만점을 받아 올 거라는 생각도 들었다.

이대로 가다간 그와 약속했던 것을 전부 이행해야 할 판이었다.

'정말 키스를…… 해야 하나? 데이트도?'

가벼운 입맞춤이라면 경험이 있었지만, 에드가 원하는 건 분명 그런 게 아닐 것 같았다.

펜을 쥐고 있는 디엘의 손에 힘이 꾹 들어갔다. 얼굴을 붉게 물들이고 있는 그녀는 한동안 시험에 집중을 하지 못했다.

머릿속에서는 에드의 얼굴이 떠올랐다가 사라지기만을 반복하였다.

"총 20분이 경과되었습니다. 앞으로 20분이 남았습니다."

불쑥 앞에서 들려온 안내에 디엘이 화들짝 놀랐다. 그녀는 시험지를 내려다보고 망연자실하였다.

아직도 시험문제가 반이나 남았는데, 애꿎은 시간을 허투루 쓰고 말았다.

초조해진 디엘이 입술을 꾹 깨물었다.

시간이 반밖에 안 남았다는 긴장감에 문제 내용도 눈에 잘 들어오지 않을 정도였다. 손톱으로 입술 끝을 문지르던 디엘이 멈칫하였다.

'내가 전에 말해 주지 않았어? 이럴 때는 마법의 주문 하나면 된다니까. '케이크를 먹는 토끼.' 어때? 긴장이 풀리지 않아?'

잔뜩 뻐기던 에드의 얼굴이 떠오르자 이번에는 웃음이 새어 나왔다. 에드 덕에 되살아났던 긴장감이 아이러니하게도 그 때문에 사라졌다.

케이크를 먹는 토끼.

입속으로 조용히 그 말을 중얼거리자 조금 전까지는 눈에 들어오지 않던 문제가 잘 읽혔다. 신기한 일이었다.

아까까지는 머릿속에 가득 들어차서 집중을 방해하던 남자가 이번에는 디엘을 도와준 셈이었다.

결국 어떻게 하던 간에 디엘은 에드를 머릿속에서 지울 수가 없었다. 그것을 깨달은 디엘은 쓴웃음을 지었다.

그때부터 긴장감 때문에 집중력이 흐트러질 때마다 디엘은 케이크를 먹는 토끼를 상상하였다.

에드가 알려 준 주문은 쓸모없는 것은 아니었다. 아니, 오히려 매우 유용했다. 디엘의 펜이 다시 미끄러지듯 매끄럽게 움직였다.

덕분에 디엘은 시험 종료 시간보다 무려 10분 더 일찍 시험 문제를 다 풀 수 있었다.

거기다가 여유롭게 앞 장에서부터 마지막으로 이름 칸까지 다시한 번 훑어보는 여유도 부릴 수가 있었다.

제 시험지를 꼼꼼하게 확인한 디엘이 손을 들어 올렸다.

"교수님."

디엘에게 불린 교수는 무슨 일이냐는 것처럼 고갯짓을 하였다.

"문제를 다 풀었습니다."

"벌써 다 풀었다고요?"

놀란 얼굴을 한 교수가 얼른 디엘의 책상 앞으로 다가왔다. 그는 앞뒤로 빽빽하게 채워진 시험지를 보고 놀란 얼굴을 하였다.

"정말 다 풀었군요."

그 말을 들은 다른 학생들이 디엘을 향해 감탄 어린 눈빛을 보냈다.

그도 그럴 것이 '스타투스의 민족과 문화'는 시험이 제법 난이도가 있기로 유명한 과목 중 하나였다.

그러니 부상 때문에 강의를 몇 번 빠진데다가 중도 입학생인 디엘이 제일 먼저 시험지를 제출하는 것이 놀라울 법도 하였다.

"시험지는 한 번 제출하면 수정하여 다시 제출할 수가 없습니다.

괜찮겠습니까?"

"네, 괜찮습니다."

자신 있게 답한 디엘이 시험지를 내밀자 교수가 그것을 받아 들었다.

"좋습니다. 그럼 디엘 군은 퇴실해도 좋습니다."

교수의 허락을 받은 디엘은 꾸벅 인사를 한 후, 자리에서 일어섰다.

그녀의 등 뒤로 부러움 섞인 시선이 우수수 꽂혔다.

감독관들에게도 묵례를 한 디엘은 강의실 밖으로 빠져나와서 크게 한숨을 내쉬었다.

"하아—"

다른 시험도 이 정도라면 충분히 좋은 성적을 기대해 볼 만하다는 생각이 들었다.

기분이 좋아진 디엘은 다음 시험을 준비하기 위해 걸음을 옮겼다.

회중시계로 시간을 확인하니 적어도 25분 정도는 여유가 있었다.

다행히도 두 번째 시험 장소 역시 역사학관이라 이동에 많은 시간을 지체할 일은 없었다.

그녀는 인적이 드문 복도에서 빈 강의실을 하나 찾아들어 갔다. 10분 정도 자습을 하고 다음 시험 장소로 이동할 생각이었다.

머릿속으로 계획을 꼼꼼하게 정리하며 디엘이 문 근처에 있는 책상에 가방을 막 올려 놓았을 때였다.

"설마 절 의심하시는 겁니까?"

불쑥 들린 큰 소리에 깜짝 놀란 디엘은 고개를 번쩍 들어 올렸다.

선객이 있었나? 반사적으로 주변을 두리번거리던 디엘은 이곳에 사람의 그림자는커녕 문이 열린 흔적조차 없다는 것을 깨달았다.

아무래도 방금 전 소리는 문 너머에서 들려온 것 같았다.

디엘이 상황을 미처 다 파악하기도 전에 또 다른 목소리가 들려왔다.

"하지만 웨일 교수—"

웨일 교수? 묘하게 익숙한 이름이었다.

어느 강의를 맡는 교수님 이름이지?

기억을 더듬어 보던 디엘은 그것이 역사학부에 소속한 교수의 이름이라는 것을 깨달았다.

"정말 불쾌하군요. 샤칼 교수님의 그 말은 마치 저를 의심하는 것 같지 않습니까?"

이번에도 낯익은 이름이 들렸다. 호기심을 억누를 수 없게 된 디엘은 문가를 향해 걸어갔다.

문이 가까워지면 가까워질수록 두 교수가 나오는 대화 소리도 선명하게 들려왔다.

"그런 게 아니오, 웨일 교수. 나는 결코 교수를 의심하는 것이 아니외다. 다만 침입자가 노렸던 물건이 물건인 만큼 조금 상황을 자세히 알고 싶을 뿐이오."

조곤조곤한 샤칼 교수의 음성에는 당혹스러움과 미안함이 가득 담겨 있었다. 디엘은 조심스레 문을 열어 보았다.

손바닥보다도 더 작게 연 틈 사이로 조금 떨어진 곳에 서 있는 두 교수의 모습이 보였다.

샤칼 교수는 등을 돌리고 서 있었지만, 웨일 교수는 바로 이쪽을 향하게 서 있었다.

혹시라도 눈이 마주치면 곤란해지겠다 싶은 디엘은 최대한 몸을 숙여 시선을 낮추었다.

"그 일을 굳이 묻는 교수의 저의를 알 수가 없군요. 게다가 이 일은 학장님께서 직접 나서서 조사를 진행하고 계시지 않습니까?"

끝난 일? 학장님이 직접?

웨일 교수가 하는 말은 디엘에게는 온통 수수께끼 같은 소리였다.

하지만 샤칼 교수에게는 그 뜻이 전부 제대로 통하고 있었다.

"물론 학장님께서 알아서 잘하고 계시리라 믿소. 실제로도 그러할 테고. 허나 재차 이런 일이 발생하지 않게 하기 위해서는 우리 교수들 역시 이 문제를 조금 더 심도 있게 생각해 보아야 하지 않겠소?"

"아무리 그렇다고 해도—"

"거듭 말하는 것이지만, 나는 웨일 교수를 의심하는 것이 아니오. 다만 아카데미에서 관리하는 유물 리스트를 전부 파악하고 있는 사람은 몇 명 없지 않소? 그래서 혹시나 싶어 교수에게도 묻는 것뿐이오. 혹시라도 다른 사람 앞에서 무심코 유물에 대한 이야기를 꺼낸 적은 없는지 말이오."

아— 아무래도 두 교수는 제트의 저택에 침입해 왔던 도적단에 대한 이야기를 나누고 있는 모양이었다.

디엘은 혹시라도 자신이 놓친 정보를 손에 넣을 수 있을지도 모른다는 생각에 눈을 반짝 빛냈다.

"……저를 의심하지 않는다고 말하시지 않았습니까? 하지만 저를 보자마자 대뜸 이번 유물 리스트 유출 건에 대해 짐작 가는 바가 없냐 물으시는 모습을 보니 전혀 그렇게 느껴지지가 않는군요."

잔뜩 날이 선 웨일 교수의 목소리에는 짜증과 불쾌함이 가득하였다.

디엘이 기억하는 한, 웨일 교수는 강의 시간에도 지금과 크게 다르지 않은 모습을 보였다.

학생들은 그를 지나치게 신경질적인 사람이라고 평하고는 하였다.

샤칼 교수도 그것을 잘 아는지 한층 더 유한 태도로 말하였다.

"내 태도가 웨일 교수를 불쾌하게 했다면 사과하겠소. 정말 미안하오."

초로의 신사가 고개를 꾸벅 숙이는 뒷모습이 정중하였다.

평소에 그가 사용하는 지팡이가 드르륵, 바닥을 긁자 웨일 교수가 얼굴을 찌푸렸다.

샤칼 교수는 한참이나 고개를 들지 않았다. 코안경을 만지작거리며 웨일 교수는 한숨을 쉬었다.

"……저는 정말 결백합니다. 제가 어디 가서 괜한 말을 할 사람이 아니라는 건, 샤칼 교수께서도 아시지 않습니까."

홍분이 가라앉은 것인지 아까보다 한결 누그러진 어조였다.

"물론이오. 하지만 관리 중인 유물 리스트를 아는 건 자네와 나, 그리고 카리스 학장을 포함하여 총 다섯 명도 채 되지 않으니……."

샤칼 교수의 뒷말은 차츰 작은 소리가 되었다.

웨일 교수에게 하는 대답이라기보다는 혼자 생각에 잠긴 사람 특유의 중얼거림에 가까웠다.

팔짱을 낀 웨일 교수는 콧잔등을 찡그리며 입을 열었다.

"물건을 옮기는 업자들은 어떻습니까? 저는 그자들이 더 의심이 가더군요. 특히 학장님의 개인 소장품을 들여오는 자들 말입니다."

"음, 나 역시 그들을 조사해 볼 필요가 있다고 생각하오. 다만 그쪽은 학장님께서 직접 관리하는 자들이라 만나 이야기를 할 기회조차 없소."

샤칼 교수와 웨일 교수는 주거니 받거니 하면 정보가 새어 나간 경위를 추측하기 시작하였다.

그들은 어느새 교직원이 아니라 아카데미에 드나드는 업자를 의심하는 방향으로 이야기를 맞추고 있었다.

가만히 그것을 엿듣던 디엘은 의무실에 찾아와서 카리스 학장이 했던 말을 떠올렸다.

'섣부른 판단은 금물이지만, 일단 입이 가벼운 사람이 어딘가에 있다고 생각하고 있어요.'

경비대의 조사와는 별도로 학장 역시 아카데미 내부에 있는 배신자를 찾아 움직이고 있을 게 분명했다.

그리고 또 학장과는 상관없이 샤칼 교수 역시 이번 사건을 해결하기 위해 노력하고 있는 것 같았다.

그 이유가 뭘까 궁금해하던 차에 샤칼 교수의 말이 들려왔다.

"우리 학과 학생이 부상을 입은 만큼, 이번 일이 신경이 쓰여 견딜 수가 없다오. 그 사건으로 인해 실습 활동도 잠정적으로 중단되기도 하였고."

무거운 얼굴로 교수가 한 말에 디엘은 괜히 어깨를 움츠렸다.

딱히 제 잘못이 아니라고는 하더라도 자신이 얽힌 일로 인해 실습이 중단된 것은 조금 신경이 쓰였다.

일개 학생인 디엘이 이런 책임감을 느낄 정도이니 고대학 담당 교수인 샤칼은 더 큰 책임을 느끼는 것 같았다.

게다가 그는 유적지에서 부상을 입어 현장에서 은퇴하여 교편을 잡은 사람이었다.

유적지에서 벌어지는 사건 사고에 누구보다 민감할 수밖에 없을 터였다.

디엘은 그제야 샤칼 교수가 이 일에 깊은 관심을 보이는 것이 이해가 갔다.

'나도 빨리 도굴단에 대한 단서를 찾아야만 하는데.'

그들이 노리는 것이 현자의 돌인 이상, 디엘 역시 도굴단의 행적과 무관할 수 없었다.

초조해진 디엘은 아랫입술을 살짝 깨물었다.

"그 학생은 이제 순조롭게 복귀하였다고 들었습니다만."

"아아, 그렇소. 디엘 군이라면 일주일 만에 다시 등원하였지. 다행히 부상이 아주 크지는 않았던 모양이오."

설마하니 제가 화제에 나올 줄은 몰랐던 디엘이 움찔하였다. 괜히 조금 더 자세를 낮추니 허리가 삐걱거리며 아파 왔다.

"다행이군요. 그 사건이 있던 날에는 아카데미 안이 완전 쑥대밭이나 다름없어서 저도 제법 놀랐었습니다."

어느새 이야기의 초점은 제트의 저택에서 디엘이 습격을 받았던 날로 옮겨 갔다.

"하지만 그 일 때문에 아카데미 안에서 시체까지 나올 줄이야…… 침입자를 죽인 것은 검술학과의 그 에드…… 라던데."

에드의 이름을 꺼내는 웨일 교수의 태도가 조심스러웠다. 마치 역병이나 재앙을 겁내는 사람 같은 모습이었다.

학생들뿐만이 아니라 교수들 사이에서도 에드의 악명이 드높은 탓이었다.

"그렇소. 에드 군은 디엘 군을 지키기 위해 어쩔 수 없이 검을 썼다 하오. 경비대의 조사에 따르면 죽은 자가 총을 가지고 있었다고 하니 정당방위임이 틀림이 없지."

"아무리 그래도 경비대에서 별다른 조사를 받지 않고 바로 풀려난 것은 좀 의아하다 싶군요."

"으음. 그거라면 나도 조금 이상하다 생각은 하였소. 정당방위로 인정된다 하더라도 보통 하루 정도는 경비대에 체류될 텐데, 에드 군은 불과 몇 시간도 안 되어서 아카데미로 돌아왔다고 들었소."

어라. 대화의 흐름이 이상하게 흘러가고 있다는 생각에 디엘이 얼굴을 찌푸렸다.

어떤 경위가 있었는지는 몰라도 에드는 그날, 최대한 빠르게 아카데미로 돌아오기 위해 할 수 있는 모든 방법을 다 동원한 게 틀림

없었다.

혹시나 그로 인해 에드가 곤란한 상황에 처하는 것은 아닐까 하는 걱정이 들기 시작하였다.

이제까지 단 한 번도 에드는 디엘로 인해 곤란함을 겪고 있다는 내색을 한 적이 없었다.

그러나 생각해 보면 그는 늘 그런 식이었다. 어떤 상황이건 디엘을 위해서라면 그는 기꺼이 움직였다.

설령 제 신분이 탄로날 만한 위험을 무릅쓰고라도.

'에드의 정체를 알아차리는 사람이 나타나면 어쩌지?'

밀려오는 걱정에 디엘의 얼굴이 어두워졌다. 그때, 웨일 교수가 조심스럽게 입을 열어 말하는 소리가 들려왔다.

"저, 그거라면 학장님께서 손을 써 주셨다는 말을 들었습니다."

"아. 그렇군. 하긴 그분이 에드 군을 유독 아끼는 것 같긴 했소."

샤칼 교수 역시 웨일 교수의 말에 동조하듯 고개를 끄덕였다. 아무래도 두 사람은 에드의 정체를 딱히 의심하는 것 같지는 않았다.

천만다행이라며 가슴을 쓸어내리는 사이, 웨일 교수가 터무니없는 말을 꺼냈다.

"그 일 때문인지 혹시 에드 군이 학장님의 숨겨진 아이가 아니냐는 말도 있던데— 사실일까요?"

"뭐—"

반사적으로 큰 소리를 지를 뻔한 디엘은 얼른 자신의 입을 틀어막았다. 조마조마한 가슴으로 바깥을 살피니 다행히 두 교수는 이쪽을 전혀 눈치채지 못한 것 같았다.

"그런 소문도 돌고 있소?"

자기는 금시초문이라는 것처럼 샤칼 교수가 놀랐다. 웨일 교수는 자신이 너무 경솔한 말을 했다 생각한 것인지 조심스레 말을 이었다.

"그냥 몇몇 사람이 떠드는 말일 뿐입니다. 샤칼 교수님도 아시다시피 학장님에 대해서는 다들 이런저런 추측을 늘어놓는 것을 좋아하지 않습니까? 그래서 그런 이야기도 나온 것 같습니다."

신경질적인 사람이면서도 웨일 교수는 은근히 남 이야기 하는 것을 좋아하는 듯하였다.

어쩌 샤칼 교수보다도 아카데미 안에서 떠도는 소문을 더 많이 알고 있는 게 아닐까 싶었다.

"하긴 우리 학장님이 좀 많이 신비한 분이긴 하지. 그 얼굴로 그 연세라는 것도 영 믿기지가 않기도 하고."

지팡이를 고쳐 쥔 샤칼 교수의 말에 웨일 교수가 고개를 끄덕이는 모습이 보였다.

"학생들은 학장님이 늙지 않는 저주에 걸린 게 아니냐는 말도 공공연하게 떠들고 있더군요. 그런 현장을 마주할 때마다 꾸짖긴 하지만—"

웨일 교수가 말끝을 흐렸다. 양쪽 눈을 찌푸리고 있는 모습은 마치 저도 사람인지라 호기심이 동하는 것을 막을 수는 없다 말하는 것 같은 표정이었다.

"게다가 학장님께서 학장실에 경비를 아주 엄중하게 두고 계시니까요. 교직원 중에도 출입이 가능한 사람은 손에 꼽을 정도이니,

학장실에 무언가 귀한 유물이 숨겨져 있는 것은 아니냐는 생각도 듭니다."

"음, 그래서 도굴단 무리 중 일부가 학장실에 침입하려 했던 것일지도 모르겠구려."

지나가듯 샤칼 교수가 흘린 말에 디엘은 다시 한 번 놀랐다.

도굴단 무리가 학장실에 침입하려고 했다고?

이 이야기는 그 누구에게서도 전해 듣지 못했던 정보였다. 그것은 웨일 교수도 몰랐던 정보였는지 그 역시 디엘처럼 놀라움을 감추지 못했다.

"네? 학장실에 침입하려고 했던 자들이 있었습니까?"

"아—"

샤칼 교수의 등이 잠시 굳어지는가 싶더니 그가 한숨을 쉬었다. 자신이 말실수를 했다는 걸 그제야 깨달은 모양이었다.

"그런 정황이 있다 들었소. 학장님께서 나서서 정보를 차단하고 있어서 이 이야기는 그다지 널리 퍼지지 않은 모양이지만, 그 일이 있던 후에……."

목소리를 한층 낮춘 샤칼 교수가 웨일 교수에게 무어라 귓속말을 하는 모습이 보였다. 소리가 잘 들리지 않아 애가 탄 디엘은 몸을 들썩였다.

마음 같아서는 문밖으로 나가고 싶었지만, 그랬다가는 틀림없이 교수들에게 들킬 것만 같았다.

그러나 문에 귀를 바짝 들이댄 것만으로는 샤칼 교수가 웨일 교수에게 무슨 말을 속닥이는지 알아낼 도리가 없었다.

결국 디엘이 볼 수 있었던 것은 점차 굳어져 가는 웨일 교수의 얼굴뿐이었다.

"그게 정말입니까? 어떻게 그런 일이……."

"나도 이번에 이 일에 대해 알아보다가 들은 이야기라 자세한 내막은 모르나, 그런 말을 들었소. 그래서 더더욱 학장님과는 별개로 우리 교수들도 움직여야 하는 게 아닌가 생각하던 참이오."

"……."

입을 꾹 다문 웨일 교수는 무언가 깊은 생각에 잠긴 것 같았다. 샤칼 교수는 한 손으로 그런 웨일 교수의 어깨를 부드럽게 두드렸다.

"아이들의 안전과 이 아카데미의 명예가 걸려 있는 만큼 우리 역시 손을 놓고 있을 수는 없는 노릇 아니겠소. 그러니 혹시라도 웨일 교수도 무언가 새로 알게 되는 것이 있다면 함께 이야기를 나누면 좋겠다고 생각하오."

"……그러도록 하지요."

두 교수는 몇 마디 더 말을 주고받았다. 웨일 교수가 인사를 마치고, 먼저 자리를 떠났다.

뒤를 이어 바깥에서 다리를 질질 끄는 소리와 함께 지팡이가 규칙적으로 바닥을 두들기는 소리가 들렸다.

그 소리가 차츰 멀어져 가다 완전히 끊기자, 디엘은 조심스레 문을 열었다.

복도는 처음부터 아무도 없었다는 것처럼 텅 비어 있었다. 그래도 혹시 모를 상황에 대비하여 그녀는 주변을 경계하며 밖으로 빠져나왔다.

벽에 바짝 달라붙어 주변을 열심히 두리번거리던 디엘은 적어도 이 주변에는 아무도 없다는 것을 깨닫고 안도의 한숨을 내쉬었다.

'학장실에 침입하려고 했던 자들이 있었습니까?'

조금 전 샤칼 교수와 웨일 교수가 나누었던 대화가 다시 선명하게 머릿속에서 재생되었다.

카리스 학장은 왜 그런 이야기를 전혀 해 주지 않았던 걸까? 에드는 이 사실을 알고 있나?

깊은 생각에 잠겨 있던 디엘은 문득 정신을 차리고 놀랐다. 방금 전 엿들은 내용이 신경이 쓰이긴 해도 지금은 이럴 때가 아니었다.

시계를 확인하니 이미 처음 생각해 두었던 시간보다 3분이나 더 지체된 상황이었다.

당황한 그녀는 매고 있던 가방을 고쳐 메고, 빠르게 다음 시험 장소를 향해 걸어 나갔다.

뒤에서 자신을 조용히 지켜보는 시선은 전혀 눈치채지 못한 채.

*   *   *

학기 시험은 디엘이 각오했던 것보다는 순조로웠다.

첫날 본 네 과목을 가채점해 보니, 큰 실수가 없는 한 좋은 성적을 기대해 볼 만하였다.

자신감을 얻은 디엘은 둘째 날 시험에도 큰 긴장 없이 임하였다. 그날의 가채점 결과도 꽤 만족스러웠다.

덕분에 세 번째 날에도 디엘의 컨디션은 최고조였다.

단, 마지막 시험이 조금 문제였다.

"앞으로 20분 남았습니다."

남은 시간을 알려 주는 것은 강단에 놓인 의자에 앉아 있는 샤칼 교수였다.

기초 고대학 시험 시간이라 그가 그곳에 있는 것은 당연하건만, 디엘은 계속 집중력이 흐트러지는 것을 느꼈다.

샤칼 교수가 5분 단위로 시간을 알려 주고 있기 때문이 아니었다. 그가 웨일 교수와 나누었던 대화 내용 때문이었다.

이틀 전, 복도에서 샤칼 교수와 웨일 교수가 나누었던 대화를 엿듣고 난 후.

디엘은 에드에게 그 일을 확인하는 것을 깜빡하였다.

가채점 결과에 대한 만족으로 마음이 들뜬 데다가 이튿날 시험을 준비하느라 분주했던 탓이었다.

게다가 어제는 니나에게 '시험이 끝나고 콩쿠르에 구경 와!'라는 초대까지 받은 터라 더더욱 정신이 없었다.

'하필 왜 이런 시기에 일이 이렇게 겹친담.'

디엘은 남들 몰래 머리를 감싸 쥐었다. 대체 왜 이렇게까지 바쁜가 싶을 정도로 할 일이 많았다.

이제 로비나에 사람을 보내 레아에게 연락을 취해야 하고, 제트의 저택에 숨어들어 현자의 돌의 존재 여부를 조사해야만 했다.

거기다가 학장실에 침입자가 있었다는 소문의 진상도 확인해야 했다.

'그래도 지금은 우선 이것부터 끝내야겠지.'

앞에 놓여 있는 시험지를 본 디엘은 다시 집중하자며 펜을 고쳐 쥐었다. 기초 고대학 시험 문제는 그렇게 어려운 편이 아니었다.

게다가 주관식과 객관식이 적절하게 섞여 있어서 어느 정도 공부만 했다면 낙제를 받을 일은 결코 없을 터였다.

샤칼 교수 나름대로 학생들을 배려한 것이 많이 느껴지는 문제였다.

한 문제, 한 문제를 신중히 풀어 나가던 디엘은 마지막 문제를 눈에 담은 순간. 멈칫하였다. 마지막 문제는 주관식이었다.

〈만일 본인이 블루 블러드라면 어떤 마법을 사용하고 싶은지 적어 보시오.〉

정답이 딱 정해져 있는 유형의 문제는 아니었다. 1점이라도 더 학생들에게 점수를 주려는 의도가 아닐까.

그다지 어렵지도 않은 문제를 물끄러미 내려다보던 디엘이 한참 후에야 다시 펜을 움직였다. 또각또각 글씨를 적어 내려가는 표정이 신중하였다.

몇 줄을 적은 디엘은 자신이 적은 내용을 다시 한 번 살펴본 후, 한숨을 쉬었다.

이제 이걸 제출하면 모르아에서 처음으로 치르는 학기 시험이 완전히 끝났다.

그동안 마음을 졸이며 준비한 탓인지 마냥 시원한 마음만은 아니었다. 묘한 아쉬움을 곱씹으며 디엘이 손을 들어 올렸다.

다른 자리에서도 몇몇 학생들이 손을 들어 문제를 다 풀었음을 알렸다.

먼저 손을 든 학생들의 시험지를 회수한 시험 감독관이 곧 디엘의 문제지도 걷어갔다.

앞에 있는 샤칼 교수가 흐뭇한 얼굴로 디엘을 보고 웃는 것이 보였다.

그에게 마주 웃어 고개를 숙인 후, 디엘은 가방을 챙겼다. 불현듯 문밖의 복도에서 요란한 소리가 들려왔다.

"끝났다!"

"아, 완전 망했어!"

다른 곳에서 시험을 보고 나온 다른 학생들이 신나 떠드는 소리였다.

아직 시험을 보고 있는 학생들이 얼굴을 찌푸렸다.

샤칼 교수가 지팡이를 짚고 자리에서 일어서려고 하자, 근처에 있던 시험 감독관이 그것을 만류하였다.

"교수님, 제가 조용히 시키겠습니다."

그가 복도로 나가서 밖에 있는 학생들을 야단치는 사이, 디엘은 가방을 챙겨 일어섰다.

힐끔 보니 멀지 않은 곳에서 유진 역시 가방을 챙기고 있는 모습이 보였다.

눈이 마주친 두 사람은 누가 먼저랄 것 없이 빙그레 웃었다.

그 표정으로 짐작하건대 유진 역시 이번 기초 고대학 시험이 매우 거뜬해 보였다.

먼저 밖으로 나온 디엘은 유진이 나오기를 잠시 기다렸다. 그와 함께 방금 본 시험 정답을 맞춰 보기 위해서였다.

"디엘."

밖으로 나온 유진이 반갑게 디엘을 불렀다. 마주 인사한 디엘이 웃으며 물었다.

"시험은 어땠습니까, 유진."

"크게 어렵지는 않았던 것 같네요. 디엘은 어땠나요?"

"저도 마찬가지입니다. 다만 16번 문제는 조금 고민을 하긴 했습니다."

"아, 그 문제라면 저도 조금……."

도란도란 대화를 나누며 방금 본 시험에 대한 대화를 나누는 두 사람 앞으로 한 무리의 학생들이 우르르 지나쳐 갔다.

"강당에서 하는 거 맞아?"

"맞다니까. 지금 콩쿠르 본선 한창 진행 중이래."

콩쿠르? 무심코 그 단어에 반응한 디엘은 자신이 중요한 것을 잊을 뻔했다는 걸 알아차렸다.

"니나!"

분명 그녀가 제가 본선에 진출하니 잊지 말고 연주를 들으러 오라고 신신당부하지 않았나.

디엘은 허둥지둥 시계를 살폈다. 다행스럽게도 아직 완전 늦은 시간은 아니었다. 디엘은 유진을 향해 외쳤다.

"유진, 저랑 같이 좀 어딜 갑시다!"

"네?"

어리둥절한 그가 고개를 옆으로 기울이기도 전에 디엘은 덥석 손부터 잡았다.

"디, 디엘 군!?"

당황한 그가 더듬더듬 제 이름을 불렀지만, 디엘은 개의치 않았다.

지금 이 순간, 그녀의 머릿속에는 콩쿠르에 유진을 데려가면 니나가 좋아할 거라는 생각밖에 떠오르질 않았다.

그 때문에 뒤에서 유진이 "에드 군이 알면 절 죽일 거예요!"라고 외치는 말도 들리지 않았다.

그녀는 있는 힘을 다해 유진을 데리고 강당으로 달려갔다. 천생 학자 타입인 유진은 그 속도를 미처 못 쫓아오고 헉헉거리느라 정신이 없었다.

디엘이 휘청거리는 유진을 거의 부축하듯 데리고, 간신히 강당 안에 들어섰을 때는 절묘하게 니나가 무대 위에 서 있었다.

벌써 끝났나?

가슴이 철렁 내려앉은 디엘이 주변을 둘러보는 사이.

"그럼 지금부터 음악학과 2학년생, 니나 양의 연주가 있겠습니다."

사회자 같은 사람이 안내하는 소리가 들렸다.

단정하게 교복을 입은 니나가 사뿐한 걸음걸이로 피아노에 다가가 의자에 앉았다.

다행히 늦지는 않았구나. 디엘은 깊게 한숨을 내쉬며 앞으로 성큼성큼 걸어 나갔다.

듬성듬성 빈자리가 몇 곳 있었기에 그녀는 가장 좋은 자리를 골라 앉았다.

덩달아 유진 역시 디엘의 옆에 강제로 착석하였다.

"저, 디엘 군?"

"쉿."

조용히 하라며 디엘이 손가락을 입에 가져다 대는 것과 동시에―

머리를 강타하는 것 같은 음율이 공기를 찢어발겼다.

그 강렬한 시작에 놀란 디엘과 유진은 동시에 무대 위를 바라보았다.

의자에 앉은 니나의 옆얼굴에서는 평소에는 볼 수 없었던 진지함이 어려 있었다.

하얗고 가느다란 손가락이 희고 검은 건반 위에서 춤을 추듯 움직였다.

그녀의 손이 닿을 때마다 그 둔하게 생긴 악기에서 소름이 돋을 정도로 아름다운 음악이 흘러나왔다.

디엘은 입술에 대고 있던 손을 천천히 아래로 내렸다.

로비나에 있을 때도 음악회에 참석한 적이 몇 번 있었다. 잘 나간다는 피아니스트들의 연주를 들을 기회 역시 많았다.

절대음감 수준까지는 아니어도 좋은 음악을 알아듣는 정도는 가능하다 생각하였다.

그리고 지금 이 순간. 디엘은 자신이 듣고 있는 연주가 살면서 들어온 것 중 가장 좋은 음악이라 확신하였다.

잘 다듬어진 기교와 빗물처럼 사람의 마음을 적시는 감성, 그리고 그것을 한 치의 흐트러짐도 없이 전달하는 표현력. 무엇 하나 부족한 것이 없었다.

니나를 노예 출신이라 무시하던 소피아가 다른 이유로는 트집을 못 잡던 까닭이 이제 이해가 갔다.

이렇게 압도적으로 뛰어난 실력을 가진 사람을 어떻게 의심할 수 있을까.

'아아— 이게 재능이구나.'

에드가 가진 천부적인 능력을 볼 때와는 다른 의미로 디엘은 감탄하였다.

열 개의 손가락이 움직이며 만들어 내는 소리.

말로 표현하자면 단지 그뿐이었다. 하지만 그 소리는 익히 알던 세상을 뒤흔들 정도로 강렬한 것이었다.

연주가 끝난 후에도 해일이 장내를 덮친 것 같은 여운은 쉽게 사그라지지 않았다. 니나가 자리에서 일어서 인사를 하자 우렁찬 박수가 터져 나왔다.

디엘과 유진도 함께 박수를 쳤다.

싱긋 웃고 있던 니나가 관객석을 둘러보다가 디엘을 발견하고 반가운 얼굴을 하였다.

하지만 곧 그 옆에 있는 유진을 발견하고는 뺨을 붉게 붉혔다.

귀엽기는. 니나의 반응에 디엘은 씩 웃으면서 유진을 힐끔 보았다.

유진은 사뭇 진지한 얼굴이었다. 아무래도 그에게 니나에 대한 좋은 인식을 심어 주자는 계획은 완벽히 성공한 것 같았다.

"대단하네요."

박수 소리가 천천히 줄어드는 가운데, 유진이 불쑥 입을 열었다. 디엘이 고개를 끄덕이며 동조하였다.

"니나가 가진 재능은 의심할 여지가 없이 훌륭한 것입니다."

디엘의 말에 유진은 빙그레 웃었다.

"물론 타고난 재능도 있겠지만, 노력을 게을리하지 않은 덕에 저런 훌륭한 연주를 할 수 있게 된 거겠죠."

"……."

유진의 말에 디엘은 생각에 잠겼다. 니나가 분명 뛰어난 재능을 가지고 있는 것은 사실이나 그 재능이 노력 없이 빛을 발할 수 있는 것은 아니었다.

"그렇군요. 유진의 말이 맞습니다."

디엘은 니나의 손가락을 떠올렸다. 보통 피아노는 아무리 많이 쳐도 손에 굳은살이 생기는 경우가 없다 들었다. 하지만 니나의 손은 달랐다.

그녀의 손을 처음 잡았을 때, 디엘은 곧바로 그녀가 악기를 다루는 사람이라는 것을 알 수 있었다.

처음에는 현악기를 다루는 것일까 생각했지만, 곧바로 그렇지 않다는 것을 깨달았다.

보통 현악 연주자들은 줄이 닿는 위치에 굳은살이 생기기 마련인데, 니나의 굳은살은 그 위치가 미묘하게 달랐다.

그렇게 눈에 보이는 형태로 그 노력이 나타날 정도면 얼마나 오랜 시간, 애써 왔던 걸까. 그 중얼거림을 들은 유진이 말했다.

"한 사람이 가진 재능이 개화하는 데에는 1만 시간이 필요하다는 말을 들은 적이 있어요. 틀림없이 니나 양은 그 1만 시간을 착실하게 채워 나가고 있는 게 아닐까요?"

어느덧 무대에는 새로운 학생이 올라와 있었다. 조금 전 니나가 연주하던 것과는 다른, 잔잔한 음악이 장내를 덮었다.

나쁘지 않은 연주였지만, 몸이 떨릴 정도의 전율을 맛보았던 귀에는 이번 연주가 조금 매력이 부족하다 싶었다.

그래도 연주가 끝날 때까지 유진과 디엘은 경청의 태도로 자리를 지켰다.

그 뒤로도 다른 학생이 몇 명 더 무대 위에 올라왔다. 디엘과 유진은 별다른 대화를 나누지 않고, 조용히 음악을 감상하였다.

두 사람 간의 침묵이 깨진 것은 사회자가 심사를 진행 중이니 대기해 달라는 말을 할 때였다. 유진이 불쑥 입을 열었다.

"멋지네요."

무엇에 대한 칭찬인지 애매한 말이었으나 디엘은 고개를 끄덕였다. 니나의 연주에 대한 감탄을 덧붙이려던 디엘은 잠시 멈칫하였다. 마침 그에게 물어보고 싶던 말이 떠올랐기 때문이었다.

"유진. 혹시 말입니다. 저번에 역사학관에서 만난 것 외에 니나와 만난 적은 없습니까?"

"니나 양과요? 아니요. 그렇지는 않은데요."

제 기억에는 그날이 분면 초면이었다며 유진이 고개를 갸웃하였다. 거짓말을 하는 것 같지는 않았다.

그렇다면 니나가 말한 '이번에도' 라는 건 대체 무슨 뜻이었을까.

아무래도 조만간 니나의 입을 통해 전후 사정을 파악해야만 할 것 같았다.

"참, 디엘 군. 저도 한 가지 물어도 될까요?"

"네? 네."

생각에 잠겨 있다가 조금 놀란 디엘이 얼른 고개를 끄덕이자 유진이 조용한 목소리로 말을 이었다.

"디엘 군은 마지막 시험 문제의 답을 뭐라고 적으셨나요?"

마지막 시험 문제? 갑작스러운 말에 어리둥절하던 디엘은 곧 그가 말한 것이 무엇인지를 깨달았다.

<만일 본인이 블루 블러드라면 어떤 마법을 사용하고 싶은지 적어 보시오.>

디엘을 잠시 망설이게 만들었던 그 문제. 유진은 어떤 답을 적어 냈을까 생각하며 디엘이 답하였다.

"'푸른 피의 시대는 이미 끝났다.'라고 적었습니다."

그 짧은 한 줄을 적기 위해 얼마나 고심했던가.

아마 샤칼 교수의 출제 의도와는 전혀 다른 답이겠지만, 그것이 디엘의 정직한 마음이었다.

사실 붉은 피가 시작된 이래로 역사가 바른 길만을 걸어왔느냐 물으면 물론 그렇지는 않았다.

압도적인 힘을 가진 지배 계층이 사라진 후에는 새로운 지배 계층이 나타났으며, 노예는 여전히 고통 받았다.

욕망과 사리사욕을 채우기 위한 전쟁도 세상에서 사라지지 않았다.

하지만 그럼에도 불구하고 더는 세상에 마법이 필요하지 않았다.

인간은 이미 절대적인 힘 앞에 굴복하기보다는 그것을 파헤치고, 굴복시키길 택했다. 이 세상은 그런 세상이었다.

그렇다면 지금부터 필요한 것은 이미 과거에 사라진 것에 매달리기보다는 그 실수를 토대로 조금 더 나은 세상을 만들려는 노력이었다.

"유진은?"

질문을 받은 그가 웃었다. 어쩐지 대답이 예상되는 미소였다.

"'우리는 마법이 필요 없는 세상에서 살고 있다.'라고 했습니다."

디엘도 덩달아 웃었다. 유진과 자신이 학문적 견해가 일치하는 걸 확인하는 건 드문 일이 아니었건만, 이번에는 유독 기뻤다.

유진은 고개를 천천히 돌려 앞을 응시하였다.

"저는 사실 마법이, 블루 블러드가 할 수 있었던 그 모든 일들이 무섭다고 생각해요. 정말 위대한 건 마법이 아니라— 니나 양의 연주처럼 오랜 시간을 들여 마침내 빛을 발하게 되는 노력이 아닐까 생각하거든요."

유진이 조심스레 털어놓은 말에 디엘은 고개를 끄덕였다.

비로소 그가 왜 하필 지금 고대학 시험에 대한 이야기를 꺼낸 것인지 알 수 있었다.

늙은 사람에게 젊음을 되찾아 주고, 끝없는 삶을 약속하고, 날씨를 자유자재로 바꾸는 것.

마법이 행하는 모든 '기적'은 그 원리를 짐작할 수 없는 것이었다.

미지는 언제나 둘 중 하나다. 사람을 불안하게 만들거나 또는 현혹시키거나.

"그래서 저는 고대학이 좋습니다. 미지를 탐구하여 그것의 실체를 알아가는 것이 더는 마법이 필요하지 않은 이 시대를 살아가는 우리들에게 주어진 사명 같은 게 아닐까 생각합니다."

"……."

디엘은 조용히 고개를 끄덕였다. 그녀 역시 유진과 마찬가지로 잘 알지 못하는 것은 알고 싶었다. 불안감과 두려움을 해소하기 위해.

다만 그녀나 유진과는 반대로 미지에 현혹당하여 그것을 숭배하는 사람들 역시 세상에는 존재하였다.

'하지만 그곳이 아니면 그 어디에도 없을 거다. 그건 이 세상을 멸망시킬 수 있을 정도로 강력한 물건이니까.'

분명 도굴단은 현자의 돌을 손에 넣으려고 하고 있었다. 그들이 그 돌을 원하는 이유가 무엇일까.

저나 유진처럼 알고 싶다는 지적 욕구 때문에?

아니면 그 미지의 힘을 이용하여 세상에 큰 혼란을 불러오기 위해서?

생각에 잠겨 있던 디엘은 문득, 자신이 유진에게 한 가지 더 확인해야 할 것이 있다는 것을 깨달았다.

"유진. 한 가지를 더 물어도 되겠습니까?"

디엘이 자세를 바로 하고 묻자, 유진도 덩달아 자세를 바르게 하였다.

"네, 말씀하세요."

"혹시 저에게 주었던 현자의 돌에 대한 책은 어디서 얻은 것인지 알 수 있을까요?"

"아, 그 책이라면 샤칼 교수님 덕에 알게 되었습니다."

"샤칼 교수님이요?"

"정확히는 샤칼 교수님이 추천해 주셨던 '남겨진 자들'이라는 책에서 현자의 돌에 대한 이야기가 나오더군요. 그래서 흥미가 생겨서 알아보다 보니……."

"제가 조사하던 내용에 관련이 있을 거라고 생각하게 된 거로군요."

이제야 경위를 알겠다며 디엘이 고개를 끄덕이는 사이, 유진이 말을 이었다.

"남겨진 자들이라는 책에서는 현자의 돌을 만든 블루 블러드에 대한 이야기가 나와요. 그녀는 가장 위대하며 동시에 뛰어난 힘을 지닌 존재였다고 하더군요. 예를 들자면―"

그녀가 행할 수 있는 무수한 기적 중에는 자유자재로 모습과 성별을 바꾸는 것도 포함이 되어 있었다.

그런 사람이 만든 유물인 만큼 현자의 돌 역시 같은 힘을 발휘할 수 있지 않을까.

유진의 추측에 디엘은 고개를 끄덕였다. 실제로도 그가 준 책에는 그와 같은 언급이 있지 않았던가.

"다만 그 돌을 사용하기 위해서는 대가가 필요하다는 것 같아요."

"대가?"

디엘이 놀란 얼굴을 하자 유진이 고개를 끄덕였다. '현자의 돌'이라는 책에서는 미처 보지 못했던 내용이었다.

"네. 다른 책에서 본 내용일 뿐이지만, 현자의 돌을 사용했던 블루 블러드는 비싼 값을 톡톡히 치러야 했다는 이야기를 보았어요."

"그들은 대체 어떤 대가를 치른 겁니까?"

그것까지는 기록에 없었다며 유진이 쓴웃음을 지었다. 디엘은 입을 꾹 다물고 생각에 잠겼다.

대가라니. 이제까지 한 번도 생각해 본 적이 없는 이야기였다.

하지만 동시에 영 이해 못 할 말은 아니었다. 저주를 행하는 데에도 응당 그에 걸맞은 대가가 필요했다.

그러니 제아무리 '현자의 돌'이라고 할지라도 등가교환의 법칙에서는 자유로울 수가 없었다.

'어쨌거나 찾는 게 우선이지.'

복잡한 마음을 억누르며 디엘이 중얼거렸다.

찾지 못한 상태에서 고민해 봐야 아무런 진척도 없었다. 우선은 찾고 나서 고민할 문제였다.

그렇게 생각한 디엘이 고개를 다시 들어 올리는 것과 동시에 무대 위로 사회자가 올라왔다.

"오래 기다려 주셔서 감사합니다, 여러분. 올해 교내 콩쿠르의 우승자는―"

우승자의 이름은 낯익은 것이었다. 디엘과 유진은 동시에 서로를 보고 빙긋 웃었다. 커다란 박수 소리가 장내를 뒤덮었다.

*　　　*　　　*

학기 시험이 끝난 이틀 후에는 아카데미 측에서 준비한 파티가 벌어졌다.

신이 난 학생들은 아침부터 날뛰느라 정신이 없었고, 곳곳에서 소동이 벌어졌다. 그래도 아카데미 측은 관대하게 학생들의 폭주를 눈감아 주었다.

평소 같으면 바로 제제에 들어갔을 토니조차도 닥터 제이와 함께 술병을 손에 거머쥔 모습이 보였다.

그렇게 다른 이들이 모두 술이며 맛난 음식으로 파티를 만끽하고 있을 무렵.

완전히 무장을 마친 디엘은 에드와 함께 제트의 저택으로 향하고 있었다.

"옛날부터 생각했던 거지만 말이야. 왜 어딜 숨어들어 갈 때는 밤에 행동하는 걸까?"

에드의 물음에 디엘은 뭘 그리 당연한 걸 묻느냐는 얼굴로 답하였다.

"그편이 눈에 덜 띄기 때문이 아니겠습니까?"

"음, 그렇지만 일단 너나 나처럼 생긴 게 눈에 띄는 사람한테는 별 소용없는 거 아니야?"

설마 이 남자는 자신의 존재 자체가 한낮의 태양 같다는 말을 하려는 건 아니겠지.

디엘은 안쓰러운 얼굴로 옆에 있는 남자를 힐끔 보았다. 그 시선을 눈치챈 에드는 능청스럽게 윙크를 날렸다. 디엘은 고개를 절레절레 저으며 앞장섰다.

아직 해가 한창 밝은 시간대인데도 저택 안은 언제나 그렇듯 어두웠다. 다행히 길눈이 어둡지 않은 편이기에 디엘은 숨겨진 통로로 향하는 입구를 쉽게 찾아냈다.

벽을 더듬어 장치를 해제시킨 디엘은 휴대용 랜턴으로 아래를 비춰 보았다.

전에 학생들이 저를 이곳에 던져 넣었을 때는 매우 깊다고 느꼈었지만, 막상 눈으로 보니 생각보다는 많이 깊지는 않았다.

"에드, 이 정도— 아!"

뛰어내릴 만하지 않겠냐고 말하려던 디엘은 반사적으로 소리를 질렀다.

무언가가 제 몸을 번쩍 들어 올려 감싼다 싶더니 어느 순간, 그녀는 아래로 내려와 있었다. 에드의 품에 안긴 채로.

"……."

"음, 우리 주인님은 몸이 참 깃털처럼 가볍단 말이지. 그러니까 밥 좀 잘 챙겨 먹으라니까. 이러다가 바람 불면 날아가겠어, 아주."

같지 않은 잔소리를 몇 마디 늘어놓은 에드가 성큼성큼 걸음을 옮기기 시작하였다.

여전히 디엘을 안고 있건만, 그 걸음걸이에는 흔들림이 없었다.

정말 에드의 말처럼 자신이 깃털처럼 가벼운 게 아닐까 하는 생각
이 들 정도였다.

하지만 그럴 리가 없다는 건 스스로 잘 알고 있었다.

아무리 가녀린 체구라고 하더라도 지금의 디엘은 남자의 몸을
하고 있었다.

홀쩍 들어 올려 가볍게 다룰 만한 체중은 아니었다. 디엘은 얼굴
을 팍 찌푸렸다.

"힘자랑도 좋지만, 이제 그만 내려 주시길 바랍니다, 에드."

"응? 싫은데?"

왜 싫은지 설명도 없이 에드는 고개를 저었다.

그의 고집을 순순히 꺾을 수 없다는 걸 아는 디엘은 한숨 한 번으
로 포기하였다. 그녀가 몸에서 힘을 빼자 에드는 히죽 웃었다.

긴 비밀 통로를 따라 저벅거리는 발걸음 소리가 메아리쳤다.

디엘은 에드가 발을 헛디디는 실수 따위는 하지 않을 거라 생각
하면서도 랜턴으로 아래를 비추었다.

빛 아래 드러난 바닥은 생각보다도 훨씬 깨끗하였다.

혹시라도 쥐나 벌레랑 마주치지 않을까 생각했던 것이 무색할
정도로.

아무래도 조사대가 드나들면서 자연스럽게 바닥의 먼지며, 쓰레
기가 구둣발에 쓸려 나간 모양이었다.

덕분에 두 사람은 조금 상쾌한 기분으로 통로의 끝에 도달할 수
있었다.

문양이 그려진 벽을 에드가 밀어 열자 안에서 조금씩 익숙한 광

경이 모습을 드러냈다.

"……."

몇 주 만에 다시 찾은 그곳에서는 사건 현장의 흔적을 찾을 수가 없었다. 마치 아무 일도 없었다는 것처럼 깔끔하고 텅 빈 방 안.

당시에는 경황이 없어서 제대로 살펴보지 못했던 방 안은 그녀가 기억하는 것보다도 훨씬 더 넓었다. 그리고 특이하게도 각 벽면마다 색이 달랐다.

오른쪽에는 녹색 벽, 왼쪽에는 적색 벽, 그리고 가장 맞은편에 있는 것은 하얀 벽이었다.

디엘은 손을 들어 하얀 벽을 가리켰다. 고대어가 새겨진 바로 그 벽면이었다.

에드는 그 앞으로 걸어가서 그녀를 내려 주었다. 바닥에 단단히 발을 내디딘 디엘은 고개를 들어 올렸다.

"라피스 필로소포룸(lapis philosophorum)."

그 단어를 소리 내어 읽는 디엘의 어깨가 가볍게 떨렸다.

이제 정말 원래 제 몸을 되찾을 수 있을 거라는 흥분과 기대 때문이었다.

그녀는 벽면에 있는 글을 열심히 해독해 나갔다.

숨겨진 현자의 돌을 찾기 위해 풀어야 할 문제는 총 세 가지였다. 첫 번째는—

"적색 안에서 이질(異質)을 가려낼 것."

적혀 있던 문장을 소리 내어 중얼거린 디엘은 고개를 돌려 주변을 두리번거렸다.

적색? 그녀의 눈에 곧바로 왼쪽에 있는 붉은 벽이 들어왔다.

저걸 말하는 거로구나.

디엘이 움직이려는 모습을 보고는, 가만히 지켜보고 있던 에드가 입을 열었다.

"도와줘?"

"아니요. 지금은 일단 괜찮습니다."

그녀는 단순한 꽃 모양이 섬세하게 그려진 벽 앞에 섰다.

얼핏 보기에는 산화철이나 붉은 안료로 그림을 그린 게 아닐까 싶었다.

그 꽃 그림을 한참 보던 디엘은 활짝 핀 꽃 사이에서 유일하게 봉오리 형태인 그림을 발견하였다.

그 부분을 손으로 조심스레 눌러 보니 어디선가 철컥, 하는 소리가 들려왔다.

드드드거리는 뻑뻑한 소리와 함께 벽면 그 자체가 움직이는가 싶더니 곧 중앙에 커다란 구멍이 하나 드러났다.

구멍 안에는 상자가 하나 놓여 있었다.

디엘은 주머니에서 장갑을 꺼내 손에 착용하였다.

조심스럽게 상자를 들어 바닥으로 내려 보니 크기에 비해서 무게는 제법 가벼웠다.

뚜껑을 열어 보니 안에서 나온 것은 꽃 모양 브로치 다섯 점이었다.

"이게 뭐야?"

어느새 옆에 다가와 있던 에드가 얼굴을 찌푸렸다.

"다 똑같이 생겼잖아? 여기서 뭘 찾아야 하는 건데?"

에드의 말대로 브로치는 형태며 모양, 크기까지 전부 똑같았다. 다만 주목할 점은 꽃잎의 색이 전부 다르다는 것이었다.

청색, 자색, 적색, 주황색, 그리고 황색.

조심스럽게 브로치 하나를 들어 올린 디엘은 고개를 갸우뚱하였다.

그녀가 손에 든 것은 황색 보석이었는데, 얼핏 보기에는 황색 사파이어(Sapphire)처럼 보였다.

"아!"

그 순간, 어떤 생각이 머릿속을 번개처럼 스쳐 지나갔다.

디엘은 그 보석을 조심스레 다시 바닥에 두고, 다른 브로치들 역시 꼼꼼히 살펴보았다.

어느덧 그녀의 입가에 만족스러운 미소가 떠올라 있었다.

디엘은 꽃잎이 붉은 브로치를 들고 자리에서 일어섰다.

조금 전까지 상자가 놓여 있던 공간 밑바닥에는 딱 브로치 하나를 올려 둘 수 있는 구멍이 있었다.

그녀는 망설임 없이 브로치를 그 위에 올렸다.

철컥— 조금 전과 마찬가지로 무언가가 둔탁하게 움직이는 소리와 함께 브로치를 올려 둔 부분이 천천히 위로 솟아 올라왔다.

그 안에서 나온 것은 붉은 광택이 도는 열쇠 한 벌이었다. 디엘은 그것을 들어 올려 의기양양한 얼굴로 에드를 보았다.

"어떻게 한 거야?"

에드는 여전히 영문을 모르겠다는 얼굴이었다. 디엘은 싱긋 웃은 뒤, 입을 열었다.

"에드. 사파이어와 루비의 공통점이 뭔지 압니까?"

"음, 보석이라는 거?"

당연하다면 당연한 말에 디엘은 작게 웃음을 터트렸다.

"정답이군요. 하지만 좀 더 정확하게 말하자면 둘은 본래 커런덤 (Corundum)이라 불리는 광물입니다. 붉은색이 도는 커런덤을 루비라고 부르고, 그 외에 색이 도는 강옥을 사파이어라고 하죠."

"헤에."

에드가 눈을 휘둥그레 뜨며 놀랐다는 시늉을 하였다. 루비와 사파이어가 원래 같은 광물이라는 사실은 알려지기 시작한 지 얼마되지 않은지라 아는 사람이 많이 없었다.

"그럼 저기 있는 브로치는 색은 다 달라도 다 그 커런덤이라는 걸로 만든 거야?"

"네, 딱 하나를 제외하면 말이죠."

에드는 디엘이 망설임 없이 붉은 브로치를 집어 올렸던 것을 떠올렸다.

대체 어떻게 그게 다른 브로치와 다른 보석으로 만들었다고 확신했던 걸까?

에드의 속마음을 읽기라도 한 것처럼 디엘이 말을 이었다.

"사파이어는 보통 푸른색이라는 이미지가 강하나, 실제로는 다양한 자색 사파이어나 녹색 사파이어 같은 다양한 색상을 띱니다."

디엘은 상자 속에 남아 있는 다른 브로치들을 가리켰다. 청색, 자색, 주황색, 황색. 전부 사파이어가 지닐 수 있는 색이었다.

딱 하나, 붉은색을 제외한다면.

"그래서 붉은색을 골랐다? 그건 사파이어가 아니니까?"

흥미롭다는 에드의 물음에 디엘은 고개를 끄덕였다.

"저 붉은색 브로치는 커런덤이 아니라 가넷으로 만든 것일 겁니다. 가넷과 루비는 얼핏 보기에는 비슷한 색상을 갖는 보석이니까요. 다만 가넷은 루비에 비해 불순물이 없어서 투명도가 더욱 높다는 느낌을 줍니다."

설명을 마친 디엘을 향해 에드가 가볍게 휘파람으로 탄사를 보냈다. 이 정도야 뭐. 어깨를 으쓱한 디엘이 이번에는 녹색 벽 앞으로 걸어갔다.

두 번째 문제는 〈녹색에서 가치를 가려낼 것〉이라는 문구가 적혀 있었다.

녹색 벽에는 동그란 구멍이 세 개, 그리고 열쇠 구멍 같은 것이 한 개 있었다.

디엘은 방금 전 붉은 벽의 수수께끼를 풀고 손에 넣은 열쇠를 그 구멍 안에 넣어 보았다.

철컥, 하는 소리와 함께 열쇠는 부드럽게 돌아갔다. 바닥이 솟아오르는가 싶더니 이번에도 상자가 하나 놓여 있었다.

상자 속에서 나온 것은 동그란 세 개의 녹색 보석이었다.

딱 벽에 있는 구멍에 넣기 좋은 사이즈였다.

"이번에도 또 보석이야?"

블루 블러드에게 보석이 어떤 의미인지 정확히 알지 못하는 에드가 얼굴을 꽉 찌푸렸다.

디엘은 이유를 설명하려다가 그만두었다.

지금은 문제 풀이에 집중해야 할 때였다.

'가치를 가려낼 것.'

문제를 머릿속에 되새기며 디엘은 동그란 보석 중 하나를 들어 올렸다.

선명한 연두 빛을 뿜어내는 돌은 디엘의 눈 색을 꼭 닮아 있었다.

그것을 신중하게 살펴본 디엘은 다른 돌도 차례로 살폈다.

세 보석은 모두 녹색이어도 그 색이나 질감은 조금씩 달랐다. 보석의 이름을 알아내는 것은 그리 어려운 일이 아니었다.

디엘의 눈색을 꼭 닮은 것은 페리도트, 그리고 보석 전체가 아름다운 녹색으로 선명한 제이드. 마지막으로 갈색 무늬가 섞인 불투명한 녹색의 터키석.

이 중에서 가장 값이 비싼 보석은 제이드였다. 그다음은 페리도트, 그리고 터키석.

감별을 끝낸 디엘은 자신 있게 그것을 들어 순서대로 구멍 안에 밀어 넣었지만, 아무 반응이 없었다.

당황한 디엘은 다시 원래 자리로 돌아온 세 보석을 보며 눈을 깜빡였다.

'내가 잘못 감별했나? 이게 설마 페리도트가 아니라 차보라이트인가? 아니, 하지만 분명 이건 페리도트가 맞을 텐데. 그럼 이게 제이드가 아닌가? 아니, 하지만—'

그녀가 한참 세 보석을 노려보며 생각에 잠겨 있을 때였다. 뒤에서 팔짱을 끼고 있던 에드가 입을 열었다.

"그래서 그 보석은 다 뭐야? 에메랄드야?"

녹색 보석이 에메랄드라고 생각하는 것은 귀금속에 대한 별다른 지식이 없는 사람들이 하는 착각이었다. 디엘은 쓴웃음을 지으며 답하였다.

"아닙니다. 이건 페리도트, 그리고 저건 제이드. 마지막으로 저게 터키석입니다."

디엘이 간략하게 보석의 특징도 설명해 주자, 에드는 도통 모르겠다며 어깨를 으쓱하였다.

"흐음. 내가 보기에는 색이 좀 다른 녹색 보석 세 개인 데 말이지. 다 비싼 거야?"

"아뇨. 그렇지는 않습니다. 터키석이나 페리도트는 부유한 서민이라면 한 번쯤 가져 볼 만한 보석이고, 제이드는 제법 고가입니다. 예전에는─ 아."

설명을 이어 나가려던 디엘은 멈칫하였다.

그래, 맞아. 그랬구나. 그녀는 그제야 자신이 간과하고 있던 것이 있다는 걸 알아차렸다.

아주 먼 고대에는 지금과 다르게 제이드가 별 가치가 없는 광물이었다. 다만 붉은 피의 시작을 거치면서 제이드가 주로 생산되던 산지가 파괴되고 그 가치가 높아졌다.

즉, 디엘은 현재를 기준으로 가치를 매기는 실수를 한 셈이었다.

디엘은 얼른 페리도트를 집어 들어 그것을 먼저 구멍에 넣고, 그 다음으로 터키석, 마지막으로 제이드를 구멍에 넣었다.

이번 시도는 성공이었다.

드르륵하는 소리와 함께 열쇠가 꽂혀 있던 부분이 툭 튀어나왔다. 그 안에서 나온 것은 부싯돌이었다. 디엘이 그것을 어리둥절한 얼굴로 내려다보고 있자니, 에드가 대신 돌을 집어 올렸다.

뒤집어 가며 요리조리 한참을 살피던 그가 "부싯돌인데?"라는 한 마디를 하였다.

디엘은 나도 보면 안다는 말 대신 몸을 돌렸다. 부싯돌은 에드에게 맡겨 두어도 상관이 없을 것 같았다. 그녀는 그대로 하얀 벽 앞으로 다시 돌아왔다

이제 마지막 문제를 풀 때였다.

"하얀 장미를 찾을 것."

벽에 적힌 마지막 문제는 딱 그 한 줄이었다. 디엘은 하얀 벽 앞에서 생각에 잠겼다. 이제까지의 패턴을 생각하면 벽에 무슨 장치가 숨어 있는 건 분명하였다.

'하얀 장미를 찾으라고 했으니 장미 그림이라도 찾아야 하는 건가?'

주어진 단서에 충실하게 디엘은 벽을 훑었다. 그러나 하얀 벽에는 장미 그림은커녕 줄기처럼 보이는 흔적도 없었다.

눈앞의 그것은 그저 평범한 벽일 뿐이었다. 눈 씻고 찾아봐도 아무런 단서가 없었다.

이제까지 내놓은 문제는 모두 맛보기였다고 말하는 것 같은 불친절함에 디엘은 얼굴을 찌푸렸다.

하얀 장미, 라니.

디엘은 보석 중에 하얀 장미라고 불리는 것이 무엇이 있나 고민에 잠겼다.

'장미 수정? 하지만 그건 보통 연분홍색이니까 하얀 장미라고 부르지는 않는데.'

머릿속에서 떠오르는 모든 보석에 하얀 장미를 갖다 붙여 보던 디엘은 얼굴을 찌푸렸다.

딱, 딱―

조금 전부터 귀에 거슬리는 소리가 닿고 있었다.

돌아보니 에드가 손에 쥔 부싯돌을 가지고 놀고 있는 모습이 보였다.

"에드, 그 돌 좀 그만 내버려 둬요. 정신이 산만하지 않습니까."

"가만있으려니 심심하잖아. 우리 주인님은 혼자서 척척 문제를 푸니까 내 도움도 필요 없고."

디엘이 저에게 도움을 청하지 않는 게 불만인지 에드가 입을 삐죽거렸다. 당신이 애냐는 핀잔을 하려던 디엘은 멈칫하였다.

그러고 보니 저 부싯돌은 왜 나온 걸까? 불로 방을 밝히라고? 하지만 이 방은 따로 조명 장치가 있는데. 불이 필요한 이유가 무언가 또 따로 있나?

"하얀 장미, 불……"

중얼거리던 디엘이 입을 작게 벌렸다. 보석은 아니지만, 머릿속에서 얼핏 스치는 광물이 하나 있었다.

"에드, 절 좀 도와줘야겠습니다."

"오, 드디어 내 차례야? 뭘 해 줄까? 부수면 돼? 아니면 깰까? 망가트려? 파괴해?"

어째 에드의 입에서 나오는 말이 하나같이 다 살벌한 것뿐이었다.

디엘은 그가 손에 들고 있던 부싯돌을 빼앗고, 대신 자신이 들고 있던 랜턴을 내밀었다.

에드가 엉겁결에 그것을 받아 들자 디엘은 벽을 가리켰다.

"랜턴으로 벽면을 데워 주시겠습니까?"

"뭐? 벽을 데우라고?"

기름으로 불을 밝히는 휴대용 랜턴은 환한 불빛만큼이나 열기역시 상당했다.

아랫부분을 잘못 집으면 화상을 입을 수도 있었다. 에드는 어리둥절한 얼굴이었지만 고분고분하게 디엘의 말을 따랐다.

"다치지 않게 조심해요, 에드."

노파심에 디엘이 한 말에 에드가 피식 웃었다. 그 거만한 얼굴은 '지금 누굴 걱정하는 거야?'라고 묻는 것만 같았다.

그는 고대어가 새겨진 벽면에 대고 랜턴을 바짝 들이밀었다.

일정 시간이 경과하면 에드는 손을 옮겼고, 디엘은 그 뒤를 따라 벽을 더듬거렸다.

단 몇 분이라도 랜턴의 열기로 달아오른 벽면은 제법 뜨끈하였다.

그렇게 한동안 벽에 바짝 붙어 있던 디엘이 어느 지점에서 멈칫하였다.

고개를 든 그녀는 제가 손을 짚고 있는 부분에서 천천히 손을 떼었다.

"시원해."

디엘의 중얼거림을 들은 에드가 눈썹을 까닥하였다.

"뭐?"

"여길 만져 보십시오, 에드."

랜턴을 들지 않은 쪽 손으로 에드는 디엘이 가리킨 곳을 만져 보았다. 그리고 깜짝 놀란 얼굴로 디엘을 보았다.

"시원하네?"

열로 달구어진 다른 곳과 달리 그곳은 서늘한 온도를 유지하고 있었다.

에드는 신기하다는 얼굴로 다른 벽면과 그곳을 번갈아 더듬었다.

"왜 여기만 이런 거야?"

"다른 부분은 전부 석회로 만들었지만, 그 부분만은 석고입니다."

"응? 석고?"

하얀 벽을 재차 보는 에드의 얼굴에 의아함이 가득하였다.

"그거 조각상을 만들 때 쓰는 거 아니야? 석고로 벽을 만들어?"

"드물긴 하지만, 그런 경우도 있습니다."

석고는 물과 쉽게 반응하기 때문에 여러 형태로 가공하기가 좋았다.

그 용이한 가공성에 비해 내구력이나 강도 역시 나쁘지 않아, 현재는 석고를 건축 자재로 이용하여 건축물의 일부를 만드는 경우가 점차 늘어나고 있었다.

게다가 석고는 석회와는 다른 이점이 몇 가지 있었다.

"석고는 물기를 흡수하며, 열기는 반사하여 오히려 시원해지는 성질을 가지고 있죠."

"아하, 그래서 불로 벽을 데워 보라고 한 거구나."

그제야 디엘이 내린 지시를 이해하겠다며 에드가 고개를 끄덕였다.

"그럼 하얀 장미는 뭐야? 그게 석고랑 무슨 상관이 있는데?"

"우리가 보통 보는 석고는 가공을 마친 형태이지만…… 사막에서 발견되는 석고의 결정은 장미 모양을 띠고 있습니다. 그래서 석고의 별칭 중 하나가 사막 장미(Dessert Rose)입니다."

디엘은 부싯돌을 들어 올려 석고로 만들어진 부분에 그것을 가져다 대었다. 그곳에 적혀 있는 단어는 보물(clenódĭum)이었다.

알기 쉬운 장소였네. 픽 웃은 디엘이 조금 세게 부싯돌을 벽에 부딪쳤다.

탁탁, 하는 소리와 함께 불꽃이 튀어 올랐다.

동시에 보물이라는 글씨가 새카맣게 변하였다.

마치 검은 잉크를 뿌린 것처럼 벽면 전체가 곧 검은색으로 뒤덮였다.

디엘이 한 걸음 물러서자 에드가 얼른 앞으로 나와서 그녀를 제 뒤로 보냈다.

드드드— 요란한 소리와 함께 하얀 벽이 검은 벽으로 변하였다. 그중에서 딱 한 곳에 하얀 흔적이 남아 있었다.

"라피스 필로소포룸(lapis philosophorum)."

에드의 등 뒤에서 벗어난 디엘이 그곳을 향해 손을 뻗었다. 가느다란 손가락 끝이 벽에 닿자 바닥에 가벼운 진동이 느껴졌다.

놀라 고개를 돌리니 방 정중앙 바닥이 천천히 솟아오르는 것이 보였다.

그 위에는 동그란 상자처럼 보이는 것이 놓여 있었다.

디엘의 가슴속이 요동쳤다. 저 안에 분명 현자의 돌이 들어 있을 것이다.

앞뒤 생각할 겨를 없이 디엘이 그곳을 향해 달려갔다. 에드가 뒤에서 얼른 그녀를 쫓았다.

"디엘, 조금 진정해!"

흥분한 그녀를 말리기 위해 에드가 소리쳤지만, 디엘의 귀에는 그것이 닿지 않았다.

'드디어— 드디어 저주를 풀 수 있어!'

벅차오르는 가슴으로 단숨에 방 중앙에 도착한 디엘은 크게 심호흡을 하였다.

심장이 뛰는 소리가 너무 세차서 디엘은 다른 소리를 아무것도 들을 수가 없었다. 상자로 뻗는 손가락 끝이 덜덜 떨리고 있었다.

마침내 손에 닿은 상자는 서늘하였다. 혹은 뜨거운 것 같기도 하였다.

디엘은 제 감각이 미쳐 버린 것 같다고 생각했다. 흥분으로 정신이 없는 머리에는 아무래도 상관없는 일이었다.

어느새 그녀의 옆으로 에드가 다가와 있었다. 그는 디엘이 뚜껑을 쉽게 열지 못하는 것을 보고 물었다.

"내가 할까?"

"……아니요. 내가 하겠습니다."

스스로 시작한 것이니 스스로 끝내야만 했다. 디엘이 침을 한 번 삼킨 후, 힘을 주어 뚜껑을 들어 올렸다.

아마 수초도 채 되지 않았을 순간, 그 순간이 디엘에게는 누구보다도 길게 느껴졌다.

이제 귀에서 들리는 세찬 소리는 제 심장이 뛰는 소리라기보다는 흡사 대지를 두들겨 치는 폭우 같은 굉음이었다.

사막처럼 바짝 마른 입술을 축이며 디엘은 고개를 아래로 숙였다.

그리고 마침내 완전히 열린 뚜껑 밑에서 드러난 것은ー

"……아."

속이 텅 빈 상자였다.

Chapter 21

그리하여, 결말

기대가 크면 클수록 뒤를 따르는 실망 역시 큰 법이었다.

디엘은 자신이 어떻게 제트의 저택을 다시 빠져나와 기숙사로 돌아온 것인지 기억할 수 없었다.

에드가 계속 그녀에게 말을 걸어왔지만, 그 내용 역시 기억하지 못하였다.

다만 도중에 제 몸이 다시 여자로 돌아왔던 기억만은 생생하였다.

그들이 조용히 기숙사로 돌아올 무렵에는 파티가 절정에 달해 있었다.

곳곳에서 들려오는 떠들썩한 웃음소리 사이로 왈츠의 선율도 섞여 있었다. 세상 모든 이가 행복하고 즐거운 것만 같았다.

단 한사람, 디엘을 제외한다면.

제 방에 돌아온 디엘은 옷을 벗는 둥 마는 둥 하며 곧바로 침대 위로 올라갔다.

에드도 더는 아무 말이 없었다. 그는 바닥에 앉아 침대에 몸을 기대었다.

평소에는 싫다 해도 곧잘 달라붙어 성가시게 구는 남자였지만, 이럴 때만큼은 눈치가 빨랐다.

그는 밤새도록 침대 맡에서 디엘의 옆을 지켰다.

지나치게 가깝지도 않고, 지나치게 멀지도 않은 거리.

마치 디엘의 마음속을 훤히 읽고 있는 것처럼 완벽한 거리였다.

뜬 눈으로 밤을 지새운 디엘은 새벽녘에 제 몸이 다시 남자로 돌아가는 것을 느꼈다. 익숙한 통증과 불편함 속에는 이제 체념에 가까운 절망이 드리웠다.

처음부터 지나친 욕심이었던 게 아닐까?

샤칼 교수조차 역사상 이 저주를 푼 건 단 한 명밖에 없다 말하지 않았던가.

디엘은 손바닥으로 제 얼굴을 감쌌다. 눈물 한 방울, 소리 한 번 흘리지 않는 울음이 가슴을 새파랗게 두들겼다.

"……."

베개에 얼굴을 파묻고 한참 신음하던 디엘은 힘겹게 몸을 일으켰다.

거의 하루를 꼬박 굶은 탓인지 아니면 정신적 피로 때문인지는 몰라도 뜻대로 몸이 움직여지질 않았다.

간신히 고개를 옆으로 돌리니 꼿꼿하게 등을 펴고 앉은 에드의 뒷모습이 보였다.

아직 푸른빛이 더 많이 감도는 햇볕을 받아 은은하게 빛나는 금빛 머리칼은 얼핏 보기에는 은빛처럼 보이기도 하였다.

디엘은 천천히 손을 뻗어 그 머리칼을 만져 보았다. 손가락 사이로 스르륵, 흘러 나가는 감촉이 좋았다.

어릴 때, 이복 여동생 중 한 명이 갖고 놀던 인형의 머리칼이 꼭 이렇게 결이 좋았었다는 기억이 났다.

딱 한 번 만져 보았던 그 감촉을 아직도 잊지 못하는 건, 어린 마음에 인형이 참 예쁘다고 생각했기 때문인 걸까.

디엘은 계속 에드의 머리칼을 쓰다듬었다.

"……어릴 때 어머니를 찾아가면, 그분은 발작이 있을 때마다 나를 옆에 앉히고 머리를 쓰다듬어 주시곤 했어."

호숫가의 공기처럼 고요한 목소리로 에드가 중얼거렸다.

"그게 참 이상했어. 싫은 건 아닌데, 그렇다고 마냥 기쁜 것만도 아니었거든. 그때는 이유를 몰랐는데, 이제 알겠어."

짧게 숨을 내뱉은 에드가 천천히 말을 이었다.

"내가 해 줄 수 있는 게 없어서였어."

에드가 고개를 옆으로 돌렸다. 몸을 반만 일으키고 있던 디엘과 그의 눈이 마주쳤다.

"내가 사랑하는 사람이 원하는 걸 들어줄 수 없는 게 싫었던 거야."

숱이 풍성한 속눈썹을 아래로 내려 깐 에드의 얼굴이 슬퍼 보였다. 처음 보는 표정이었다.

이 남자가 이런 얼굴도 할 수 있었구나. 디엘은 조금 놀라 몸을 일으켰다.

"에드. 당신 탓이 아닙니다. 그러니까 당신이 그런 얼굴을 할 필요는 없습니다."

"알아. 하지만—"

뒷말을 삼킨 에드가 머리를 가만히 침대 위로 올려 표정을 감추었다.

디엘은 제 다리 근처에 놓인 에드의 뒷머리를 다시 한 번 쓰다듬어 주었다.

이상하게도 에드가 풀이 죽은 모습을 보고 있자니 저라도 기운을 내야 할 것만 같았다.

"걱정할 필요 없습니다. 전 처음부터 쉽지 않은 일일 거라고 생각했습니다."

밤새도록 실망감에 앓았으면서도 디엘은 아무렇지 않은 척하였다.

자신이 느끼는 슬픔보다도 에드가 실의에 빠져 있는 모습을 보는 것이 더 싫었다.

"사실 현자의 돌은 정말 실존하는지가 의심스러운 유물입니다."

그러니까 너무 실망하지 말자는 말을 덧붙이기도 전에 에드가 고개를 번쩍 들어 올렸다.

"그럼 그 제트의 저택 벽에 있던 말이 다 거짓말이었던 거야? 어떤 미친놈이 장난질을 친 거라고?"

피에 굶주린 짐승 같은 눈이 위험하게 번뜩거렸다.

당장에라도 그 글귀를 적어 놓은 인물을 찾아내서 갈가리 찢어 발길 기세였다.

물론 그 인물이야 아주 먼 옛날에 이미 명을 달리했겠지만.

"그건 아닐 겁니다. 도굴단 무리가 위험을 무릅쓰고 아카데미까지 침입했던 것을 보았을 때. 만일 현자의 돌이 실존한다면 제트의 저택에 있었던 것은 분명합니다."

"그럼 우리가 가기 전에 누가 가져갔을 거라고 추측을 해야겠군."

미간을 찌푸린 에드가 고개를 갸우뚱하였다.

"그럼 대체 누가 가져간 거지?"

"도굴단은 어떻습니까?"

"불가능할 거야. 널 습격했던 놈들 이후로 누가 또 아카데미에 침입을 한 적이 없으니까."

"하지만 듣자 하니 학장실에 침입한 자들이 있었다고 하던데—"

"뭐? 학장실?"

에드가 금시초문이라는 얼굴을 하였다. 디엘은 얼마 전 샤칼 교수와 웨일 교수가 나누었던 대화를 그에게 정리해서 알려 주었다.

잠자코 이야기를 듣고 있던 에드는 이해할 수 없다는 표정으로 입을 열었다.

"이상한데? 난 전혀 그런 말을 들은 적이 없어. 그렇게 중요한 정보를 텐이 빼먹었을 리가 없는데."

"텐?"

낯선 이름에 디엘이 고개를 갸우뚱하였다. 에드는 손을 가볍게 휘저으며 답했다.

"나중에 소개해 줄게. 어쨌든 중요한 건 학장실에 침입자가 있었다는 소리인데. 음— 학장이라."

침대 위로 팔을 올려 턱을 괸 에드가 눈썹을 까닥거리며 생각에 잠겼다. 그 모습을 잠시 지켜보던 디엘 역시 생각에 빠져들었다.

'학장님께서 나서서 정보를 차단하고 있어서 이 이야기는 그다지 널리 퍼지지 않은 모양이지만, 그 일이 있던 후에…….'

샤칼 교수는 분명 카리스 학장이 침입자에 대한 정보를 감추고 있다고 말하였다.

그렇다면 그가 그런 정보를 감추려고 하는 이유는 무엇일까?

아카데미 내부에 또 다른 소란이 발생하는 걸 막기 위해서?

아니면 그 외에 다른 이유라도 있는 걸까?

'그래서 사실은 학장님이 '저주'로 늙지 않게 된 게 아니냐는 소문도 있더군요.'

30년도 넘는 시간 동안 얼굴이 변하지 않는 카리스 학장. 늙지 않는 저주. 현자의 돌.

아니, 설마 그럴 리가.

디엘은 입술을 꾹 깨물며 고개를 저었다. 머릿속으로 떠오른 생각은 너무나 황당무계하다 싶은 것이었다.

하지만 한편으로는 아예 불가능한 일이 아닐 거라는 생각도 들었다.

저주로 인해 낮과 밤 사이에 몸이 여자에서 남자로 바뀌는 사람도 있는 세상이었다.

현자의 돌을 손에 넣어 수십 년간 젊음을 유지해 오는 사람도 있다고 해도 말이 안 될 것은 없지 않은가.

"에드. 카리스 학장님은 어떤 사람입니까?"

디엘이 불쑥 꺼낸 말에 에드가 한쪽 눈썹을 까닥거렸다.

"글쎄. 알려진 것보다 안 알려진 게 더 많은 영감탱이?"

"……그분이 삼십 년째 전혀 나이를 먹은 것 같지 않다는 말을 들은 적이 있습니다."

조심스레 디엘이 꺼낸 말에 에드가 자세를 고쳐 앉았다.

"카리스가 현자의 돌을 가지고 있을 거라고 생각해?"

눈치 빠른 남자답게 디엘이 무엇을 의심하는지 곧바로 알아차린 모양이었다. 디엘은 신중하게 답하였다.

"확신은 아닙니다. 다만 이 아카데미에서 제트의 저택에 쉽게 드나들 수 있으며, 고대학에 능통하고, 자신의 흔적을 지우며 움직일 수 있는 건 학장님 정도라고 생각합니다."

디엘의 말은 앞뒤가 딱딱 들어맞았다. 에드의 얼굴에도 카리스에 대한 의심이 얼핏 서렸다.

"확실히―"

그가 디엘에게 동조하려는 말을 하려던 때였다.

쾅쾅쾅!

요란하게 문을 두들기는 소리와 함께 이른 새벽에는 어울리지 않는 고성이 쩌렁쩌렁하게 공기를 뒤흔들었다.

"어이, 디엘! 에드! 방에 없는 거냐!"

기차 화통을 삶아 먹은 것 같은 목소리의 주인은 기숙사장인 토니였다. 디엘과 에드는 서로의 얼굴을 마주 보았다.

"에드, 혹시 사고 친 거 있습니까?"

"어허, 우리 주인님은 대체 날 뭐로 보는 거야? 내가 들킬 짓을 할 리가 없잖아."

의심받는 게 아니라 무능하다 생각되는 게 불쾌한 것인지 에드가 디엘의 뺨을 살짝 꼬집었다. 그리고 그녀가 이게 뭐하는 짓이냐한 소리를 하기 전에 그는 재빠르게 문가로 달려갔다.

그사이에도 토니는 계속 문을 박살 낼 기세로 두들겨 대고 있었다.

"네, 네, 토니. 문 열어요, 열어. 거참, 성격도 급하다니까."

잠금장치를 해제하고 문을 벌컥 열자, 그 틈새로 언제나처럼 에드를 죽일 듯이 노려보는 토니의 얼굴이 보였다.

"무슨 일이에요? 설마 나 보고 싶어서 왔어요?"

닭살스러운 말에 토니는 몸서리를 쳤다.

"내가 미쳤냐! 뭐가 예쁘다고 이 시간부터 네놈 얼굴을 보러 와? 너 말고 네 룸메이트 때문에 온 거야!"

"우리 주인님한테? 그럼 나한테 말하면 되겠네. 뭔데요?"

"……이걸 좀 전해 줘라."

탐탁지 않다는 얼굴로 토니가 봉투 하나를 내밀었다. 힐끔 보니 소인은 로비나에서 온 것으로 찍혀 있었다.

디엘이 니나를 위하여 로비나로 사람을 보냈다는 걸 모르는 에드는 그것을 받아 들었다.

"흐음. 고마워요, 토니. 잘 가요."

눈을 찡긋한 에드는 토니가 다른 말을 할 새도 없이 문을 쾅 닫아 버렸다. 이 시간부터 수염이 숭숭 난 사내놈 얼굴을 보는 게 고역이기 때문이었다.

그는 문밖에서 토니가 욕설을 지껄이는 소리를 무시하고, 방 안으로 돌아왔다.

침대에 앉아 있던 디엘은 에드가 건넨 편지 봉투를 받고 반가운 얼굴을 하였다.

"뭐야? 로비나에서 그렇게 반가운 소식 올 게 있었어?"

에드가 괜히 심술을 부리며 물은 말에 대답도 없이 디엘은 급하게 편지 봉투를 뜯었다.

안에서 나온 얇은 편지지를 손에 쥔 디엘의 가슴속에 두근거림이 차올랐다.

현자의 돌을 찾지 못해 실의에 빠져 있던 그녀에게 소소하게나마 기쁨을 줄 소식을 기대하며.

하지만—

"디엘?"

편지를 읽어 내려간 디엘의 얼굴이 차갑게 굳어 버렸다.

그녀는 덜덜 떨리는 손끝으로 편지에 적혀 있는 내용을 재차 확인하였다.

레아 메이어가 강도에게 살해당했다고? 가족들이 이미 장례까지 치러?

머릿속이 새하얗게 변하였다.

연락이 뜸해서 이상하다 생각했을 때, 왜 그때 진작 움직이지 않았던 걸까.

디엘은 힘이 들어가지 않는 다리에 억지로 힘을 주어 몸을 일으키려고 하였다.

"디엘, 무슨 일이야?"

휘청거리는 디엘의 몸을 부축하며 에드가 물어 왔다.

그에게 몸을 기댄 디엘이 금방이라도 울 것 같은 목소리로 말하였다.

"나…… 내가, 로비나로, 당장 가야 합니다."

무언가 심상치 않다는 것을 깨달은 에드는 고개를 끄덕이며 디엘의 등을 쓸어내렸다.

"알았어, 디엘. 그래, 가자. 로비나로 금방 갈 수 있도록 준비할게. 근데 일단 잠깐만 진정하자. 어떤 상황인지부터 말해 줄 수 있겠어?"

에드의 침착한 태도에 디엘은 숨을 길게 내뱉으며 더듬더듬 입을 열었다.

"나한테는— 태어났을 때부터 줄곧 날 돌봐 주던 전속 시녀가 한 명 있습니다. 그녀는 나한테 정신적으로 유일한 가족이나 다름없는 사람인데…… 그녀가, 사라졌다고…….."

"……."

"그녀를 찾으러 가야 합니다. 레아가…….."

말을 잇지 못하고 디엘이 주먹을 꾹 움켜쥐었다. 힘줄이 툭 불거진 작은 주먹을 내려다보던 에드가 한숨을 쉬었다. 그는 그녀가 아프게 쥔 주먹을 제 손으로 감싸며 말했다.

"디엘. 레아 메이어를 만나려면 로비나까지 갈 필요는 없어."

"네? 그게 무슨 말입니까?"

영문을 모르겠다는 얼굴로 디엘이 물은 말에 에드가 담담하게 답하였다.

"그녀는 지금 스타투스에 있어. 내가 보호하고 있거든."

"……"

그녀는 자신의 귀를 의심하였다.

뭐? 레아가 스타투스에 있어? 그것도 에드가 보호하고 있다고? 대체 왜?

디엘에게서 감출 수 없는 혼란을 읽은 에드가 설명을 시작하였다.

"로비나에 보냈던 첩자로부터 네 전속 시녀가 위험에 처해 있다는 것을 들었어. 너한테 중요한 의미가 있는 사람이라 생각해서 무슨 일이 생기기 전에 내가 이리로 데려왔고."

"……그럼 왜 나한테 먼저 말하지 않은 겁니까?"

낮게 가라앉은 디엘의 목소리는 마치 짐승의 으르렁거림 같았다.

레아가 무사하다는 사실에 기쁜 한편, 저에게 아무 언질도 없이 멋대로 움직인 에드에게 화가 나는 마음을 억누르기가 어려웠다.

"너에게 먼저 확인을 하고 움직일 상황이 아니라고 판단했어. 게다가 당시에는 내가 네 주변 조사를 하고 있다는 걸 감추고 있던 때였고."

"⋯⋯그럼 이 일은 날 위해서가 아니라 당신을 위해서였군요."

디엘의 말에 에드는 침묵하였다. 부정할 수가 없었다.

그는 조만간 디엘을 데리고 레아가 숨어 지내는 장소를 찾아갈 예정이었다.

일종의 깜짝 선물처럼 레아와의 재회로 그녀를 기쁘게 해 줄 요량이었다.

하지만 디엘의 말대로 그건 온전히 그녀를 위해서는 아니었다.

제아무리 여러 가지 이유를 대어도, 결국은 어린아이가 좋아하는 사람에게 제 장난감을 주는 것처럼 그녀에게 환심을 사고 싶어하는 마음이 제일 컸다.

에드는 사죄도 변명도 없이 침묵을 지켰다. 감정 없는 조각상 같은 그 얼굴을 물끄러미 보던 디엘은 깊게 숨을 들이마셨다.

목이 꽉 죄이는 기분이라 그녀는 블라우스 단추를 서너 개 풀었다.

늘 걸고 다니는 펜턴트가 드러나서 부드럽게 녹색빛을 내었다. 레아가 준 소중한 물건이었다.

그 펜던트 알을 손으로 꾹 감싸며 디엘이 입을 열었다.

"어디입니까?"

"스타투스 시가지. 이곳에서 그리 멀지 않아."

디엘은 침대 밖으로 내려왔다. 마침 외출복 차림이라 따로 챙길 옷이 없었다.

에드 역시 마찬가지였다. 바닥에 다리를 내디딘 디엘이 에드의 재킷을 챙겨 그에게 던졌다. 에드는 그것을 허공에서 낚아챘다.

"안내하세요. 이 일에 대해서는 일단 레아를 만난 후에 다시 이야기합시다."

지은 죄가 있어서인지 에드는 고분고분하게 디엘의 말에 따랐다.

두 사람은 복도 밖으로 나왔다.

전날 밤 광란의 파티가 있어서인지 인기척이 거의 없었다.

오늘은 오전 강의가 대부분 휴강인 탓에 아카데미로 향하는 길에도 사람은 거의 없었다. 덕분에 외출증 없이도 정문을 통과하는 것이 어렵지 않았다.

시험기간 내내 아카데미에만 있던 디엘에게는 오랜만의 외출이었다. 오랜만에 맡는 바깥 공기는 코끝을 조금 시리게 만들었다.

디엘은 평소와는 달리 무거운 침묵을 지키며 제 옆에 선 에드를 힐끔 보았다.

그는 드물게도 의기소침해 보이는 얼굴이었다.

"에……."

무심코 말을 건넬 뻔한 디엘은 얼른 입술을 깨물었다. 이럴 때일수록 마음을 단단히 먹어야만 했다.

앞으로도 에드가 저 몰래 이런 일을 하고 다니는 일을 방지하려면 지금 최대한 손을 써 두어야 했다.

'이틀 정도 무시하면 반성하는 시늉은 하겠지?'

그런 생각을 하며 걸음을 옮기던 디엘은 잠시 멈칫하였다. 아카데미에서 마차 한 대가 빠져나오는 모습이 보였다.

외진 길로 향하는 마차에 새겨진 문양이 묘하게 낯이 익는 것이었다.

그녀는 그 아래 쓰여 있는 글씨를 소리 내어 읽었다.

"고대학 협회?"

어쩐지 익숙하다 싶더니 저 문양은 고대학 협회에서 사용하는 것이었다.

'그러고 보니 조사관이 방문하기로 했던 게 이맘때였나.'

디엘은 카리스가 의무실을 찾아왔던 때를 떠올렸다.

그는 디엘이 부상을 입은 데다가 학사 일정이 겹쳐서 협회 조사관과의 면담이 자동 소멸되었다고 알려 주었다.

그래도 유물 심사와 등록은 별 무리 없이 진행될 거라는 말도.

조만간 샤칼 교수에게 진척 상황을 확인해 봐야겠다 생각하던 디엘의 눈에, 마부석에 있는 남자가 보였다.

"어?"

묘한 기시감에 디엘은 저도 모르게 소리를 냈다.

마부석에 앉아 있는 남자는 주변을 경계하는 것처럼 분주하게 고개를 돌려 대고 있었다.

그 가늘게 찢어진 눈을 마주하는 순간.

"아!"

디엘은 그 남자의 정체를 알아차렸다.

처음 스타투스에 온 날 만났던 도둑. 바로 레아의 펜던트를 훔쳐 갔던 그자였다.

대체 그 자가 왜 고대학 협회에서 나온 마차를 몰고 있는지 생각할 겨를은 없었다.

그저 본능적으로 디엘은 마차를 세워야 하고, 저 자를 잡아야 한다는 것을 깨달았다.

"멈춰!"

마차를 향해 큰 소리를 지르자 마부 석에 앉아 있던 남자가 흠칫 떨었다.

"……힉!"

그 역시 디엘을 알아본 모양이었다. 몸을 굳힌 그가 세차게 채찍질을 시작하였다.

말이 경기를 일으키는 것처럼 거품을 물고 달리기 시작하였다.

디엘이 이를 악물고, 마차를 쫓기 위해 달리기 시작하였다.

하지만 아무리 속도를 내도 사륜마차를 따라잡는 것은 불가능해 보였다.

점차 마차와 디엘 사이의 거리가 벌어졌다. 이대로 놓치나. 초조함에 디엘이 아랫입술을 꾹 깨물던 순간이었다.

휘익―

에드가 빠르게 디엘의 옆을 지나 달려 나갔다.

어? 디엘이 당황하여 에드의 뒷모습을 멍하니 바라보았다.

너른 평원을 단숨에 질주하는 맹수처럼 에드는 순식간에 마차의 옆에 달라붙어 있었다.

마치 순간 이동이라도 한 것 같은 속도였다.

사정거리 안에 접어든 에드는 마치 곡예라도 부리는 것 같은 유연한 몸놀림으로 마차 옆 발판에 다리를 올렸다.

어렵지 않게 마차 위에 올라탄 그가 마부석을 향해 이동하였다. 그것을 눈치챈 남자가 일부러 더욱 속력을 올렸다.

에드를 떨어뜨리게 하려는 수작이었다.

그러나 에드는 흔들림 없이 안정적으로 몸을 움직였다. 그는 어느새 마차의 조수석까지 이동한 상태였다.

디엘은 숨이 차오르는 와중에도 에드가 마부 석에 앉은 남자와 몸싸움을 벌이는 것을 똑똑히 지켜보았다. 절대적으로 에드가 유리한 상황이었다.

저자를 놓칠 일은 없겠어. 디엘이 안도의 한숨을 내쉬던 찰나였다.

에드가 마부석에 앉은 남자에게서 채찍을 빼앗는 것과 동시에 마차가 옆으로 크게 기울었다.

"에드!"

놀란 디엘이 비명에 가까운 소리를 내질렀다. 기울어진 마차는 그대로 길 옆으로 굴러떨어졌다.

순식간에 시야에서 마차도, 에드의 모습도 사라졌다.

디엘의 기억이 맞다면 아래쪽은 제법 높은 언덕길이었다. 눈앞이 새카맣게 변하였다.

두 다리에서 힘이 빠져 주저앉을 것만 같았기에 디엘은 자리에서 멈추어 섰다.

그녀는 뛰는 것도, 걷는 것도 아닌 걸음으로 마차가 떨어진 곳으로 향하였다.

비틀거리며 그 장소에 도착한 디엘은 아래쪽을 내려다보았다.

아직도 굴러가고 있는 마차 바퀴와 일부분이 깨어 나간 마차 몸체가 먼저 눈에 들어왔다.

그 옆으로 쓰러져 있는 남자가 한 명, 그리고 남자를 발끝으로 툭툭 건드려 보고 있는 에드가 보였다.

무사하구나. 감출 수 없는 안도감에 디엘은 하마터면 울음을 터트릴 뻔하였다.

"아, 디엘."

그녀가 얼마나 놀랐는지 알 리 없는 에드는 태평하게 아래쪽에서 손을 흔들어 보였다.

마치 아침 인사라도 하는 것 같은 가벼운 태도였다.

디엘은 기가 막혀서 입을 작게 벌렸다. 사람 심장을 몇 번이고 하늘로 내던지고는 잘도 저러지 싶었다.

"이놈, 안 죽였어."

거기다가 그게 뭐가 그리 잘한 일이라고 매우 의기양양한 태도였다.

디엘이 에드를 계속 노려보자 그가 어깨를 으쓱하더니 한 마디를 덧붙였다.

"진짜야. 정신을 잃은 것뿐이라니까? 지금 데려갈 테니까 확인해 봐."

마치 포대 자루를 들쳐 메듯 남자를 어깨 위로 올린 에드가 단번에 위로 올라왔다. 맨몸으로 움직이는 것 같은 가벼움이었다.

디엘은 새삼 이 남자가 이시호 제국의 황태제라는 사실을 믿을 수가 없었다.

차라리 어느 제국의 유명한 암살자라거나 잘나가는 용병이라면 납득이 갈 텐데.

"선물이야, 주인님. 이제 이걸로 화 풀어 줄래?"

바닥에 남자를 휙 내던진 에드가 디엘을 향해 의기양양한 얼굴을 지어 보였다.

마치 고양이가 새나 쥐를 사냥하여 주인에게 선물할 때 짓는 표정 같았다.

"내가 우리 주인님 위해서 이렇게 몸 바쳐 정성을 다하는 사람이라니까?"

"……당신은 제발 그 입만 다물고 있으면 참 좋겠습니다."

화를 낼 기력조차 없었기에 디엘은 한숨을 쉬었다. 그녀는 바닥에 쓰러진 채, 앓는 소리를 흘리는 남자를 보았다.

가까이 다가가서 보아도 그때 그 도둑이 맞았다.

디엘이 그 얼굴을 물끄러미 보고 있자 잠자코 서 있던 에드가 쓰러진 남자의 등을 거세게 밟았다.

"크윽!"

"에드!"

갑작스러운 에드의 행동에 디엘은 깜짝 놀란 그를 보았다. 에드는 어깨를 으쓱하더니 고갯짓을 하였다.

"이게 효과 좋거든. 봐 봐, 저놈 눈 떴잖아."

에드의 말대로 어느새 도둑이 정신을 차렸다.

비록 눈은 새빨갛게 충혈되고, 입에서는 침이 줄줄 흐르고 있었지만.

저런 상태로 대화는 통할까 걱정이 잠시 되었다.

그러나 상황이 상황이었기에 디엘은 급하게 입을 열었다.

"당신, 분명—"

디엘이 도둑 쪽으로 한 걸음 더 나아가려던 때였다.

갑자기 무언가가 제 앞으로 날아왔기에 반사적으로 디엘은 그것을 손으로 쳐 냈다.

그러자 따끔한 통증이 손끝을 스쳤다.

"……읏."

놀라 손을 살피니 가늘게 찢어진 틈새로 핏방울이 맺혀 있었다. 발 근처에는 제법 큰 유리 조각이 하나 떨어져 있었다.

아무래도 조금 전 마차에서 깨진 조각을 숨겨 쥐고 있었던 모양이었다.

본능적으로 디엘이 뒤로 한 걸음 물러서자 도둑이 버둥거리기 시작하였다.

그러나 그는 곧바로 에드의 무자비한 발길질에 의해 바닥으로 쓰러졌다.

"아악!"

비명을 지른 남자가 몸을 꿈틀거렸다. 에드는 말없이 그 위로 올라타서 목에 검을 겨누고 있었다.

심상치 않은 살기에 놀란 디엘이 얼른 그를 저지하였다.

"에드!"

하지만 에드는 물러서지 않았다. 사냥감의 남은 숨을 재는 짐승 같은 살기에 디엘의 머리마저 어찔할 정도였다.

그 살기의 원인이 무엇인지는 분명하였다. 그는 디엘이 입은 작은 부상 때문에 분노하고 있었다.

"에드. 큰 부상이 아닙니다. 괜찮습니다."

그가 이 도둑을 죽이게 두어서는 안 된다는 생각에 디엘은 부드러운 어조로 그를 얼렀다.

"이걸 보십시오. 그저 베인 것뿐입니다."

그녀는 저도 모르게 피를 닦아 내려는 것처럼 손가락을 가슴 위로 문질렀다.

원래라면 하얀 블라우스에 핏방울이 스며들었겠지만, 하필 단추를 푼 상태라 펜던트에 손가락이 닿았다.

아차, 싶어서 허둥지둥 살펴보니 펜던트에 있는 보석 부분에 피가 묻어 있는 것이 보였다.

레아의 소중한 펜던트를 피로 더럽히다니.

당황한 디엘은 얼른 소맷자락으로 그것을 닦아 내려고 하였다.

그때였다.

"엎드려, 디엘!"

에드가 큰 소리를 지르는가 싶더니 그녀를 제 쪽으로 끌어당겼다.

무슨 상황인지 파악할 틈도 없이 커다란 팔이 저를 감싸 안아 옆으로 굴렀다. 뒤를 이어 낯익은 파열음이 들려왔다.

탕! 탕! 탕! 탕! 탕!

그 소리가 총소리라는 것을 깨닫기도 전에 곧바로 무언가가 푹
—! 박히는 소리가 이어졌다.

"아아악!"

비명은 낯익은 것이었다. 디엘은 저를 감싼 에드의 팔에 갇힌 채,

몸부림치는 도둑의 모습을 목격하였다.

눈과 입을 커다랗게 벌린 그의 모습에 등골이 오싹하였다.

더는 그것을 볼 수 없어서 눈을 감으니 어디선가 매캐한 화약 냄새와 함께 불쾌한 피 비린내가 났다.

총성은 간헐적으로 이어졌지만, 차츰 멀어지고 있었다.

얼마나 지났을까. 총소리가 더는 들리지 않게 되자 에드가 몸을 일으켰다.

"괜찮아?"

머리가 멍한 채로 디엘은 고개를 끄덕였다. 거의 반사적인 동작이었다.

에드의 커다란 손이 그녀를 바르게 자리에 앉혀 주었다. 디엘이 다친 곳이 없다는 것을 확인한 그는 곧바로 조금 전 바닥에 있던 도둑을 확인하였다.

그러나 그는 이미 싸늘한 시체가 되어 있는 상태였다.

이를 갈며 에드는 아까 전 총알이 날아 왔던 방향을 향해 고개를 돌렸다. 이미 저격한 자는 점이 되어 사라진 후였다.

"……완전 방심했어."

혀를 찬 에드는 무릎을 굽혀 재차 사체를 살피려고 하였다.

그때, 옆에서 작은 신음이 들려왔다. 고개를 돌려보니 디엘이 숨을 쉬기 어려운 사람처럼 가슴을 꾹 움켜쥐고 있었다. 놀란 에드가 재빠르게 달려와 그녀를 부축하였다.

"디엘!"

조금 전까지는 괜찮다 말하던 그녀의 상태가 이상하였다. 가슴을 부여잡고 있는 손끝이 새하얗게 질려있었다. 총알이 스치기라도 한 건가?

"가슴을 다친 거야? 미안, 잠깐 확인할게."

안색이 굳어버린 에드가 얼른 그녀의 손을 조심스럽게 들어 올렸다. 그러자 가슴에 걸린 펜던트에 금이 가 있는 것이 보였다.

그 금 사이로 핏방울이 스며들자 차츰 연한 녹색이 진한 보라색으로 바뀌기 시작하였다.

조그만 보석 알 안에 두 가지 색이 공존하였다.

녹색과 보라색. 그것이 마치 파도처럼 일렁이는가 싶더니 천천히 디엘의 몸을 뒤덮었다.

쩌적, 소리와 함께 펜던트의 보석이 완전히 깨져나갔다.

변화는 순식간에 벌어졌다.

마치 나비가 허물을 벗는 것처럼 보이지 않는 얇은 막이 디엘의 몸에서 떨어져 나갔다.

"으윽……! 아, 아아!"

디엘은 매일 밤마다 느껴 왔던 익숙한 고통에 몸부림을 쳤다.

아니, 이번 고통은 늘 느껴 왔던 것보다도 더욱 강렬하고, 거센 것이었다.

마치 거친 비바람이 온몸을 난도질하는 것 같은 둔탁한 통증에 눈물이 저절로 흘러나올 정도였다.

가슴속에 커다란 불덩어리가 내려앉는 것 같은 통증이 찾아들었다.

디엘은 호흡을 고르게 쉬기 위해 애를 썼다.

그녀의 몸이 느리게, 하지만 분명히 변하고 있었다. 딱 맞던 블라우스가 지금은 터질 것처럼 가슴을 옥죄어 왔다.

누군가가 제 몸을 마구 때린 것처럼 전신이 다 아팠다.

디엘이 힘없이 눈을 깜박였다. 속눈썹에 맺혀 있던 작은 눈물방울이 바닥으로 떨어져 작은 그늘을 만들었다.

"에드—"

저를 안고 있는 남자의 이름을 부르며 디엘은 숨을 내뱉었다. 처음 숨 쉬는 법을 배운 것처럼 서툰 호흡이었다.

어느새 구름 사이에 가려져 있던 태양이 얼굴을 드러내고 있었다. 환히 쏟아지는 햇볕이 눈이 부셨다.

온몸이 뜨거웠지만, 동시에 그만큼 가볍기도 하였다. 마치 몸에 맞지 않던 옷을 벗어던진 것 같은 감각이 온몸을 에워싸고 있었다.

디엘은 두 눈으로 보지 않아도 그 빛 아래 드러난 제 몸이 어떨지 알 수 있었다.

"이게 무슨……."

당혹스러움을 감추지 않는 에드의 표정이 지금 상황을 고스란히 전해 주었다.

그녀의 몸이 원래대로, 여자로 돌아왔다.

이유 없는 변화는 아니었다. 본능적으로 알 수 있었다.

저주가 풀린 것이다.

일시적인 것인지, 혹은 완전한 것인지는 알 수 없지만.

"……."

그토록 바라던 일이었건만, 곤란하게도 기뻐할 수 없었다.

눈을 질끈 감은 디엘은 손을 들어 가슴 위를 더듬었다.

힘없이 들어 올린 손가락에 보석 부분이 반이나 사라져 나간 펜던트가 닿았다.

디엘의 숨이 차츰 가빠왔다. 몸의 떨림이 멎질 않았다.

'제가 성에 들어올 때 어머니께서 주셨던 펜던트예요. 가지고 있는 사람의 운명을 바꿔 준대요.'

펜던트.

떨리는 입술로 디엘이 중얼거렸다.

깨진 펜던트 위를 스치는 손가락이 아렸다. 피가 멎질 않았다.

* * *

에드와 함께 아카데미로 돌아오는 디엘의 걸음걸이는 위태로웠다. 그녀의 어깨에는 에드가 빌려준 재킷이 걸쳐져 있었다.

그나마 근처까지 에드가 그녀를 안아서 데리고 왔기에 망정이지, 제 걸음으로는 하루가 걸려도 이곳까지 돌아오지 못할 뻔하였다.

정문 근처에는 학생들이 몇 명 보였다. 정문을 지키는 경비원들도 분주하게 움직이고 있었다.

아무래도 총소리가 원인인 모양이었다. 수군거리는 소리 사이로 신고나 경비대 같은 단어들이 들려왔다.

"여긴 좀 시끄럽네."

쯧, 혀를 찬 에드가 디엘을 인적이 드문 방향으로 끌어당겼다.

건물 뒤편으로 돌아가는지라 기숙사까지 향하는 길이 멀긴 해도 확실히 사람은 적었다.

에드의 옆을 따라 걸으며 디엘이 숨을 느리게 내뱉었다. 여러 가지 생각이 머릿속에 엉킨 실타래처럼 들어차 있었다.

'어째서 갑자기 저주가 풀려 버린 걸까? 아니, 정말로 저주가 풀린 건 맞는 걸까? 혹시나 저주의 상태가 악화되어서 그냥 이렇게 아무 전조 없이 몸이 뒤바뀌게 되어 버리는 건 아닐까? 그리고 대체 레아의 펜던트는 이 상황과 무슨 관계가 있는 거지?'

저주를 푸는 건 그토록 고대하던 일이건만, 예상하지 못했던 상황에서 벌어진 일에 점점 불안함이 커졌다.

게다가 레아의 펜던트를 망가트렸다는 죄책감도 컸다.

고개를 푹 숙인 디엘이 휘청거리며 걸음을 옮기려던 때였다.

"디엘, 에드!"

익숙하고, 다정한 목소리에 디엘의 어깨가 움찔 튀어 올랐다. 고개를 들어 보니 나나가 있었다.

아무래도 그들이 지금 지나는 본관 후문에서 나온 모양이었다.

옆에서 에드가 "타이밍하고는."이라 중얼거리며 혀를 차는 소리가 들렸다.

"들었어? 근처에서 총성이 들렸대!"

"아……."

"요새 들어서 뒤숭숭한 일이 너무 많은 것 같아! 대체 이게 무슨 일이지?"

"아아, 그래, 그래. 수다 떠는 것도 좋은데, 지금은 우리 주인님이 조오금 바쁘니까 나중에 하지?"

에드가 니나의 말을 막으며 디엘의 어깨를 토닥였다. 그의 커다란 손에서 전해지는 온기가 디엘의 소란스러운 마음을 조금 진정시켜 주었다.

"뭐야? 누가 들으면 내가 디엘을 방해하는 줄 알겠— 응? 어? 디엘, 근데 왜 그렇게 안색이 안 좋아? 어디 아파? 혹시 상처가 덧나기라도 한 거야?"

니나가 걱정스러운 얼굴로 디엘을 들여다보았다. 안 돼. 혹시라도 제 상태를 들킬까 싶어 놀란 디엘은 저도 모르게 뒤로 물러섰다.

"저리 가!"

외치고 나서 아차, 한 것은 바로 다음 순간이었다. 이런 태도가 니나에게 어떤 식으로 보였을까.

신경이 쓰여 곁눈질을 하니, 예상대로 상처 입은 얼굴을 한 니나가 보였다.

"아……."

그럴 의도는 아니었는데. 디엘의 심장이 덜컥 내려앉았다.

지금 내가 뭘 하고 있는 거지.

떨쳐 낼 수 없는 자괴감이 들었다. 그저 니나는 나를 걱정해 주고 있을 뿐이었는데.

"니…… 나."

"……지금 별로 좋지 않은 상태인가 보구나. 내가 신경 쓰이게 한 거면 미안해. 에드, 얼른 디엘을 데려다주는 게 좋겠다. 푹 쉬게

해 줘야겠어."

디엘의 태도에 마음이 상했을 텐데도, 니나는 계속 그녀를 걱정해 주었다.

그것이 가식이 아니라 그녀의 진심이라는 것을 알기에 디엘은 더더욱 마음이 아팠다. 생각해 보면 그녀는 늘 그랬다.

'또― 정말 내가 큰 잘못만 저지른 게 아니면 어떤 상황에서건 내 편이 되어 주기?'

에드와 싸워 의기소침해져 있을 때 저를 다정하게 격려해 주고, 디엘이 부상을 입었다는 말에 매일 같이 찾아와 예쁘게 접은 종이꽃이 담긴 병을 놓아준 친구.

자신의 힘들었던 과거를 약점이라 여기지 않고 기꺼이 디엘과 나누려고 한 소녀.

니나는 디엘에게 그런 친구였다.

하지만 나는?

둔탁한 통증이 가슴을 아프도록 죄어왔다.

평생 비겁한 이를 경멸하며 살아왔지만, 디엘 자신이야말로 비겁한 사람이었다.

사실을 말하면 니나가 저를 혐오 어린 눈으로 볼 게 겁나서, 미움받는 게 싫어서 사실을 털어놓지 못했다.

아무리 그 어떤 핑계를 댄다고 해도 이건 친구를 기만하는 행위였다.

그런 자신이 너무 초라하고 비참해서 견딜 수가 없었다.

"……니나."

어렵게 그녀의 이름을 부르고 나서도 아무 말을 할 수 없었다.

무거운 고개를 숙이니 붕대로 감춘 가슴 위로 깨진 레아의 펜던트가 보였다.

차라리 조금 전 일이 꿈이었다면 좋으련만.

지금 이 순간은 분명히 꿈이 아니었다.

왜 하필 갑자기 이렇게 된 거지? 어째서 저주가 풀리는 게 이런 식이어야 하는 거야?

"니나, 미안…… 미안해."

왈칵, 눈물이 쏟아졌다.

울면 안 되는데. 나에게는 울 자격이 없는데. 그렇게 생각하면서도 눈물이 멋대로 흐르는 것을 막을 수가 없었다.

"어, 어?"

디엘이 훌쩍거리기 시작하자 깜짝 놀란 니나가 에드를 보았다.

잔뜩 얼굴을 찌푸린 에드가 디엘의 얼굴을 감추듯 끌어안았다.

"미안, 니나. 디엘이 지금 좀 몸이 안 좋아서 말이야. 다음에 다시 보ー"

에드는 그대로 디엘을 데리고 걸음을 옮기려고 하였다. 하지만 디엘은 못 박힌 듯 자리에 서서 움직이질 않았다.

그녀는 눈물이 가득한 눈으로 니나를 보고 있었다. 말해야만 해.

지금이 바로 자신의 거짓을 밝힐 때였다.

"니나……. 내가, 할 말이 있어."

더듬거리며 어렵게 입을 연 디엘이 숨을 들이마셨다. 울음이 섞인 숨이었다.

"사실…… 나는 남자가, 아니야."

"……."

디엘의 말에 니나가 어리둥절한 얼굴을 하였다.

"……남자가 아니야?"

앵무새처럼 디엘의 말을 따라한 그녀가 에드를 올려다보았다. 에드는 무표정한 얼굴이었다. 니나는 그제야 디엘이 엉뚱한 소리를 하고 있다는 게 아니라는 걸 깨달았다.

"어? 하, 하지만 그게 어떻게 가능해? 입학시험 볼 때……."

모르아 아카데미는 입학생에 한해 신체검사가 이루어지기에 성별을 속이고 입학할 가능성 자체가 희박하였다.

그걸 아는 니나는 도통 이해할 수 없다는 얼굴이었다.

"사정이 있었어. 그래서 남자일 때도 있었는데, 여자일 때도 있고…… 그런데 아마 지금은 완전한 여자로 되돌아 온 것 같아. 그러니까……."

제 비밀을, 터부를 털어놓는 디엘의 말은 꺼져 들어가는 불씨처럼 작고 약하였다.

에드가 그녀의 옆에서 단단히 팔을 잡아 주지 않았다면 진즉 주저앉았을지도 모르는 노릇이었다.

"네가 그 전까지 알던 디엘 샤 자르타는 가짜야."

간신히 말을 마친 디엘은 고개를 다시 바닥으로 떨구었다.

혹시라도 니나가 저를 생전 처음 보는 낯선 존재를 보듯 본다면, 그 시선을 도저히 견딜 수 없을 것 같았다.

잠시, 무거운 침묵이 이어졌다. 그 시간이 길어지면 질수록 디엘의 마음이 새카맣게 타들어 갔다.

그래도 그녀는 선뜻 고개를 들어 올려 니나를 볼 수 없었다.

어서 뭐라도 좋으니 니나가 한 마디를 해 주길.

만일 기분이 나쁘다고 생각한다면 아무 말이 없이 멀어져 주길 바랄 뿐이었다.

한참을 초초하게 기다리던 그때, 니나의 조그만 목소리가 들려왔다.

"미, 미안해."

아, 그럼 그렇지.

심장이 밑바닥까지 내려앉았다. 어디 이게 그렇게 쉽게 이해받을 수 있는 일이던가.

디엘은 귓속에서 들려오는, 윙윙거리는 소음에 머릿속이 어지러운 것을 느꼈다.

예상했던 상황이었는데도 막상 닥치니 충격은 컸다.

니나는 이 아카데미에서 디엘이 가장 먼저 사귄 친구인 동시에 에드 다음으로 마음을 허락한 상대였다.

그런 이에게서 거절 받는 아픔이 결코 작은 것 일리 없었다.

이제 나는 어떻게 하면 좋지? 어찌할 줄 모르는 마음에 디엘이 입술만 질끈질끈 깨물던 찰나였다.

"내가 머리가 안 좋아서 그런지 잘 이해가 안 가는데…… 그러니까 디엘이 두 명인 거야? 여자인 디엘이랑 남자인 디엘이 있어?"

불현듯 들려온 엉뚱한 말에 디엘이 고개를 들었다. 니나가 여전히 어리둥절한 표정으로 디엘을 보고 있었다.

그 얼굴에는 당혹스러움은 있어도 불쾌함이나 혐오감은 전혀 없었다.

디엘이 덩달아 놀란 얼굴로 눈을 깜빡이며 대답하였다.

"어? 아니. 그런 게 아니라…… 그러니까 내가 두 명인 게 아니고. 그러니까……"

이걸 어떻게 설명해야 하나. 디엘이 난감해하며 옆을 힐끔 보니 손바닥으로 얼굴을 가리고 있는 에드가 보였다.

게다가 그의 어깨가 미세하게 떨리고 있었다.

"에드?"

이상하다 싶어 이름을 부르자 그가 더는 못 참겠다는 듯이 큰 웃음을 터트렸다.

"하하하!"

"……."

너무나도 호탕한 웃음에 어느새 디엘의 눈가에 달려 있던 눈물은 천천히 말라 갔다.

그는 낄낄거리면서 여전히 뭐가 뭔지 모르겠다는 니나를 향해 박수를 쳐 보였다.

"이야, 정말 거물은 거물이다. 니나. 방금 전 그 말은 최고였어. 디엘이 두 명인 거야? 라니."

"뭐, 뭐야! 하지만 디엘이 방금 한 말은 너무 어려웠단 말이야! 그러니까 대체 뭐가 어떻게 된 건데? 디엘이 여자인데, 하지만 디엘은 로비나 왕국의 왕자니까 남자여야 하는데……. 으으, 이게 대체 뭔 말이야……?"

내 입으로 하고도 뭔 말인지 모르겠다며 니나가 머리를 부여잡았다.

그것을 보고 에드는 다시 한 번 웃음을 터트렸다.

"아아, 그렇지. 우리 주인님이 좀 말을 복잡하게 꼬아 하긴 했지. 저주에 걸려서 낮에는 남자, 그리고 밤에는 여자가 되었던 거라고 말하면 깔끔하게 해결이 되는데."

"아! 뭐야, 그런 거였어? 난 또 뭐— 뭐어!? 저주? 아니, 어쩌다가?"

고개를 끄덕이던 니나가 화들짝 놀란 얼굴을 하였다. 에드가 어깨를 으쓱하였다.

"자세히 말하자면 좀 긴데. 우리 주인님 어머니가 야망의 도구로 남자아이가 필요해서 디엘에게 성별을 바꾸는 저주를 걸었대. 그런데 그 저주가 실패해서 그동안 낮과 밤사이에 성별이 바뀌었던 거지."

에드는 자세히 말하자면 매우 길어질 내용을 적당히 요약하여 알려 주었다. 그 누가 설명해도 이보다 완벽하게 디엘의 상황을 설명할 수 없겠다 싶을 정도로.

"뭐? 어떻게 그럴 수가 있어? 아무리 어머니라고 해도 너무하시잖아! 자기 자식한테 저주를 걸다니. 말도 안 돼!"

니나는 마치 자신이 부조리한 일을 당한 것처럼 분개하였다. 그녀는 다시 입을 열려다가 멈칫하며 디엘을 보았다.

"아! 미안, 디엘. 네가 결코 너희 어머니를 욕하는 건 아닌데, 암만 그래도 너무하다는 생각이 들어서······."

"기분, 나쁘지 않아?"

손을 내저으며 계속 말을 이으려던 니나가 멍한 얼굴로 디엘을 보았다.

마치 자신이 왜 기분 나빠 해야 하는 거냐고 묻는 것 같은 표정이었다.

"저주 때문에 성별이 바뀌는 거."

바바라는 어린 디엘에게 늘 그런 말을 하였다.

너같이 덜떨어진, 불완전한 존재는 사람들에게 '괴물'일 뿐이라고. 그러니까 네가 잘 보이고 싶은 상대일수록 그 추한 비밀을 철저하게 감추라고.

어린아이의 마음에는 그것이 곧 절대적인 명제가 되었다.

바바라의 그늘 아래에서 벗어난 후에도 완전히 떨칠 수 없었던 고통이었다.

디엘이 주먹을 꾹 쥐며 한 말에 니나가 고개를 저었다.

"그게 왜 내가 기분 나빠 할 일이야? 힘든 건 디엘, 너잖아."

니나가 하는 말 한 마디, 한 마디가 가슴을 부드럽게 두드렸다.

에드가 그랬던 때와는 다른 감정이 눈물샘을 쿡쿡 찔러 왔다.

"······내가 사실대로 말하지 않았던 건? 진작, 너한테······ 말하지 않았잖아."

차라리 화를 내 주면 그게 오히려 더 현실같이 느껴질 것만 같았다. 그래서 디엘은 자꾸 말을 꺼냈다.

부정당하고 싶어서, 하지만 동시에 인정받고 싶어서.

디엘의 눈에 얼핏 어리는 두려움을 본 니나가 한숨을 쉬었다.

"이건 그럴 만한 사정이었잖아. 아무리 친해도 비밀로 하고 싶은 이야기 하나쯤은 있기 마련이고."

"……."

끝까지 완벽하게 니나는 디엘을 감싸 주었다. 누군가는 이게 뭐 대수냐고 생각할 수도 있겠지만, 디엘에게는 마치 두 번째 기적 같은 일이었다.

한 번이면 몰라도 두 번이나 기적이 벌어질 리가 없는데.

그녀의 눈에 다시 눈물이 차올랐다. 풀잎에 맺힌 이슬 같은 방울이 뚝뚝 떨어졌다.

문득 레아의 말이 다시 한 번 떠올랐다.

'당신은 사랑받아 마땅한 분이세요. 그러니까 아카데미에서 반드시 만나실 수 있을 거예요. 디엘 님을 있는 그대로 받아들이고, 이해해 주시는 소중한 인연을.'

그저 레아가 저를 위로하기 위해 했던 것뿐이라 여겼던 말이었다.

지금은 그 말이 그 무엇보다도 가슴속에 깊이 남아 있었다.

디엘은 옆에 있는 에드를 힐끔 보았다. 제일 먼저 디엘에게 다른 이에게 인정받는 기쁨을 알려 준 바로 그 남자를.

하지만 에드는 디엘이 아닌 니나를 보며 얼굴을 구기고 있었다.

"야. 지금 뭐하는 거야, 니나? 우리 주인님을 울려도 되는 건 나뿐이거든?"

"내가 울린 거야!? 나 뭐 이상한 말 했어?"

당황한 니나가 허둥지둥 주머니에서 손수건을 꺼내 들었다. 그것으로 니나가 디엘의 얼굴을 닦아 주려다가 멈칫하였다.

아무래도 아까 전, 디엘이 저리 가라 외친 것을 신경 쓰는 모양이었다.

디엘은 조심스럽게 손을 뻗어 니나의 손을 꼭 잡았다.

누구보다 아름다운 소리를 만들어 내는 손에는 여전히 굳은살이 가득하였다.

조금 힘주어 그 손을 잡자 니나가 빙그레 웃었다. 그녀가 조심스레 디엘의 눈물을 훔쳐 내며 입을 열었다.

"그나저나 이제 괜찮은 거야? 아까 무슨 부작용이 있다고 하지 않았어? 혹시 그래서 몸이 안 좋은 거야?"

"그거라면…… 이제 괜찮을 거야."

아직 하루 정도는 더 상황을 지켜봐야 하겠지만, 니나가 너무 걱정스러운 얼굴을 하고 있는 탓에 디엘은 우선 말을 얼버무렸다.

"그럼 다행이고! 아— 근데 그럼 이제 어떻게 되는 거야? 이제 디엘은 왕자님이 아니라 공주님인 거야?"

여전히 사태 파악이 덜되었다는 얼굴로 니나가 한 말에 에드가 냉큼 답하였다.

"아니. 앞으로는 공주님이 아니라 황태제비, 컥—"

그가 말을 마치기 전에 디엘이 재빠르게 옆구리를 찔렀다.

불시의 습격에 당했다는 것처럼 에드가 옆구리를 부여잡았다.

충분히 피할 수 있었으면서 괜한 엄살을 피우기는.

그를 흘겨보며 디엘은 작게 헛기침을 하였다.

제법 서럽게 울었던 터라 눈가가 조금 아렸다.

"일단 어떻게 해야 할지는 아직 생각하지 못했어. 나도 지금 상황이 예상 밖이라서."

사실 그녀의 계획은 우선 현자의 돌을 찾은 뒤, 사용법을 철저하게 분석하는 것이었다.

유진이 현자의 돌을 사용하기 위해서는 대가가 필요하다고 한 말이 기억 속에 선명한 탓이었다.

그리고 그 대가를 충분히 감당할 수 있다면 바로 저주를 풀 생각이었다.

그러나 열심히 세워 두었던 계획이 예상 밖의 변수로 인해 엉망이 되어 버리고 말았다.

덕분에 디엘 역시 당장은 무얼 해야 할지 알 수가 없었다. 그러자 에드가 디엘의 머리를 가볍게 쓰다듬었다.

"맞아. 그래서 지금 우리 주인님에게 필요한 건 계획이 아니라 휴식이야. 일단 하루 정도는 푹 쉬고, 내일 우선 해야 할 일부터 처리해야지."

에드의 말을 들은 니나가 고개를 끄덕였다.

"음, 뭐가 어떻게 된 건진 모르지만 쉬는 건 중요하지. 일단 에드 말대로 해, 디엘. 푹 쉬고 기운 차려서 그때 할 일을 사사삭! 해결하는 거지. 아! 혹시라도 내가 도와줄 거 있으면 바로 말해 줘. 할 수 있는 건 뭐든지 할게."

주먹을 불끈 쥐며 니나가 파이팅 포즈를 취하였다.

그 모습을 물끄러미 보던 디엘이 빙그레 웃었다. 이제야 조금 자신이 생겼다.

문득 카리스 학장도 무덤덤하게 제 비밀을 들어 주었던 기억이 떠올랐다.

어쩌면 제 생각보다 많은 사람이 이 사실을 무덤덤하게 받아들여 줄지도 모른다.

이젠 유진에게도, 그리고 다른 사람들에게도 진짜 저에 대해 말할 수 있을 것 같았다.

'이 모든 일을 해결하고 나면, 그때 사실대로 말해야지. 설령 그로 인해 이곳을 떠나야 한다 하더라도.'

디엘이 니나를 물끄러미 보았다. 레아를 똑 닮은 선한 갈색 눈동자에 마음이 따뜻해졌다. 그녀의 눈을 가만히 바라보며 디엘이 물었다.

"그럼 내가 세계 정복을 하려고 해도 도와줄 거야?"

처음 만났던 그날을 떠올리며 디엘이 물은 말에 에드는 어리둥절한 얼굴을 하였다.

"세계 정복? 그거라면 니나보다는 내가 더 적격이지 않나?"

그가 옆에서 불온한 말을 중얼거리는 소리 사이로 니나의 우렁찬 대답이 들려왔다.

"물론이지! 내가 선두에 나설 수도 있다니까!"

변함없는 대답에, 그리고 앞으로도 변하지 않을 대답에 디엘은 다시 웃었다.

이 귀여운 소녀는 저에게는 과분할 정도로 소중한 친구였다.

＊　　＊　　＊

아직 해가 모습을 완전히 다 보이지 않은 이른 아침.

수많은 나라에서 관광객이며 상인이 찾아오는 도시답게 스타투스의 시가지는 이른 시간에도 제법 번화하였다.

마차가 지나다니는 길을 두고 한쪽으로는 고풍스러운 느낌이 살아 있는 저택이 즐비하였으며, 맞은편으로는 사람들의 눈을 현혹시키는 각양각색의 상품이 진열된 상점이 가득하였다.

그 세련된 길거리를 걸어가는 디엘의 표정은 긴장으로 잔뜩 굳어져 있었다.

"마치 전쟁터에 나가는 것 같은 표정이네."

긴장을 풀어줄 셈으로 에드가 가벼운 농담을 던졌지만, 디엘은 그 말에 아무런 대답도 하지 않았다. 아니, 할 수 없었다. 실제로도 전쟁터에 나가는 것 같은 그런 기분이었다.

두 사람이 지금 향하는 것은 레아가 숨어 지내고 있는 은신처였다.

전날, 기숙사로 무사히 돌아온 디엘은 에드가 어디선가 가져온 스프 한 그릇으로 억지로 허기를 달랬다. 그리고 곧바로 침대 위에 올라갔다.

잠이 올 것 같지 않다고 생각한 게 무색하게 눈을 떴을 때는 이튿날 아침이었다.

아침이 되어도 그녀는 여전히 여자인 채였다. 역시 저주가 풀린 것은 분명했다.

레아의 펜던트에 있는 이름 모를 보석 덕분에 디엘의 저주가 완전히 풀린 것이다.

눈을 뜨자마자 욕실 거울에 비친 제 몸을 확인하던 디엘의 심경은 복잡하였다.

저주가 풀린 것에 안심하는 한편, 레아의 펜던트를 생각하면 마냥 기뻐할 수가 없었다.

결국 그녀는 해가 완전히 뜨기도 전에 에드를 재촉하여 모르아를 다시 빠져나왔다.

걸음을 옮기며 그녀는 주머니에 넣어 둔 깨진 펜던트를 만지작거렸다.

"하아……."

레아를 만나러 가는 길이 마냥 설레고 즐겁지는 않았다. 그녀에게 소중한 이 펜던트를 망가트렸다는 죄책감 때문이었다.

레아에게 용서받아도 미안할 것 같았고, 용서받지 못해도 슬플 것 같았다.

'적어도 니나가 레아의 동생일지도 모른다는 걸 먼저 알린다면, 레아의 상심을 조금 위로할 수 있지— 아니야.'

디엘은 자신이 이런 생각이 조금이라도 죄책감을 덜고 싶은 옹졸한 마음이라 여기고 고개를 저었다.

어떤 결과가 나오건 간에 우선 레아에게는 이 펜던트에 대한 이야기부터 털어놓아야만 했다.

게다가 니나와 레아의 혈연관계는 아직 확실한 것도 아니었다.

그녀가 복잡한 심경으로 걸음을 옮기던 그때, 옆에서 보조를 맞추어 걷던 에드가 멈추어 섰다.

덩달아 걸음을 멈춘 디엘의 눈앞에 2층 저택이 보였다. 시린 새벽녘의 하늘을 등진 갈색 벽돌과 짙은 검회색 지붕.

어디서나 볼 수 있는 평범한 저택이었다.

다만 잘 손질된 정원에 가득한 캐모마일 향기가 인상적이었다.

하얗고, 노란 꽃 무더기를 물끄러미 보는 디엘의 눈에 그리움이 스쳤다.

디엘에게는 친숙한 꽃이었다. 캐모마일은 레아가 좋아하는 꽃이었으니까.

조금 더 가까이에서 그 모습을 보려는 것처럼 디엘은 천천히 쇠문 근처로 걸어갔다.

때마침 현관문이 덜컥 열리는가 싶더니 그 안에서 누군가가 모습을 드러냈다.

손에 커다란 빨래 바구니를 들고 밖으로 나오는 그 사람은 분명 레아였다.

"레아."

디엘이 작게 중얼거린 소리를 듣기라도 한 것처럼 레아가 고개를 들었다. 갈색 눈동자가 커다랗게 열렸다.

레아의 눈이 저렇게까지 커질 수 있었구나. 디엘이 실없는 생각을 하는 사이, 레아가 바구니를 떨어트렸다.

바구니 안에서 쏟아진 세탁물이 바닥을 데굴데굴 굴렀다. 하얀 에이프런에 누런 흙먼지가 묻었다. 그 위로 발자국이 깊게 패였다.

레아가 이곳으로 곧장 달려오고 있었다. 디엘을 향해.

디엘은 울컥거리는 울음을 삼키며 쇠문을 잡아당겼다. 철컹, 하는 소리와 함께 문이 열리고.

"디엘 님!"

애타게 디엘을 부르는 소리와 함께 가느다란 팔이 그녀를 있는 힘껏 끌어안았다.

옅은 캐모마일 향 사이로 18년간 디엘의 곁을 지켰던 그리운 체취가 섞였다.

레아. 디엘이 작게 입을 열고, 그녀의 이름을 불렀다. 그것 외에는 할 수 있는 말이 아무것도 없었다.

디엘을 끌어안은 레아도 마찬가지인지 아무 말이 없었다. 대신 그녀의 둥그런 어깨가 들썩이고 있었다.

좀처럼 우는 법이 없는 그녀가 울고 있었다. 디엘 역시 울음이 터져 나올 것만 같았다.

하지만 그녀는 입술을 꾹 깨물며 눈물을 참았다.

"말씀도 없이, 이렇게 갑자기― 오늘 오신다고 말해 주셨으면, 디엘 님이 좋아하는 음식을 잔뜩, 잔뜩 준비했을 텐데."

훌쩍거리며 레아가 더듬더듬 입을 열었다.

"건강하신 거죠? 어디 아프거나 힘든 일도 없으신 거죠? 잘 지내고 계셨죠?"

대답할 틈도 주지 않고, 레아는 몸을 뒤로 빼내어 디엘의 얼굴을 자세히 살펴보기 시작하였다. 반가움과 걱정이 가득하던 얼굴에 의아함이 물감처럼 번졌다.

18년을 함께한 사람답게, 레아는 지금의 디엘이 무언가 이상하다는 것을 곧바로 알아차렸다.

"디엘 님? 지금 혹시―"

"레아, 미안해."

레아가 무슨 말을 더 하기도 전에 디엘은 고개를 숙였다. 그녀는 주머니에 넣어 왔던 펜던트를 꺼내 그것을 앞으로 내밀었다.

펜던트의 보석 부분은 이제 원래 형태를 짐작하기 어려울 정도로 부서져 있었다. 손바닥 위에 그것을 올린 디엘의 손가락 끝이 파르르 떨렸다. 레아가 숨을 크게 들이마시며 놀란 얼굴을 하였다.

"어쩌다가―"

아래로 눈을 내리깐 디엘은 크게 숨을 들이켰다.

어쩌다가 이렇게 된 것인지 설명하면 마치 변명하는 것처럼 들릴까 봐 쉽사리 입을 열 수가 없었다. 그저 레아가 무슨 말을 해도 다 받아들이자고 생각했다.

그것만이 그녀의 소중한 물건을 망가트린 제가 유일하게 할 수 있는 일이었다.

하지만, 레아의 반응은 디엘이 생각한 것과는 전혀 다른 것이었다.

"손을 다치셨잖아요!"

놀란 디엘이 고개를 들자 레아가 속상해 죽겠다는 얼굴을 하고 있었다.

손을 다쳐? 당황하여 보니 그녀의 말대로 손가락에 상처가 있었다.

전날, 유리조각에 베였던 바로 그 상처였다. 그녀는 그 상처를 보며 자신이 다친 것처럼 아파하였다.

"이거 치료도 제대로 안 하고 두신 거죠? 세상에, 이렇게 깊게 베였는데, 이걸 그냥 두시다니! 얼른 안으로 들어오세요. 당장 치료부터 해야겠어요!"

"……레아."

디엘이 무언가를 말하려고 했지만, 레아는 들어 주지 않았다. 손을 조심스럽게 잡은 그녀가 디엘을 끌어당겼다.

가녀린 팔에서 나오는 것이라고는 생각할 수 없는 강한 힘이었다.

완두콩 스프를 먹기 싫다 투정을 부리며 저를 질질 끌어다가 식탁 앞에 앉혀 두던 그녀가 떠올랐다.

뒤를 얼핏 보자 웃고 있는 에드가 보였다. 그 얼굴을 마주하니 잘 참고 있던 감정이 툭 터져 버렸다.

디엘의 눈가에 눈물이 고였다.

내가 언제부터 이렇게 눈물이 많았다고.

속으로 투덜거리며 디엘이 눈에 힘을 주었다.

어제 이미 한 번 거하게 울었으니 더는 울고 싶지 않았다.

"디엘 님 친구분도 빨리 안으로 같이 오세요!"

성큼성큼 걸어가며 레아가 에드의 걸음도 재촉하였다. 아무래도 그녀는 에드가 누구인지 모르는 모양이었다.

그는 웃는 얼굴 그대로 앞으로 휙 달려오더니 레아에게 붙잡혀 있던 디엘을 번쩍 안아 올렸다.

"어머나."

에드의 품에 안긴 디엘을 보고, 레아가 눈을 휘둥그레 떴다.

"에, 에드! 내려 주―"

당황한 디엘이 버둥거리자 에드가 오히려 더욱 힘주어 그녀를 감싸 안았다.

"어허. 저 숙녀분이 하는 말 못 들었어, 주인님? 빨리 치료해야 한다잖아."

저항하는 디엘을 가볍게 제압하며 에드가 레아를 향해 눈을 찡긋하였다.

그는 그대로 가볍게 디엘을 저택 안으로 날랐다.

처음 와 본 것일 텐데도 마치 구조를 잘 아는 양, 그는 거침없이 응접실에 도착하였다.

순식간에 푹신한 소파 위에 앉혀진 디엘이 당황한 얼굴로 에드를 보았다.

아까까지 눈에 고여 있던 눈물은 이미 메말라 온데간데없었다.

"에드, 당신 정말…….."

기가 막히기도 하고, 어이가 없는 마음에 디엘이 에드를 흘겨보던 때였다. 응접실 밖에서 레아가 큰 소리로 외쳤다.

"디엘 님, 구급상자를 찾아올 테니까 조금만 기다려 주세요!"

그 말을 끝으로 어수선한 소리가 들려왔다.

그간 쓸 일이 별로 없었는지, 구급상자를 둔 곳을 찾는 데 애를 먹고 있는 모양이었다.

디엘이 멍하니 그 소리를 있는 사이. 에드는 자연스럽게 무릎을 굽혀 앉았다.

"전에 네가 그랬지."

"무슨……."

"너에게 있어서 유일한 가족같은 사람이라고 했던 말."

디엘은 기억을 더듬어서 자신이 분명 에드에게 레아를 그렇게 설명한 적이 있다는 걸 떠올렸다.

"이제 이해하겠어. 그녀는 정말 너에게 그런 존재네."

"……."

에드의 말에 디엘은 웃는 듯 마는 듯한 얼굴을 하였다. 다른 사람의 눈에 비친 레아와 저의 모습이 그렇게 가깝게 보였다는 건 기뻤다.

하지만 한편으로는―

"어쩌면, 그렇기에 레아라면 용서해 줄지도 모른다고 생각한 걸지도 모릅니다."

디엘은 레아가 방금 전 아는 척도 하지 않은 펜던트를 다시 한 번 살펴보았다. 이것을 레아에게 처음 건네받았을 때 소중하게 여기겠다고 스스로 했던 그 맹세를 아직도 똑똑히 기억하고 있었다.

그렇기에 아까 전, 펜던트가 부서진 순간에는 당장 저주가 풀린 사실보다도 펜던트가 망가진 것이 더 큰 충격이었다.

"가까운 사람이니 나의 잘못을 용서해 줄지도 모른다는, 그런 일말의 기대가 있었던 거겠죠."

"그게 나쁜 건가?"

에드는 이해할 수 없다는 얼굴로 고개를 갸웃하였다.

"그런 생각이야 누구나 할 수 있잖아."

"······정도가 지나치면 잘못을 저지르고도 반성하지 않는 뻔뻔함이 됩니다."

"정도를 지나친 적도 없잖아, 너는."

픽 웃은 에드가 디엘의 무릎에 이마를 가볍게 문질렀다. 덩치 큰 맹수가 어리광을 부리는 것 같은 모습이었다.

"그런 너니까 괜찮아. 정도를 지나치지도 않고, 길을 잘못 들지도 않을 거야."

옷감 하나를 두고 전해지는 온기에 심장이 조금 빠르게 뛰었다.

디엘은 아침에도 그랬던 것처럼 에드의 머리칼을 천천히 쓰다듬었다.

"게다가 네 잘못도 아니었어. 미안함을 느끼는 것까지는 그럴 수 있다 쳐도 그 이상으로 죄책감을 가질 필요는 없지."

미안함과 죄책감은 다른 거라 이르는 에드의 말이 단호하였다. 그러나 디엘의 얼굴에는 여전히 그늘이 남아 있었다.

"이 펜던트는 레아의 어머니가 남겨 주신 유품이라 들었습니다."

"하지만 너한테 맡긴 거잖아. 그렇다면 어떤 일이 생기더라도 너를 탓할 순 없지. 아님 네가 아는 저 시녀는 너를 탓하고 원망할 그런 사람이야?"

잔인한 물음이었다. 디엘이 아는 레아라면 절대 그럴 리가 없었다.

그녀가 고개를 젓자 에드가 히죽 웃었다. 거보라는 것 같은 의기양양함이었다.

"그 펜던트가 그녀에게 어떠한 의미가 있는 물건이었다면, 이번에는 네가 새로운 의미의 물건을 주면 돼. 단순히 잃은 것을 보상하려는 게 아니라 고마움을 담아서."

어쩌면 뻔뻔함과 강인함은 종이 한 장 차이가 아닐까. 에드의 말을 듣고 있던 디엘은 문득 그런 생각을 하였다.

이 남자의 말이 모두 맞다고는 할 수 없을 것이다.

하지만 후회나 죄책감 때문에 과거에 발이 묶여 멈추어 서 버리는 것보다는 한 걸음이라도 앞으로 나아가려고 하는 건 옳은 일이라 여겨졌다.

디엘이 머리칼을 쓸어내리던 손을 멈추자 에드가 고개를 들어 올렸다. 언제나 그랬듯 아름다운 붉은 눈동자가 저를 향하고 있었다.

그 눈매가 가늘게 휘는가 싶더니 손끝에 따뜻한 무언가가 닿았다.

놀란 디엘의 눈에 상처가 난 손가락을 핥고 있는 에드의 모습이 들어왔다. 얼굴이 화끈 달아올랐다.

"……에드."

에드는 아무 대답이 없었다. 따끔거리는 통증 사이로 간질간질한 감각이 전기처럼 번졌다.

달콤한 무언가가 목구멍을 틀어막은 것처럼 입 안에서 흘러나오는 숨이 달았다.

생소한 기분에 몸이 들썩거렸다.

강렬하진 않지만, 지금 자신이 어디서 무엇을 하고 있는지 잊어버리기에는 충분한 자극이었다.

"디엘 님, 구급상자를— 아."

구급상자를 들고 응접실 안으로 들어왔던 레아가 그대로 굳어 버렸다.

눈조차 깜빡이지 않는 모습이 마치 돌로 조각상 같았다. 디엘은 재빠르게 에드의 얼굴을 손바닥으로 밀어냈다.

"레, 레, 레, 레아!"

얼마나 놀랐는지 디엘은 무려 네 번이나 말을 더듬고 말았다.

어릴 때, 레아 몰래 스프 속에서 완두콩을 건져 내다 걸릴 때도 이렇게 놀란 적이 없건만.

레아는 무어라 형용할 수 없는 얼굴로 디엘을 보고 있었다.

복잡한 심정이 담긴 표정이었는데, 굳이 표현하자면 막냇동생이 언제 이렇게 자랐냐고 착잡해하는 큰 언니 같은 얼굴이었다.

"저, 죄송하지만 디엘 님 상처부터 좀 치료를 했으면 합니다만."

헛기침 뒤로 이어진 레아의 말을 들은 에드는 가볍게 어깨를 으쓱하고 자리에서 일어섰다.

"그러죠. 안 그래도 마침 볼일이 있으니까."

"볼일? 에드, 어딜 가려는 겁니까?"

내내 그림자처럼 제 옆을 지키던 남자가 대체 어딜 가려는 건가 싶어 디엘은 얼굴을 찌푸렸다.

에드는 히죽 웃더니 손가락으로 디엘의 뺨을 간질였다.

"오호. 우리 주인님, 내가 없으면 외로울까 봐 그래? 이제 어리광 쟁이가 다 됐네?"

평소처럼 장난기만 가득한 어조에 한숨이 절로 나왔다.

마냥 태평할 상황이 아니건만, 에드를 보고 있으면 그 어떤 긴박

한 상황에서도 긴장이 스르르 풀리고 말았다.

능청스러운 얼굴을 물끄러미 보던 디엘이 입을 열었다.

"경비대에 가려는 겁니까?"

디엘의 말에 에드가 씩 웃었다.

"뭐, 그렇지. 알아볼 것도 좀 있고."

애매한 대답을 흘린 그가 다시 한 번 디엘의 뺨을 간질였다.

부드러운 깃털이 살갗을 간질이는 것 같은 감촉은 곧바로 멀어졌다.

에드는 구급상자를 꼭 끌어안고 있는 레아에게 몇 마디를 속닥거린 후, 그대로 응접실을 빠져나갔다.

디엘이 멍하니 그 뒷모습을 보고 있자, 레아가 다가와서 무릎을 굽혔다.

조금 전까지 에드가 있던 바로 그 자리였다.

"디엘 님. 손을 이리로 주세요."

그 말에 퍼뜩 정신을 차린 디엘이 고개를 돌렸다. 어느새 레아가 구급상자 속에서 꺼낸 소독약을 솜에 듬뿍 묻혀 들고 있었다.

괜찮다고 말하며 거부할 수 있는 상황이 아니었기에 디엘은 순순히 손을 내밀었다.

약솜이 손가락에 닿는 순간, 아까 전 에드가 핥을 때보다도 쓰라린 통증에 미간이 절로 찌푸려졌다.

그래도 디엘은 앓는 소리 한 번 내지 않았다.

그사이에 레아는 꼼꼼하게 연고를 바른 후에 위에 가늘게 자른 붕대까지 감아 주었다.

고작해야 손가락을 베인 것 가지고 너무 유난스러운 게 아닌가 싶었지만, 오랜만에 레아와 함께 있는 것이 좋아 아무 말을 할 수 없었다.

별다른 말없이 치료를 마친 레아가 구급상자 통을 정리하며 디엘을 힐끔 보았다.

"디엘 님. 그럼 이제 저주가…… 완전히 풀리신 거, 맞죠?"

유독 조심스러운 그 말에 디엘은 잠시 멈칫하였다.

아직 하루 정도는 더 지켜봐야 할 것 같지만, 제 몸이 저주에서 자유를 찾았다는 생각에는 변함이 없었다.

"아마 그럴 거야."

힘이 없는 대답에 레아는 조금 안절부절못하는 얼굴을 하였다.

"……혹시, 저주를 풀고 싶지 않으셨던 건가요?"

그 말이 의외였기에 디엘은 고개를 저었다.

"아니, 왜?"

"하나도 기뻐 보이질 않으셔서요."

"……."

기뻐할 수 없는 이유는 딱 하나뿐이었다.

디엘이 아직까지 쥐고 있던 펜던트를 다시 내밀자, 그것을 본 레아가 그제야 알겠다는 얼굴을 하였다.

구급상자를 테이블 위에 올려놓은 레아가 자리에서 벌떡 일어섰다.

그녀가 그대로 응접실 밖으로 사라지자 디엘은 어리둥절한 얼굴을 하였다.

사실은 화가 났던 걸까?

내심 불안해하며 눈만 깜빡이고 있자니 손에 컵을 든 레아가 다시 모습을 드러냈다.

그녀가 컵을 내밀자 조금 전 밖에서 맡았던 향긋한 냄새가 코끝을 찔렀다.

컵을 받아 들어 한 모금을 마시니 달달하면서도 상큼한 맛이 입안을 가득 메웠다.

꿀을 듬뿍 넣은 캐모마일 티. 디엘이 좋아하는 차였다.

"디엘 님."

로비나에서 늘 그랬던 것처럼 디엘이 차를 홀짝거리며 마시는 것을 지켜보며 레아가 그녀의 옆에 조심스레 앉았다.

"제가 디엘 님께 어머니가 주신 펜던트를 드린 이유는 디엘 님이 누구보다 행복하시길, 그리고 부디 건강하고 무사하시길 바랐기 때문이에요."

레아는 디엘에게서 깨진 펜던트를 돌려받았다.

금이 간 보석을 가만히 내려다보는 눈에는 미련이나 아쉬움이 전혀 없었다.

"······하지만, 어머니가 주신 유품이 깨졌잖아."

"세상에 존재하는 건, 형태가 있는 것이건 아니건 언젠가 반드시 망가지게 되어 있답니다. 중요한 건 제 역할을 다했느냐 아닌가 예요. 혹시라도 이 목걸이 덕에 디엘 님이 무사하셨다면, 더할 나위가 없죠. 그것으로 이 목걸이는 역할을 다한 셈인걸요."

환히 웃는 레아의 얼굴에 디엘은 잠시 할 말을 잃었다.

어째서 전에는 내가 가진 것 하나 없는 외로운 사람이라 생각했던 걸까 하는 생각이 들었다.

이렇게 저를 생각하고 또 좋아해 주는 사람이 곁에 오래 있어 주었는데.

한참 말을 고르던 디엘이 조용히 입을 열었다.

"레아. 그 목걸이 덕에 내 저주가 풀렸어."

"네? 이 목걸이가요?"

"어머니가 그 목걸이를 주실 때 무언가 다른 말을 남겨 주신 건 없었어? 예를 들면 거기 장식되어 있는 보석이 어떠한 보석이라던가, 그런 거 말이야."

무언가 정보가 있다면 그것을 토대로 같은 보석을 찾아 펜던트를 수리해 주고 싶었다.

그러나 아는 것이 없다며 레아는 고개를 저었다.

"아니요, 딱히 들은 말은 없어요. 다만 어머니가 어느 노인을 도와주고, 그 사람으로부터 감사의 의미로 받았다고 하셨어요. 그때 그 노인이 그런 말을 했대요. 이 목걸이는 주인의 '운명을 바꾸어 준다'고."

레아의 어머니는 초라한 행색을 한 노인이 주는 펜던트가 그리 고가의 물건이 아니라고 생각하였다.

노인이 했던 말도 그저 듣기 좋게 붙인 말에 불과하다고 여겼다.

그러나 어쨌든 평생 한 번도 가져 보지 못했던 그 목걸이를 소중하게 다루었다.

그리고 그것을 성으로 떠나는 딸에게 물려주었던 것이었다.

"······그렇구나."

디엘이 아쉬움을 감추지 못하고 시무룩한 얼굴을 하자 레아가 부드럽게 웃었다.

"저는 괜찮으니까 정말 신경 쓰지 마세요, 디엘 님. 만일 이 목걸이에 그런 힘이 있다는 걸 알았다면 진즉, 디엘 님을 위해 썼을 거예요. 오히려 이렇게 늦게 알게 된 게 죄송할 따름인걸요."

레아가 부드럽게 디엘의 등을 쓸어내렸다.

마치 로비나의 왕자궁으로 돌아온 것 같은 기분이었다.

하지만 이곳에는 디엘을 제 야망을 위한 도구로만 생각하는 어머니도, 아무런 감정을 주지 않는 아버지도 없었다.

오로지 디엘을 걱정하고 디엘이 사랑하는 사람들이 있는 곳이었다.

'이번에는 네가 새로운 의미의 물건을 주면 돼. 단순히 잃은 것을 보상하려는 게 아니라 고마움을 담아서.'

아까 전 에드가 저에게 던졌던 말이 떠올랐다.

디엘은 옆에 있는 레아를 바라보았다. 그녀의 얼굴색은 무척 좋아 보였다.

응접실을 얼핏 살펴보니 혼자 지내기에는 아주 넘칠 정도로 호화로운 곳이었다.

에드가 레아를 얼마나 안전하고 신중하게 보호해 주었는지가 절절히 느껴질 정도였다.

'고맙다는 말도 못 했는데.'

기억을 더듬어 보니 어제는 저에게 한 마디 말도 없이 움직이는 남자에게 화만 낸 게 전부였다.

빗발치듯 쏟아지는 총알에서 저를 지켜 준 것에도, 레아를 안전하게 로비나에서 데리고 나와 준 것도 전부 그였는데.

한숨을 쉰 디엘이 자리에서 일어섰다.

비록 어제 하루는 쉬었으나, 요사이 연달아 혹사시킨 몸이 삐걱거리며 통증을 호소해 왔다. 그래도 지금은 쉴 때가 아니었다.

"디엘 님, 어딜 가시려고요?"

디엘이 일어나는 것을 보고 레아도 놀란 얼굴로 덩달아 자리에서 일어섰다.

"경비대에 가 봐야 할 것 같아. 에드— 아까 나와 함께 왔던 그가 아마 거기 있을 거야."

제가 엮인 일이건만, 에드에게 혼자 뒤처리를 맡기는 것이 영 탐탁지 않았다.

게다가 왜 그 도둑이 고대학 협회 문양이 그려진 마차를 몰고 있었던 건지, 또 그를 죽인 자가 누구인지도 알아야만 했다.

"어머. 그 친구분이라면 다시 돌아올 테니, 그때까지 디엘 님이 여기서 편히 쉬실 수 있도록 해 달라고 하셨는걸요."

레아가 눈을 동그랗게 뜨고 한 말에 디엘은 멈칫하였다.

나가기 전 에드가 레아에게 무언가를 속닥인다 했더니 그런 부탁을 멋대로 하고 간 모양이었다.

곤란해진 디엘이 눈썹을 찌푸렸다. 마냥 에드를 기다리고 있는 건 싫었지만, 이대로 에드와 길이 엇갈리면 그것도 곤란하였다.

"금방 온다 하셨으니까 그러지 마시고 여기서 기다리세요, 디엘 님. 그동안 간식이라도 드시면서— 아! 점심 준비를 할게요! 마침 어제 좋은 고기가 들어왔으니까 살팀보카(Saltimbocca)를 준비하겠습니다!"

들뜬 레아가 손뼉을 짝 쳤다. 도저히 괜찮다고 사양할 수 있는 분위기가 아니었다.

"오랜만에 제가 실력 발휘를 할게요. 점심은 조금 많이 드셔도 괜찮으시죠? 아침은 뭘 드셨나요?"

"아침, 은 안 먹었는데."

"어머! 그럼 어제저녁은요?"

"스프를 조금……."

얼결에 디엘이 솔직하게 털어놓자 레아가 금세 엄한 얼굴을 하였다.

"어쩜! 어쩐지 디엘 님이 안색이 영 좋지 않으셔서 이상하다고 생각했습니다. 혹시 그동안 잠도 제대로 못 주무신 건 아니죠?"

"어제는 제대로 잤어."

"그럼 어제가 아니라 다른 때는 제대로 잠을 못 주무셨다는 거네요?"

"……."

저를 누구보다 잘 아는 레아에게 거짓말을 하는 건 세상에서 가장 어려운 일이었다.

디엘이 쓴 약을 먹은 아이 같은 얼굴로 침묵을 지키자 레아가 한숨을 푹 내쉬었다.

"옛날부터 그랬지만, 디엘 님은 너무 섬세하시다니까요. 후우― 안 되겠습니다. 안 그래도 식사 준비하는 데 시간이 걸리니까 조금 눈을 붙이세요. 그때쯤이면 틀림없이 친구분도 돌아오실 거예요."

더 이상의 뒷말을 허락하지 않을 듯한 강한 어조로 말하며, 레아가 디엘의 손을 잡았다. 어어, 하는 사이에 어느새 그녀는 손님용 방 앞에 서 있었다.

레아는 안에 먼저 들어가서 난로에 불을 붙인다, 시트를 간다 하며 부산을 피웠다.

이윽고 준비를 완벽하게 마친 그녀가 안에서 디엘을 불렀다.

"디엘 님! 들어오세요."

머뭇거리며 디엘이 안으로 들어서자 레아는 여기 어서 누우라며 침대 위를 가리켰다. 푹신한 하얀 시트를 보고 있자니 그제야 조금 눈꺼풀이 무겁다는 생각이 들었다.

하지만 디엘은 선뜻 그 위로 올라가지 못하였다.

정말 이래도 되나? 에드는 지금쯤 경비대에서 나를 대신하여 정보를 모으고 있을지도 모르는데.

디엘이 한동안 침대를 앞에 두고 어쩔 줄 모르자 결국 레아가 그녀를 강제로 침대 위에 눕혔다.

내내 버티다가 푹신한 시트 위에 눕는 순간, 온몸에서 힘이 주르 륵 빠져나갔다.

이른 새벽부터 긴장과 피곤함으로 혹사시킨 몸에게는 지나치게 편한 자리였다.

그간 줄곧 싹싹 긁어모은 정신력으로 버티고 있던 것이 한계에

도달했다.

"지금은 아무 생각하지 마시고, 푹 쉬세요."

이마 위로 흘러내린 머리칼을 쓰다듬는 손길이 부드러웠다.

마치 졸음을 부추기는 것 같은 손길에 디엘의 눈이 느릿하게 깜빡였다.

이대로 눈을 감으면 바로 잠에 빠질 수 있을 것만 같았다. 그 달콤한 유혹을 거부하는 건 결코 쉬운 일이 아니었다.

"레아."

잠이 들기 바로 직전, 디엘이 입을 열었다.

문득 떠오른, 레아에게 꼭 물어봐야 할 중요한 사실이 떠오른 까닭이었다.

"혹시 말이야. 어릴 때― 잃어버린 여동생이 있지 않아?"

낮은 목소리로 던진 질문에 레아가 움찔하였다.

반쯤 감긴 눈 사이로 보이는 것은 마치 그것을 어떻게 아느냐고 묻는 것 같은 얼굴이었다.

아아, 역시.

디엘은 안도감에 조용히 웃었다. 이로써 니나에게도, 레아에게도 한 가지 행복이 늘어난 셈이었다.

이미 오래전, 다시는 찾지 못하리라 생각한 가족을 찾게 되었으니까.

"디엘 님. 어떻게―"

"아카데미에서, 만났어…… 너를 꼭 닮아서…… 피아노를, 치는……."

눈을 깜빡이는 속도가 차츰 느려졌다.

니나에 대해 더 말하고 싶었지만, 도저히 말을 이을 수가 없었다. 눈꺼풀이 천근만근처럼 무거웠다.

그것을 알아차린 레아가 다정하게 디엘에게 속삭였다.

"괜찮습니다, 디엘 님. 주무시고 일어나시면 이야기를 들려주세요."

그래. 알았어.

디엘은 소리가 되지 않은 대답을 하였다. 타닥타닥. 난로 안에서 불꽃이 튀는 소리가 마치 자장가 같았다. 그대로 그녀는 깊은 잠 속으로 빠져들었다.

*　　*　　*

뱃속에서 나는 꾸르륵 소리에 눈을 뜨니 창밖이 어두웠다. 깜짝 놀라 시계를 살펴보니 어느덧 저녁을 먹을 시간이었다.

계산해 보면 10시간은 족히 넘는 시간 동안 단잠을 잔 셈이었다.

꿈도 꾸지 않을 만큼 깊게 잔 덕인지, 아니면 아주 길게 잔 덕분인지는 몰라도 몸이 한결 가벼웠다.

침대 아래로 내려온 디엘은 아직도 은은하게 불씨가 남은 난로를 힐끔 보았다.

레아가 계속 신경 써서 불을 지펴 준 모양인지 방 안은 아직도 따뜻하였다.

훈훈한 온기에 휩싸인 몸이 배고픔을 호소하고 있었다.

신발을 신은 디엘은 손님 방 밖으로 빠져나왔다. 층계에 발을 내디디려고 하니 아래에서 말소리가 들려왔다.

에드가 돌아왔구나. 반가운 마음에 단숨에 아래층으로 내려가려던 디엘은 멈칫하였다.

들려오는 남자의 목소리는 낯선 것이었다.

"그러니까 되도록 그분을 이곳에 오래 붙잡아 두고 계셨으면 합니다."

"하지만 디엘 님께 아무 말도 하지 않는 것은……."

이어지는 레아의 목소리에는 걱정이 가득하였다. 무언가 심상치 않은 것을 느낀 디엘이 소리 없이 계단을 내려왔다.

말소리는 응접실에서 들려오고 있었다. 그 근처로 다가가서 조심스레 살피니 모르아의 교복을 입은 한 소년이 보였다.

익숙한 얼굴은 아니나, 지나가다 얼핏 저 소년을 본 적이 있는 것 같다는 생각도 들었다.

"바로 그 디엘 님을 위해서 드리는 말씀입니다. 제 주군은 그 누구보다 그분의 안전을 원하는 분이십니다. 그러니까 이 일이 해결될 때까지 이곳에 디엘 님을 모셔 두라는 그분의 지시 역시 절대적으로 옳다 생각합니다."

안경을 쓴 소년이 말하는 '주군'이 누구일지는 쉽게 짐작이 갔다.

어째서? 디엘은 숨을 크게 들이쉬었다.

심장이 요란하게 뛰는 이유가 불안 때문인지 아니면 다른 감정 때문인지 알 수가 없었다.

"……알겠습니다. 그럼 당분간은 디엘 님이 아카데미로 돌아가시지 않도록 이곳에 모셔 두도록 하겠습니다."

"이해해 주셔서 감사합니다. 근처에 사람을 배치해 두겠지만, 혹시 모를 상황에서는……."

소년이 말을 흐리자 레아가 얼른 그 뒷말을 받았다.

"전에 주신 권총은 부엌 찬장에 두었어요. 꼭 필요할 때는 그걸 쓰도록 하겠습니다."

레아의 목소리에 전에 없이 비장한 각오가 가득하였다.

벽에 기대어 가만히 호흡을 고르고 있던 디엘이 천천히 걸음을 옮겼다.

무엇을 어떻게 해야겠다는 계획은 없었지만, 그녀는 부엌으로 향하고 있었다.

부엌에서는 군침이 고일 정도로 맛있는 냄새가 가득하였다.

찬장 문을 여니 아기자기한 접시 틈새로 작은 권총이 한 자루 보였다.

그것을 꺼내 든 디엘은 주변을 살폈다.

벽 한구석에 사람이 드나들 만한 작은 문이 있었다. 작은 유리창 틈새로 살피니 밖으로 이어지는 문이었다.

디엘은 그 문을 열고 밖으로 빠져나왔다.

앞으로 돌아갈 수 없었기에 가시 넝쿨이 빽빽한 담을 힘겹게 넘었다. 손에 자잘한 생채기가 생겼다.

모처럼 레아가 감아 주었던 붕대도 너덜너덜해졌다.

그래도 통증을 느낄 겨를이 없었다.

'그럼 당분간은 디엘 님이 아카데미로 돌아가시지 않도록 이곳
에 모셔 두도록 하겠습니다.'

레아가 했던 말을 떠올리며 디엘은 모르아가 있는 방향으로 몸
을 틀어 달리기 시작했다.

어째서? 왜 에드는 내가 모르아로 돌아가지 못하도록 막으려고
하는 거지?

혼란스러운 머릿속에서 여러 가지 기억이 한꺼번에 떠올랐다.

'어쨌든 중요한 건 학장실에 침입자가 있었다는 소리인데. 음—
학장이라.'

'학장님께서 나서서 정보를 차단하고 있어서 이 이야기는 그다
지 널리 퍼지지 않은 모양이지만, 그 일이 있던 후에……'

고대학 협회의 마차를 몰고 아카데미에서 빠져나오던 좀도둑.

학장실에 숨어들려고 한 침입자.

감쪽같이 사라져 버린 현자의 돌.

정보를 감추고 통제하며 삼십 년 동안 늙지 않은 학장.

어쩌면 이 모든 일의 배후가 바로 그일지도 모른다는 생각이 들
었다.

지금 와서 생각하면 저의 비밀을 알고도 모르아에 그냥 둔 것 역

시 수상했다.

'역시 학장님이 이 일에 관계가 있는 거야.'

그렇기에 에드 역시 디엘이 아카데미로 돌아오는 것을 막으려고
한 것이리라.

입술을 질끈 깨문 디엘은 더욱 속도를 내었다. 불길한 예감이 머
리를 떠나지 않았다.

조금이라도 빨리 모르아로 돌아가야만 했다.

어느덧 어둠이 내려앉은 거리에는 가로등이 하나둘 불을 밝히고
있었다.

언젠가 에드와 둘이 함께 걸었던 바로 그 거리를, 지금은 혼자 달
리고 있었다.

드문드문 있는 행인들이 몸에 맞지 않는 모르아의 교복을 입고
있는 디엘을 향해 의아하다는 시선을 보냈다.

그러나 그 시선을 신경 쓸 틈이 없었다. 지금 그녀가 생각하는 것
은 오로지 단 하나뿐이었다.

'제 주군은 그 누구보다 그분의 안전을 원하는 분이십니다.'

아까 전, 안경을 쓴 소년이 했던 말이 아직도 귓가에 생생하였다.

디엘 역시 마찬가지였다. 그가 디엘의 안전을 원하는 것처럼 그
녀 역시 그의 안전을 원하였다.

왜. 당신은 나를 그렇게 모르는 걸까. 속에서 울컥거리는 것이
슬픔인지 분노인지 알 수 없었다. 그러나 한 가지는 분명하였다.

이번에야말로 혼자 멋대로 움직이는 그의 못된 버릇을 단단히 고쳐 주어야만 했다.

*　　*　　*

달리고, 또 달려서 숨이 턱 끝까지 치밀어 오를 때쯤. 그녀의 눈에 익숙한 문이 보였다.

지금 이 순간, 그 무엇보다 반가운 아카데미의 정문이었다.

마침 문을 닫으려던 경비가 디엘을 보고 쓴웃음을 지었다.

"일찍 좀 다녀라!"

멀어져 가는 디엘의 등 뒤로 경비원이 외쳤다. 디엘은 알겠다는 말 대신 손을 흔들었다.

단 한 순간도, 멈추지 않고 달린 그녀가 향하는 것은 기숙사가 아니라 본관 방향이었다.

본관 입구에 도착했을 때, 그제야 비로소 디엘은 속력을 줄였다.

금방이라도 쓰러질 것같이 그녀의 걸음걸이가 위태로웠다.

온몸에 있는 마지막 체력을 다 긁어모아 쓴 기분이었다.

휘청거리며 본관 안으로 들어서니 평소보다 서늘한 공기가 거슬렸다.

땀이 흐르는 이마를 소맷자락으로 대충 닦아 낸 그녀는 숨을 고르며 학장실을 찾았다.

평소 사람이 잘 지나다니지 않는 복도 끝에 있는 학장실이 오늘따라 유독 멀게 느껴졌다.

간신히 그 앞에 도착해서 문을 노크했지만, 들려오는 소리가 없었다.

귀를 문에 바짝 가져다 대고 너머의 동태를 살피니 느껴지는 기척 또한 없었다.

한동안 문 앞에서 주변을 살피던 디엘이 손잡이를 힘주어 돌렸다.

철컥, 하는 소리와 함께 문이 부드럽게 열렸다.

안도하는 한편, 어쩌면— 이라는 생각에 긴장을 늦출 수가 없었다.

열린 틈새로 고개를 조심스레 밀어 넣은 디엘은 학장실이 텅 비어 있다는 것을 알아차렸다. 여기가 아니었나.

자신이 장소를 잘못 짚은 것 같다 생각하며 뒤로 물러서려던 때였다. 디엘의 눈에 이상한 것이 보였다.

'저기 저런 게 있었나?'

그녀는 문을 완전히 열고 학장실 안으로 들어갔다. 초상화가 걸려 있는 벽면 중 어느 부분이 유독 툭 튀어나와 있었다.

가까이 다가가서 보니 그것은 벽이 아니라 벽으로 위장한 문이었다.

누가 보더라도 수상하다고밖에 말할 수 없는 모습이었다.

디엘은 틈새를 벌려 문을 열어 보았다.

안쪽에서 은은히 풍겨 오는 축축한 습기에 순간, 몸이 으슬으슬 떨렸다.

게다가 안쪽은 한 치 앞이 보이지 않을 정도로 어두웠다.

주변을 둘러보던 디엘은 책상 위에 아무렇게나 놓인 양초 한 자루를 발견하였다.

때마침 그 옆에는 부싯돌도 있었다. 초에 불을 붙인 디엘은 그것을 쥐고 문 안쪽으로 들어섰다.

안에 있는 것은 제트의 저택에서 드나들었던 비밀 통로처럼 너비가 제법 넓은 길이었다.

그 길을 따라 걷자 저벅거리는 소리가 울렸다.

제 발소리라는 걸 알면서도 괜히 심장에 좋지 않은 울림이었다.

디엘은 일렁이는 촛불을 길잡이 삼아 앞으로 향하였다. 다른 갈림길이 없는 것이 천만다행이었다.

그렇게 얼마나 걸었을까.

저 멀리 막다른 길이 보였다. 잘못 온 건가 싶어 당황하던 디엘은 곧 그 막다른 길에 있는 벽이 묘하게 낯이 익다는 걸 깨달았다.

의미를 알 수 없는 문양이 그려진 거대한 벽.

"어?"

제 눈의 착각이 아니라면 분명 제트의 저택에서 드나들던 비밀의 방 입구와 닮은 벽이었다. 그녀는 얼른 그 벽으로 다가가서 손잡이를 찾아 문을 밀었다.

드르륵―

육중한 것이 움직이는 소리와 함께 문이 열렸다. 서서히 열리는 틈새로 익숙한 뒷모습이 보였다.

넓은 어깨와 흐린 등불 아래서도 찬란하게 빛나는 금발 머리.

"에드!"

반가움에 디엘이 그를 부르자 에드가 천천히 뒤를 돌아보는 것이 보였다.

그의 눈이 '어째서?'라고 묻는 것처럼 당혹으로 물들어 있었다.

그 모습을 보고 얼른 그에게 달려가려던 디엘이 멈칫하였다.

에드 때문에 바로 발견하지 못했던 어떤 인물의 모습이 그제야 눈에 들어왔다.

그녀의 눈앞에 있는 것은 전혀 예상하지 못했던 사람이었다.

"교수, 님—?"

"좋은 밤이네, 디엘 군."

환한 미소를 지으며 여유 있게 손까지 흔들어 보이는 것은 분명 샤칼 교수였다.

왜 그가 여기에? 상황을 파악하지 못한 디엘이 멍하니 그를 보고 있던 때였다.

"옆으로 피해, 디엘!"

머리로 생각하기보다 몸이 그 말에 먼저 반응하였다.

디엘이 오른쪽으로 몸을 날리는 것과 동시에 옆으로 무언가 뜨거운 것이 스쳐 지나갔다.

놀라 시선을 돌리니 커다란 공처럼 생긴 불덩이가 방금 전까지 디엘이 있던 자리를 덮치는 것이 보였다.

불덩이가 날아와?

너무나 비현실적인 장면에 그 모습이 느릿하게 눈에 새겨질 정도였다.

놀란 디엘이 앞으로 다시 고개를 돌리자 지팡이를 길게 뻗고 있는 샤칼 교수의 모습이 보였다.

교수님이 지금 뭘 한 거지?

"으음, 오랜만에 하는 거라 장거리 조준이 영 쉽지가 않군."

한숨을 푹 쉰 샤칼이 절레절레 고개를 저었다.

그의 앞에서 검을 빼고 경계 태세를 유지하고 있던 에드가 틈을 노려 달려들었다.

기합 소리 없이 허공을 가르는 검은 눈에 담을 수조차 없을 정도로 재빨랐다. 하지만⋯⋯.

챙— 캉!

기묘한 소리와 함께 무언가가 에드의 검을 막아 냈다.

조금 전과 마찬가지로 둥근 공 같은 것이 바닥으로 떨어지더니 푸슉, 소리와 함께 사라졌다.

디엘은 그 공같이 생긴 불덩이가 샤칼 교수가 휘두르는 지팡이 끝에서 튀어나온 것을 믿을 수가 없었다.

그녀가 아는 한 저런 저주는 없었다. 저런 유물도 없었다. 지팡이를 휘두르면 튀어나오는 불이라니. 저건 마치—

"마법?"

디엘이 저도 모르게 중얼거린 말에 샤칼 교수가 허허 웃음을 터트렸다.

마치 강의 시간에 정답을 말하는 학생을 기특하다 칭찬하던 때와 똑같은 얼굴이었다.

등줄기로 오싹한 한기가 스쳐 지나갔다.

"⋯⋯어째서?"

혼란에 빠진 디엘 옆으로 에드가 천천히 뒷걸음질을 쳐 왔다.

제 등으로 그녀의 앞을 막아선 에드의 얼굴에는 디엘과 달리 일 말의 동요도 보이지 않았다.

샤칼 교수는 그런 에드를 보며 참으로 기특하다는 눈빛을 하였다.

"이시호에 태양이 두 개나 존재한다는 말이 거짓은 아니었던 모양이로군. 누이만 없었어도 기다릴 필요도 없이 당장 황제의 자리가 자네 것이었을 텐데. 아쉽지는 않던가?"

에드의 정체를 이미 꿰뚫고 있는 것인지 샤칼 교수의 말에는 거리낌이 없었다.

디엘은 저도 모르게 주먹을 꾹 움켜쥐었다. 짧게 깎은 손톱이 살점을 파고드는 통증에 그제야 조금씩 정신이 들었다.

지금은 마냥 놀라고 있을 때가 아니었다.

"아니, 전혀? 난 황위 같은 건 있어도 그만, 없어도 그만이라서."

어깨를 으쓱하는 에드의 목소리에는 꾸며 내는 기색이 전혀 없었다.

그가 진심으로 그렇게 말한다는 걸 깨달은 샤칼 교수가 놀란 얼굴을 하였다.

"생각보다 욕심이 없군."

"그럴 리가. 내가 갖고 싶은 것에 한해서는 욕심이 과한 편이지."

히죽 웃은 에드가 검을 바르게 고쳐 잡았다. 여유 있게 샤칼 교수와 대화를 나누면서도 그의 자세에는 빈틈이 없었다.

샤칼 교수 역시 함부로 지팡이를 휘두르지 않았다. 자신이 만들어 낸 마법을 검으로 막아 내는 실력을 눈앞에서 목격한 탓이었다.

디엘은 주머니 속에 넣어온 권총의 묵직한 무게를 느끼며 입을 열었다.

"당신이 도굴단을 움직였던 거로군요, 교수님."

무엇이라도 좋으니 일단은 교수의 주의를 끌 미끼가 필요하였다.

"현자의 돌을 탐내는 목적이 무엇입니까? 설마하니 세상을 정복하기라도 할 셈입니까? 세계 정복 같은 건 삼류 소설에 나오는 삼류 악당이나 세울 법한 계획일 텐데요."

그녀는 그대로 아무 말이나 떠들어 대기 시작하였다. 자극을 받은 샤칼 교수가 이성을 잃는 정도는 바라지도 않았다.

단지 잠깐이라도 좋으니 주의를 돌리면 그만이었다. 그러나 샤칼 교수는 호락호락한 상대가 아니었다.

"하하. 분명 세계 정복 같은 건 너무 유치한 소원일지도 모르겠군. 현자의 돌 같은 엄청난 물건을 가지고 쓰기에는 말이지."

너털 웃으며 그가 늘어놓은 말에는 묘하게 거슬리는 구석이 있었다.

마치 다른 분명한 목적을 가지고 있는 것만 말투였다. 눈을 깜빡이며 잠시 생각에 잠겼던 디엘이 무언가를 깨달은 얼굴을 하였다.

"당신은…… 붉은 피의 시대를 끝내려는 거군요."

"호오."

디엘이 한 말에 샤칼 교수가 의외라는 얼굴을 하였다.

"왜 그렇게 생각하지?"

그의 태도는 강의 시간에 어려운 질문으로 학생들을 곤란하게 만들던 것과 크게 다를 바가 없었다.

이런 상황만 아니라면 디엘은 틀림없이 지금이 고대학 강의 시간이라고 생각했을지도 몰랐다.

"그건……."

말끝을 흐린 디엘이 오래전, 카리스와 나누었던 대화를 떠올렸다.

 '제 기억이 맞다면, 마지막으로 블루 블러드가 발견된 것은 100년 전이라고 들었습니다.'

 '맞아요. 공식적인 기록상으로 확인된 것은 100년 전 일이죠.'

당시에는 세세하게 짚고 넘어가지 않았지만, 분명 카리스 학장은 블루 블러드가 비공식적으로 발견된 적이 있는 것처럼 말하였다.

회상을 마친 디엘이 곧게 샤칼을 바라보며 천천히 입을 열었다.

"당신이 블루 블러드이기 때문이겠죠. 샤칼."

디엘이 말을 마치는 순간, 앞에 있던 에드가 잠시 뒤를 힐끔거렸다.

그의 눈에서 묘한 기색이 스쳐지나갔다. 디엘은 그것이 '어떻게 저 영감이 블루블러드일 수 있냐'고 놀라는 것으로 해석하였다.

샤칼 교수는 분명 초로의 신사이나, 육백 살이 넘는 연령으로는 도저히 보이지는 않았으니까.

"실력이 좋은 블루 블러드는 자유자재로 겉모습을 바꿀 수 있다고 들었는데, 아무래도 교수님께서는 실력이 좋진 않은가 봅니다."

노골적인 디엘의 도발에 샤칼이 웃음을 터트렸다.

"하하. 그래도 이 정도 껍데기면 내 원래 나이보다야 많이 젊은 축이지. 천 살이 넘은 후부터는 나이를 세지 않아서 내 나이를 정확하게는 모르겠지만 말일세."

그가 아무렇지 않은 얼굴로 한 말에 에드와 디엘은 침묵하였다. 샤칼이 농담을 하고 있는 게 아니라는 건 분위기로 느낄 수 있었다.

역시 샤칼 교수는 정말 블루 블러드였다. 예상이 맞았지만, 전혀 기쁘지 않았다. 디엘은 크게 숨을 들이켰다.

"전쟁을 일으키려는 겁니까? 현자의 돌로?"

만일 그것이 샤칼의 계획이라면 반드시 저지해야만 했다.

죽은 사람을 되살리고, 영원한 삶을 약속하는 돌. 그러한 물건을 상대로 과연 사람들이 얼마나 버텨 낼 수 있을까?

과거 '붉은 피의 시작'이 벌어지던 전시와는 상황이 달라도 지나치게 달랐다.

"그렇게 야만적인 표현은 조금 마음에 걸리는군. 나는 그저 세상이 원래 모습을 되찾을 수 있도록 하려는 것뿐일세."

샤칼 교수의 말에 에드가 코웃음을 쳤다.

"개소리 좀 작작 하지? 이미 하려는 짓이 야만적인데, 대체 뭐가 야만적인 표현이라는 거야? 아무리 그럴싸하게 포장해 봐야 결국 세상을 망쳐 놓고 싶다는 거잖아."

"……."

에드의 거칠 것 없는 말에 샤칼 교수의 얼굴이 잠시 굳어졌다. 싸움은 저렇게 거는 거구나. 디엘은 상황에 어울리지 않는 감탄을 하고 말았다. 내내 여유가 넘치고 있던 그 얼굴이 일그러지는 것을 보자니 어쩐지 기분이 좋았다.

"내가 세상을…… 망쳐 놓는다고? 하하."

잠시 후, 정신을 되찾은 샤칼이 고개를 저었다.

"그건 너희들이겠지. 다른 사람이 가진 특별한 재능을 부러워하고 시기하며, 어떻게든 그 저와 같은 존재를 세상에서 지우려고 혈안이 되어 있는 버러지들."

조금 전과는 다르게 이를 드러난 샤칼의 얼굴이 험악하였다. 무언가가 그의 안에 깊숙이 숨겨져 있는 스위치를 누른 게 분명했다.

"우리는 너희를 지배하는 대신 평화와 안전, 그리고 풍요를 제공하였다. 하지만 너희는 그 은혜도 모르고 고귀한 주인을 배신하였지! 감히 우리를 상대로 대들다니!"

화를 견디지 못한 것인지 샤칼이 갑자기 지팡이를 휘둘렀다. 다시금 불줄기가 에드와 디엘을 덮쳐 왔다.

디엘이 반사적으로 몸을 뒤로 날리려는 것보다도 빠르게 에드가 그것을 검으로 쳐 냈다.

푸른 물줄기에 닿은 것처럼 불길이 금세 사그라졌다. 그 사이로 샤칼이 크게 목소리를 높였다.

"디엘 샤 자르타! 잘 생각해 보거라. 진짜 이 세상은 어떤 모습이어야 하지? 우리가 없어졌다고 해서 세상이 정말 달라졌더냐? 평화를 얻었나? 전쟁이 사라졌나? 굶주림은 어떻게 되었지? 노예는? 정말로 이 세상이 올바른 모습을 하고 있다고 믿나?"

갑작스레 화살이 저에게로 향하자 디엘은 움찔하였다. 그녀는 샤칼이 한 말을 되새기는 것처럼 마른 입술을 꾹 깨물었다.

전쟁. 기아. 노예.

그래, 세상은 여전하였다.

블루 블러드가 사라지고, 붉은 피의 시대가 시작되었다고 한들 그 모든 것이 여전히 세상에 남아 있었다.

아니, 오히려 인간의 욕망은 사그라지지 않았다.

세상의 주인이 바뀌었을 뿐이었다. 세상은 달라지지 않았다.

"다시 한 번 푸른 피의 시대가 시작되는 것을 상상해 보아라. 네 저주 같은 것을 푸는 건 일도 아니지."

예상하지 못했던 말이 그의 입에서 흘러나오자 디엘은 잠시 놀랐다. 대체 그걸 어떻게—

하지만 의문은 오래가지 않았다.

상대는 천 년을 넘게 살아온 블루 블러드였다. 유독 저주에 관심을 가진 디엘에게 무슨 일이 있었는가 짐작하는 것 정도는 일도 아닐 터였다.

어쩌면 그는 이 모든 상황을 짐작하고, 처음부터 유진이 현자의 돌에 대해 알도록 손을 쓴 것일지도 몰랐다.

그렇게 하면 디엘 역시 현자의 돌에 대해 알 수밖에 없을 테니까.

"아니, 아니지. 디엘. 그 세상에는 저주 같은 게 존재하지 않는다.

마법은 저주가 아니라 축복이니 말이다. 너는 그 축복으로 원하는 모든 것을 이룰 수 있을 테다. 네가 되고 싶은 것, 원하는 사람이 될 수 있지."

태초에 인간을 타락으로 빠트린 악마가 그러한 것처럼, 샤칼이 기분 나쁠 정도로 달콤한 목소리를 냈다.

"더는 고통도, 괴로움도 존재하지 않는 세상일 거다. 그 세상이 얼마나 아름다울지 생각해 보거라. 너는 그 세상에서 기꺼이 특권을 누릴 가치가 있어, 디엘."

열정적인 어조로 샤칼이 디엘을 설득하려고 들었다. 에드가 눈썹을 꿈틀거리며 불쾌함을 드러냈다.

"저 영감이 단단히 미쳤네. 지금 어디서 저딴 개소리로 우리 주인님을 꾀려고 들어? 게다가 정보도 늦네. 우리 주인님의 저주는 이미 풀렸거든?"

빈정거리듯 에드가 내뱉은 말은 장난스러운 것이었다.

그러나 입술 틈을 타고 흘러나온 에드의 목소리는 마치 잘 벼른 칼날처럼 섬뜩하였다.

"그러니까 그딴 촌스러운 수작은 집어치—"

에드가 미처 말을 다 내뱉기도 전에 샤칼 교수는 성가시다는 얼굴로 지팡이를 다시 한 번 휘둘렀다. 이번에는 조금 전과 비교도 할 수 없는 커다란 불덩이가 허공을 갈랐다.

"크윽—"

에드가 드물게 신음을 흘리며 휘청거렸다.

검으로 미처 받아 내지 못한 불길이 정강이를 스친 탓이었다.

놀란 디엘이 얼른 뒤에서 그를 부축하였다.

"에드!"

디엘이 걱정스럽게 그의 이름을 불렀다.

에드는 곧바로 괜찮다는 시늉으로 윙크를 하였다. 그것을 보며 샤칼이 비웃음을 던졌다.

"그 대담함은 높이 살 만하군, 이시호의 황태제 전하. 하지만 자네가 무어라 떠들던 간에 중요한 건 지금이 아니야. 디엘 군. 애초에 자네가 저주를 행했던 이유가 뭐지? 모국에서 존재 가치를 증명하기 위해서 남자의 몸이 필요했던 게 아닌가?"

어디까지 짐작하고 있는 것인지 샤칼 교수의 얼굴에는 자신감이 가득하였다.

"마법의 힘이 단지 성별을 바꿔 놓는 것만이 아니라는 건 이미 잘 알걸세. 원하는 것, 모든 것─ 을 손에 넣을 수 있어. 자네에게는 분명 재능이 있어. 스스로 저주를 행하고도 살아남은 것을 보면 블루 블러드가 될 자질이 충분하지."

"내가 블루 블러드가 될 수 있다고……?"

대체 어떻게? 놀란 디엘이 눈을 깜빡거리자 샤칼이 웃었다.

"태초에 블루 블러드는 말 그대로 마법을 행할 수 있는 자를 지칭했지. 그래서 모든 블루 블러드는 마법을 쓸 수 있는 자를 찾아 모아 그를 동족으로 삼았지. 그때만 하더라도 선대가 블루 블러드였나 아닌가는 그다지 중요한 게 아니었다네. 하나 어느 순간부터 그 뜻이 변질되어 블루 블러드의 자식도 모두 블루 블러드로 불리게 된걸세."

아아, 그렇게 된 거였구나. 디엘은 그제야 블루 블러드 중에 마법을 쓸 수 없는 자가 있었다는 기록을 이해할 수 있었다.

그것은 요컨대 블루 블러드라는 이름에 담긴 뜻, 그 자체가 변하기 때문에 생겨난 모순이었다.

마치 예전에는 흔해빠진 광석이던 제이드가 시간이 흘러 귀한 보석이 된 것처럼.

"거듭 말하지만, 자네라면 자격이 충분하네. 새로운 세상의 주인이 될 자격이."

샤칼이 손을 대신하여 지팡이를 내밀었다.

얼핏 보기에는 부드러워 보이는 얼굴이었으나 거절하겠다고 말하면 당장에라도 마법을 휘두를 게 분명하였다.

디엘은 앞에 있는 에드가 검을 고쳐 쥐는 것을 보았다.

디엘을 보호하려는 것처럼 뒤로 뻗은 손이 그녀의 몸을 단단히 움켜쥐었다.

그 손을 조심스레 마주잡으며 디엘이 입을 열었다.

"교수님. 아직 시험 문제를 채점하지 않으신 모양입니다."

난데없는 디엘의 말에 샤칼이 어리둥절한 얼굴을 하였다. 시험 문제? 디엘은 빙긋 웃으며 말을 이었다.

"푸른 피의 시대는 이미 끝났습니다."

제아무리 찬란한 역사였다 한들 이미 그것은 빛을 잃은 과거였다. 영광스러운 그 흔적을 자취조차 찾기 어려워진 이 저택의 외관처럼.

변화는 어쩔 수 없는 것이고, 자연스러운 것이었다.

이미 푸른 피의 시대는 끝났고, 이곳은 마법이 필요 없는 세상이었다.

언젠가 유진은 그런 말을 하였다. 미지의 강력한 힘보다는 원하는 것을 얻기 위한, 그리고 현재의 부조리함을 깨기 위한 부단한 노력이 더 가치 있지 않냐고.

디엘 역시 그 말에 동의하였다.

"당신은 그림자나 다름없는 허상에 사로잡혀 있습니다."

디엘은 반대쪽 손을 주머니에 밀어 넣었다. 딱딱하고, 차가운 손잡이가 닿았다.

그것을 최대한 천천히, 자연스럽게 바깥으로 끌어당겼다.

잠금장치를 푸는 손가락이 가볍게 떨렸다. 철컥, 하는 소리는 총신을 감싸 쥔 소매 속에 묻혔다.

"……그래. 자네는 내 생각보다 훨씬 어리석은 자였군. 디엘 군. 아주 실망이야."

오답을 말한 학생을 야단치는 것처럼 샤칼 교수가 혀를 끌끌 찼다. 그가 겨눈 지팡이 끝에 번뜩이는 무언가가 보였다.

붉은 보석. 루비인지 가넷인지 아니면 스피넬인지는 몰라도 저 보석이 샤칼의 '마법'인 게 분명하였다.

"새로운 세상을 함께 하지 못해 유감이군. 잘 가게."

멋대로 인사를 마친 샤칼이 지팡이를 들어 올렸다.

그 순간, 스프링이 튀어 오르는 것처럼 에드가 움직였다.

챙—! 지팡이와 검이 부딪치는 소리가 요란스레 주변을 뒤흔들었다.

디엘은 얼른 총구를 샤칼을 향해 겨누었다.

하지만 계속 에드가 사정거리에 들어오는 통에 선뜻 총구를 당길 수가 없었다. 초조해진 디엘이 혀를 찼다.

그녀만큼이나 마음이 급할 에드는 한 치의 흐트러짐 없이 검을 휘두르고 있었다.

검은 지팡이에서 뿜어져 나오는 붉은 불과 푸른빛이 감도는 검날이 맞부딪힐 때마다 작게 불꽃을 일었다.

검을 피하는 샤칼의 몸놀림은 가벼웠다. 그간 다리를 절던 것은 전부 연기였구나.

디엘은 입술을 깨물었다. 그의 움직임은 눈으로 좇는 것이 쉽지 않았다. 지금─ 아니, 안 돼.

초조해진 디엘이 마른 입술을 침으로 축이는 순간이었다.

샤칼 교수의 지팡이 끝이 불현듯 디엘을 향하였다. 불꽃이 폭죽처럼 화려하게 피어올랐다.

이런 상황이 아니라면 아름답다고 생각했을 만큼 생소한 광경이었다.

"디엘!"

에드의 외침이 귓가에 느리게 닿았다. 미처 감지 못하는 눈에 거침없이 저를 향해 쏟아지는 불꽃이 보였다.

피해야 한다는 생각을 하면서도 몸이 움직이질 않았다. 이대로 끝나는 걸까.

그 순간, 수초도 채 걸리지 않을 그 시간이 디엘에게는 영원처럼 길게 느껴졌다.

하지만 각오했던 통증은 찾아오지 않았다. 대신 조금 전까지만 하더라도 샤칼의 앞에 있던 남자가 제 앞에 있는 것이 보였다.

"윽!"

고통스러운 신음을 흘리며 에드가 바닥으로 털썩 쓰러졌다.

놀란 디엘은 얼른 손을 뻗어 그의 몸을 잡았다.

그러나 무게를 지탱하지 못하고 그와 함께 바닥으로 쓰러졌다.

"에드!"

매캐한 냄새가 사방에 진동하였다. 몸으로 불을 막아 낸 에드의 등이 새카맣게 그을려 있었다.

디엘은 차마 그 위로 손을 올릴 수 있었다. 괜찮으냐고 물을 수도 없었다.

너덜너덜해진 옷 사이로 얼핏 검붉게 타 버린 살갗이 보였다.

앓는 소리를 한 번 흘린 에드가 몸을 일으켜 세우려고 하였다.

하지만 그는 다시 앞으로 고꾸라졌다. 디엘이 얼른 그런 에드를 만류하려고 하자 그 앞으로 샤칼이 다가왔다.

저벅거리며 가까워지는 발걸음에 디엘이 얼른 바닥에 있는 총을 다시 쥐려고 하였다.

그것을 본 샤칼이 훗, 웃었다.

"쓸데없는 짓이네, 디엘 군. 그런 문명의 이기에―"

"당신이야말로 쓸데없는 짓은 그만해요, 샤칼."

자신만만하게 말을 이어가려던 샤칼이 굳어졌다.

그의 얼굴이 험악하게 일그러지는가 싶더니 독기 오른 눈으로 디엘의 뒤를 보았다.

덩달아 디엘 역시 고개를 돌리니 뒤에는 카리스 학장이 서 있었다.

"학장님?"

놀라 그를 부르자 디엘을 힐끔 본 카리스가 빙긋 웃었다. 긴장감이라고는 좀처럼 찾아볼 수 없는 태평한 모습이었다.

"더럽게 늦었네, 영감."

할 말을 잃은 디엘이 그저 눈만 깜빡이고 있는 사이에 에드가 중얼거렸다.

마치 카리스가 올 것을 이미 알고 있었다는 말투였다. 당황한 디엘이 고개를 숙이자 히죽 웃고 있는 에드의 얼굴이 보였다.

등이 이 지경인데도 어떻게 웃음이 나올 수가 있을까 싶었지만, 동시에 다른 누구도 아닌 에드라면 그럴 수도 있다는 생각도 들었다.

"미안해요, 에드. 저 사람의 부하가 생각보다 성가셔서 처리에 조금 시간이 걸렸네요. 그래도 이때까지 잘 시간을 끌어 줬네요, 고마워요."

"내가 아니라 우리 주인님이 힘 좀 썼지."

의미 불명의 대화를 주고받은 에드가 몸을 일으켜 바르게 앉았다. 이미 조금 전에 다 죽어 가던 기색은 온데간데없었다. 샤칼이 천천히 뒤로 물러섰다.

"카리스, 네놈―"

"어어. 샤칼 교수님도 참, 너무하시네요. 명색이 당신 상사인데 네놈이 뭐예요. 저 상처받았어요."

시무룩하게 어깨를 들썩이는 카리스의 얼굴은 정말 슬퍼 보였다. 이 상황과 도저히 어울리지 않는 너스레를 부리며 카리스가 말을 이었다.

"샤칼. 이쯤에서 끝내도록 해요. 더해 봐야 당신이 원하는 건 손에 넣을 수 없어요."

"네놈— 긍지를 잃어버린 이 배신자가!"

무엇에 그리 분노한 것인지 카리스를 매도한 샤칼 교수가 지팡이를 휘둘렀다. 손에 무언가를 쥔 카리스가 주먹을 재빠르게 앞으로 뻗었다.

디엘은 충격을 대비하기 위해 눈을 질끈 감았다. 하지만 아무리 기다려도 예상했던 소음이나 충격이 전해지질 않았다.

천천히 눈을 뜨니 당황을 감추지 못하는 샤칼의 얼굴이 보였다. 그와는 대조적으로 카리스 학장은 즐겁게 웃고 있었다.

"디엘 군도 말했잖아요. 푸른 피의 시대는 끝났다고. 이제야말로 정말 역사의 뒤안길로 사라질 때예요."

카리스가 다시 한 번 손을 휘둘렀다. 마치 지휘봉을 휘두르는 것 같은 경쾌한 손놀림이었다.

그러자 샤칼 교수의 손에 쥐어져 있던 지팡이가 휘익— 저 멀리로 날아갔다.

샤칼이 그 방향으로 향해 손을 뻗자, 이번에는 에드가 들고 있던 검을 던졌다. 묵직한 검이 마치 짧은 단도라도 되는 것처럼 정확하게 샤칼 교수의 팔에 직격하였다.

"아아악!"

고통스러운 비명을 내지르며 샤칼이 팔을 움켜쥐었다. 기분 탓이 아니라면 팔이 일순 부자연스럽게 꺾인 것처럼 보였다.

그가 휘청거리자 카리스 학장이 이번에는 위에서 아래로 내려치듯 손을 움직였다.

쿵—

보이지 않는 무언가에 얻어맞은 것처럼 샤칼이 그대로 바닥으로 쓰러졌다.

눈을 뜬 채 미동조차 없는 모습으로 보건대 정신을 잃은 모양이었다.

"아이고, 오랜만에 하니까 이거 힘 조절이 안 되네."

긴장감이 없는 목소리로 카리스가 중얼거린 말에 디엘은 고개를 그에게로 돌렸다. 눈이 마주친 카리스가 멋쩍게 웃었다.

그 모습을 본 에드가 얼굴을 찌푸리며 입을 열었다.

"그래서 처리는 제대로 하고 온 거야?"

"응? 아, 네. 그 바인이라는 남자는 찾아내서 경비대에 바로 넘겼어요. 더는 아카데미 근처에서 설치지 못할 거예요. 뭐, 애초에 보스가 저렇게 되었으니까 더는 움직일 수도 없겠지만."

"그럼 아침에 있었던 일은 일단락된 거네."

카리스와 에드가 나누는 대화를 듣고 있던 디엘이 천천히 눈을 깜빡거렸다.

"잠깐만요. 혹시— 어제 아침에 우리를 향해 총을 쏜 자가 바인이었던 겁니까?"

디엘의 물음에 에드가 그걸 이제 안 거냐는 얼굴로 어깨를 으쓱하였다. 그 옆에 있는 카리스는 싱글벙글 웃고 있을 뿐이었다. 답답해진 디엘이 얼굴을 있는 대로 찌푸렸다.

"이게 어떻게 된 겁니까? 에드는 학장님에 대해 뭘 얼마나 알고 있었던 겁니까? 그리고 학장님은 대체 왜─"

궁금한 것은 많은데, 머릿속이 복잡해서 말이 두서가 없었다. 혼란에 빠진 디엘을 진정시키려는 것처럼 카리스가 그녀의 어깨를 가볍게 다독였다.

"음, 설명하자면 조금 긴데 말이죠. 우선은 에드 군의 저것부터 치료하죠."

카리스 학장이 가리킨 것은 검게 타 버린 에드의 등이었다.

그것을 보니 디엘은 아차, 싶었다. 학장의 말대로 지금은 에드의 등을 치료하는 것이 더 중요하였다.

"……에드. 괜찮습니까?"

디엘이 걱정스러운 얼굴을 하자 에드가 괜찮다는 것처럼 고개를 까닥거렸다.

"응? 그 정도까지 아프진 않은데, 이거."

"에드 군, 사람 맞아요? 이게 어떻게 안 아플 수가 있어요?"

통각 신경이 미쳐버린게 아니냐고 핀잔을 하며 카리스가 무릎을 굽혔다.

에드의 등 위로 손을 뻗은 그가 눈을 감았다.

곧 주변으로 푸른 물방울 같은 것이 몰려드나 싶더니 검게 탄 에드의 등이 차츰 원래 형태를 되찾았다.

하얀 새살이 돋아나는 그 광경을 멍하니 보고 있던 디엘은 문득 이상한 느낌에 고개를 들어 올렸다.

"아—"

그녀의 눈에 보인 것은 어느 틈엔가 지팡이를 손에 쥐고 있는 샤칼의 모습이었다.

눈이 새빨갛게 충혈된 그가 이쪽을 향해 지팡이를 겨누고 있었다.

너희를 이대로 다 불태우겠다고, 단 한 놈도 살려 보내지 않겠다고 말하는 것 같은 살기 어린 눈빛이었다.

치료에 집중하고 있는 카리스와 에드는 그런 샤칼을 전혀 눈치채지 못하고 있었다.

위험하다.

그렇게 생각한 순간, 바닥에 있던 총이 보였다. 생각할 겨를도 없이 몸이 먼저 움직였다.

탕!

지팡이가 불꽃을 내뿜는 것보다도 더 빠르게 총이 불꽃을 내뿜었다. 은빛 탄환이 정확히 샤칼 교수의 몸을 관통하였다.

소리조차 지르지 못한 그가 그대로 앞으로 고꾸라졌다. 매캐한 화약 냄새가 사방에 진동하였다.

"어……."

설마하니 딱 한 방으로 명중시킬지 몰랐던 디엘이 손에 든 총과 샤칼 교수가 있던 방향을 번갈아 보았다.

얼마나 놀랐는지 아무래도 자신이 검술보다는 사격에 재능이 있었나 보다는 실없는 생각마저 들었다.

놀란 것은 디엘 만이 아니었는지 에드와 카리스 학장도 멍하니 디엘을 보고 있었다.

"역시 문명의 이기가 최고네."

에드가 툭 내뱉은 말에 카리스 학장이 고개를 끄덕이며 동조했다.

"그렇죠? 지금 같은 시대에 마법 같은 건 구시대의 유물이라니까요."

디엘이 두 남자를 향해 천천히 고개를 돌렸다.

카리스 학장은 멍청해 보일 정도로 입을 커다랗게 벌리고 있었다.

그 모습을 지나쳐서 에드에게 시선을 주니 눈이 마주친 그가 히죽 웃었다.

그 얼굴을 본 순간, 디엘 역시 저도 모르게 피식 웃고 말았다.

지나치게 길었던 하루가 이제야 비로소 끝이 났다는 실감이 들었다.

* * *

궁금하고, 확인해야 할 것은 무수히 많았지만, 우선은 휴식이 필요했다.

디엘은 꼭 상황을 제대로 설명하겠다는 카리스의 다짐을 받고서야 에드와 함께 기숙사로 돌아왔다.

이제 방학까지 며칠이 안 남아서인지 기숙사 안은 조용하였다.

귀성까지 갈 길이 먼 학생들은 아카데미 측의 양해를 구하고 먼저 귀국한 탓이었다.

복도에서 지나치는 학생들의 인사를 건성으로 받으며, 디엘과 에드는 방 안으로 들어섰다.

불을 켜지 않은 방 안에서 스위치를 찾아 벽을 더듬던 디엘의 손 위로 커다란 손이 겹쳐졌다.

움찔한 디엘이 고개를 돌리자 어둠 속에서도 선명한 붉은 눈이 지척에 있었다.

"에—"

그의 이름을 부르기도 전에 입술이 막혔다.

손만큼이나 뜨겁고 부드러운 살덩이가 입술을 짓누르는가 싶더니 벌어진 틈새로 뾰족한 혀끝이 거침없이 파고들었다.

순간적으로 숨 쉬는 법을 잊은 디엘이 몸을 뒤로 젖혔다.

그녀의 허리 위로 단단한 팔이 둘러졌다.

제 몸이 허공 위로 번쩍 들어 올려지는 감각에 디엘은 저도 모르게 다급하게 손으로 에드의 목을 감싸 쥐었다.

맞닿은 입술 사이로 누구의 것인지 모를 숨이, 타액이 뒤섞였다.

싫은 것이 아닌데, 아픈 것도 아닌데, 멋대로 눈에 눈물이 고였다.

살을 맞대고, 비비는 행위가 이렇게 기분이 좋은 거였구나.

미지의 감각이 주는 희열이 너무 강렬해서 디엘은 무서워질 정도였다.

머릿속이 새하얗게 변할 정도로 긴 입맞춤이 끝날 무렵에는 디엘의 몸이 침대 위에 눕혀져 있었다.

천장을 올려다보는 디엘의 눈동자가 희뿌옇게 물들어 있었다. 코로 온전히 숨을 다 들이쉬지 못한 그녀가 입을 벌리고 헐떡거렸다.

그 위로 올라탄 에드가 그 입술에 다시 한 번 제 입술을 가져다 댔다.

이번에는 짧은 입맞춤이 몇 번이고 이어졌다. 눈을 느리게 깜빡이며 디엘은 그 입맞춤을 받아들였다.

곧 에드의 입술이, 손가락이 디엘의 몸 위에서 미끄러지듯 움직였다. 그 갑작스러운 자극에 몸이 절로 움찔거렸다.

그래도 여전히 그를 밀어낼 생각이 들지 않았다. 그가 저에게 하는 것은 단지 성적인 접촉이 목적인 게 아니라는 생각이 들었다.

그는 마치 디엘이 지금 여기에 살아 있다는 것을 확인하고 싶어 하는 사람 같았다.

"……왜 거기로 온 거야?"

어째서 안전한 장소에 있지 않았냐고 탓하는 목소리가 차가웠다.

조금 전까지 그렇게 열정적으로 저와 키스를 나누던 남자라고는 상상하기 어려울 정도였다.

디엘은 대답 대신 가만히 손을 들어 에드의 머리칼을 만져 보았다.

어째서인지는 몰라도 에드의 머리칼을 만지고 있으면 마음이 편안해지는 것 같았다.

"디엘."

에드가 조금 성이 난 목소리로 대답을 재촉하였다. 디엘은 천천히 입을 열었다.

"당신이 나를 그곳에 두려고 한 것과 같은 이유 때문입니다."

다른 이유를 댈 수도 있었다. 나와 관련이 있는 일이니 당연히 가야 했다거나 무슨 일이 벌어지는지 알아야만 했다거나.

하지만 그 모든 이유보다도 더 중요한 것은 결국 에드의 안전을 확인하고 싶은 마음이었다.

디엘은 그것을 감추지 않았다.

"그래서 간 겁니다. 당신이 걱정되었으니까."

"……."

허를 찔린 것처럼 에드가 당황한 얼굴로 눈을 깜박였다. 그에게서는 보기 드문 표정이었다.

그것이 좋아 디엘은 작게 웃었다.

이런 얼굴도 좋네.

조금 더 자주 보고 싶은 모습이었다.

"그게 어떤 의미인지 알고 있는 거야?"

에드가 몸을 일으켜세우자 침대도 덩달아 흔들렸다.

달빛을 등진 에드의 얼굴은 아무 감정이 없는 것처럼 보였다. 그 얼굴을 가만히 바라보며 디엘이 답했다.

"긍정이 아닌 대답이라면 그 어떤 대답도 필요 없다 한 건 당신입니다."

"……그럼 긍정하는 거야? 정말로?"

믿을 수 없다는 얼굴로 에드가 재차 물었다.

너무나 간절하던 선물을 앞에 두고 차마 리본조차 풀지 못하는 아이같이.

또 웃음이 나올 것만 같았다. 모르아의 하르파스는 생각보다 귀여운 남자였다.

"만일."

디엘이 에드의 눈을 마주하며 말하였다.

"세상에서 누군가 딱 한 사람만을 골라야 한다면 나에게는 그게 당신인 것 같습니다."

"……."

에드가 한동안 아무 말을 하지 못하였다. 그것은 디엘에게도, 에드에게도 익숙한 말이었다.

처음 에드가 디엘의 비밀을 알게 되었던 날. 그녀에게 좋아한다 말하며 했던 말.

토씨 하나 틀리지 않고 그 말을 그대로 되돌려 주는 디엘을 보며 에드가 하, 웃었다.

"우리 주인님이 대단하긴 해. 날 이렇게 농락하다니."

이 세상에서 나를 이렇게까지 들었다 놓았다 할 수 있는 건 너뿐이야.

입에 설탕을 뿌린 것 같은 말을 중얼거리며 에드가 디엘의 뺨에 입술을 비볐다.

머리칼이 쭈뼛 설 정도로 기분이 좋은 감각에 발끝이 오그라들었다.

그 감각에 떠밀려가지 않도록 애를 쓰며 디엘이 입을 열었다.

"에드."

"으음?"

"한 가지, 묻고 싶은 게 있습니다."

"응."

발음이 불분명한 소리를 흘리며 에드는 계속 디엘의 뺨을 핥으며 장난을 쳐 댔다.

애정이 가득한 스킨십에 심장이 아플 정도로 조여 왔다.

지나치게 행복하면 오히려 무서울 수 있다는 건, 이런 말이었구나.

디엘은 에드의 등을 끌어안은 팔에 힘을 주며 말을 이었다.

"만일 말입니다. 만일…… 내가 다시 갑자기 남자의 몸으로 되돌아간다고 하면, 당신은…… 아야!"

미처 말을 다 끝내지 못한 디엘이 짧게 비명을 질렀다. 뺨에서 제법 아린 통증이 느껴졌다.

에드가 갑자기 이를 세운 탓이었다. 당황한 디엘이 에드를 노려보았다.

"이게 무슨—"

"잘 잊어버리는 주인님을 위해서 충격요법을 좀 써야겠다 싶어서."

"충격요법?"

"말했잖아. 난 그래도 상관없다고. 나는 그냥 네가 좋은 거야. 디엘."

공기 중에 닿는 뺨이 아이러니하게도 서늘한 동시에 뜨거웠다. 눈 안쪽도 덩달아 뜨거워졌다.

디엘은 눈을 깜빡이지 않기 위해 있는 입술을 깨물었다. 그것을 알아차린 에드가 손가락을 조그만 입술 틈으로 밀어 넣었다.

엉겁결에 제 말캉한 입술 대신 두툼한 손가락을 입에 물게 된 디엘이 눈을 깜빡였다.

그 당황한 기색이 역력한 얼굴을 보며 에드가 히죽 웃었다.

"그럼 나도 뭐 좀 물어봐도 돼, 주인님?"

"우은……."

입 안에 손가락이 들어 있는 탓에 발음은 불분명하였다. 그러나 에드는 곧바로 디엘의 말을 알아들었다.

"아이는 몇 명이 좋아?"

"……."

진지한 얼굴로 무슨 말을 하나 했더니만. 어이가 없어진 디엘이 차가운 눈으로 그를 흘겨보았다. 지금 단계에서 자녀 계획을 논할 필요가 어디에 있냐는 핀잔을 하기도 전에 에드가 입술을 혀끝으로 느리게 핥았다.

"사실 난 신혼을 조금 길게 즐기고 싶긴 하지만 말이야."

위험하다. 이 남자는 지금 진심이었다. 날이 밝는 즉시, 나도 모르는 사이에 결혼식을 올리고 있는 건 아닐까.

디엘은 얼른 에드의 팔을 꾹 움켜쥐었다.

"나, 나는…… 학업에 조금 더 매진하고 싶습니다."

디엘이 더듬더듬 꺼낸 말에 에드가 놀라울 정도로 시원하게 고개를 끄덕였다.

"아, 학생 결혼? 그것도 좋지."

"……."

이 남자가 말이 안 통하는 상대라는 걸 왜 잠깐이라도 잊었던 걸까. 그리고 왜 나는 이 남자의 이런 점이 마냥 싫지만은 않은 걸까.

어디선가 길을 잘못 들어도 한참 잘못 들었다는 생각이 들었다.

곤란하게도 가시밭길은 아니었다. 오히려 걸음을 내딛는 것이 조심스러운 꽃길이었다.

그 달콤한 향기가 지나치게 독한 것도 같았지만.

한숨만 푹푹 내쉬는 디엘을 향해 에드가 싱글거리며 입을 열었다.

"디엘."

"또 뭡니까?"

"키스해 줘. 숨이 막힐 정도로 진하게."

입맞춤을 조르며 에드가 아이처럼 웃었다.

터무니없는 요구를 하는 것이라고는 믿을 수 없을 만큼 밝은 미소였다.

가슴이 시렸다가 따뜻해졌다가 또 감당하기 어려울 만큼 벅차올랐다.

디엘은 손을 뻗어 에드를 제 쪽으로 끌어당겼다. 입술이 맞닿기 직전, 디엘이 눈을 감았다.

어둠 속에서 얼핏 어린 날의 자신이 보였다.

늘 슬퍼보이던 아이가 더는 울고 있지 않았다. 누군가의 손을 잡고, 환한 세상을 향해 나아가고 있는 그 뒷모습이 당당하였다.

이제 이곳에 운명을 빼앗겼던 아이는 없었다.

"먼저 말해 두지만 말이죠. 처음부터 알았던 건 아니에요."

창가에서 쏟아져 들어오는 햇빛 때문에 따뜻한 학장실 안.

디엘의 맞은편에 앉은 카리스 학장이 심각한 얼굴로 입을 열었다.

"샤칼 교수가 설마하니 그런 생각으로 이 아카데미에 왔을 거라고는 생각하지 않았거든요. 기껏해야 유물을 좀 가져다가 팔아 치우거나 쓸 만한 건 혼자 독점하려나 보다— 정도로 생각했죠."

그것도 충분히 문제가 있는 거 아닌가. 디엘이 흰 눈으로 학장을 보자 그가 그것을 눈치채고, 얼른 고개를 저었다.

"앗, 물론 그것도 가만둘 생각은 없었죠! 기회를 봐서 증거를 모아 처리할 생각이었어요. 그런데 그랬던 것이—"

"샤칼 교수의 움직임에서 이상한 기류가 포착된 거로군요."

카리스 학장이 서글픈 얼굴로 고개를 끄덕였다.

"그를 완벽하게 감시하고 있다고 생각했는데, 변수가 좀 있었어요. 실습 날에 디엘 군이 다쳤던 것도 내가 예상하지 못한 변수였죠. 디엘 군의 부상에 분개한 에드가 이곳저곳을 들쑤시고 다니는 바람에 움직임이 제한이 많았거든요. 하여간 에드 군도 지나치게 과보호라니까요."

지금은 이 자리에 없는 에드의 흉을 보며 카리스가 얼굴을 우그러트렸다.

디엘은 동조할 수 없었다. 그는 저를 대신하여 레아에게 사정을 설명하고, 심지어 니나와 그녀가 재회할 수 있도록 움직이고 있을 터였다.

디엘이 복잡한 얼굴로 침묵을 지키자 카리스가 웃으며 화제를 틀었다.

"어쨌거나 그 때문에 샤칼 교수의 계획을 알아차리는 게 늦어졌어요."

"학장실에 침입자가 있었다는 이야기는 어떻게 된 겁니까?"

"음, 그건 샤칼 교수가 일부러 지어낸 소문이에요. 내가 학장실에 침입자가 들었다는 정보를 감추면 그만큼 사람들이 날 의심하게 될 거라고 생각한 모양이에요."

실제로도 샤칼의 계획에 넘어갈 뻔했던 디엘은 입을 꾹 다물었다.

"아카데미 내부에서는 헛소문을 퍼트리고, 밖에서는 사람을 매수하면서 선동한 거죠. 고대학 협회에서 나온 조사관을 죽이고, 마차까지 빼돌렸던 걸 보면 아주 악질이라니까요."

독특한 모양의 컵에 담긴 차를 호로록 마시며 카리스가 한숨을 쉬었다.

"그럼 바인은 어째서 그 마부 행세를 하던 남자를 죽인 거죠?"

"아, 그 좀도둑은 그들이 급하게 현지에서 조달한 장기 패였거든요. 의리도 뭣도 없이 돈에 움직이는 자이니 입을 열 가능성이 높다 판단한 거겠죠."

그 좀도둑을 죽인 바인은 일부러 카리스 학장 앞에 모습을 드러냈다고 하였다.

그가 학장을 유인해 내면, 그사이 샤칼이 학장실 어딘가에 있을 현자의 돌을 찾는 것이 목적이었다.

그들의 계획이 실패한 건, 이상한 낌새를 눈치채고 먼저 학장을 찾아온 에드 덕분이었다.

"에드 군은 정말 짐승 같은 감을 가졌다니까요. 확신할 수 없는 정보만 가지고도 정확하게 샤칼 교수가 수상하다 생각하더라고요. 그 이유가 '그동안 디엘 군을 보는 눈이 묘하게 기분 나빠서'라는 건 좀 웃겼지만."

"……"

카리스가 하하 웃음을 터트렸지만, 디엘은 마주 웃을 수가 없었다.

자신이 나름 논리적인 추리로 엉뚱한 헛다리를 짚고 있는 사이에, 에드는 그저 감으로 범인을 때려 맞춘 셈이었다.

난 명탐정은 못 되겠네.

한숨을 쉰 그녀는 미간 사이를 문지르며 자신이 이제까지 들은 내용을 정리해 보았다.

"그러니까 고대의 영광을 재현하려던 블루 블러드가 현자의 돌을 이용해서 세상을 엉망으로 만들려고 했고, 저와 에드는 어쩌다 보니 거기 얽혔던 거로군요."

그간 겪은 일은 아주 파란만장했건만, 줄여 말해 보니 별것이 아니라는 생각이 들었다.

약간 허탈한 기분마저 들 정도였다.

"어쩌다 보니, 라고 말할 순 없겠죠. 어쩌면 디엘 군이 이곳에 온 순간부터, 그렇게 시작될 운명이었을지도 모르는걸요."

"운명……."

소리내어 중얼거린 디엘이 가만히 고개를 들어 올렸다. 찻잔을 손가락 끝으로 어루만지는 카리스 학장의 모습은 역시 쉰을 훌쩍 넘긴 나이로는 보이지 않았다.

디엘은 그의 나이를 묻지 않았다. 어째서 당신이 마법을 쓸 수 있는 것이냐고도 묻지 않았다.

그런 물음은 이미 필요 없었다.

눈앞에 있는 사람이 어떤 존재인지, 그녀는 어렴풋이 느끼고 있었으니까.

"학장님."

"네?"

"제가 처음 여기 온 날, 제가 목에 걸고 있던 펜던트를 보고 고대 학과 입학시험을 권유하셨죠?"

"……."

찻잔에 시선을 주고 있던 카리스가 디엘을 힐끔 보았다.

덥수룩한 머리 사이로 깊은 바다 같은 눈이 이채로운 빛을 내고 있었다.

"그 펜던트에 있는 보석이…… 어떤 보석인지 알고 계십니까?"

질문을 받은 카리스 학장이 빙그레 웃었다.

"알렉산드라이트(Alexandrite)."

"알렉……산드라이트?"

낯선 이름을 따라 말하는 디엘의 발음이 어색하였다. 카리스는 그녀를 위해 다시 한 번 보석의 이름을 천천히 읊어 주었다.

"알렉산드라이트. 낮과 밤, 정확하게는 빛의 조건에 따라 색이 달라지는 보석이죠. 낮에는 녹색, 밤에는 보라색으로. 그 이색적인 성질 때문에 고대 블루 블러드는 무언가를 자유자재로 바꿀 때 사용하는 보석이었대요. 심지어 그 보석으로 사람의 감정까지 바꿀 수 있었다는 이야기도 있죠."

아아, 그래서. 그제야 디엘은 어째서 제 저주가 풀린 것인지를 깨달았다.

알렉산드라이트가 갖고 있는 성질이 어쩌다보니 갖추어진 조건 때문에 저주에 반작용을 일으킨 것이리라.

정말 말도 안 되는 우연이었다.

아니, 정말로 우연이었을까? 어쩌면 이곳에 온 순간부터 이렇게 흘러갈 미래였던 게 아닐까?

생각에 잠겨있던 디엘은 고개를 저었다. 지금의 디엘로서는 알 수 없는 일이었다.

"뭐, 아이러니하게도 그 보석 자체가 상징하는 건 '변하지 않는 마음'이지만요."

학장은 초상화가 걸려 있는 벽을 바라보고 있었다.

보라색 머리칼이 아름다운 미인의 그림에 카리스의 시선이 오래도록 머물렀다.

덩달아 그 그림을 바라보며 디엘이 입을 열었다.

"저에게는 낯선 이름입니다. 무척 희귀한 보석인가 보군요."

"네. 세상에 남아 있는 알렉산드라이트는 몇 개 없을 거예요."

그렇다면 레아의 펜던트를 수리해 주는 건 어려운 일이겠구나.

실망을 감추지 못한 디엘이 시무룩한 얼굴을 하였다.

그 모습을 가만히 보고 있던 카리스가 책상 위에 아무렇게나 놓여 있는 부싯돌을 집어 올렸다.

어제 디엘이 급하게 양초에 불을 붙일 때 썼던 바로 그 돌이었다.

"대신 이거라도 가져갈래요?"

"……."

대체 저게 무슨 말이야. 디엘은 한창 진귀한 보석에 대해 말하다가 갑자기 부싯돌을 내미는 학장을 이해할 수가 없었다.

필요가 없다며 고개를 세차게 저으려던 그녀는 순간, 멈칫하였다.

"돌……?"

학장의 손바닥 위에 있는 부싯돌은 전날, 그가 샤칼을 상대하며 손에 쥐고 있던 것과 매우 흡사해 보였다.

부싯돌, 돌, 현자의 돌. 머릿속에서 생각이 꼬리에 꼬리를 문 것처럼 줄줄 이어졌다.

그녀가 입을 작게 벌리고 카리스를 바라보자 그가 방긋 웃었다.

"필요하면 줄게요. 자요."

그녀의 생각이 맞다면 이것은 그 어떤 소원을 이룰 수 있는 동시에 세상을 파괴시킬 수도 있는 돌이었다.

한순간의 욕망에 눈이 멀어 손에 지니기에는 지나치게 위험한 물건.

하지만 동시에 그만큼 강력한 힘을 담고 있는 위대한 고대의 유산.

"……."

문득 유진이 했던 말이 떠올랐다.

현자의 돌을 쓰기 위해서는 대가가 필요하다는 말.

그렇다면 눈앞에 있는 이 사람은 대체 어떤 대가를 치른 걸까?

30년 동안, 아니 어쩌면 가늠할 수 없을 정도로 더 긴 시간동안 변함없이 이 자리를 지킨 사람.

그리고 어쩌면 앞으로도 여기 홀로 머물 외로운 사람.

그를 보며 디엘이 고개를 저었다.

"아니요. 저에게는 필요가 없는 물건입니다."

"깨져 버린 펜던트를 대신할 수 있을지도 모르는데?"

"……아무리 귀한 것이라도 그 펜던트를 '대신'할 수는 없을 겁니다."

디엘은 에드가 했던 말을 떠올렸다. 레아에게 다른 의미를 주라는 말.

그 말이 옳았다.

이미 망가진 것을 수리하거나 대신할 것을 건네기보다는 새로운 의미를 찾아 선물하는 것이 가장 좋을 것 같았다.

"그래요? 뭐, 디엘 군의 뜻이 정 그렇다면야."

카리스 학장은 들고 있던 돌을 다시 책상 위에 툭 던져 놓았다. 그 누구도 저것이 현자의 돌이라고 생각하지 못할 정도로 거친 취급이었다.

그것을 물끄러미 보며 생각에 잠겨 있던 디엘이 입을 열었다.

"학장님. 저는 모르아에서…… 계속 고대학을 배우고 싶습니다."

"어라? 고대학을요? 나는 디엘 군이 아주 학을 떼었을 거라고 생각했는데."

적잖이 의외라는 표정으로 카리스가 고개를 갸우뚱하였다. 디엘은 피식 웃으며 답했다.

"아니요. 저는 고대학이 좋습니다. 가능하다면 이대로 고대학을 전공하고 싶습니다."

"음, 하지만 '이대로'는 어렵죠. 디엘 군은 이제 디엘 샤 자르타 왕자 전하가 아니니까."

곤란하다는 얼굴로 카리스가 디엘이 우려하는 바를 정확하게 입밖으로 끄집어냈다.

그의 말대로 디엘은 이제 '왕자'가 아니었다.

원래대로라면 비밀이 들통 난 시점에서 즉각 퇴학 처분을 받았을 터였다.

디엘은 카리스의 말에 서운하다 느끼지 않았다. 대신 간절함을 담은 눈으로 가만히 그를 보았다.

"아니면 계속 왕자로 살고 싶어요? 원래는 안 되지만, 눈을 감아 줄 수도 있어요."

"……."

일순, 그 말에 마음이 흔들렸다. 저주가 풀렸어도 지금처럼 지낼 수 있다는 건 분명 뿌리치기 어려운 유혹이었다.

그러나 디엘은 그 달콤한 말에 넘어가지 않았다.

"아니요. 그렇지는 않습니다. 서류를 위조하여 입학하였으니 정당한 처벌을 받겠습니다. 하지만 가능하다면 이곳에서 공부를 하고 싶습니다. 그러니까— 몇 년이 걸려도 좋으니 재입학을 허락해 주실 수는 없겠습니까?"

입학 규정을 어긴 자는 즉시 퇴학에 재입학이 불가능하다는 규정이 있었다.

그러니 사실상 지금 디엘이 하는 말은 편의를 봐 달라는 것이나 다름없었다.

무리한 요구였지만, 디엘은 고개를 곧게 들었다.

이 난리를 겪었으니 이런 부탁은 좀 해도 되지 않느냐는 생각에서였다. 아무래도 에드의 뻔뻔함이 옳은 모양이었다.

"음."

머리를 긁적이며 무언가를 생각하던 카리스 학장이 불쑥 입을 열었다.

"그러고 보니 말이죠. 디엘 군이 처음 여기 들어올 때는 어쨌거나 낮에는 남자였던 게 사실이잖아요? 그러니까 디엘 군이 딱히 거짓 말을 하거나 서류를 위조한 건 아니란 말이죠."

"네?"

생각지도 못한 말에 디엘이 눈을 커다랗게 떴다.

그가 지금 한 말은 마치 디엘에게 다른 처분 없이 계속 이곳에 있어도 된다고 허락하는 것만 같았다.

카리스가 씩 웃으며 속닥거렸다.

"걱정 말아요. 공부하고 싶다는 학생을 위해 쓸 수 있는 방법은 무궁무진하거든요."

"……학장님."

고마움과 미안함이 뒤섞여서 입 밖으로 다른 말이 나오질 않았다. 디엘은 그저 카리스를 향해 깊게 고개를 숙일 수밖에 없었다. 그 반듯한 모습을 물끄러미 보며 카리스가 말하였다.

"방학 동안 준비를 대충 끝내 둘게요. 그사이에 본국에 좀 다녀오는 건 어때요?"

안 그래도 에드와 로비나를 찾을 계획이었던 디엘이 고개를 끄덕였다.

"네, 그러도록 하겠습니다. 학장님. 혹시 제가 준비해야 할 건—"

"으응, 없어요. 디엘 군은 걱정 말고 방학 동안 즐겁게 에드 군이랑 오붓한 데이트라도 즐기고 와요."

"……."

이 사람은 대체 어디서부터 어디까지 알고 있는 걸까. 디엘은 무어라 형용할 수 없는 얼굴로 그를 볼 수밖에 없었다. 그 시선을 눈치챈 카리스가 하하 웃었다. 한창 좋을 때라느니 어쩌느니.

낯부끄러운 말이 이어졌기에 디엘은 얼른 자리에서 일어섰다. 이제 자신이 더 알아야 할 건 없었다. 나머지는 펼치지 않은 어느 페이지에 묻어 두어도 좋으리라.

"그럼 저는 이만 가 보도록 하겠습니다."

실례했다며 깊이 고개를 숙인 디엘은 그대로 몸을 돌려 문을 향해 걸어 나갔다. 그녀가 막 문손잡이에 손을 뻗을 때였다.

"디엘 군."

뒤에서 저를 부르는 소리에 고개를 돌리니 카리스가 이쪽이 아닌 초상화가 걸린 벽을 보고 있는 모습이 보였다.

"길은 찾았나요?"

초상화에 시선을 고정한 채, 그가 물었다. 잠시 침묵하던 디엘이 입을 열었다.

"……네."

"다행이네요."

짧은 한 마디였지만, 그 속에서 진심이 느껴졌다. 동시에 자신이 갖지 못한 것을 가진 이에 대한 부러움도.

디엘은 숨을 크게 들이마시며 말했다.

"학장님도 곧 길을 찾으실 수 있길 바랍니다."

"……"

놀란 얼굴로 카리스가 디엘을 돌아보았다. 그에게 빙긋 웃어 보인 후, 디엘은 이번에야말로 학장실을 나섰다.

문이 닫힌 후에도, 카리스는 한동안 그곳에서 시선을 떼지 못했다.

그가 퍼뜩 정신을 차린 것은 문 너머에서 디엘의 이름을 부르는 에드의 목소리가 요란하게 울린 순간이었다.

작게 웃은 카리스가 다시 벽을 향해 고개를 돌렸다. 알렉산드라의 초상화를 바라보며 그가 중얼거렸다.

"저 아이처럼…… 언젠간 나도 길을 찾을 수 있겠죠, 알렉?"

이번에도 초상화 속 여인은 대답이 없었다. 하지만 그 가느다란 입매는 마치 웃고 있는 것처럼 보였다.

에필로그

산지가 많은 지형 탓인지 로비나의 여름은 다른 나라에 비해 그
렇게 무덥지 않은 편이었다.

그럼에도 불구하고 완전히 입맛을 잃어 기진맥진한 바바라는 얼
굴을 찌푸렸다.

배가 점점 불러 와서 그런지 간밤에는 잠을 설쳐서 신경이 곤두
설 대로 곤두서 있었다.

'영 꺼림칙한 기분이 든단 말이지.'

무엇이 원인인지는 몰라도 밑도 끝도 없이 불쾌한 기분이었다.

눈에 거슬리는 디엘의 시녀가 강도에게 살해당한 것도 묘하게
신경이 쓰였고, 아카데미로 간 이후로 연락이 뜸한 디엘도 거슬렸
다.

'역시 그 먼 타지로 보내는 게 아니었나? 차라리 빨리 제거할 것을.'

겉으로는 우아하고 아름다운 여인의 얼굴을 한 채, 바바라가 속으로 무시무시한 계획을 되새겼다.

어차피 디엘이 방학 동안에는 귀국을 하겠다 하였으니 그때, 무슨 수를 쓰는 것도 나쁘지 않을 터였다.

괜한 일로 마음을 쓰지 말자며 바바라가 자세를 고쳐 앉았다. 쿠션을 아래에 까니 몸의 불편함은 한결 해소되었다.

그러나 마음의 불편함은 여전히 앙금처럼 남아 있었다.

내가 왜 이러는 걸까.

지금 그녀의 가슴속을 가득 채우고 있는 것은 마치 디엘을 낳던 그날, 느꼈던 것 같은 불쾌함이었다.

괜한 답답함에 바바라가 시녀를 시켜 시원한 소다수라도 한 잔 가져오라 이르려던 때였다.

"이, 이러시면 안 된―"

밖에서 소란스러운 소리가 들리는가 싶더니 갑자기 문이 벌컥 열렸다.

감히 누가 이런 무례한 짓을 하나 싶어 문가를 향해 고개를 돌린 바바라는 깜짝 놀랐다.

"디엘?"

"안녕하세요, 어머니."

저를 꼭 닮은 물빛 머리칼과 녹색 눈동자. 문 앞에 서 있는 것은 분명 그녀의 아이 디엘이었다.

하지만 어째서인지 바바라는 그 아이가 무척 낯설다고 느꼈다.

당당하게 편 어깨 때문인지, 아니면 저를 곧게 바라보는 눈빛 때문인지는 몰라도.

디엘이 그대로 방 안으로 들어왔다.

뒤에서 경비병들이 디엘을 저지하려고 하였지만, 그사이로 금발의 어느 사내가 끼어들었다.

그 틈에 디엘이 그대로 문을 닫아 버렸다.

"이게 갑자기 무슨—"

"처음이자 마지막으로 어머니를 뵈러 왔습니다."

불쾌함을 있는 대로 드러내며 디엘을 야단치려던 바바라가 멈칫하였다.

처음이자 마지막?

놀란 얼굴로 디엘을 보자 그 아이가 웃었다.

바바라는 생전 처음 보는 얼굴이었다. 그 환한 얼굴로 디엘이 말을 이었다.

"이제 디엘 샤 자르타는 죽은 존재라고 생각해 주세요."

"뭐?"

갈수록 태산이라더니. 바바라는 입을 헤, 벌린 채 눈을 깜빡였다. 머리를 크게 얻어맞은 것처럼 뒤통수에 진한 충격이 전해졌다.

"제 이름을 버리지는 않을 거예요. 하지만 성은 버리겠습니다."

마치 준비해 온 말을 읊어 내려가는 것처럼 디엘의 말에는 거침이 없었다.

바바라는 이제 기가 막힘을 넘어서서 이 상황을 믿을 수가 없었다. 안 그래도 모자란 아이다 싶더니 아무래도 이제 완전히 돌아 버린 모양이었다.

"성을 버리겠다니? 그게 대체 무슨 엉뚱한 소리니, 디엘? 네가 이 왕가의 이름 없이 어떻게 살아갈 수 있다고!"

"……전에는 저도 그렇게 생각했던 적이 있었어요. 어머니의 말대로 사는 것만이 제가 태어난 이유라고 생각했던 적도 있고요. 하지만 그게 아니라는 걸 깨달았습니다. 어머니가 모르아에 보내 주신 덕분에요."

씩 웃는 디엘의 얼굴에는 자신감이 가득하였다. 어떻게 사람이 이렇게 달라질 수 있단 말인가.

지금 바바라의 앞에 있는 것은 제 마음에 들기 위해 죽은 시늉이라도 할 것처럼 굴던 그 아이가 아니었다.

"제 동생이 부디 어머니의 간절한 바람대로 진짜 남자아이면 좋겠네요. 하지만 동시에 그 아이만큼은 어머니의 '도구'가 되지 않길 바랍니다."

"디엘, 네가—!"

어떻게 회임 사실을 안 것이냐는 당황과 어찌 감히 이리 무례하게 구냐는 분노가 한데 뒤엉켰다.

바바라가 자리에서 무거운 몸을 일으키는 것과 동시에 문이 다시 벌컥 열렸다.

"이제 이야기 다 끝났지, 디엘?"

안으로 들어온 것은 조금 전, 경비병들을 막아선 금발 머리의 사내였다.

그 용모가 대단히 출중하나 입가에 걸린 오만한 미소가 눈에 거슬렸다.

바바라가 이건 또 어디서 굴러 들어온 무뢰한이냐는 얼굴로 그를 쏘아보았다. 그 시선을 눈치챈 에드가 히죽 웃었다.

"아, 정말 꼭 닮았네? 대신 우리 주인님이 더 미인이야."

주인? 디엘이 어디서 고용한 용병인가 보다 생각하며 바바라는 눈에 더욱 힘을 주었다.

그녀는 에드가 입고 있는 옷차림이 용병의 것치고는 호화롭다는 것과 그 옷에 달린 것이 이시호 제국의 황족만이 달 수 있는 브로치라는 걸 눈치채지 못하였다.

"디엘. 어느 안전이라고 감히 이딴 비렁뱅이를 이곳으로 데리고 온 것이냐!"

바바라가 버럭 소리를 지르자 에드가 어깨를 으쓱하였다.

"살다 살다 이런 소리는 또 처음 듣네? 내 어디가 못 먹고, 못사는 거지꼴로 보이는 거지?"

"글쎄요. 당신이 자기소개를 하지 않아서 그런 게 아닐까요, 에드."

디엘의 말을 들은 에드가 아하, 하는 얼굴로 고개를 끄덕였다.

"아― 듣고 보니 그러네. 처음 뵙겠습니다. 로비나의 여덟 번째 꽃이여. 저는 에드윈 디 듀크라고 합니다."

무례하다고는 할 수 없으나 그렇게 정중하다고도 할 수 없는 동작으로 에드가 인사를 마쳤다.

"에, 에드윈 디 듀크?"

정신없는 와중에도 바바라는 그 이름이 매우 낯이 익다는 것을 깨달았다.

이시호 제국의 황태제가 꼭 그런 이름이 아니었나. 그제야 에드의 옷에 달린 브로치도 눈에 들어왔다.

"어, 어째서…?"

이시호 제국의 황태제가 왜 디엘과 함께 있지?

바바라가 새파랗게 질린 얼굴로 입을 열었다 닫기를 반복하였다.

디엘은 그런 그녀를 향해 마지막 인사를 올렸다.

"안녕히, 어머니."

이제 다시는 볼 일이 없는 사람이었다.

짧은 인사를 건네고 디엘이 등을 돌리자 바바라가 그 뒤로 저주를 퍼부었다.

"디엘! 너를, 너 같은 걸 누가 받아들여 줄 거라고 생각하느냐! 어리석은 짓은 당장 그─"

미처 말을 다 끝내지 못한 바바라가 그대로 다시 자리에 주저앉았다.

무표정한 에드가 내뿜는 살기에 다리에서 힘이 풀려 버린 까닭이었다.

벌벌 떠는 그녀의 얼굴에서는 평소 같은 자만심이나 교활함은 전혀 찾아볼 수 없었다.

에드는 그런 그녀를 향해 못을 박듯 말하였다.

"그딴 헛소리는 집어치워. 앞으로 이시호의 황태제비는 당신이 감히 가져 본 적 없는 기쁨과 행복만을 누릴 거거든. 내가 약속하지."

말을 마친 에드가 디엘의 손을 잡고 그곳을 벗어났다.

복도에서 안절부절못하고 있던 경비병들이 두 사람을 보고 움찔 하였다.

하지만 이시호의 황태제를 상대로 그들이 할 수 있는 건 아무것 도 없었다.

덩달아 주눅이 들어 있던 시녀들이 재빠르게 방 안으로 들어갔 다.

문틈 사이로 "바, 바바라 님!"이라 외치는 소리가 요란하였다.

무심코 뒤를 돌아보게 될 것만 같았기에 디엘은 손에 힘을 꾹 쥐 었다.

그것을 되돌려 주는 것처럼 에드도 손을 더욱 세게 잡았다.

복도를 빠져나와 성 밖까지 나오는 길은 이상하게 짧게 느껴졌 다.

예전에는 영영 끝나지 않을 것 같던 길이었는데, 참 이상한 노릇 이었다.

기나긴 터널을 빠져나왔을 때와 같은 안도감에, 두근거림에 왼 쪽 가슴이 요란하게 뛰었다.

나는 더는 당신의 꼭두각시가 아니라고 말하고, 홀로 서기를 선 언하는 것은 생각했던 것만큼 어렵지 않았다.

조금 떨리긴 했으나 무서운 것은 아니었다.

오히려 이제까지 한 번도 느껴 보지 못한 성취감에 자꾸 웃음이 나왔다.

이제 이걸로 디엘은 진짜 자유였다.

"어디로 갈까?"

웃고 있는 디엘을 사랑스럽다는 듯 바라보며 에드가 물었다.

모르아의 방학은 아직도 길게 남아 있었다. 어디로 향하건 시간
은 충분했다.

잠시 생각에 잠겨 있던 디엘이 이윽고 행선지를 정하였다.

"바다가 보고 싶습니다."

"바다? 좋지. 마침 내가 잘 아는 곳이 있거든."

에드가 어깨를 으쓱하며 의기양양한 얼굴을 하였다. 디엘은 한
가지 더 조건을 내걸었다.

"별이 잘 보이는 언덕이 근처에 있으면 더 좋겠군요."

"……그것도 내가 잘 알지."

무언가를 떠올린 것처럼 에드가 눈매를 가늘게 접으며 웃었다.

아무래도 디엘이 하는 말이 무슨 뜻인지를 알아차린 모양이었다.

전에 그가 그런 말을 한 적이 있었다.

노을이 지는 해변을 거닐고, 밤이슬이 내려앉은 수풀 사이에서
별자리를 찾아보자던 말.

그때는 마냥 먼 꿈같던 이야기가 이제는 현실이 될 수 있었다.

"무척 즐거울 것 같군요."

"당연하지. 내가 함께 있을 텐데."

언젠가와 같은 대화를 나누며 두 사람은 쿡쿡 웃었다.

가슴을 가득 채우고도 흘러넘치는 행복함에 웃음이 끊이질 않았
다. 마주 잡은 손에서 전해지는 온기가 마치 햇볕처럼 따듯하였다.
그 따듯함 덕에 더는 아무런 불안함이 없었다.

어떤 상황에서라도 안심하고 저를 맡길 수 있는 단 하나뿐인 상대. 나를 행복하게 해 주는 사람, 그리고 내가 행복하게 해 주고 싶은 남자. 그와 함께 디엘은 곧게 뻗은 길을 걸어 나가기 시작하였다.

이제부터 아주 길고 긴 여정이 시작될 터였다.

앞으로 또 어떠한 일이 그녀를 기다리고 있을지는 알 수 없었다. 하지만 이제 결코 길을 헤맬 리 없다는 걸 알고 있었다. 옆에 있는 이 남자가 언제까지고 함께일 테니까.

〈완결〉

외전 1

당신과 내가 함께인 미래

맑은 호수를 연상시키는 물빛 머리칼. 보석처럼 깊은 광채로 사람을 매혹시키는 녹색 눈동자. 극진한 보살핌 속에서 자란 고양이를 연상케 하는 우아한 자태.

앞을 보고, 뒤를 보고, 또 옆을 보아도 도저히 질리지 않는다.

턱에 손을 괸 에드는 눈조차 깜빡이질 않고, 제 눈앞에 있는 소녀를 바라보았다.

정작 에드가 애타게 바라보는 상대, 디엘 샤 자르타— 아니, 언젠간 디엘 디 듀크가 될 그녀는 에드에게 관심이 없었다.

그녀는 테이블 위에 올려져 있는 종이를 가리키며 말했다.

"이거 봐요, 에드. 시가지 쪽에 있는 골동품 가게에서 고대유물을 취급하기도 한다네요."

아, 정말이지. 루베니움 관광책자를 들여다보며 눈을 반짝반짝 빛내는 모습이 여간 귀엽고 사랑스러운 게 아니다.

하지만 에드는 디엘이 자신 대신 종이쪼가리를 보며 즐겁게 웃고 있는 것이 영 불만스러웠다.

"알아. 여긴 내 영토잖아."

에드의 목소리가 평소보다 불퉁하자 디엘이 그제야 고개를 들어 올렸다.

말간 녹색 눈동자와 마주하는 순간, 가슴속에서 찌릿한 통증 같은 것이 번졌다.

예전이라면 이게 무슨 감정인지 고뇌했겠지만, 이제는 알고 있다.

눈앞의 소녀가 너무 사랑스러워서, 그 생전 처음 느끼는 감정에 놀란 심장이 통증을 호소하고 있을 뿐이라는 걸.

"에드?"

그녀가 자신을 부르는 순간, 이번에는 가슴속이 간질간질하다.

심장이 아주 난리였다.

에드는 고개를 한쪽으로 기울이며 나직한 음성으로 대답하였다.

"응."

빽빽한 물빛 속눈썹이 팔랑팔랑 움직이는 걸 보고 있자니 가슴 속에 차곡차곡 쌓여 있던 불만이 조금 가벼워지는 기분이었다.

전부는 아니고, 아주 약간만.

가만히 에드를 바라보던 디엘이 조심스럽게 입을 열었다.

"……혹시 기분이 좋지 않은 겁니까?"

"응? 아니, 별로."

입으로는 그렇게 대답했지만, 사실은 기분이 좋지 않았다.

물론 그 이유가 디엘 때문인 것은 아니었다. 보기만 해도 기분이 좋아지는 예쁜 사람을 앞에 두고 그럴 리가.

이유는 전적으로 다른 곳에 있었다.

"그냥 좀 피곤할 뿐이야."

에드는 한숨을 쉬며 미간 사이를 문질렀다. 평소보다 조금 지친 것도 사실이었다.

모처럼 디엘을 루베니움까지 데리고 왔건만, 수도에 입성한 순간부터 기다리고 있었다는 듯 보좌관들이 에드의 바짓가랑이를 붙잡고 늘어졌기 때문이었다.

'황태제 전하!'

'드디어 돌아오셨군요!'

마치 잃었던 가족을 다시 만난 것처럼 반갑게.

혹은 돈 떼어먹은 놈을 발견한 빚쟁이처럼 처절하게.

에드를 발견한 그들은 그렇게 울부짖었다.

그 옆에서 텐이 죄인처럼 고개를 수그리고 있었던 모습도 아직 생생했다.

그게 벌써 일주일 전 일이다.

믿었던 부하의 배신 덕에 에드는 오붓한 데이트는커녕 루베니움 성에 틀어박혀 밀린 업무를 처리하느라 꼬박 일주일을 소비했다.

"……밀렸던 업무는 전부 당신의 허가 없이는 진행할 수 없는 안 건이라고 들었습니다."

디엘이 조용히 꺼낸 말에 에드가 한숨을 내쉬었다.

"응. 맞아. 누님이 급한 불은 꺼 주셨지만, 안 급한 불은 고스란히 남겨 주셨거든. 참 매몰차다니까."

세간에는 행방이 묘연해진 것으로 알려진 에드가 모르아에 있다는 것은 사실 마고 여황, 그리고 텐만이 아는 일급기밀 사항이었다.

루베니움에 있는 에드의 보좌관들에게조차 그것을 알리지 않은 이유는 누가 여황파고, 누가 황태제파인지 알 수 없기 때문이었다.

이제 어느 정도 정리가 끝났다는 마고 여황의 기별이 없었다면 사실 에드는 이번 방학 때 이곳으로 디엘을 데려오지 않았을 터였다.

"루베니움으로 오는 게 아니었어. 그냥 로비나 쪽의 유적이나 좀 돌 걸 그랬나 봐."

그랬다면 디엘과 즐겁게 데이트나 하다가 아카데미로 돌아갔을 텐데.

에드는 루베니움으로 오기로 했던 지난날의 제 목을 졸라 버리고 싶었다.

"우리 주인님은 내가 없이도 많이 즐거운 모양이지만."

에드가 한쪽 눈썹을 까닥거리며 불만을 털어놓았다.

혹시 몰라 텐을 호위로 붙여놓았더니 디엘은 제법 즐겁게 수도를 만끽하고 있는 모양이었다.

어제도 텐과 함께 수도의 번화가로 외출을 했다는 보고가 들어왔다.

물론 디엘이 이곳에서 즐겁게 지내는 것은 좋다. 그것은 에드가 가장 바라는 일이기도 했다.

하지만 그 시간을 함께하는 것이 에드가 아니라는 게 문제였다.

"네, 이곳 분들이 모두 친절하게 보살펴 주시는 덕분에 잘 지내고 있습니다."

에드가 무슨 의미로 툴툴거리고 있는 것인지 알 텐데도, 디엘은 얌전히 예의 바른 대답을 늘어놓았다. 귀엽기는.

"당연히 그래야지. 미래의 황태제비에게 실수하는 놈은 내가 직접 목을 벨 거라고 했거든."

"……."

에드는 디엘이 경악한 얼굴로 자신을 바라보는 것을 즐겼다. 그 이유가 앞부분 때문인지 뒷부분 때문인지는 알 수 없지만.

이미 차게 식은 찻잔을 시무룩하게 내려다보며 에드가 입을 열었다.

"역시 우리 그냥 확 떠나 버릴까, 주인님?"

이대로 가다가는 일만 하다가 방학이 끝날 것이다.

모르아 아카데미에 돌아가면 이제 디엘은 여학생 기숙사에 들어가게 될 테고…….

그렇게 되면 전과 달리 함께할 시간이 압도적으로 부족해질 것이다.

아무리 생각해도 역시 디엘을 데리고 떠나는 것만이 답이었다.

의자에 몸을 기댄 에드가 긴 다리를 들어 올려 테이블 위로 올렸다. 그것을 본 디엘은 얼굴을 찌푸렸지만, 잔소리를 늘어놓지는 않았다.

"그렇게 일하기가 싫은 겁니까?"

"응."

생각할 필요도 없이 에드는 바로 고개를 끄덕였다.

"너랑 얼굴 볼 시간도 없잖아."

스스로 생각해도 아이의 유치한 투정 같은 말이었다.

하지만 별수 없었다.

서로의 감정을 확인한 것이 불과 몇 주 전. 세간에서는 지금 같은 시기를 한창 좋을 때라고 부르지 않던가.

그 좋은 시기를 이렇게 마냥 썩힐 수만은 없다.

에드가 본격적으로 2차 탈주 계획을 세우는 사이, 디엘이 말하였다.

"하지만 에드는 벌써 밀려 있던 업무의 반을 넘게 처리했다고 들었습니다."

"응? 그거야 난 유능하니까 당연하지."

에드는 어깨를 으쓱하였다. 지나친 겸손보다야 정직한 자랑이 낫다는 게 그의 지론이었다.

"하지만 이제 슬슬 지겨워. 밀린 서류가 산더미라고, 산더미. 여기서부터 여기까지 이렇게."

손으로 높이를 가늠해 보이자 디엘이 입바른 소리를 하였다.

"그건 자업자득입니다, 에드. 제대로 된 사정설명도 없이 당신이 사라졌으니 보좌관들이 그 공백을 메우느라 얼마나 힘들었겠습니까."

"무슨 소리야. 제국에서 괜히 그들에게 비싼 봉급을 주는 게 아니라고. 내 업무를 대신 못할 정도면 진즉 사임해야지."

보좌관들이 들었다면 가슴팍을 부여잡을 궤변을 늘어놓으며 에드가 가슴을 폈다.

"애초에 그 녀석들은 눈치가 없어도 너무 없잖아. 주군이 여기까지 여자를 데리고 왔다면 알아서 눈치껏 오붓한 시간을 보낼 수 있게……."

"에드."

디엘이 차가운 눈으로 에드를 흘겨보았다. 하지만 그 모습마저도 귀여웠기에 에드는 히죽 웃을 뿐이었다.

그는 테이블 위에 놓여 있는 작은 손 위로 제 손가락을 살며시 올려놓았다.

디엘의 어깨가 살짝 움찔거리더니 뺨이 갓 핀 꽃처럼 불그스름하게 물들었다. 매우 만족스러운 반응이었다.

기분이 좋아진 에드는 손끝으로 부드럽게 여린 살을 쓸어내렸다.

"내가 여기 온 이유는 밀린 일이나 하려던 게 아니라고."

하얀 살갗을 집요하게 문지르자 간지러운 듯 디엘의 몸이 연신 움찔거렸다. 그 반응이 사랑스럽고 또 귀여워서 도저히 손을 거둘 수가 없었다.

손등을 쓰다듬던 손이 천천히 손목을 타고 올라갔다. 툭 불거진 손목뼈 부분을 긴 손가락이 느릿하게 배회하였다.

간지럽다는 항의 대신 디엘이 어색하게 손을 뒤집었다. 제 딴에는 손등을 감추려는 행동이었지만, 오히려 에드에게는 즐거움이 늘어났다.

콩닥콩닥 맥박이 뛰는 부분에 손가락을 지긋하게 눌렀다가 떼어 낸 에드가 고개를 숙여 그곳에 입을 맞추었다.

부드러운 살에 축축한 것이 스치는 소리가 선명하게 들리자 디엘의 얼굴이 붉어졌다.

"에드……."

"너와 함께 있고 싶어서였어."

장소는 어디든 상관없다.

그녀가 좋아하는 것을 함께 보고 느끼며 그 행복한 순간을 공유하고 싶다.

다른 사람이 방해할 수 없는 곳에서 사랑하는 사람을 독점하고 싶다.

아카데미에 있을 무렵부터 줄곧 속에 꾹꾹 눌러 담아왔던 욕심을 현실로 만들고 싶었다.

그런 시간을 보내기에 가장 적합한 장소가 루베니움이라고 생각했기에 이곳으로 온 것뿐이었다.

과거의 에드윈 디 듀크에게 있어서 가장 중요한 일이 '무료함을 달래는 것'이었다면 지금은 '디엘을 행복하게 해 주는 것'이었다.

물론 디엘의 행복을 위해서는 반드시 에드가 곁에 있어야만 했다.

그녀가 희귀한 광석을 원한다면 그것을 안겨 줄 것이고, 그녀가 로비나의 멸망을 원한다면 기꺼이 이루어 줄 것이다.

에드가 디엘의 모친에게 했던 말 중 거짓은 하나도 없었다.

앞으로 디엘에게 그녀가 가져야 하는 모든 것들을 가져다 바칠 것이다.

다행히 자신에게는 그것을 실현할 수 있는 능력과 권력이 차고 넘치도록 있었다.

"내 옆에 네가 없는 시간은 의미가 없어."

맥박이 느껴지는 부분에 입술을 붙인 채, 입을 움직였다.

제 입술을 타고 흘러나오는 애정이 모두 디엘의 속에 스며들어 혈관을 타고 흐르길 바라며.

"그러니까."

시선만 위로 올린 채, 에드가 히죽 웃었다. 못된 짓을 꾸미는 맹수처럼 위험한 미소였다.

"둘이 도망치자."

계획은 이미 완벽했다.

경비가 가장 느슨한 동쪽 벽 쪽을 통해서 나가면 성을 빠져나가는 것은 식은 스프 마시기였다.

그럼 그 후에는 인적이 드문 유적지를 찾아다니면서…….

"안됩니다."

한창 기분 좋게 디엘을 독점할 계획을 세우고 있던 에드의 얼굴이 보기 좋게 일그러졌다.

"죄지은 것도 없는데 왜 도망을 쳐야하는 겁니까."

"아니, 그러니까……."

에드가 디엘을 설득하기 위해 입을 여는 것과 동시에 그녀가 말을 이었다.

"무엇보다 저는 이곳에 있는 해변 가의 일몰을 보고 싶습니다."

"해변 가의 일몰?"

난데없이 튀어나온 말에 에드는 고개를 비스듬히 기울였다.

"그리고 이름 없는 별자리에는 이름을 붙여주고 싶습니다. 당신과 함께."

"……."

디엘이 진지한 얼굴로 늘어놓은 말에 기시감이 들었다. 분명 전에도 비슷한 내용의 대화를 나눈 적이 있었다.

그것은 이곳으로 향하기 전, 디엘과 나누었던 말의 일부였다.

"텐에게 들었습니다. 앞으로 며칠만 더 참으면 황태제 전하와 휴일을 함께 보낼 수 있을 거라고."

"……."

앞으로 며칠만 더 참으면.

분명 디엘은 그렇게 말했다.

그 말은 그녀 역시 에드와 자주 보지 못하는 지금 상황을 불만스럽게 여기고 있다는 뜻이었다.

"그러니까… 유능한 당신이라면 일을 아주 빨리 끝내고 저와…, 휴일을 함께 보낼 수 있을 거라고, 생각합니다."

디엘의 하얀 뺨은 어느새 장밋빛으로 물들어 있었다. 그 모습을 물끄러미 바라보며 에드가 속으로 쓴웃음을 지었다.

설득할 생각이었는데 오히려 이쪽이 설득당하고 말았다.

그녀가 저를 일부러 띄워주고 있다는 것이 뻔히 보이는데, 마냥 속아주고 싶었다.

그래, 네가 원한다면 나라를 멸망시킬 수도 있는데 그깟 밀린 업무가 대수일까.

에드는 씩 웃으며 디엘의 손바닥에 입을 맞추었다.

손바닥이 간지러운지 디엘이 움찔거렸지만, 곧 가느다란 손가락으로 에드의 입매 주변을 부드럽게 매만졌다.

수줍음이 가득한 그녀가 가끔 보여 주는 이런 모습은 에드를 미치게 만들곤 하였다.

"좋아."

고양이가 주인에게 응석을 부리는 것처럼 그 손가락에 뺨을 비비며 에드가 눈을 가늘게 좁혔다.

"삼일만 기다려. 무슨 수를 써서라도 휴일을 만들 테니까."

*   *   *

루베니움 본성의 집무실.

원래라면 짜증 내는 황태제 전하의 서슬 퍼런 분노가 가득할 공간에, 오늘은 종이 위를 미끄러지는 펜 소리만 요란하였다.

재빠르게 눈앞의 서류를 훑어보고 사인을 마친 에드는 그것을 옆에 대기하고 있던 보좌관에게 넘겼다.

"칼. 다음."

오른손으로 서류를 받아 든 그가 왼손에 들고 있던 서류를 얼른 책상 위에 올려두었다.

"여기 있습니다, 전하."

그것을 들어 올려 몇 줄을 채 읽어본 에드가 얼굴을 찌푸렸다.

"흠, 에트로 지방에서 병충해가 발생했다고?"

"네. 특히 에트로의 특산품인 너츠베리의 피해가 극심하다고 합니다."

"어디 보자. 조사관이…… 슈허트 경? 그럼 재조사는 필요 없겠네. 바로 농가에 특별지원금을 지급해야겠어. 게일. 받아 적어. 각 농가를 피해 규모에 따라 분류하고, 지급하는 금액은……."

"앗. 자, 잠시만 기다려 주십시오……!"

이름이 불린 보좌관 중 한 명이 허둥지둥 에드의 말을 서류에 옮겨 적었다.

곧바로 재해로 피해를 입은 농가에 지급할 보상금에 대한 결재 서류가 완성되었다.

"……."

한 걸음 물러서서 자기 차례를 기다리고 있던 다른 보좌관들은 너나 할 것 없이 어리둥절한 얼굴로 서로를 마주 보았다.

"전하께서…… 무슨 일이 있으셨나?"

참다못한 누군가가 조용히 입을 열자 다른 보좌관이 말을 받았다.

"휴일 때문에 업무에 집중하시려고 한다고 듣긴 했는데."

"……전하가 언제 휴일 때문에 일을 저렇게 열심히 하신 적이 있었어?"

그들이 아는 에드윈 디 듀크 황태제 전하는 차라리 나중에 밀린 일을 몰아서 처리할지언정 일을 미리 끝마치는 타입은 아니었다.

그런 그의 삐딱한 성격 때문에 언제나 피해를 보는 것은 보좌관들이었다.

"듣자 하니 성에 모신 손님과 휴일을 함께 보내시기로 하셨다던데."

다른 보좌관이 대화에 끼어들어서 새로운 정보를 보태자 보좌관들이 그제야 다들 고개를 끄덕였다.

"그런 거였군."

"어쩐지 전하께서 평소와는 다르시더라니."

에드가 이곳으로 손수 데려온 손님이 누구인지는 이미 이 성에 있는 모두가 알고 있었다.

한때는 자르타라는 성을 가졌던 로비나의 왕족.

그들이 아는 한 물빛 머리칼과 이브닝 에메랄드 눈동자를 가진 로비나인은 자르타 왕가에서 딱 한 명뿐이었다.

물론 일곱 번째 왕자로 알려져 있던 이가 사실은 남자가 아니라 여자라는 걸 알게 되었을 때, 모두 깜짝 놀랄 수밖에 없었다.

하지만 다음 순간, 에드가 내뱉은 폭탄선언에 비하면 그것은 약과였다.

'미래의 황태제비를 데려왔으니 정중히 대우하도록.'

대접을 소홀하게 하면 직접 목을 치겠다는 협박은 덤이었다.

황태제의 그 말이 농담이 아니라 진심이라는 걸 잘 아는 이들은 모두 디엘 앞에서 납작 엎드렸다.

"아쉽게도 나는 한 번도 뵐 기회가 없어서 뵙질 못했군. 어떤 분이신가?"

보좌관 한 명이 꺼낸 말에 다른 보좌관이 잠시 생각에 잠겼다.

"으음…. 용모가 매우 뛰어나신 분이었네. 그리고 무척 훌륭한 교육을 받았다고 느꼈네."

성에 온 첫날부터 디엘은 훌륭한 예절과 당당한 태도를 보여 주었다.

그녀가 왕족으로 살아온 세월은 결코 허튼 것이 아니었다.

자연스럽게 시중을 받아들이면서도 감사를 잊지 않는 따뜻한 태도까지.

성안에 있는 시녀들은 금방 디엘을 잘 따르게 되었다.

그녀들이 한 마디, 두 마디씩 꺼낸 디엘에 대한 칭찬은 곧 성에 있는 모든 사람의 귀에 닿았다.

"본국에 계신 여황께서도 한 번 그분을 뵙고 싶어 하신다고 들었네."

"오, 벌써 이야기가 거기까지 진행이 된 건가? 음. 비록 지금은 자르타 왕가를 떠났다고는 해도 어쨌거나 왕족이셨던 분이니 여황 전하께서도 크게 반대하시지는 않을 것 같군."

"그럼 역시 아카데미를 졸업하게 되면 식을 준비하게―"

"랄프."

한창 대화에 심취해 있던 보좌관은 제 이름이 갑자기 불리는 통에 화들짝 놀랐다.

"네, 네! 전하!"

에드가 손가락을 까닥하는 시늉을 하자, 그는 손에 들고 있는 보고서를 들고 얼른 달려갔다.

랄프가 내민 보고서를 본 에드의 표정이 일순 차갑게 굳어졌다.

"……로비나에서 온 보고서로군."

마고 여황이 그러하듯 에드 역시 외교정세를 파악하기 위해 각국에 비밀리에 보내둔 첩자들이 있었다.

타국의 내정을 파악하는 것은 원활한 외교정책 수립을 위해서 가장 중요한 일 중 하나였다.

게다가 수상한 동향을 보이는 곳이 있다면 이빨을 미리 뽑아둘 때도 매우 도움이 되었다.

에드는 무표정한 얼굴로 로비나에서 온 보고서를 읽어 내려갔다.

제법 두툼한 보고서를 전부 읽은 에드의 입가에 싸늘한 미소가 번졌다.

"드디어 왕위계승 다툼이 본격적으로 시작되었군."

그간 로비나에서 셋째 왕자와 다섯째 왕자가 물밑에서 치열한 왕위 계승 다툼을 벌이고 있다는 걸 모르는 이는 없었다.

세 번째로 유력한 후보가 일곱 번째 왕자였다는 것 역시.

하지만 그 일곱 번째 왕자가 사실은 남자가 아니라 여자였다는 것이 밝혀진 지금, 로비나의 상황은 급변하였다.

"디엘 님께서 자르타 왕가를 떠나신 것을 계기로 작은 소동이 있었던 모양입니다."

랄프의 말에 에드는 피식 웃었다.

"그럴 테지. 경쟁자가 하나라도 먼저 줄어든 지금이 절호의 기회라고 생각했을 테니까."

보고서에는 가장 유력한 왕위계승자들이 어떤 식으로 경쟁자를 제거하려고 했는지, 매우 상세히 그 정황이 적혀 있었다.

"셋째 왕자가 독에 당할 뻔하고, 다섯째 왕자는 시찰 중에 급습을 당하다니. 사이좋게 치고받았네."

실질적으로 그 일에 얽힌 사람들에게는 매우 심각한 문제겠지만, 에드에게는 아무래도 좋은 일이었다.

서로 싸우다가 멋지게 자멸하면 더 좋고.

가장 높은 자리에 대한 인간의 탐욕은 언제나 끝이 없어서 종국에는 정도를 벗어나기 마련이었다.

결국, 이득을 보는 건 언제나 그 주변에서 기회를 엿보는 이의 몫이었다.

"흐음. 로비나라…."

에드의 붉은 눈동자가 딱 좋은 먹잇감을 발견한 맹수처럼 흉흉하게 빛났다.

그것을 정면으로 마주한 보좌관 랄프는 저도 모르게 온몸을 사시나무 떨듯 떨고 말았다.

"저, 전하?"

에드가 저런 표정을 지을 때는 꼭 좋지 않은 일이 벌어진다는 것을 익히 아는 다른 보좌관들 역시 불안한 얼굴을 하였다.

"결혼 선물로 나라를 주는 건 어떨까?"

"네? 누구의 결혼 선물 말입니까?"

난데없이 튀어나온 말에 모두가 어리둥절한 얼굴로 황태제를 바라보았다.

에드는 그런 보좌관들을 한심스럽다는 듯 바라보며 대답했다.

"누구긴 누구야. 내 결혼식 때 말이야."

"……."

상황이 뭐가 어떻게 돌아가는지 짐작하지 못한 이들은 입을 헤,

벌렸다.

모두 이시호 제국에서 내놓으라 하는 인재 소리를 듣던 인물들이지만, 황태제 앞에서는 종종 무지한 아이 같은 모습을 보이곤 하였다.

지금도 예외는 아니었다.

결국 에드는 이해력이 매우 부족한 보좌관들을 위해 친절한 설명을 덧붙여 주었다.

"로비나를 정복해서 디엘에게 주면 그것보다 근사한 선물은 또 없을 것 같지 않아? 디엘이 로비나의 여왕이 되는 거지."

어디선가 붉은 눈의 악마로 불리는 황태제는 싱글벙글 웃으며 무시무시한 계획을 늘어놓았다.

넋이 나가 있던 보좌관 중 한 명이 재빠르게 정신을 차렸다.

"전하. 혹시 전쟁을…… 벌이실 생각입니까?"

"음. 어쩐지 내가 전쟁하고 싶어서 환장한 나쁜 놈처럼 느껴지니까 좀 바꿔서 표현해 봐."

"……."

아니, 사실을 말했을 뿐인데 여기서 대체 어떻게 말을 바꿔야 한단 말인가. 난감하다는 얼굴로 그가 입을 다물자 다른 이가 나섰다.

"영토를 확장하실 생각이십니까?"

에드의 얼굴에 만족스러운 미소가 떠올랐다.

"로비나에 있는 그 수많은 광산은 목에서 손이 나올 정도로 탐이 나긴 하잖아. 안 그래?"

로비나가 이시호 제국과 동맹을 유지할 수 있는 가장 큰 이유 중 하나는 바로 풍부한 지하자원 덕이었다.

바꾸어 말하면 그것이 이시호의 손에 들어온다면 로비나는 더는 동맹으로서의 가치가 없다는 뜻이었다.

"전하. 그것은 여황 폐하의 허락이 필요한 안건입니다."

"알아. 당연히 폐하의 허락 없이 진행할 일은 아니지. 하지만 폐하께서도 반대하실 일은 아니야. 전부터 로비나에는 여러 가지 의미로 주목하고 계셨으니까. 오히려 내 생각에 적극적으로 찬성하실 것 같은데."

에드는 턱을 괴고 잠시 생각에 잠겼다.

이시호의 영토 확장은 이미 몇 년 전에 끝났다고 생각하는 이들이 많았지만, 실상은 꼭 그렇다고 할 수는 없었다.

내정을 안정시키는 일에 성공한 마고 여황은 슬슬 명분을 찾고 있었고, 마침 에드는 그 명분을 만들어 낼 수 있었다.

자르타 왕가는 이시호의 황태제비가 될 여인에게 빚이 있으니까.

생각을 정리한 에드는 고개를 들어 집무실 안을 둘러보았다. 하나같이 걱정스러운 표정을 짓고 있는 보좌관들을 보며 그가 히죽 웃었다.

"걱정 마. 갑자기 일을 터트릴 생각은 없으니까."

만일 일을 개시한다면 그것은 로비나의 왕위계승 다툼이 최악에 달하는 시점일 것이다.

거기까지 자르타 왕가가 몰락하지 않는다면 에드 역시 섣불리

손을 댈 생각은 없었다.

전쟁은 놀이가 아니다.

사람이 죽고, 살아남은 이 역시 생존의 고통에 허덕인다. 전쟁은 승자와 패자 모두를 피폐하게 만드는 것이었다. 에드 역시 그것을 충분히 이해하고 있었다.

하지만 그럼에도 불구하고, 필요하다면 얼마든지 전쟁을 불사할 수 있다.

이시호의 황태제는 마땅히 그런 잔혹한 판단을 내릴 수 있는 인물이었다.

"이 문제는 나중에 다시 이야기하도록 하지."

에드는 로비나에서 온 보고서를 랄프에게 다시 돌려주었다.

그것을 얼른 받아 든 랄프가 조심스럽게 입을 열었다.

"전하."

"응?"

"그분께는…… 안 알려서도 괜찮겠습니까?"

무심하게 다른 보좌관이 내민 보고서를 받아 들려던 에드가 멈칫하였다.

누구에게 무엇을, 이라고 묻는 대신 에드가 심드렁한 목소리로 되물었다.

"내가 그 아이에게 제 모친이 성에서 쫓겨났다는 말을 전해야 할까? 그게 그 아이에게 과연 도움이 될까?"

"그것은……."

랄프는 대꾸할 말을 찾지 못하고 고개를 숙였다.

사실 로비나에서 온 보고서에 적혀 있는 것은 왕자들의 왕위 다툼에 관한 내용만이 아니었다.

18년간, 자신이 낳은 아이의 성별을 속였던 바바라는 그에 응하는 처벌을 받았다.

원래대로라면 처형을 당했겠지만, 뱃속에 아이가 있었기에 목숨만은 간신히 구할 수 있었다.

그녀는 지금 성에서 멀리 떨어진 어느 저택에 유폐되어 배 속의 아이가 태어날 날만을 기다리고 있었다.

만일 자신이 낳은 아이가 아들일 경우에는 다시 궁에 들어갈 것을 청할 속셈인 모양이었다.

하지만 에드는 바바라가 원하는 대로 이루어질 리가 없다고 확신하였다.

디엘이 가지고 있던 비밀에 대해 알게 된 로비나 국왕의 노여움이 예사로운 것이 아니었다는 이야기를 전해 들었기 때문이었다.

당연하다면 당연한 일이었다.

아무리 관심 없는 자식이더라도 제 자식의 성별을 18년이나 잘못 알고 있었다면 화가 날만도 했다.

아니, 어쩌면 관심 없는 자식이라 더 노여웠을지도 모른다.

중요한 건 감히 후궁과 그 자식이 작당하고 자신을 속였다는 사실일 테니.

"이미 디엘이 버린 곳이야. 그곳의 정보 같은 걸 알려 줄 필요는 없지."

에드는 받아들려다가 말았던 보고서를 재차 손에 쥐었다.

"이제 그 아이의 가족은 나니까."

조용한 중얼거림이지만, 집무실 안에 있는 모두가 그것을 똑똑히 귀에 새겼다.

조금 전, 황태제의 결혼식에 관한 이야기를 주고받던 보좌관들이 다시 시선을 교환하였다.

"그럼 전하. 일정에 대해서 구체적으로 생각하시는 게 있다면 미리 말씀을 주실 수는 없겠습니까?"

다른 누구도 아닌 이시호의 황태제가 올리는 결혼식이었다.

당연히 성대해야 하며 모든 준비는 아주 오랜 시간을 들여 완벽하게 이루어져야 했다.

보좌관들이 머릿속으로 열심히 식에 관한 구상을 하는 찰나, 에드가 얼굴을 찌푸렸다.

"……일정, 이라."

보좌관의 질문에 쉽게 대답할 수 없는 것은 디엘의 입장이 분명하지 않기 때문이었다.

때로는 장난처럼, 때로는 진지하게 에드는 디엘에게 청혼하였다.

하지만 그때마다 디엘은 조금 생각해 보겠다는 답을 줄 뿐이었다.

살면서 무언가를 두려워해 본 적이 없는 에드였지만, 그런 그녀의 모습에서 때때로 작은 불안을 느끼곤 하였다.

그 때문에 그는 더더욱 자신이 결혼에 집착하고 있다는 자각이 있었다.

지금 당장에라도 디엘에게 드레스를 입히고, 반지를 끼워주고 싶은 마음이었지만….

자신의 욕심만큼, 아니 어쩌면 그 이상으로 그녀의 의사를 존중하려는 마음도 컸다.

"……아직 준비가 덜 된 거겠지."

씁쓸한 혼잣말로 에드는 제 마음을 달랬다. 그렇게라도 하지 않으면 디엘의 의사와는 상관없이 정말 내일이라도 식을 올려버릴 것 같았으니까.

"네, 전하?"

"아니. 아무것도 아니야. 결혼은 아마 졸업 후가 될 것 같은데."

적어도 그때까지는 디엘이 답을 주리라. 아니, 그래야만 한다.

에드가 드물게 심각한 얼굴을 하고 있는 것을 본 보좌관 중 한 명이 묘한 얼굴을 하였다.

"저…… 외람되오나, 전하. 혹시 그것은 그분께서 동의하신 일입니까?"

평소에도 눈치가 빠른 것으로 정평이 난 칼이 조심스럽게 물은 말에 에드가 눈썹을 찌푸렸다.

"아니. 하지만 당연히 그렇게 만들어야지."

"……."

용감하게 질문을 던졌던 칼을 포함한 보좌관 일동은 무겁게 침묵하였다.

에드가 생략한 뒷말이 '수단과 방법을 가리지 않고.'라는 걸 잘 알기 때문이었다.

가엽게도. 보좌관들이 분주히 시선을 교환하였다. 어쩌다가 그분은 이런 미치광이 황태제의 마수에 걸린 걸까.

더더욱 안타까운 사실은 결국 황태제가 원하는 모든 것이 이루어질 거라는 점이었다.

황태제가 희희낙락한 얼굴로 아름다운 신부를 맞이하는 미래를 떠올린 보좌관들이 모두 한숨을 쉬었다.

부디 미래의 황태제비는 황태제보다는 상식적인 분이기를 바라며.

* * *

같은 시각, 루베니움 수도에 있는 어느 보석가게 안.

디엘은 이유 모를 한기를 느끼며 몸을 부르르 떨었다.

"디엘 님? 왜 그러십니까?"

디엘의 곁에서 경호에 임하고 있던 텐의 물음에 그녀는 고개를 저었다.

"아, 별건 아닙니다. 그저 갑자기 오한이 들어서."

"네?! 혹시 몸 상태가 좋지 않으신 겁니까? 그렇다면 바로 의사를……!"

안색이 파랗게 변한 텐이 허둥지둥 가게 점원에게 왕진을 부탁하려 하자 디엘은 얼른 그를 만류하였다.

"아닙니다. 그러실 필요는 없습니다. 아주 잠깐 한기를 느꼈을 뿐입니다. 제 몸 상태는 매우 좋습니다."

디엘은 텐을 안심시키기 위해 밝게 웃어 보였다.

하지만 디엘의 필사적인 노력에도 불구하고 텐은 쉽게 안심하지 못하는 기색이었다.

"디엘 님. 정말로 괜찮으신 겁니까? 혹시라도 상태가 좋지 않으신 거라면 반드시 꼭 말씀 주셔야 합니다. 만일 디엘 님께 무슨 일이라도 생기는 그날에는 제 목이 성문밖에 걸릴 겁니다."

"……."

매우 미안하게도 디엘은 텐의 말을 부정할 수 없었다. 그녀가 아는 에드라면 충분히 그러고도 남을 것이다.

"정말 괜찮습니다. 그러니까 걱정하지 않으셔도 됩니다. 텐."

디엘이 쓴웃음을 지으며 재차 제 건강을 강조하자 텐은 그제야 안도의 한숨을 내쉬었다.

"……알겠습니다, 디엘 님. 하지만 혹시라도 정말 몸이 좋지 않으시다면……."

"걱정마세요. 그때는 제가 먼저 알려드리겠습니다."

다른 사람에게 걱정을 끼치지 않겠다고 아픈 것을 감추고 참다가는 오히려 나중에 더 큰 폐를 끼칠 수도 있다.

디엘은 그 사실을 잘 알고 있었다.

정말로 몸이 좋지 않은 것이라면 당연히 주변 사람들에게 그 사실을 알리고, 필요한 치료를 받았을 것이다.

하지만 그녀가 오한을 느낀 것은 순간에 불과하였다. 건강에 문제가 있는 건 아닌 게 분명했다.

텐이 혹시라도 괜한 걱정을 할까 봐 디엘은 얼른 앞에 놓여있는 보석에 다시 집중하였다.

"……."

질이 좋은 가넷, 연마가 잘 된 다이아몬드, 알이 굵은 진주. 테이블에 있는 보석은 모두 흠잡을 곳 없이 훌륭하였다. 그러나 디엘은 작게 한숨을 쉬었다. 여기도 허탕이네.

구석에 물러서 있던 보석상의 주인이 그 중얼거림을 들은 것처럼, 조심스럽게 입을 열었다.

"디엘 님. 마음에 드시는 물건이 없으십니까? 혹시 물건의 품질이……."

"아, 아닙니다. 이곳의 물건은 모두 훌륭합니다. 단지 제가 찾는 것이 일반적인 보석이 아닐 뿐입니다."

디엘이 오히려 이쪽이 미안하다는 얼굴로 웃어 보였다.

주인도 그녀를 따라 마주 웃었지만, 축 늘어진 어깨만은 어쩔 도리가 없었다.

디엘이 로비나의 왕족 출신이라는 것은 성 안뿐만이 아니라 성 밖에서도 공공연한 비밀이었다.

특히 그녀가 수도에 있는 보석가게 순회를 시작하면서부터 모든 가게에 비상이 걸렸다.

자르타는 세계에서 가장 많은 보석을 보유하고 있는 왕가였으니 당연히 그 왕족들의 심미안 역시 남다르리라.

요즘 수도에 있는 보석가게에서는 과연 누가 먼저 로비나의 왕족을 만족시킬 것인지에 대한 경쟁이 은밀하게 벌어졌다.

"이 상점에서 보유한 보석은 이게 전부입니까?"

디엘의 물음에 주인은 잠시 고민하였다.

"저, 아직 내놓지 않은 보석이 두어 개 있긴 한데. 모두 최근에 발견된 물건이라 가치를 매기기가 좀 곤란하여서……."

최근 발견된 보석. 그 말에 디엘의 눈이 반짝 빛냈다.

"상관없습니다. 그것들을 좀 보면 좋겠군요."

"알겠습니다. 그럼 즉시 대령하겠습니다."

주인이 다른 점원에게 지시를 내리자 곧 남색 비로드 상자 두 개가 테이블 위에 놓였다. 허리를 숙인 주인이 직접 그중 한 상자의 뚜껑을 열어 주었다.

"이건……."

디엘의 눈이 반짝 빛났다. 상자 안에서 모습을 드러낸 것은 갈빛이 도는 금색 광석이었다.

"일단 호박(Amber)이 아닐까 추측하고 있지만, 일반적인 호박과는 성질이나 색상이 조금 달라서 아직 가공을 거치지 않은 상태입니다."

"잠시 봐도 되겠습니까?"

"물론입니다."

디엘은 장갑을 낀 손으로 조심스럽게 광석을 집어 올렸다.

확대경을 눈에 댄 채 이리저리 보석을 살피던 디엘의 얼굴에 곧 놀라움이 번졌다.

"이건…… 단단하군요."

주인이 고개를 끄덕였다.

"네. 이 보석은 호박 같은 색상을 가지고 있지만, 마치 결정질 광물 같은 특징을 지니고 있습니다."

보통 호박은 유기물질로 이루어진 광석이기에 무척 쉽게 무르는 편이었다. 워낙 약해서 오죽하면 낮은 열에 녹는 일도 있을 정도였다.

하지만 디엘이 들고 있는 보석은 경도가 다이아몬드에 견줄만하였다.

"심지어 이 보석은…… 음, 금강광택(adamantine luster)인 것 같네요."

"맞습니다! 역시 로비나에서 오신 분답게 안목이 남다르시군요."

주인은 신이 나서 맞장구를 쳤다. 가만히 뒤에 서 있던 텐 역시 신기하다는 얼굴로 디엘을 바라보았다.

정작 디엘에게는 대수로울 것이 없는 지식이었다.

보석의 광택은 광석이 빛을 흡수하는 굴절률에 따라 결정되었다.

광택 중 최고로 치는 것은 금속광택(metallic luster)으로, 이는 보석이 낼 수 있는 광태 중 최고의 분류였다. 호박은 광채가 연한 수지광택(resinous luster)을 갖고 있는 것이 일반적이었다.

하지만 이 보석은 광택 역시 일반적인 호박과는 달랐다.

다이아몬드를 연상시키는 투명한 보석인데, 금갈빛이라니.

디엘은 점점 손안에 있는 독특한 보석이 마음에 들기 시작하였다.

"이 보석의 이름은 무엇이죠?"

"레아라이트입니다."

주인의 말에 디엘이 놀라 그를 보았다.

"레아라이트라고요?"

"네. 발견자가 딸의 이름을 붙였다고 하더군요."

"……"

이 보석이구나.

디엘은 이제야 비로소 레아에게 줄 보석을 찾아냈다고 느꼈다.

이 보석은 자신이 망가트린 알렉산드라이트를 대신하여 레아의 곁을 지켜 줄 것이다.

들뜬 디엘이 빠른 어조로 물었다.

"이걸로 하죠. 펜던트로 가공을 부탁드려도 되겠습니까?"

주인의 입이 함지박만 하게 벌어졌다.

"네, 네! 알겠습니다!"

'그' 디엘 님께서 우리 가게에서 보석을 구입하셨어!

그는 양손을 번쩍 들어 만세를 외치고 싶은 것을 간신히 참았다.

"디자인은 몇 가지 시안을 준비해서 보여 주세요. 일상적으로 착용하려는 것이니 지나치게 화려하지 않으면 좋겠고요."

주인이 재빠르게 근처에 있던 점원에게 눈짓하자 점원들이 서둘러 수첩에 디엘의 말을 받아 적었다.

"네. 디엘 님. 그럼 디자인화가 나오는 즉시, 성으로 사람을 보내도록 하겠습니다."

"네. 잘 부탁드립……."

대화를 마치고 자리에서 일어서려던 디엘이 멈칫하였다.

"아, 혹시 다른 보석도 마저 봐도 괜찮을까요?"

"물론입니다."

싱글벙글 웃으며 주인이 얼른 나머지 상자의 뚜껑을 열어보였다.

상자 안을 들여다본 디엘이 눈을 동그랗게 떴다.

그녀의 반응이 심상치 않다는 것을 알아차린 텐이 고개를 길게 빼어 상자 속을 들여다보았다.

"응……?"

상자 속에 있는 것은 평범한 붉은 보석이었다. 텐의 눈에는 특별한 점이 전혀 보이질 않았다.

디엘이 매우 놀라는 반응을 보였던 것에 비하면 조금 시시하다는 생각이 들 정도였다.

하지만 텐의 실망은 아랑곳없이 디엘은 흥분을 억누른 어조로 말하였다.

"이것도 함께 사도록 하겠습니다."

조금 전과 달리 보석을 살피는 일도 없이 덥석 구매하겠다고 말하는 디엘의 모습에 텐뿐만 아니라 주인도 놀라고 말았다.

"어, 그…… 정말로 이것도 함께 구매하시는 겁니까?"

"네. 혹시 파는 물건이 아닌 겁니까?"

"아, 아닙니다! 물론 판매가 가능한 광석입니다. 하지만 이건……
그, 저희 쪽도 채굴지가 유타 광산이라는 것과 이름 외에는 다른 정보가 전혀 없는 보석이라……."

새로 발견된 광석을 일단 사들였다가 훗날 가치가 높아지면 가공하여 파는 것은 보석상 나름의 투자방식이었다.

이 보석 역시 그러한 차원에서 사들여두었던 물건이었다. 구매단가가 높지 않았으며 큰 기대도 없었다.

하지만 디엘의 반응을 본 주인은 본능적으로 이것이 무척 희귀한 보석임이 틀림없다고 느꼈다.

그런 주인의 기대를 아는지 모르는지 디엘은 흥분한 얼굴로 보석을 바라보느라 여념이 없었다. 설마하니 이것을 여기서 보게 될 줄이야.

"…스칼렛 에메랄드."

"네? 방금 뭐라고 하셨습니까, 디엘 님?"

디엘의 주변을 기웃거리던 텐은 그녀의 중얼거림이 자신을 향한 것인지 안 모양이었다.

"아무것도 아닙니다."

텐에게 작게 웃어 보인 디엘은 다시 한번 상자 속의 보석, 스칼렛 에메랄드를 들여다보았다.

스칼렛 에메랄드. 통칭 레드 베릴.

이 보석은 에메랄드와 아쿠아마린과 같은 형질의 보석이지만, 그 색은 마치 루비와도 같은 강렬한 적색이었다.

로비나에 있는 유타 광산에서 발견된 것이 정확히 1년 전 일이었다.

광물연구소에서는 슬슬 스칼렛 에메랄드에 대한 공식 발표를 앞두고 있을 것이다.

그렇게 된다면 이 보석의 희소성 역시 세상에 차츰 알려지게 될 터였다.

"디엘 님. 혹시 이 보석은……."

가만히 눈치를 살피고 있던 주인이 조심스레 입을 열었다.

디엘이 알고 있는 이 보석에 대한 정보를 자신 역시 알고 싶다는 간절함이 가득한 눈으로.

"……."

전부 다 말해 줄 순 없지만, 작은 정보를 공유하는 것 정도는 괜찮을 것이다.

잠시 생각에 잠겼던 디엘이 천천히 입을 열었다.

"좋은 물건을 보여 주신 보답으로 한 가지 정보를 드리죠. 3개월 내외로 다시 이 광석을 구매할 기회가 생긴다면 무조건 전부 다 사 들이세요. 반년 안으로 그 가치가 이루 말할 수 없는 물건이 될 겁니다."

가만히 디엘의 말에 귀를 기울이고 있던 보석상이 눈을 커다랗게 떴다.

하지만 곧바로 정신을 차린 그가 얼른 고개를 숙였다.

"……감사합니다, 디엘 님."

보석에 대해 남다른 심미안을 가진 이가 한 말이었다. 틀림없이 이 정보는 제 사업에 큰 도움이 되리라.

자꾸 올라가려는 입꼬리를 당기는 보석상의 주인을 보며 디엘이 입을 열었다.

"참. 이 보석은 조금 전 고른 보석보다 조금 더 빠르게 가공을 부탁하고 싶은데, 가능하겠습니까?"

"정확히 어느 정도까지 기간을 생각하고 계시는지……."

"삼일 안으로 완성이 되면 좋겠습니다. 그보다 빠르다면 더 좋습니다."

주인은 잠시 생각에 잠겼다. 삼일. 결코 넉넉한 기간은 아니었다.

하지만 상대가 상대인 만큼 할 수 없다고 말할 수도 없는 노릇이었다.

공방에 있는 모든 장인을 들들 볶아서라도 해내야 한다. 머릿속으로 재빠르게 계산을 마친 주인이 자신 있게 고개를 끄덕였다.

"알겠습니다. 디엘 님께서 원하시는 일자에 맞추도록 최선을 다하겠습니다. 그럼 이 보석은 어떤 방식으로 가공하시겠습니까?"

"아….."

내내 자신 있게 말하던 디엘이 어쩐 일인지 머뭇거렸다.

그것을 본 주인은 물론 텐조차도 혹시 디엘이 아주 터무니없는 디자인 요구를 하려는 게 아닌가 생각할 정도였다.

"그…… 혹시."

어렵사리 입을 연 디엘의 뺨이 붉은 장밋빛으로 물들어 있었다.

심지어 무릎 위로 손을 올린 채, 양손을 꼼지락거리는 모습이 심상치가 않았다.

아니, 대체 어떤 걸 만들어오게 시키려고 저러시나.

불안감이 극에 달한 주인이 먼저 입을 열려던 순간, 디엘의 입이 다시 열렸다.

"남성용, 반지로…… 만들 수 있겠습니까?"

＊　　＊　　＊

느지막한 오후. 루베니움 성의 복도 벽을 타고 경쾌한 콧노래 소리가 울려 퍼졌다.

"이 바쁠 때 대체 어느 미친놈이 저렇게 기분…… 히익!"

고단한 업무에 치여 짜증을 내려던 시녀들은 짜증을 내려다가 그 소음을 만들어 내는 이가 이 성의 주인이라는 걸 알고 소리 없는 비명을 질렀다.

천만 다행히도 황태제는 그녀들에게 관심이 없었다.

그는 가벼운 발걸음으로 시녀들을 지나쳤다. 그것을 본 이들은 모두 깊은 안도의 한숨을 내쉬었다.

원래대로라면 절대 용서받지 못할 실수였지만, 오늘은 운이 좋았다.

시녀들은 에드가 향하는 방향을 보며 의미심장하게 눈빛을 교환하였다.

황태제 전하께서 콧노래를 흥얼거릴 정도로 기분이 좋은 이유가 무엇인지를 알아차렸기 때문이었다.

자신에게 쏟아지는 따가운 시선을 뒤로한 채, 에드는 복도 끝에 있는 어느 방 앞에 도착하였다.

그는 방문을 두들기는 대신 가만히 문 너머의 기척을 살폈다.

자고 있군.

고개를 끄덕인 에드는 아무런 망설임 없이 문을 열었다.

이 성에서 감히 그를 막을 수 있는 아무도 없었다.

지금 침대 위에서 곤히 잠든 한 소녀를 제외한다면.

그는 저벅저벅 침대 바로 근처로 다가갔다. 푹신한 거위 털 이불을 얌전히 덮고 누워 있는 디엘의 모습에 저절로 미소가 흘렀다.

밤이라도 샌 건지 해가 높이 뜬 이 시간까지 디엘은 눈을 뜨지 못하고 있었다.

에드는 살며시 무릎을 꿇고 양팔을 침대 위로 올렸다. 새근새근 숨소리를 내며 잠든 디엘의 모습은 아이처럼 사랑스럽고 천진난만하였다.

마음 같아서는 당장 그녀를 깨워서 해변 가의 일몰을 함께 보러 나가고 싶었지만. 이렇게 편히 잠든 그녀를 깨우고 싶지는 않았다.

해변은 내일 가고, 오늘은 별을 보러 가는 것도 나쁘진 않지.

재빠르게 데이트 계획을 수정한 에드는 고개를 옆으로 비틀어 침대 위로 머리를 올렸다.

아카데미에서 종종 그랬던 것처럼 그는 디엘의 잠든 얼굴을 가만히 들여다보았다.

새하얀 얼굴 위로 문득 창백한 어느 여인의 모습이 겹쳐졌다.

'에드. 어머니는 지금 막 잠드셨어. 그러니까 귀찮게 굴면 못써.'

아주 먼 기억 속에서 잠든 어머니의 얼굴을 이렇게 들여다보던 어린 날의 자신이 있었다.

철이 일찍 들었던 누이는 혹시라도 에드가 짓궂은 장난으로 어머니를 깨울까 봐 노심초사였다. 그동안 에드가 저질렀던 말썽 때문이었다.

사실 에드로서는 억울한 오해였다.

짖는 소리가 요란한 사냥개를 데려온 것은 어머니가 푹신푹신한 털을 쓰다듬으면 좋아하실지 모른다고 생각했기 때문이었다.

폭죽을 가져와서 터트린 것은 외출하지 못하는 어머니께 예쁜 불꽃을 보여드리고 싶었기 때문이었다.

어느 쪽이건 결과는 썩 좋지 못했지만.

에드는 어머니를 위해 아무것도 할 수 없었다. 자라날수록 잠든 어머니를 그저 가만히 바라보는 날이 늘어났다.

그녀가 내뱉는 숨소리가 너무 약해서 그는 괜히 어머니의 바로 옆까지 의자를 끌어당겨 앉고는 하였다.

그리고 가슴 속에 정체 모를 감정을 품고 한없이 잠든 그녀를 바라보고는 하였다.

에드는 그때 느꼈던 것과 비슷한 감정을 종종 디엘을 보며 느꼈다.

당시에는 이름을 모르던 그 감정이 사실 '불안함'이라는 걸 알게 된 것은 최근 일이었다.

너무나 소중한 사람이 어느 순간, 갑자기 나를 영영 떠나 버릴지도 모른다. 이미 그가 한 번 경험한 고통이었다.

"……디엘."

어울리지도 않게 감상적인 기분에 젖었던 탓인지 입을 타고 흘러나온 목소리가 나직하였다.

부름에 응답하듯 물빛 속눈썹이 파르르 떨렸다. 에드는 손을 들어 올려 따뜻하고 부드러운 디엘의 뺨을 쓸어내렸다.

"이제 일어날 시간이야. 일몰은 이미 놓쳤으니 별을 보러 가야지. 응?"

에드가 속삭이는 목소리에 디엘이 느릿하게 눈꺼풀을 밀어 올렸다.

아직 졸음기가 다 가시지 않았는데도, 디엘의 녹색 눈동자는 이슬을 받아 반짝이는 푸른 잎사귀처럼 싱그러웠다.

"……에드?"

"응."

그녀가 눈을 뜨자마자 부르는 사람의 이름이 자신이라는 사실에 에드는 무척 기분이 좋아졌다.

웃는 얼굴로 그가 디엘의 뺨에 지긋하게 제 입술을 눌렀다가 떼어 냈다. 쪽, 소리가 나자 간지러운지 디엘이 얼굴을 살짝 찌푸렸다.

"으응…….."

"좋은 아침. 주인님."

"오늘은…… 오전 수업입니까?"

"오전 수업? 아."

디엘이 아직 잠에서 덜 깼다는 것을 알아차린 에드가 히죽 웃었다.

꼭 이러면 작은 장난을 치고 싶어진단 말이지.

"그게 무슨 소리야. 디엘. 우리가 아카데미를 졸업한 지가 언젠데."

짙은 금빛 눈썹을 일그러트리며 에드가 심각한 표정을 지어 보였다.

"……네?"

아직도 상황파악이 안 된 디엘은 멍하니 에드를 올려다보고 있었다. 아, 정말이지 귀엽기는. 에드는 터져 나오려는 웃음을 애써 꾹 참았다.

"간밤에 잠을 제대로 못 잔 거야? 하긴 오늘 같은 날을 앞두고 있으면 긴장돼서 잠이 안 올 법도 하지. 나도 간밤에는 잠을 좀 설쳤어. 그래도 특별한 날인만큼 식이 끝날 때까지만 참아 줘. 그 후에는 푹 쉬고."

"식? 그게 무슨 말입니까?"

"응? 오늘 우리 결혼식 날이잖아."

"네에!?"

잠이 단번에 달아난 사람처럼 디엘이 이불을 박차고 상반신을 벌떡 일으켜 세웠다.

눌려서 부스스해진 물빛 머리칼은 마치 찌그러진 귀여운 솜사탕을 연상케 하였다.

무척 달고 맛있을 것 같아. 입에서 넣으면 녹아내리는 게 아닐까. 아, 하지만 없어지는 건 싫은데.

잔뜩 얼굴을 찌푸린 에드의 귀로 디엘이 허둥지둥 두서없는 말을 늘어놓는 소리가 들려왔다.

"겨, 결혼이라니요? 아니, 어째서 갑자기…… 어? 지금이 대체 언제죠? 어떻게 당신과 내가 결혼을…… 나는 아무것도 기억하는 게 없는…… 에드?"

어쩔 줄 몰라 하는 디엘의 모습이 지나치게 귀여워서 결국 웃음이 터져 버리고 말았다.

"하하하!"

"……"

눈물이 찔끔 날 정도로 크게 웃는 에드를 보며 디엘의 얼굴이 점점 불퉁하게 굳어졌다.

자신이 놀림을 받았다는 사실을 깨달은 탓이었다.

"에드."

화가 난 디엘이 에드를 부를 때는 목소리가 평소보다 조금 낮아지고는 하였다.

하지만 에드는 그것이 무섭다고 느낀 적이 단 한 번도 없었다.

뭐랄까. 화가 난 고양이가 야옹, 대신 캬앙! 하고 운다고 해서 안 예쁠 리가 없는 것처럼.

디엘은 뭘 하건 마냥 사랑스러웠다. 지금처럼.

"당신이란 사람은…! 갑자기 침실로 찾아와서는 대체 무슨 헛소리를 늘어놓는 겁니까!"

에드는 침대 위에 올린 팔에 턱을 괸 채, 고개를 기울였다.

"헛소리라니. 언젠가는 현실이 될 미래잖아."

평소처럼 자신 있게 말해 보았지만, 사실은 내심 불안하였다. 그럴 리 없다고 디엘이 못을 박으면 어쩌지.

다행히도 디엘은 에드의 말을 부정하지 않았다. 그저 깊은 한숨만 쉴 뿐.

"……하아."

고개를 절레절레 저은 디엘이 이마를 감싸 쥐었다. 무슨 말을 해도 소용이 없을 거라고 포기한 눈치였다.

절대 안 하겠다는 것보다는 나은 반응이었다.

나름 만족한 에드는 몸을 일으켜 침대에 걸터앉았다.

침대가 출렁거리자 디엘이 고개를 번쩍 들어 올렸다. 에드는 디엘의 양손을 부드럽게 잡아 그 손가락마다 입을 맞추었다.

"미안. 조금 심술을 부리고 싶었어."

"……."

솔직하게 사과를 했지만, 곧바로 용서받지는 못했다.

이미 예상했던 일이기에 에드는 작전을 변경하였다.

"밤새고 와서 그래. 이해 좀 해 줘, 주인님. 응?"

비 맞은 강아지처럼 처연하고, 애처롭게 에드는 디엘의 손에 제 뺨을 문질렀다.

에드를 잘 아는 다른 이들이 보았다면 놀라서 심장마비를 일으켰을 게 분명했다.

하지만 디엘에게는 무척 잘 먹히는 수법이었다.

"……에드, 혹시 휴일을 만들기 위해서 무리했던 겁니까?"

"응? 아니, 뭐 그렇게까지는. 눈은 붙이고 왔어."

그래서 오전 시간을 고스란히 날려 먹은 게 아쉬웠다. 하지만 지금 부스스 눈을 뜬 디엘을 보니 차라리 늦잠을 자게 두어서 다행이었다는 생각이 들었다.

"에드. 오늘은 그냥 외출하지 않고, 쉬는 게……."

걱정스러운 얼굴로 디엘이 한 말에 에드가 얼굴을 찌푸렸다.

"나에게 있어서 최고의 휴식은 너와 함께 있는 거야."

"……."

"무엇보다 내가 오늘 데이트를 얼마나 원했는데. 오늘을 위해서 보좌관들에게 아주 들들 볶여가며 일했다니까."

보좌관들이 들으면 반대 아니냐고 억울해했을 말을 하며 에드는 눈을 빛냈다.

결국은 디엘이 제 뜻대로 따라줄 것이라고 예상하며.

아니나 다를까. 잠시 생각에 잠겨 있던 디엘이 고개를 끄덕였다.

"알겠습니다. 하지만 절대 무리하면 안 됩니다, 에드."

"날 걱정해 주는 거야?"

디엘의 성격상, 선뜻 그렇다고 대답하지 않을 거라고 생각하면서 장난스럽게 던진 말이었다.

하지만…….

"…당연하지 않습니까. 당신은 저에게 소중한…, 사람이니까요."

전혀 기대하지 않았던 대답을 듣게 된 에드는 반쯤 넋이 나가고 말았다.

그는 우선 자신의 귀를 의심하고, 그다음에는 머리를 의심하였다.

그러나 뺨을 붉게 물들인 디엘이 괜히 시트를 들척이는 걸 보고서 자신이 환청을 들은 것이 아니라는 걸 깨달았다.

"잠깐, 디엘! 그거 다시 한번 말해 줄 수 있겠어? 당연하지 않습니까, 다음부터!"

"아! 시간이 언제 이렇게 된 거죠? 빨리 외출 준비를 해야겠습니다. 기다려 주세요, 에드."

속사포처럼 말을 뱉어낸 디엘은 재빠르게 침대 반대편으로 몸을 움직였다.

에드가 미처 잡을 새도 없이 그녀는 드레스룸으로 도망쳤다.

그 뒷모습을 보고 있던 에드가 불만스럽게 얼굴을 찌푸렸다.

아니, 그거 하나 다시 말해 주는 게 뭐가 어렵다고.

토라진 아이처럼 삐딱하게 눈썹을 비틀던 그가 곧 피식 웃었다.

한껏 떨리는 목소리로 고한 그 속삭임이 귓가에 잔상처럼 남아

지워지질 않았다.

한참을 소리죽여 웃은 그가 고개를 툭 침대 위로 떨구었다.

디엘의 체취가 담뿍 밴 시트에 얼굴을 묻은 채, 조용히 중얼거렸다.

"나도 네가 소중해. 디엘."

세상 그 무엇과도 바꿀 수 없을 만큼.

그러니까 부디 이제 그만, 나와의 미래를 약속해 줘.

*　　*　　*

카르도 언덕은 루베니움 수도의 남동쪽에 자리 잡고 있었다.

아름다운 풍경 때문에 평소에는 사람이 제법 많은 곳이었지만, 밤이 깊어서인지 에드와 디엘 외의 다른 이는 전혀 보이질 않았다.

"디엘, 이쪽으로."

불빛 하나 없이 어두운 언덕길을 에드는 곧잘 걸어나갔다.

"여기만 올라가면 곧바로 평지가 나올 거야. 거기서 보는 별이 제일 예뻐."

에드의 목소리는 들뜬 아이처럼 유쾌하였다.

단 열흘 만에 1년도 넘게 밀린 업무를 몽땅 해치운 사람이라고는 믿을 수 없는 체력이었다.

오히려 먼저 지친 것은 디엘 쪽이었다.

"에드. 정말로 피곤하지 않습니까?"

디엘의 물음에 에드는 무슨 소리냐는 표정을 지어 보였다.

"아니, 우리 주인님은 내가 그렇게 체력이 없어 보여? 아무래도 조만간 그 잘못된 오해를 바로잡아야겠는데. 오늘 밤에라도 침대 위에… 아야!"

헛소리를 늘어놓는 얄미운 남자의 뺨을 세게 꼬집어주니, 마음이 조금 후련해졌다.

"너무해. 주인님. 나 지금 너무 아파서 눈물까지 나왔어. 여기 좀 봐 봐."

에드가 얼굴을 들이미는 시늉을 하자 디엘은 얼른 뒤로한 걸음 물러섰다.

"네, 네. 물론 그러시겠죠. 이 손수건으로 닦아내……."

주머니에 손을 쓱 넣어 손수건을 꺼내려던 디엘이 멈칫하였다.

손수건 대신 엉뚱한 것─ 작고, 단단한 상자가 손에 닿은 탓이었다.

이게 뭐더라?

무심코 상자를 그대로 꺼내려던 디엘이 곧바로 그것의 정체를 알아차리고 손을 다시 주머니에 찔러 넣었다.

순간 귓불이 후끈 달아올랐다.

"디엘? 왜 그래?"

"아, 아무것도 아닙니다. 오늘은 손수건을 깜빡하고 나왔네요."

어색하게 말을 얼버무리며 디엘은 시선을 바닥에 고정했다. 손은 여전히 주머니에 찔러 넣은 채였다.

부드러운 비로드의 감촉이 손끝에서 맴돌았다.

디엘은 힐끔 고개를 들어 에드를 살펴보았다.

사방으로 내려앉은 어둠 속에서도 반듯한 이목구비가 유독 선명히 보였다. 괜히 가슴이 먹먹해져서 상자를 쥔 손에 다시 힘이 들어갔다.

이게 정말 잘하는 일일까?

밤새 했던 고민이 다시 머릿속을 가득 채우기 시작하였다.

디엘은 보석가게에서 스칼렛 에메랄드를 발견하자마자 에드를 떠올렸다.

그러니까 디엘이 이 보석을 산 것은 당연한 일이었다.

그리고 에드에게 선물하려는 것도 당연한 일이다.

다만 그 선물의 형태가 반지라는 게 문제였다.

'반지라니. 왜 하필 선물로 떠오른 게 반지였던 거지?'

디엘은 삼일 전의 자신을 한 대 때려주고 싶었다.

물론 남성들이 가장 일반적으로 착용하는 장신구 중 하나가 반지였지만, 그렇다고 에드에게 반지를 선물할 필요는 없었다.

펜던트라든가 피어스라든가 그런 걸 줘도 괜찮았을 텐데.

하지만 가게에서 이 보석을 보았을 때는 반지 외에 떠오르는 형태가 없었다.

오로지 그것만이 에드에게 줄 수 있는 가장 적합한 선물인 것처럼 여겨졌다.

"……하아."

역시 내가 미쳤던 게 틀림없어.

이걸 건네면 에드는 당장 내일이라도 식을 올리자고 할지도 모른다.

그게 싫은 건 아니다.

다만 결혼은 그렇게 쉬운 일이 아니었다.

상대는 이시호 제국의 황태제였고, 자르타의 성을 버린 디엘은 이제 평민이나 다름없었다.

에드와 자신이 서로를 원하는 것과는 별개로 당연히 현실적인 여러 문제가 있을 터였다.

물론 에드가 그것을 그냥 두고 볼 리 없지만, 그 과정이 에드에게 해로운 것이 아닐지 걱정이 되었다.

디엘은 주머니에서 손을 빼지 못한 채, 꼼지락거렸다.

정말로 이 반지를 주어도 될지, 그리고 에드와 자신의 미래는 어떤 것일지 고민하느라 주변을 살필 여유가 전혀 없었다.

그 때문에 에드가 자신을 이상하다는 얼굴로 보고 있다는 것도 알아차리지 못했다.

"디엘."

"……."

"디엘?"

"……."

"키스해도 돼?"

"네!?"

키스라는 말에 반사적으로 디엘의 몸이 움찔 튀어 올랐다. 그것을 본 에드는 매우 유감스럽다는 듯 어깨를 으쓱하였다.

"혼자 무슨 생각을 그렇게 깊게 해? 날 두고."

"아뇨, 아무것도 아닙니다."

고개를 열심히 젓던 디엘은 그제야 주변 풍경이 조금 전과는 달라졌다는 것을 깨달았다.

"도착했어."

디엘이 커다란 눈을 깜빡이는 모습을 보며 에드가 하늘을 가리켰다.

그 손짓을 따라 고개를 들어 올린 디엘은 작게 입을 벌렸다.

"아."

살면서 눈으로 본 것 중 아마 가장 눈이 부신 순간이 아닐까 싶을 정도로 하늘이 밝았다.

분명 지척이 어둠인데도, 하늘을 마주한 순간. 자신이 빛 속으로 빠져든 것만 같은 착각이 들었다.

은은하게 빛나는 강물처럼 반짝거리는 별무리가 밤하늘을 가득 수놓고 있었다.

별이 콩콩 뛰어들어 디엘의 눈 속에 가득 박혔다. 그 다정한 빛을 모두 끌어모아 눈에 담아도, 담아도 부족할 정도였다.

"음, 여기가 좋겠네."

쏟아지는 별빛에 압도되어 잠시 모든 것을 잊었던 디엘이 퍼뜩 정신을 차렸다.

어느새 바닥에 벌러덩 드러누워 있는 에드의 모습이 보였다.

디엘과 눈이 마주친 에드는 씩 웃으며 제 옆자리를 가리켰다. 디엘은 순순히 에드의 옆으로 다가갔다.

하지만 선뜻 바닥에 눕지 못하고 머뭇거렸다. 그것을 본 에드가 장난스러운 표정을 지었다.

"잠시 실례."

"네? 아!"

단단한 팔이 디엘의 허리를 휘감는가 싶더니 그녀의 몸이 허공에 붕 떴다.

당황한 사이에 어느새 그녀의 머리는 에드의 팔을 베고 누워 있었다.

어안이 벙벙하여 옆을 보니 장난에 성공한 소년처럼 웃고 있는 에드가 보였다.

"더러워진 옷이야 빨면 그만이잖아."

분명 옷은 빨면 그만이다.

하지만 그래도 이 자세는…… 엄청나게 창피했다.

"에드. 나는 굳이 누워 보지 않아도 충분합니다."

디엘은 딱딱하게 굳은 몸을 움직이려 하였다.

아무리 의식하지 않으려고 해도 가까이 맞닿아 있는 남자의 존재를 도저히 모른 척할 수 없었다.

쿵쿵. 머릿속에 울릴 정도로 빠르게 뛰는 고동이 제 것인지, 아니면 에드의 것인지 알 수 없다.

"조금만. 응?"

귓가에 쏟아지는 목소리는 평소처럼 달고, 평소보다 교묘하였다.

에드의 품 안에서 벗어나려던 몸에서 힘이 스르륵 풀릴 정도로.

문득 에드가 행복하게 웃고 있는 것이 보였다.

디엘의 몸에서 완전히 힘이 풀렸다. 완벽한 패배였다.

저 미소를 어떻게 이기겠어.

"……그래요. 사람이 없기도 하니까."

그러니까 괜찮겠지. 에드와 단둘만 있는 이 장소라면 부끄러워할 필요가 없을 것 같았다.

무엇보다 솔직하게 털어놓으면 디엘 역시 이 자세가 싫지 않았다.

"저길 봐. 디엘."

에드가 손가락으로 쭉 가리킨 것은 디엘이 이름을 아는 성좌였다.

"저 별자리, 얼핏 보면 나무에 매달린 고양이처럼 보이지 않아? 귀여우니까 저 별자리는 디엘이라고 부르자."

"……아마 그건 가토 성좌일 겁니다."

이미 멀쩡히 있는 이름을 두고 딴 이름을 붙일 수야 없지.

"알아. 그래도 귀여우니까 디엘이라고 부를래."

"아니, 그건 좀……."

원래도 유치한 남자이지만, 오늘은 유독 말도 안 되는 소리를 늘어놓고 있었다.

디엘은 몸을 반쯤 돌려 에드의 얼굴을 올려다보았다. 그가 평소처럼 히죽거리고 있겠거니 생각하며.

그러나 에드는 진지한 얼굴로 하늘을 올려다보고 있었다.

"디엘. 나는 말이야."

느릿한 숨결처럼 그의 말이 이어졌다.

"새하얀 눈꽃에도, 은은한 음악 소리에도, 어스름한 새벽녘에도. 전부 네 이름을 붙이고 싶어. 그럼 그 모든 게 내가 세상에서 가장 좋아하는 것이 되거든."

"……."

장난기가 없는 담백한 목소리에서 묻어나는 것은 거짓 없는 진심이었다.

그래서 디엘은 아무런 반응을 보일 수 없었다.

에드 역시 디엘의 대답을 기다리지 않고, 계속 제 속마음을 털어놓았다.

"내가 장난처럼 굴면서도 결혼을 서두르고 싶어 하는 건, 아마도 겁이 나서야. 명확한 형태가 없으면 네가 날 훌쩍 떠나 버릴 것만 같아서."

"……당신이 겁이 난다고요?"

도저히 믿을 수 없는 말에 디엘이 눈을 동그랗게 떴다. 그것을 본 에드가 한숨 같은 웃음을 흘렸다.

"그래. 나는 너로 인해 불안함을 배우고 있어."

사랑에 빠진 사람 중 감정을 제 뜻대로 온전히 통제할 수 있는 이가 과연 얼마나 있을까?

이성적인 판단이나 논리적인 사고는 모두 무의미한 것이 되어 버린다.

디엘을 만난 후로 에드는 그것을 아프도록 깨닫고 있었다.

그래서 매일 행복한 동시에 불안했다.

"……에드."

디엘이 누워 있던 몸을 부스스 일으켰다.

설마 이 남자가 이런 생각을 하고 있을 줄은 몰랐다.

당신은 그런 걱정을 할 필요가 전혀 없는데.

처음으로 디엘의 존재를 오롯하게 받아 들여준 남자였다.

그런 남자 외에 다른 사람이 디엘의 마음속에 들어올 수 있을 리가 없다.

그것을 모르는 에드가 안타깝고, 또 사랑스러웠다.

"당신에게 생각보다 섬세한 구석이 있었군요."

"……주인님, 나도 가끔은 상처받거든?"

분위기를 가볍게 하려는 것인지 에드가 우는 시늉을 하였다. 그 능청스러운 연기에 웃음이 새어 나왔다.

그렇게 웃고 나니 마음이 한결 가벼워졌다.

주머니 속에 있는 보석 상자에서 반지를 꺼내는 것에도 망설임이 없었다.

별빛을 받아 반짝반짝 빛나는 붉은 보석은 꼭 지금 이쪽을 향하고 있는 남자의 눈처럼 아름다웠다.

그 보석 위에 입을 맞춘 후, 디엘은 에드의 왼쪽 손을 잡았다.

"디엘?"

에드가 의아하다는 얼굴로 디엘을 보았지만, 그녀는 개의치 않고 반지를 왼손 약지에 끼웠다.

"스칼렛 에메랄드라는 보석으로 만든 반지입니다. 이걸 보니 당신 생각이 나서 준비했습니다."

하고 싶은 이야기는 가슴속에 가득가득 쌓여 있는데, 입 밖으로 나오는 말은 어쩐지 멋없는 것뿐이었다.

"나 역시 때때로 사소한 일상에서조차 당신의 흔적을 찾곤 합니다. 그러니까……."

작게 헛기침을 한 디엘이 무겁게 마지막 말을 뱉었다.

"우리는 앞으로 계속 함께일 겁니다."

비록 그가 원하는 형태가 아니더라도, 디엘은 기꺼이 그의 곁에 머물 각오가 있었다. 그녀 역시 간절하게 이 남자를 원하고 있으니까.

"……."

늘 여유만만하게 웃고 있던 남자의 얼굴에서 단 한 조각의 웃음기도 찾을 수 없었다.

디엘의 말이 무엇을 의미하는지 알아차렸기 때문이었다.

"이 반지를 두고 약속합니다."

에드의 왼쪽 손을 잡아 올린 디엘은 붉은 보석 위로 다시 한번 입맞춤을 떨어트렸다. 내려 깐 물빛 속눈썹이 나비처럼 나풀거렸다.

팽팽하게 당겨져 있던 에드의 입매가 부드럽게 휘었다. 그것이 좋아 디엘도 마주 웃었다.

단비처럼 쏟아지는 별빛 아래서 두 사람은 길게 입맞춤을 나누었다.

당신과 내가 함께인 미래를 함께 꿈꾸며.

외전 2

그리하여 모두가 영원히 행복했습니다

북적거리는 사람들. 여기저기서 누군가를 찾느라 울려 퍼지는 요란한 고함.

이제는 제법 익숙해진 혼란 속에서 디엘은 차분하게 자신의 짐 가방을 끌어당겨 기차에서 내렸다.

몇 달 만에 다시 본 스타투스 역은 여전히 활기가 넘쳤다.

그 풍경 사이로 불쑥 낯익은 이가 모습을 드러냈다.

"디엘 님!"

"레아!"

디엘은 저를 향해 달려오는 레아를 보고 활짝 웃었다. 레아는 가느다란 팔로 있는 힘껏 디엘을 끌어안아 주었다.

언제나처럼 향긋한 허브향이 피어오르는 품에서 디엘은 자신이 어린아이가 된 것 같다는 생각을 하였다.

실제로도 레아에겐 디엘이 어린애처럼 보이겠지만.

"방학은 즐거우셨나요? 어디 다치거나 아프신 곳은 없죠? 오시는
길은 힘들지 않았고요?"

속사포처럼 쏟아지는 말에 디엘은 응, 응 고개를 끄덕이느라 정
신이 없었다.

분명 루베니움에 있을 때 편지를 그렇게 열심히 보냈건만, 레아
는 몇 달 동안 아무 소식도 듣지 못했던 사람처럼 굴었다.

"슬슬 디엘을 놔주지 않으면 질식사할 것 같은데."

이번에도 익숙한 목소리가 들려왔다. 레아의 뒤에서 빼죽 고개
를 내민 것은 니나였다.

"니나!"

반가움이 가득한 얼굴로 손을 뻗자 니나도 냉큼 달려들었다.

레아가 여전히 팔을 풀지 않았기에 엉겁결에 세 사람은 함께 포
옹했다.

"잠깐만, 니나! 너무 답답해!"

"내가 아니라 레아 언니가 힘주고 있는 거야."

"어머, 나는 거의 힘을 안 주고 있는데?"

역 안에 웃음소리가 잔잔하게 울려 퍼졌다.

그로부터 한참이 지나서야 레아는 팔을 풀어 주었다.

디엘은 레아의 옆에 자연스럽게 서 있는 니나를 흐뭇하게 바라
보았다.

방학 동안 함께 지내서인지 이제 두 사람의 사이가 제법 친밀해

보였다.

레아와 니나에게 편지로 소식을 듣긴 했지만, 역시 실제로 보는 것만은 못했다.

"어서 와, 디엘!"

니나가 건넨 말에 디엘 역시 반갑게 답했다.

"응, 다녀왔습니다."

평범한 인사일 뿐인데도 그 말을 하는 순간, 가슴속이 따뜻해졌다.

돌아올 곳이, 돌아오고 싶은 곳이 있다는 게 이런 기분이었구나.

울컥거리는 감정을 억누르며 디엘은 다시 한번 환하게 웃었다. 그런 그녀를 따라 마주 웃던 니나가 물었다.

"근데 에드는 왜 같이 안 온 거야?"

"아……."

불시에 디엘의 표정이 딱딱하게 굳었다. 그녀는 텅 빈 자신의 옆자리를 힐끔 보았다.

자연스럽게 며칠 전, 루베니움에서 그와 나누었던 대화가 떠올랐다.

*   *   *

"다 죽여 버릴까."

언제나처럼 흉흉한 말이었지만, 위험하게도 이번에는 진심이 가득한 말이었다.

디엘은 얼른 에드의 손을 잡으며 고개를 저었다.

예전에도 이 남자의 이런 말이 불안했는데, 이제는 정말 진심으로 무서웠다.

그가 원하기만 하면 모든 게 그대로 이루어질 거라는 걸 알고 있으니까.

"안됩니다, 에드. 고작 며칠이지 않습니까."

그를 달래기 위해 꺼낸 말은 역효과였다.

"고작 며칠이라니? 우리 주인님은 어떻게 그렇게 한결같이 나한테 매정할 수 있어? 본국에서 일어난 일 때문에 강제로 끌려가게 생긴 날 두고."

에드의 툴툴거림에 디엘은 한숨을 내쉬었다.

얼마 전, 이시호의 국경에 인접한 어느 나라에서 불온한 움직임이 감지되었다는 이야기를 들었다.

제국을 떠날 수 없는 마고 여황은 마침 신분을 숨기고 자유롭게 활동 중인 황태제에게 상황을 직접 확인하고 오라는 명령을 은밀히 내렸다.

다른 일이라면 귓등으로도 듣지 않았을 그였지만, 아무래도 이번 사안은 제법 심각한 문제인 모양이었다.

제국의 내정이 안정되었으나 국경까지 대규모 병력을 파견하는 것은 며칠 만에 쉬이 이루어질 일이 아니었다.

게다가 갑자기 병력을 움직이면 다른 나라의 빈축을 살 우려도 있었다.

그래서 우선은 정찰이 필요하였다.

신중히 그리고 빠르게 움직이되, 동시에 믿을 수 있는 인물.

마고 여황에게 있어서 그 모든 조건을 다 갖춘 것은 에드윈 디 듀크 한 사람뿐이었다.

평소 같으면 에드 역시 모처럼 재미있는 일에 낄 수 있다는 생각에 신나서 나섰을 것이다.

하지만 문제는 이제 모르아의 방학이 끝났다는 점이었다.

디엘과 함께 즐거운 아카데미 라이프를 만끽하려던 에드의 야심 찬 계획에 제대로 찬물이 끼얹어진 것이다.

"차라리 진짜로 전부다……."

에드가 중얼중얼 내뱉는 말은 하나같이 섬뜩한 것뿐이었다.

모르아의 미친 하르파스.

그가 아카데미에서 불리는 별명을 떠올리며 디엘은 이루 말할 수 없는 불길함을 느꼈다.

이대로 가만히 어느 나라 하나가 박살 나는 꼴을 지켜보고 있을 수는 없었다.

그녀는 얼른 양손으로 에드의 뺨을 부드럽게 쥐었다. 그리고 그의 얼굴을 잡아당겨 뺨에 입을 맞추었다.

차가운 분노에 젖어 있던 붉은 눈이 금세 따뜻한 열기로 물들었다.

"나는 당신이 금방 끝내고 돌아올 거라고 믿고 있습니다. 그러니까 불필요하게 피를 흘리지 않으면 좋겠습니다."

에드윈 디 듀크는 필요하다면 얼마든지 사람을 죽일 수 있다.

대제국의 황족으로 태어난 이상, 그는 때로는 누구보다 잔혹해야 하는 숙명을 타고난 남자였다.

하지만 디엘은 그것이 결코 가벼운 일이 아니길 바랐다.

훗날 붉은 눈을 가진 이시호의 황제가 잔혹한 성정으로 알려지기보다는, 사람들에게 현명한 통치자로 기억되길 원했으니까.

"아무리 생각해도 이 수법에 내가 너무 자주 당하는 것 같은데."

에드가 픽 웃으면서 디엘이 했던 것처럼 그녀의 뺨에 입을 맞추었다. 뜨거운 입술이 오래도록 말캉한 볼에 머물렀다.

"내 주인님은 너무 교활해."

"제가 말입니까?"

눈을 동그랗게 뜨고 디엘이 묻자 에드가 한숨을 내쉬었다.

"내가 원하는 건 하나도 들어주지 않으면서, 날 네 뜻대로 움직이는 건 너무 잘하잖아."

길고 굵은 손가락이 디엘의 왼손을 더듬더니 약지를 지긋하게 눌렀다.

에드의 네 번째 손가락과는 달리 텅 비어 있는 곳이었다.

"……그렇지 않습니다."

그가 무엇을 말하는지 알면서도 디엘은 모른 척하였다.

에드는 아이처럼 입을 삐죽이더니 그녀의 손을 들어 올려 비어 있는 손가락에 입을 맞추었다.

간질간질한 감각에 디엘이 손가락을 오므리자 다시 그 마디로 키스가 이어졌다.

그녀의 뺨이 발갛게 물든 것을 보며 에드가 열기 섞인 한숨을 내쉬었다.

어떻게 널 혼자 보내지? 그런 중얼거림이 디엘의 귓가를 스쳤다.

"역시 반지를 끼워 보내야겠는데."

붉은 눈이 사냥감을 노리는 맹수처럼 기민하게 빛났다.

그가 뚫어지게 응시하는 것은 디엘의 손이었다.

그것도 왼쪽 손의 네 번째 손가락.

움찔한 디엘이 얼른 에드에게 붙잡힌 손을 뒤로 빼내었다.

"……전에 말하지 않았습니까. 내 손에 끼워줄 반지는 당신이 직접 찾아주었으면 한다고요."

디엘이 에드에게 반지를 준 그날.

에드는 당장 자신 역시 디엘에게 반지를 선물하겠다고 성화였다.

심지어 수단과 방법을 가리지 않고 세상에 있는 것 중 가장 값비싼 보석을 전부 긁어오겠다고 선언하기까지 했다.

잘못했다가는 무자비한 수탈 행위에 이어 대규모 전쟁이 벌어질 수도 있다 생각한 디엘은 얼른 그를 말렸다.

그리고 대신 다짐을 받았다.

값비싸지 않아도 좋으니 에드가 디엘을 위해서 고르고, 특별한 의미를 부여한 보석을 달라고.

"……그게 어떤 의미로는 세상에서 제일 비싼 보물을 달라고 조르는 것보다 질이 더 나쁜 건 알지, 주인님?"

다른 사람에게는 누구보다 잔인하지만, 디엘에게만큼 누구보다 순종적인 남자가 속삭였다.

자신의 머리칼을 쓸어내리는 손길에서 애정이 꿀처럼 뚝뚝 흘러 넘쳤다. 그 손길에 몸을 맡기고 디엘은 얕은 숨을 내뱉었다.

에드가 다시 한번 시무룩하게 중얼거렸다. 떨어지기 싫어.

"……."

디엘은 무심코 '저도 그렇습니다.'라는 말이 나오려는 걸 삼켜야만 했다.

아닌 척해도, 그녀 역시 에드와 떨어져야 하는 것이 싫었다.

루베니움에서도 처음 열흘을 제외하고는 거의 떨어져 지낸 적이 없었다.

이제 에드가 자신의 옆에 있는 것은 숨을 쉬는 것만큼이나 당연한 일이었다.

그런데 갑자기 그와 며칠이나 기약 없이 떨어져 지내야 한다니.

자연스럽게 디엘의 마음 역시 어두워졌다.

하지만 그것을 내색할 수는 없었다.

고작해야 자신이 느끼는 외로움 때문에 그가 황태제로서 당연히 수행해야 하는 일을 방해하고 싶지 않았다.

괜찮겠지.

스타투스에는 레아가 있다. 그리고 모르아에는 니나와 유진도 있다.

그러니까 아주 잠시 에드와 떨어져 지내는 것 정도는 아무렇지 않을 것이다.

디엘은 그렇게 생각하며 섭섭한 마음을 애써 달랬다.

　　　　　*　　　*　　　*

　동글동글한 모서리에 모르아의 상징이 수놓인 칼라.

　풍성한 주름과 함께 핀턱으로 모양이 잡힌 블라우스.

　코르셋을 입지 않아도 될 정도로 주름이 풍성한 하이웨스트 플로어 스커트.

　허리를 감싸는 넓은 부분에 나란히 달린 진주 단추 네 개.

　거울 속에 있는 제 모습이 어색해서 디엘은 자꾸만 치맛자락을 잡아당겨 보았다.

　손끝에서 사라락 미끄러지는 촉감은 전에 입던 드레스 셔츠보다 훨씬 좋은 것이었다.

　하지만 어쩐지 몸에 맞지 않는 옷을 입은 것처럼 어색했다.

　"……처음 입어봐서 그렇겠지."

　어색함을 달래기 위해 중얼거린 말에는 아무런 대꾸도 돌아오지 않았다.

　그것이 당연한 일인데도 어쩐지 서운해서 디엘은 괜히 뒤를 돌아보았다.

　눈에 들어온 것은 텅 비어 있는 방 한구석이었다.

　예전이라면 능청스럽게 에드가 디엘에게 아는 척을 해 왔던 바로 그 자리.

　그 비어 있는 자리에서 도저히 눈이 떠나질 않았다.

　어느 순간, 에드가 웃으며 그곳에서 모습을 드러낼 것만 같아서.

　"……하아."

이제 고작 이틀째였다. 에드와 떨어진 것이.

그런데 벌써 이런 기분이라니.

디엘은 당황스러웠다.

처음에는 누군가와 한방을 쓰는 것이 불편하다고 생각했었는데, 어느 순간부턴가 에드가 곁에 있는 것이 당연해지고 말았다.

정말 이대로 괜찮을까?

디엘의 호위를 위해 먼저 아카데미로 온 텐의 말에 의하면 에드의 정찰은 길면 몇 주가 걸릴 수도 있다고 하였다.

아무리 빨리 돌아온다 해도 일주일은 걸릴 것이다.

그 사이에 에드가 보고 싶어지면 어떻게 해야 하는 걸까?

괜히 침울해져서 디엘은 거울로 다시 시선을 돌렸다. 그녀는 자신에게 기합을 불어넣으려는 것처럼 축 늘어진 어깨에 힘을 주었다.

애초에 에드가 전처럼 디엘과 방을 함께 쓸 수 없으니 이 상황에 익숙해져야만 했다.

신학기부터 디엘은 여학생 기숙사에서 생활하게 되었으니까.

'내가 다른 건 다 편의를 봐줘도 이것만큼은 어쩔 수 없는 거 알죠? 대신 에드 군이 몰래 여학생 기숙사 담벼락 넘는 거 한 번은 봐줄게요.'

카리스 학장의 시시한 농담을 떠올리니 처졌던 기분이 조금은 가벼워졌다.

"괜찮을 거야."

그 말을 입버릇처럼 중얼거리며 디엘은 자신을 다독였다.

새로운 룸메이트가 생기면 이런 기분을 느끼게 될 틈도 없을 것이다.

지금이야 모두 원래 룸메이트가 있으니 디엘이 혼자 방을 쓸 수밖에 없다. 하지만 이번 학기가 끝나면 신입생이 들어올 테고, 그럼 새로운 방 배정이 있을 것이다.

그때까지만 혼자 방을 쓰면 된다.

사실 다르게 생각하면 이건 흔치 않은 기회였다.

이런 식으로 혼자 방을 쓰는 건 좀처럼 없는 일일만큼 특혜라고 생각하는 이도 있을 것이다.

그러니까 최대한 즐겨야지.

디엘은 이 상황을 긍정적으로 받아들이기 위해 최대한 노력하였다.

그렇지 않으면 모르아에 온 첫날에도 느끼지 않았던 향수병을 앓게 될 것 같았다.

물론 그때야 향수병을 느낄 겨를도 없이 많은 일이 있었지만…….

똑똑—

디엘이 멍하니 거울 속 자신을 바라보고 있던 그때, 문을 두들기는 소리가 들렸다.

"네, 토—"

반사적으로 토니의 이름을 부르려던 디엘이 멈칫하였다.

참, 여긴 여학생 기숙사니까 토니가 있을 리가 없지.

그녀는 얼른 거울 앞을 떠나 문 앞으로 다가갔다.

"나야, 디엘."

문 너머에서 들려온 것은 토니의 목소리가 아니지만, 익숙한 목소리였다.

디엘은 기꺼이 반갑게 문을 열었다.

"얏호, 디엘! 놀러 왔어!"

얼굴에는 함박웃음, 양손에는 종이봉투를 들고 등장한 것은 니나였다. 디엘은 니나와 마찬가지로 활짝 웃으며 그녀를 환영하였다.

"어서 와, 니나!"

얼른 문 앞에서 비켜서 니나가 들어올 수 있게 해 주려던 디엘은 니나의 뒤에 한 명이 더 있다는 걸 눈치챘다.

"어."

니나의 뒤에서 쭈뼛거리고 있는 것은 분명 그녀의 룸메이트인 에이미였다.

에이미가 어쩐 일로 이곳을 찾은 것일까 싶었지만, 우선 디엘은 그녀에게도 웃어 보였다.

"에이미도 안녕하십니까."

"아, 안녕, 하세요."

수줍게 인사하는 에이미를 보며 니나가 어째서인지 히죽 웃었다.

사실 디엘과 에이미는 대화를 몇 번 나눈 적이 없었다.

하지만 니나라는 공통의 친구가 있어서 서로 인사 정도는 주고

받는 사이였다.

"어머머. 에이미 좀 봐. 디엘 앞이라고 여전히 연기하네!"

"니나! 누가 연기한다는 거야!"

버럭 소리를 지르던 에이미는 스스로 제 목소리에 화들짝 놀라 양손으로 입을 가렸다.

가만히 보고 있으면 잘 놀라는 토끼를 닮은 소녀였다.

니나의 친구이기도 하고, 개인적으로 호감이 가는 인상이기에 디엘은 에이미와도 친구가 되고 싶었다.

물론 상대가 어떻게 생각할지 모르지만.

"하여간. 에이미 앤 디엘 앞에서만 서면 완전 수줍음 많은 소녀라니까. 암만 꿈에 그리던 이상형이라고 해도 그렇지."

못 말린다는 얼굴로 니나는 절레절레 고개를 저었다.

"꿈에 그리던 이상형?"

디엘이 눈을 동그랗게 뜨고 되묻자, 니나는 얼른 고개를 저었다. 제 말이 오해가 소지가 있다는 것을 뒤늦게 알아차린 탓이었다.

"앗, 그런 뜻은 아니야. 실은 에이미가 그림— 꺅! 에이미!"

무언가를 설명하려던 니나가 고통스러운 비명을 내질렀다.

옆에 있던 에이미가 재빠르게 옆구리를 팔꿈치로 가격했기 때문이었다.

"아프잖아! 이게 뭐 하는 짓이야!"

"네가 자꾸 쓸데없는 소리를 하니까 그렇지!"

"뭐가 쓸데없는 소리야! 전부터 계속 그것 때문에 디엘에게 말을 걸고 싶어 했으면서!"

"그, 그래도 친하지 않은 사이에 그런 부탁을 하는 건 예의에 어긋나잖아!"

디엘은 전혀 대화의 내용을 이해하지 못하는 상황에서 니나와 에이미가 폭주하기 시작하였다.

결국, 두 소녀가 나누는 대화의 방향은 전혀 엉뚱한 곳으로 흘러갔다.

"오늘도 머리를 감고는 제대로 안 말리고 나와 카펫이 흠뻑 젖었다고!"

"흠뻑은 무슨. 그건 너무 과장이 심하잖아. 그리고 그렇게 치면 너는 어제….."

이제는 제법 익숙한 일이었기에 디엘은 작게 웃었다. 그녀는 두 소녀의 사이로 파고들어 가볍게 손뼉을 쳤다.

"자, 자. 두 사람 다 모두 진정하고. 일단 이야기는 안으로 들어가서 하자…아니, 합시다."

니나를 보며 편하게 말하던 디엘은 에이미를 의식하고 어색하게 말투를 고쳤다.

그것을 본 니나가 작게 웃음을 터트렸다.

"뭐야, 디엘! 그러지 말고 에이미한테도 그냥 편하게 말 놓아. 에이미도 그걸 원한걸. 그렇지?"

부드럽게 에이미의 의사를 묻는 니나의 모습에서는 조금 전까지 옥신각신 다투었던 흔적을 찾아볼 수 없었다.

그만큼 두 사람의 사이가 좋다는 뜻이리라.

디엘은 조금 과격하지만 나름대로 깊이 있는 두 소녀의 우정이 부러워졌다.

"어, 뭐. 나야 괜찮긴 한데, 디엘 님도 괜찮으실지……."

"디엘이라고 불러 줘."

재빠르게 디엘은 에이미의 호칭을 정정하였다.

어차피 이제 그녀는 왕족이 아니었다. 평민이나 다름없는 신분이었다.

비록 루베니움에서 에드가 디엘을 미래의 황태제비라고 지칭하였지만, 디엘은 냉정하게 상황을 보고 있었다.

그녀가 좋아하게 된 남자는 대제국의 황태제였고, 자르타 왕가를 나온 디엘은 그 옆에 당당히 서기에는 내세울 것이 아무것도 없는 처지였다.

그렇기에 디엘은 마음속으로 '어쩌면'이라는 가정을 늘 품고 있었다.

에드나 자신의 의사와는 상관없이 두 사람의 관계가 결정될 수도 있을 거라는 사실을.

무조건 긍정적으로 생각하기에는 그녀 역시 왕실의 일원으로 살아온 세월이 길었다.

물론 그녀가 에드에게 반지를 주었을 때의 마음은 진실 된 것이고, 지금 역시 그 마음에는 변함이 없다.

디엘은 무슨 일이 있어도 에드와 함께 있는 길을 택할 것이다.

하지만 동시에 마음 한구석에는 그들이 꿈꾸는 형태가 아닌 다른 모습으로 자신이 그의 옆에 있어야 할지도 모른다는 불안감 역시 존재했다.

이시호 제국은 로비나와 마찬가지로 일부다처제의 풍습을 가지고 있었으니까.

그래서 에드가 반지를 주고 싶다는 의사를 표현해도 에둘러 거절했던 것이었다.

그가 준 반지로 인해 크게 부풀어 올랐던 마음이 여차한 순간, 너무 크게 다치지 않도록.

되도록 오랫동안 마음의 준비를 할 생각이었다.

"하지만 정말로 그래도 될지⋯⋯."

생각에 잠겨 있던 디엘의 귀에 조심스러운 에이미의 목소리가 들려왔다. 디엘은 싱긋 웃으며 고개를 끄덕였다.

"그럼. 대신 나도 이제부터 편하게 에이미를 대해도 될까?"

"물론이지!"

눈을 반짝 빛내며 고개를 열심히 끄덕이는 에이미의 모습이 귀여웠다.

디엘은 웃으며 손을 내밀었다.

악수를 청하는 동작이라는 걸 알아차린 에이미가 얼른 그 손을 마주 잡았다.

두 소녀가 악수하는 모습을 흐뭇하게 바라보며 니나가 양손을 들어 올려 보였다.

"저기, 감동적인 우정을 연출하는 것도 좋은데⋯⋯ 나 슬슬 팔 떨어질 것 같아."

그제야 니나가 양손에 무언가를 잔뜩 들고 있다는 사실을 알아차린 디엘이 얼른 문을 열었다.

"아, 미안. 자, 두 사람 다 얼른 들어와."

디엘이 문에서 비켜서자 니나와 에이미가 차례대로 방안으로 들어왔다.

자신들과 같은 구조의 방일 텐데도 두 소녀는 연신 신기하다는 얼굴로 디엘의 새로운 방을 구경하였다.

"방을 혼자 쓰더라도 침대랑 책상은 두 개씩 두는 거구나."

"와, 옷장 넓게 쓸 수 있어서 좋겠다!"

조금 전까지만 해도 조용하던 방안이 떠들썩하였다.

하지만 이 소란스러움이 싫지는 않았다.

오히려 은근한 외로움을 느끼고 있던 디엘에게는 반가운 것이었다.

"대접할 만한 게 별로 없는데. 일단 차를 끓일게."

"앗! 디엘, 그거라면 괜찮아!"

디엘이 찻물을 끓이려고 하자 니나가 얼른 그녀를 만류하였다.

"디엘이 여학생 기숙사에 온 기념으로 축하파티를 하려고 나랑 에이미가 이것저것 준비해 왔거든."

니나는 여태껏 열심히 들고 있던 종이봉투를 들어 올려 보였다.

"혹시 다른 일정이 있는 건 아니지? 오늘 밤은 우리가 디엘을 독점하게 해 줘!"

"응? 어, 응. 다른 예정은 없는데……."

"좋아, 그럼 어디 한 번 파티 준비를 시작해 볼까!"

기운찬 니나의 외침과 동시에 에이미가 테이블 위에 상을 차리기 시작하였다.

"이건 레글로에서 파는 그린 베리 주스라는 건데, 진짜 맛있어. 그리고 저건……."

니나가 설명하는 사이, 에이미가 다른 봉투에서 여러 종류의 먹을 것을 꺼내어 늘어놓았다.

코끝이 아릴 정도로 달콤한 살구 잼이 가득 들어 있는 케이크를 시작으로 다진 고기와 허브가 듬뿍 들어가 있는 파이까지. 심지어 형형색색의 사탕과 말랑말랑한 젤리까지 가득하였다.

그야말로 빵집을 통째로 털어왔다고 해도 과언이 아닐 정도의 음식이 테이블을 가득 채웠다.

그 규모에 당황한 디엘이 어, 하는 사이에 모든 것이 완벽하게 갖추어졌다.

어느새 그녀는 의자에 앉아 있었고, 손에는 주스가 찰랑거리는 잔이 들려 있었다.

"좋아, 그럼 각자 잔을 손에 쥐었으니 한번 건배해 볼까? 축사는 오늘의 주인공께서!"

니나가 디엘을 향해 윙크를 던졌다. 쓴웃음을 지은 디엘이 잔을 들어 올렸다.

머릿속에서 떠오르는 다른 말이 없었기에 결국 가장 무난한 축사를 내놓았다.

"새 학기의 시작을 축하하며."

"건배!"

"건배."

유리잔에 유리잔이 맞부딪치는 소리가 경쾌하게 울렸다. 잔을 입가로 가져오니 입안에 침이 확 돌 정도로 단 향이 느껴졌다.

"아!"

한 모금을 마시자마자 저절로 감탄사가 튀어나왔다. 디엘이 눈을 휘둥그레 뜨고 주스를 한 모금 더 마시는 걸 본 니나와 에이미가 만족스럽게 웃었다.

"역시 레글로의 그린 베리 주스는 최고라니까."

"맞아, 맞아. 다른 것도 맛있지만, 축하파티 때는 그린 베리 주스지."

니나는 이것도 먹어보라며 한입 크기로 잘려있는 레몬 크림 푸딩을 내밀었다.

푸딩을 입안으로 넣어보니 적당한 단맛과 새콤한 맛이 입안에 가득 퍼졌다.

그 맛을 주스로 씻어내기가 무섭게 에이미가 허브향이 그윽한 고기 파이를 권유하였다.

짭짤하게 간이 밴 다진 고기가 듬뿍 들어가 있는 파이는 손뼉을 치고 싶을 만큼 훌륭한 맛이었다. 달콤한 주스와의 조합도 기가 막혔다.

아직 저녁을 먹기 전 시간이라서 그런지, 아니면 니나와 에이미가 기가 막힌 음식만 선별해 온 것인지 테이블에 있는 모든 게 다 맛있었다.

과장을 조금 보탠다면 종이까지도 맛있을 것 같았다.

에드도 이 파이를 좋아할 것 같─

무심코 그에 대한 생각을 떠올린 디엘이 멈칫하였다.

다른 사람들과 있으면서도 자연스럽게 그를 생각하다니. 누가 제 머릿속을 들여다보는 것도 아니건만, 부끄러웠다.

"어라. 디엘 얼굴이 빨개졌네? 혹시 초콜릿 봉봉에 있는 위스키 때문에 그래?"

나나의 물음에 디엘은 얼른 빨개진 뺨을 손바닥으로 눌러 감추었다.

"아, 아니야! 그냥 갑자기 더워져서."

"응? 덥나? 그럼 잠깐 창문 좀 열까?"

"내가 열고 올게."

에이미가 벌떡 일어서 창가로 향했다. 인제 와서 사실을 털어놓을 수도 없는 노릇이기에 디엘은 잠자코 그녀의 호의를 받아들였다.

"여기 창문은 남학생 기숙사 방향으로 나 있네."

문을 연 에이미가 신기하다는 얼굴로 창밖을 기웃거렸다. 물론 거리가 상당하기에 남학생 기숙사가 맨눈으로 보일 리는 없었다.

그래도 기숙사를 밝히고 있는 불빛 정도는 보였다.

비록 지금 저기에 에드가 있는 건 아니지만, 그래도 에드가 돌아온다면 저 불빛이 외로운 마음을 달래줄 것 같다는 생각이 들었다.

"……이제 에드랑 같은 방이 아니라서 쓸쓸하겠다."

"어!?"

옆에서 들린 말에 놀란 디엘이 고개를 휙 소리가 나게 돌렸다. 자신이 무의식중에 소리를 내서 무슨 말이라도 한 건가 싶었다.

"둘이서 방학 때 같이 여행까지 다녀올 정도로 친하잖아. 심지어 전에는 같은 방을 쓰기도 했고. 근데 에드는 집안 사정으로 조금 늦게 아카데미로 돌아오게 되었다면서. 쓸쓸하지 않아?"

이미 대답이 뻔한 질문을 던지는 니나의 표정이 짓궂었다. 에드와 디엘이 어떤 사이인지 알고 있기 때문이리라.

"그러게. 저번 학기 중에도 디엘은 니나 아니면 에드하고 계속 같이 있었으니까."

어느새 자리로 돌아온 에이미가 가세하자 디엘은 더더욱 당황하였다.

"아니, 딱히 그렇지는……."

"에이. 표정에서부터 거짓말인 티가 딱 나네."

니나가 혀를 끌끌 찼다.

"에드만 좋아 죽는 게 아니라 디엘도 에드를 정말 좋아하는구나? 어쩐지 에드랑 싸웠을 때 엄청 시무룩하더니만."

화르륵 소리가 날까 봐 겁이 날 정도로 얼굴이 뜨거웠다. 디엘은 무작정 고개를 저었다.

"아, 아냐! 내가 에드를 좋―"

아하지 않는 건 아니다. 잠시 멈칫한 디엘은 얼른 말을 바꾸었다.

"어, 어쨌든 외롭지 않아. 괜찮다고."

"에이, 괜찮아, 괜찮아. 언니가 다 이해해요. 외로우면 언제든지 내 품에 안겨서 울어도 좋아!"

장난스럽게 니나가 양팔을 벌려 보였다. 그 모습을 본 에이미가 옆에서 깔깔거렸다.

하지만 디엘은 에이미처럼 웃을 수 없었다.

"응? 왜 그래 디엘?"

"……아니, 외로우면 울어도 된다는 게."

이상해서.

뒷말은 입안에 감춘 채, 디엘이 생각에 잠겼다.

어릴 때면 몰라도 철이 들고는 울어본 적이 없었다.

그녀가 울면 어머니가 싫어할까 봐 언제나 열심히 웃는 얼굴만 연습했다.

고된 검술 훈련에 손바닥의 살점이 다 떨어져 나가도 웃었고, 어린아이에게는 가혹한 공부를 전부 소화하느라 몸살이 나도 웃었다.

아버지가 그녀의 생일조차 잊어버려도 웃었으며, 어머니가 넌 어쩜 이리 아둔하냐며 괜한 신경질을 부려도 웃었다.

웃어야 했다. 계속.

그래서 이제는 어떤 순간에 울어도 되는지 알 수가 없었다.

"디엘, 정말 괜찮아?"

분위기가 이상해졌다는 것을 깨달은 니나의 얼굴이 어두워져 있었다. 에이미 역시 덩달아 걱정스러운 얼굴이었다.

디엘은 습관처럼 웃어 보이며 얼른 말을 돌렸다.

"응. 어쨌든 난 하나도 외롭지 않아. 사실 아카데미에서는 에드보다는 진하고 같이 다닌 적이 더 많은걸."

진과는 수업 시간뿐만이 아니라 평소에도 열심히 토론하고, 때때로 도서관에 함께 가서 학구열을 불태우는 우정을 쌓았다.

물론 이번 학기 역시 그것은 변하지 않을 것이다.

디엘의 비밀을 들은 유진이 그렇게 약속하였다.

그 사실을 알리고 싶어서 유진의 이름을 꺼냈지만, 디엘의 말은 예상치 못한 반응을 불러일으켰다.

"진이, 누구…… 아, 유진!"

고개를 갸웃거리던 니나가 갑자기 양 볼이 새빨갛게 달아오르는가 싶더니 고개를 아래로 푹 숙였다.

"그, 그러네. 생각해 보니까 유진 군도…… 있었네……."

"……."

오호라. 목덜미까지 새빨갛게 물든 니나를 본 디엘이 눈을 반짝 빛냈다. 곁눈질로 옆에 있는 에이미를 보니 그녀 역시 흥미진진한 얼굴을 하고 있었다.

"유진이라면 그 남반구 출신의 남학생을 말하는 거지? 디엘 군과 같은 고대학과."

"맞아. 지금 고대학과 신입생은 진과 나뿐이거든. 그래서 자연스럽게 같이 움직일 때도 많아."

"그럼 디엘은 유진 군과도 사이가 좋겠네."

"응. 전에 니나가 연주회를 할 때 같이 들으러 가기도 했거든."

"뭐어!?"

고개를 숙이고 있던 니나가 놀라 얼굴을 번쩍 들어 올렸다.

폭발적인 반응이 돌아오자 디엘은 더더욱 신이 났다.

"응. 유진이 니나의 연주를 듣고 아주 깊게 감명받은 것 같았어."

"정말? 잘됐네, 니나. 유진이 네 팬이 되었나 봐."

"노, 놀리지 마!"

"놀리는 거 아니야. 유진이 정말 다음에도 기회가 되면 또 듣고 싶다고 했는걸."

디엘은 진지하게 말을 이었다.

"유진의 나라에는 피아노가 없어서 피아노라는 악기 자체도 신기하게 여기더라고. 기회가 되면 니나와 한번 만나서 이것저것 자세히 듣고 싶다고 했어."

니나의 얼굴은 이제 푹 익어 버린 사과처럼 보였다.

조금 더 놀렸다가는 숨도 못 쉴까 봐 걱정될 지경이었다.

이쯤에서 슬슬 그만할까.

다음에 유진이랑 둘이 만나게 해 준 뒤, 놀릴 때를 위해서.

디엘이 속으로 짓궂은 계획을 세우는 사이, 니나가 어색하게 화제를 바꾸었다.

"아! 에, 에이미! 너 디엘에게 하고 싶은 말이 있다고 했잖아."

"아, 그거라면 나중에……."

"그게 무슨 소리야! 이제 기간도 얼마 안 남았잖아. 지금 당장 부탁해도 아슬아슬할 판에."

니나가 에이미를 다그치기 시작하자 순식간에 형세가 역전되었다. 이번에는 에이미가 어쩔 줄 몰라 하며 몸을 비비 꼬기 시작하였다.

아무래도 정말 디엘에게 부탁하고 싶은 일이 있는 모양이었다.

그리 어려운 일이 아니라면 디엘은 기꺼이 그녀의 힘이 되어 주고 싶었다.

"에이미. 뭔가 하고 싶은 이야기가 있다면 어려워하지 말고 말해
줘."

디엘의 말에 에이미는 당황한 것처럼 양손을 꼼지락거렸다.

"아, 그게…… 그게 있잖아."

흔들리는 동공으로 니나와 디엘을 번갈아 보던 에이미가 결국
조심스럽게 입을 열었다.

"실은 디엘을 모델로 그림을 그리고 싶어서……."

"모델? 나를?"

"응. 그, 이게 되게 무례하고 실례되는 부탁이라고 생각해서 디엘
과는 조금이라도 더 친해진 다음에 말해 보고 싶었는데, 다시 생각
해 보니 오히려 그런 목적을 갖고 친구가 되고 싶어 하는 것처럼 보
일 것 같기도 하고…… 아니, 이것도 물론 매우 무례할지도 모르지
만…."

에이미는 계속 횡설수설 말을 이었다.

디엘과 눈도 제대로 못 맞추고 있는 모습으로 짐작하건대 아주
큰 용기를 내서 말을 꺼낸 것이 분명했다.

"디엘. 에이미가 진짜 저번 학기 내내 널 모델로 하고 싶어서 앓
았거든. 그러니까 한 번 도와줄 순 없을까? 물론 정말 싫다면 강요
할 순 없지만."

친구를 돕기 위해서 니나가 옆에서 한마디를 거들었다.

디엘은 당황스러운 얼굴로 입을 열었다.

"아니, 싫다기보다는…… 나 같은 사람이 모델을 해도 괜찮은 걸
까?"

사실 그림의 모델이 된 경험이 전혀 없는 건 아니었다.

로비나 왕국에 있을 때 궁정 화가가 디엘의 초상화를 그린 적도 여러 번 있었다.

하지만 그건 어디까지나 정치적인 목적에서 그린 그림이었다.

설마하니 누군가가 자신을 모델로 그림을 그리고 싶다는 말을 꺼낼 줄 몰랐던 디엘은 크게 당황하고 말았다.

"내가 그렇게 막 화려하고, 엄청 치장을 잘하는 사람인 것도 아니고……."

로비나에서 화가들이 모델로 즐겨 삼던 여인은 대부분 바바라와 비슷한 이들이었다.

감출 수 없는 화려함으로 주변을 압도하고, 모두가 찬탄을 금치 못하게 하는 아름다움.

디엘은 조금 전 거울 속에서 보았던 제 모습을 떠올렸다.

목덜미를 살짝 덮는 짧은 머리칼이나 화장기 없는 얼굴이라니.

아무리 생각해도 제 모습은 그림의 모델로 적합하지 않았다.

"루살카(Rusalka)."

"응?"

시무룩하게 생각에 잠겨 있던 디엘이 에이미가 툭 내뱉은 말에 눈을 깜빡였다.

"아주 먼 옛날 인간을 사랑하였던 물의 요정이 있다는 동화책을 본 적이 있어. 물빛 머리칼과 투명한 흰 피부, 그리고 아름다운 녹색 눈동자를 가진 요정이었대."

"……."

에이미가 말한 외양은 분명 디엘과 같은 것이었다.

"예전부터 난 그녀를 주인공으로 한 그림을 그리고 싶다고 생각했는데, 구체적인 이미지를 떠올리지는 못했거든. 그런데 디엘 너를 본 순간, 머릿속에서 폭죽이 팡팡 터지더라고."

이제까지 디엘 앞에서 머뭇거리며 말하던 에이미는 온데간데없었다.

음악에 대해 말하는 니나가 그러하듯, 에이미는 눈을 반짝반짝 빛내며 그림에 대한 열정을 내보였다.

"그래서 가능하다면 너를 모델로 그림을 그려서 이번 공모전에 출품하고 싶어."

"공모전?"

디엘이 고개를 갸웃하자 니나가 재빠르게 설명해 주었다.

"음악 콩쿠르와 마찬가지로 미술학부에서도 매년 마다 한 번씩 공모전이 열려. 조각과 회화 분야로. 그 공모전 마감이 이제 열흘 정도 남았거든."

"뭐? 열흘?"

암만 생각해도 너무 빠듯한 일정이 아닌가 싶어서 디엘은 에이미를 힐끔 보았다. 하지만 에이미는 전혀 초조해 보이지 않았다.

"보통은 방학 동안 준비해 두는 대회라서 그렇게 빠듯한 일정은 아니야."

"하지만 에이미는 지금 그림이 전혀 준비가 안 된 거 아니야?"

"그렇긴 하지. 그래도 다행히 나는 손이 빠른 편이라서 시간은 아직 괜찮아. 중요한 건 모델의 허락을 구하는 거지."

"……."

그림의 모델. 전혀 생각지도 못했던 제안이었기에 디엘은 선뜻 고개를 끄덕일 수 없었다.

"내가 손이 빠른 만큼 디엘의 시간을 많이 빼앗지도 않을 거야. 넉넉잡아서 삼일이면 스케치가 끝날 테니까."

"스케치 모델만 해 주면 되는 거야?"

틀림없이 그림이 완성될 때까지 꼼짝 않고 모델을 해야 하는 줄 알았던 디엘이 눈을 동그랗게 떴다. 그러자 에이미가 웃으며 고개를 끄덕였다.

"응. 나는 디엘을 보고 받은 인상을 토대로 루살카를 재구성하고 싶거든. 너를 있는 그대로 그리기만 하면 그건 디엘이지, 내가 꿈꿨던 루살카는 아니잖아."

알 듯, 모를 듯한 설명이었다.

애초에 예술가의 감성은 일반인과 아주 다르다고 하니, 디엘은 당연히 그녀의 말을 이해하기 어려운 것일지도 모른다.

"딱 나흘. 나흘만이면 어떻게 안 될까, 디엘?"

에이미가 애절한 눈빛을 보내며 양손을 모아쥐었다. 안 된다고 딱 잘라 거절할 수 있는 눈빛이 아니었다.

나흘이라.

그 정도면 정말 긴 시간은 아니니까 괜찮을 것 같았다.

무엇보다 에이미를 도우면 에드가 없는 외로움을 조금이라도 잊을 수 있을 것 같다는 생각이 들었다.

어쩐지 에이미를 이용하는 것 같은 생각이 들어서 미안하기도 했지만, 대신 성실하게 그녀를 도와주면 될 테니까.

긴 고민 끝에 디엘은 고개를 끄덕였다.

"알았어. 내가 잘할 수 있을지는 모르겠지만, 최선을 다해 볼게."

"꺄아악!"

디엘의 말이 끝나기가 무섭게 에이미가 자리에서 벌떡 일어서서 새된 소리를 질렀다.

깜짝 놀란 디엘은 하마터면 의자에서 굴러떨어질 뻔하였다.

"에이미!"

니나가 귀를 막으며 얼굴을 찌푸리는 시늉을 하자 그제야 에이미가 머쓱한 표정을 지었다.

"앗, 미안! 그런데 진짜 너무너무 기뻐서! 디엘, 정말 고마워! 진짜 진짜 고마워!"

신이 난 에이미가 양손을 번쩍 들어 올렸다. 그동안 수줍음이 많은 소녀로 알았던 것이 무색할 만큼 에이미는 니나와 비슷한 성격의 소유자였다.

"좋아, 그럼 디엘이 시간 될 때가 있으면 알려줘!"

머릿속으로 강의시간표를 떠올리며 디엘이 입을 열었다.

"음, 내일은 고대학 강의가 좀 일찍 끝나서 오후부터는 한가할 것 같아."

"그럼 혹시 수업이 끝나고 나면 예술학관 정문으로 와줄 수 있을까?"

디엘은 고개를 끄덕였다. 어려울 것도 없는 일이었다.

"알았어. 내일 갈게."

"정말 고마워, 디엘! 앞으로 잘 부탁할게."

세상에서 가장 좋은 선물을 받은 사람처럼 에이미가 활짝 웃었다.

그 웃는 얼굴을 보니 디엘 역시 저절로 웃음이 나왔다.

그녀가 이렇게 기뻐하는 모습을 보니 모델을 하기로 한 게 무척 잘한 일 같았다.

옆을 힐끔 보니 나나 역시 덩달아 기쁜 표정을 짓고 있었다.

"음. 내 친구랑 친구가 드디어 이제 좀 친해진 것 같아서 뿌듯한데?"

나나의 말에 디엘과 에이미가 동시에 서로를 바라보았다. 눈이 마주친 두 소녀는 누가 먼저랄 것도 없이 수줍게 웃었다.

그것을 본 나나가 둘 다 귀엽다며 깔깔 웃음을 터트렸다.

어쩐지 얼굴을 가리고 싶어져서 디엘은 얼른 컵을 들어 주스를 한 모금 들이켰다.

그린 베리 주스가 아까보다 조금 더 달게 느껴졌다.

에드가 없는 며칠이 역시 그리 외롭지는 않을 거라는 생각과 함께.

*　　*　　*

신학기가 시작된 후로 처음 듣게 된 수업은 공교롭게도 고대학 강의였다.

〈1차 응용 고대학〉은 기초 고대학을 이수한 고대학과 학생이라면 필수로 들어야 하는 강의였다.

물론 고대학과 학생이 아닌 학생도 수강할 수 있지만, 그런 학생은 대부분 강의 시간을 널널하게 보낼 생각으로 오는 이들이었다.

왜냐하면, 다들 아직도 담당 지도 교수가 샤칼인 줄 알 테니까.

하지만 그는 현자의 돌로 세상을 멸망시키려는 흉계를 꾸미다가 사라졌다.

당연히 현재 고대학과 전공 교수의 자리 중 하나는 공석이었다.

다른 학과였다면 곧바로 다른 교수를 추가 채용하였겠지만, 비인기학과인 고대학 교수를 추가 채용하는 것은 결코 쉬운 일이 아닐 터였다.

그렇기에 강의실에 들어서는 디엘의 가장 큰 관심사는 '누가 1차 응용 고대학 지도 교수일까?'였다.

덜컹—

문이 열리는 소리에 이미 강의실에 자리를 잡고 있던 학생들이 무심코 문가를 보다가 흠칫거렸다. 몇몇은 노골적으로 디엘을 힐끔거리며 속닥거렸다.

호의적인 것은 아니지만, 그렇다고 해서 악의가 담긴 것도 아니었다.

그들의 시선은 철저하게 호기심으로 점철되어 있었다.

어쩔 수 없는 일이었다.

저번 학기에서는 버젓하게 남학생이었던 이가 이제는 여학생이 되어 나타났으니까.

디엘 역시 이 정도 관심은 기꺼이 감수할 각오가 되어있었다.

되도록 그 시선을 의연하게 받아들이며 디엘은 강단 근처에 있는 앞자리로 향하였다.

마침 눈에 익은 뒷모습이 보였다.

"진."

그 부름에 상대 역시 곧바로 디엘을 알아차렸다.

"디엘."

부드러운 미소를 짓는 검은 머리칼의 소년.

디엘과 함께 유일한 고대학과 신입생인 동기 유진이었다.

"오랜만이네요. 진. 방학은 잘 보내셨습니까?"

"네, 덕분에요. 디엘은 새 교복이 무척 잘 어울리네요."

유진의 칭찬에 디엘은 머쓱하게 치맛자락을 매만졌다.

사람들이 자꾸 자신을 쳐다보는 이유 중 하나가 이 옷이 저와 어울리지 않기 때문이 아닐까 싶을 정도로 아직은 새 교복이 어색했다.

"고맙습니다."

"그 모습을 본 에드가 무척 야단이었을 것 같네요."

"……."

디엘은 순간 대답할 말을 찾지 못했다.

원래대로라면 아카데미에 뒤늦게 합류하는 에드가 디엘의 교복 입은 모습을 볼 수 있을 리가 없지만….

이미 루베니움에서 디엘은 에드에게 교복 입은 모습을 보여 주었다.

에드가 다른 사람이 디엘의 교복 입은 모습을 먼저 보는 걸 용납할 수 없다고 고집을 피웠기 때문이었다.

그리고 연신 칭찬을 퍼붓더니…….

그날 있던 일을 떠올리자 자신의 뺨이 붉게 달아오르는 것이 스스로 느껴졌다.

그것을 본 유진이 싱긋 웃었다.

마치 너희 사이에 무슨 일이 있었는지 다 알고 있다고 말하는 것 같아서 디엘은 더더욱 부끄러워졌다.

"에, 에드는 집안 사정으로 조금 늦게 아카데미로 돌아오게 되었습니다."

어색함을 감추기 위해 디엘은 억지로 화제를 돌렸다. 다행히 유진은 순순히 디엘의 의도대로 움직여주었다.

"그렇군요. 어쩐지 식당에서도, 기숙사에서도 모습이 보이지 않아서 의아했어요. 그처럼 존재감이 강한 사람도 드무니까요."

모르아의 하르파스는 신출귀몰하지만, 어디서건 한 번 모습을 드러내면 모두 그의 등장을 모를 수가 없었다. 그만큼 존재감이 강렬한 인물이니까.

"빨리 에드가 돌아오면 좋겠네요. 디엘이 무척 외로울 테니까."

"……."

가만 보면 유진도 은근히 심술 맞은 구석이 있었다. 디엘은 대답 대신 가볍게 유진을 흘겨보았다. 순한 소년은 웃으면서 얼른 양팔을 들어올려 항복하는 시늉을 하였다.

"새 기숙사는 어떤가요, 디엘?"

디엘이 필기구며 교재를 꺼내놓는 것을 본 유진이 조심스레 물었다. 아무래도 새로운 환경에 디엘이 힘들지 않은지 걱정이 된 모양이었다.

"괜찮아요. 니나와 에이미… 아, 새 친구가 많이 도와주고 있으니까요."

사실 니나와 에이미뿐만이 아니라 다른 학생들 역시 디엘에게 상당히 호의적이었다.

먼저 다가와서 수줍게 인사를 건네는 소녀가 있는가 하면 직접 만든 포푸리(potpourri)를 선물로 주는 아이도 있었다.

자신이 여자라는 게 밝혀져서 사람들이 모두 꺼림칙하다고 할 거라고 예상했던 것과는 좀 다른 반응이었다.

마냥 신기해하는 사람도 있고, 아예 별 관심이 없는 이도 있었다.

물론 거리를 두려는 사람도 있지만, 디엘이 각오했던 것만큼 심한 반응은 없었다.

"잘되었네요."

유진은 안심한 것처럼 고개를 끄덕이다가 무언가를 떠올린 사람처럼 멈칫하였다.

"아, 그리고 보니 이번 강의에서 샤칼 교수님 말고 다른 분이 지도 교수가 된다는 이야기가 있던데요. 혹시 디엘은 들은 게 없나요?"

디엘이 그 물음에 간략하게 답하려던 찰나, 강의실의 문이 벌컥 열렸다.

"어?"

안으로 성큼성큼 들어선 것은 디엘조차 전혀 생각지도 못한 인물이었다.

흐느적거리는 걸음걸이, 눈을 다 가린 갈색 머리칼, 거추장스러워 보이는 치렁치렁한 옷차림.

모르아 아카데미의 최고 수수께끼 중 하나라고 불리는 카리스 학장의 등장이었다.

"안녕하세요, 여러분."

맙소사. 놀란 디엘은 하마터면 자리에서 벌떡 일어설 뻔하였다.

하지만 놀란 것은 디엘만이 아니었다.

옆에 있던 유진은 물론이거니와 강의실을 드문드문 채우고 있던 학생들 사이에서도 웅성거림이 물결처럼 번졌다.

"헐, 거짓말. 진짜 학장님이야?"

"우와! 이번 학기에는 좋은 일이 생길 수도 있고, 안 생길 수도 있겠다!"

강의실이 순식간에 소란스러워지자 카리스는 가볍게 손뼉을 치며 학생들을 조용히 시켰다.

"네, 네. 알았어요, 알았어. 다들 진정해요. 이번 학기 내내 여러분은 내 얼굴을 질리도록 볼 수 있을 테니까요."

싱긋 웃은 카리스 학장은 강의실을 한 번 둘러보았다.

가장 마지막으로 그의 시선이 향한 곳은 디엘이 있는 자리였다. 카리스는 디엘에게 눈을 찡긋하는 시늉을 하였다.

"모르는 사람이 더 많겠지만, 원래 이 강의를 맡던 샤칼 교수님은 개인적인 사정으로 급하게 고향으로 돌아가시게 되었어요. 그래서 샤칼 교수님이 맡았던 강의 중 일부를 제가 담당하게 되었답니다."

강단 위에 올라선 카리스는 느긋한 어조로 상황을 설명하였다.

그사이에 학생들의 동요가 서서히 수그러들기 시작하였다.

"강의를 맡는 것은 거의 40년만인가? 앗, 아닌가. 임시로 한 번 강의를 한 적이 있어서 25년만인가 봐요. 어쨌든 오랜만이긴 하네요. 그러니까 다들 부디 잘 부탁드려요."

조곤조곤한 목소리와 부드러운 말투였지만, 카리스 학장에게는 언제나 그렇듯 묘한 박력이 있었다.

당연히 이번에도 샤칼이 지도 교수일 것으로 생각하고 희희낙락 왔던 학생들은 모두 바짝 긴장하였다.

1차 응용 고대학 강의가 결코, 만만치 않은 수업이 될 것을 예감했기 때문이었다.

"일단 오늘은 첫날이니까 가볍게 좀 해 볼까 싶어요. 다들 괜찮죠?"

긴장해 있던 학생들이 그 말에 표정을 스르륵 풀었다.

아, 역시 학장님도 첫 수업은 좀 봐주는구나.

모두가 그렇게 생각하던 찰나.

"그럼 가볍게 기초 테스트부터 시작해 볼까요?"

싱긋 웃으며 카리스가 한 말에 강의실이 다시 얼어붙었다.

"기초 테스트?"

누가 중얼거린 작은 소리가 강의실에서 유독 크게 울렸다.

다른 학생들이 모두 들은 그 말을 카리스가 듣지 못했을 리가 없었다.

"맞아요, 우선 여러분이 고대학을 얼마나 잘 이해하고 있는지 확인을 해야 할 것 같아서 작은 쪽지 시험을 보려고요. 여러분의 학업 실력에 맞추어서 이번 강의의 진도와 난이도를 조절할 생각이거든요."

카리스 학장은 품이 넓은 소맷자락에서 두툼한 종이뭉치를 꺼내 들었다.

"디엘, 유진. 이것 좀 다른 학생들에게 하나씩 나눠 줘요."

이름을 불린 디엘과 유진이 자리에서 벌떡 일어서서 카리스가 내미는 종이를 받아 들었다. 학장이 말한 것과 달리 그들이 받아든 종이는 절대 작은 쪽지는 아니었다.

"지금부터 받은 백지에 가장 먼저 이름과 전공을 기재하세요. 모두 종이에 이름과 전공을 쓰고 나면 첫 번째 문제를 낼게요. 총 다섯 문제가 나갈 거예요."

서둘러 종이를 배부한 디엘과 유진은 자리로 돌아와 다른 학생들과 마찬가지로 이름과 전공을 기재하였다.

학생들이 모두 시험에 집중할 준비가 되었다는 걸 확인한 후, 카리스가 문제를 내었다.

"그럼 첫 번째. 고대학의 기원에 대해 다섯 줄 이내로 정리하세요. 단, 헤르포스의 정의와 리온의 관점이 각각 포함되어야 합니다."

학장의 말이 끝나자 학생들이 모두 입을 헤, 벌렸다.

"…야. 헤르포스의 정의와 리온의 관점이 뭐야?"

"…나도 몰라."

곳곳에서 그런 대화가 퍼졌다. 학생들의 얼굴에는 당혹한 기색이 역력하였다.

당황한 것은 디엘과 유진 역시 마찬가지였다. 두 사람은 급하게 시선을 교환하였다.

지금 카리스 학장이 말한 것은 분명 기초 고대학 강의시간에 나왔던 내용이지만, 이것을 아는 학생이 있을 것 같지는 않았다.

만약 이 강의실에 디엘과 유진 외에도 그 내용을 아는 학생이 있다면 그게 더 놀라울 지경이었다.

곳곳에서 학생들이 앓는 소리와 머리를 쥐어뜯는 소리가 터져 나왔다.

"여러분. 서두르세요. 제한 시간은 5분이에요."

학생들의 얼굴이 새파랗게 질린 것을 다정하게 바라보며 카리스가 손뼉을 쳤다.

"참, 점수가 낮은 학생들은 특별히 면담을 거칠 예정이니까 다들 최선을 다해 주세요."

디엘과 유진이 다시 한번 서로의 얼굴을 마주 보았다.

그녀의 기억이 맞는다면, 분명 타 학과 학생은 개강 후 삼일 이내로 수강 포기를 할 수 있었다.

어쩐지 이번 학기의 고대학 과목은 유진과 자신만이 유일한 수강생이 될 것 같다는 예감이 들었다.

        *   *   *

강의실을 나서는 학생들의 걸음걸이가 하나같이 다급했다.

누가 보면 수업을 들은 게 아니라 강도라도 만났다가 도망치는 길처럼 보일 지경이었다.

정말 수강 포기자가 속출하게 생겼는데.

그것을 안쓰럽게 바라보는 디엘의 뒤에서 부스럭거리는 소리가 들렸다.

고개를 돌려보니 강단에서 학생들이 낸 시험지를 엉성하게 긁어모으고 있는 카리스의 모습이 보였다.

마침 유진은 급한 일이 있다며 먼저 자리를 뜬 터라 강의실에 남아 있는 것은 디엘밖에 없었다.

에이미와의 약속이 마음에 걸리긴 했지만, 아직 약속 시각에는 여유가 있었다.

마음을 정한 디엘은 카리스를 돕기 위해 강단으로 다가갔다.

"학장님. 도와 드릴까요?"

"앗. 그래 줄래요? 고마워요."

카리스는 사양하는 법이 없었다. 그가 넉살 좋게 삐뚤게 모은 시험지를 디엘에게 내밀었다.

그것을 받아 든 디엘은 반듯하게 시험지를 정리하여 챙겼다.

"설마하니 학장님이 강의를 맡으실 줄은 몰랐습니다."

디엘의 말에 카리스가 빙긋 웃었다. 그가 강의실 문 쪽을 향해 손가락을 뻗자 덜컥, 소리와 함께 문이 열렸다.

"……마법."

무심코 중얼거린 디엘이 어깨를 굳혔다.

잠깐, 이런 곳에서 저런 걸 해도 되나?

하지만 카리스는 아무렇지 않은 얼굴로 먼저 앞장서서 강의실을 빠져나갔다.

디엘은 서둘러 그 뒤를 따랐다.

"어쩔 수 없었어요. 고대학에 관련된 인재를 찾는 건 쉬운 일이 아니거든요. 디엘 양처럼 유능한 인재는 졸업 후에 부디 전공을 살려서 모르아에서 일해 주면 좋겠지만…. 아마도 어렵겠죠? 이시호에서 여기까지 출퇴근은 좀 어려울 테고."

카리스가 한숨을 푹 쉬며 내뱉은 말에 디엘이 움찔거렸다.

"……."

이 사람이 과연 이 세상에서 모르는 일이 존재하기는 하는 걸까?

괜히 머쓱해진 디엘은 가벼운 헛기침과 함께 화제를 돌렸다.

"정말 오늘 본 시험성적으로 이번 학기의 수업 난이도를 정하실 생각이세요?"

"그럼요. 당연하죠."

"시험성적 평균이 나쁘면요?"

슬쩍 내내 궁금했던 내용을 묻자 카리스가 시큰둥한 목소리로 대답을 내놓았다.

"다들 공부가 부족했던 것이니 아주 철저하게 보충수업을 해야죠."

"그럼 반대로 성적 평균이 좋으면요?"

"다들 잘 따라와 줄 테니까 당연히 난이도를 높여야죠."

"……."

어느 쪽이건 학생들이 도망갈 소리였다.

역시 이번 학기는 유진과 단둘이서 카리스 학장의 강의를 듣게 될 것 같다는 예감이 들었다.

설마 그편이 수업하기 더 좋을 것 같아서 첫날부터 이런 시험을 보신 건 아니겠지?

디엘이 그런 의심에 찬 눈으로 카리스 학장을 바라보던 순간이었다.

"아, 여기까지 오면 충분해요. 나머지는 알아서 가져갈게요."

인적이 드문 복도에서 멈추어선 카리스가 손가락을 튕기는 시늉을 하였다. 그러자 디엘의 손에 있던 종이뭉치가 순식간에 카리스의 소맷자락 속으로 빨려 들어갔다.

아니, 잠깐.

생각해 보면 처음부터 저렇게 마법으로 옮기셔도 되지 않았을까?

디엘이 그런 정당한 의문을 입 밖으로 내기 전에 카리스가 먼저 입을 열었다.

"고마워요, 디엘 양. 조심해서 가요."

싱긋 웃으며 손을 흔든 그의 모습이 곧 멀어졌다.

멍하니 그 뒷모습을 보고 있던 디엘은 천천히 한숨을 내쉬었다.

카리스 학장이 아무렇지 않게 행하는 불가사의한 저런 일을 볼 때마다 묘한 기분이 들곤 하였다.

샤칼이 디엘을 회유하기 위해 꺼냈던 말이 아직도 기억 속에 남아 있는 탓이었다.

'자네에게는 분명 재능이 있어. 스스로 저주를 행하고도 살아남은 것을 보면 블루블러드가 될 자질이 충분하지.'

그 터무니없는 제안을 단칼에 거절했던 자신의 선택을 후회하진 않았다.

하지만 저렇게 마법을 쓸 수 있는 건 어떤 기분일까 궁금하긴 하였다.

물론 그로 인해 카리스 학장이 세상에 치러야 했던 대가는 지나치게 잔혹할 것일지도 모른다.

학장실에 걸려 있는 어느 여인의 초상화. 그것을 바라보던 카리스 학장의 슬픈 미소. 책상 한구석에서 굴러다니고 있던 현자의 돌.

카리스가 어떤 사정을 간직하고 있는지 자세히 들은 적은 없었지만, 짐작할 수는 있었다. 아직도 길을 찾지 못했다는 그 슬픈 목소리 역시 기억하고 있었다.

학장님도 행복해질 수 있다면 좋을 텐데.

"……아."

잠시 감상적인 기분에 잠겨 있던 디엘은 고개를 흔들었다.

회중시계를 확인해 보니 이럴 때가 아니었다.

에이미와의 약속을 지키기 위해 그녀는 서둘러 움직였다.

*　　*　　*

디엘이 턱에 숨이 차도록 달려 예술관 정문 앞에 도착했을 때, 에이미는 웃는 얼굴로 그녀를 맞이하였다.

그리고 제법 무거워 보이는 이젤을 거뜬히 한 손으로 든 채, 디엘을 예술학관의 뒤뜰로 안내하였다.

"다들 잘 모르는 곳인데, 여기 호수가 제법 운치가 있거든. 그래서 여길 배경으로 삼을 생각이야."

그녀의 말대로 예술관 뒤뜰에 있는 호수는 물이 무척 맑고 깨끗했다.

"와, 물이 엄청 맑네."

디엘의 감탄에 이젤을 바닥에 고정하고 있던 에이미가 고개를 끄덕였다.

"응. 그렇지? 화려하지는 않지만, 소박한 아름다움이 있는 장소라서 여기가 딱 어울릴 거야. 나는 루살카가 살았던 호수는 이런 장소가 아닐까 늘 생각했거든."

조잘거리면서도 분주히 손을 움직여 순식간에 스케치 준비를 마친 에이미가 말했다.

"잠시만, 디엘. 그쪽에서 왼쪽으로 두 걸음만 옮겨줄래?"

"응? 응."

에이미의 지시대로 디엘이 걸음을 옮겼다. 그러자 에이미는 조금 전까지 디엘이 서 있던 자리에 넓은 천을 깔았다.

"이제 그 천 위에 편히 앉아 줘. 자세를 잡아야겠다는 부담 같은 거 갖지 말고, 그냥 편하게."

이번에도 디엘이 순순히 에이미의 지시를 따랐다.

정말로 편하게 자리를 잡고 앉은 디엘은 물끄러미 호숫가를 바라보았다.

새가 지저귀는 소리, 간혹 바람이 나뭇가지를 흔드는 소리.

그것 외에 다른 소음이 전혀 없는 공간이었다.

그런 조용한 곳에서 물결이 일어나지 않는 잔잔한 수면을 바라보고 있자니 눈꺼풀이 조금씩 무거워졌다.

전날 떠들썩하게 파티를 즐기기도 했던 탓일까. 아니면 새로운 시작이라고 나름 긴장했기 때문일까.

그것도 아니면 늘 익숙하게 옆을 지키고 있던 남자가 곁에 없어서 일지도 모른다.

…지금쯤 에드는 뭘 하고 있을까?

조금씩 사고가 느려지기 시작한 머리로 그녀는 습관처럼 또 에드를 떠올렸다.

"디엘, 졸려?"

"응? 아, 미안."

저도 모르게 눈꺼풀을 느리게 깜빡이고 있었다는 걸 깨달은 디엘이 고개를 저었다. 디엘의 눈에 졸음기가 덕지덕지 붙어있다는 걸 알아차린 에이미가 장난스러운 목소리로 말하였다.

"조금 눈붙여도 돼. 내 루살카는 자연스러워야 하거든."

아니, 암만 그래도 졸 수는 없지.

그런 생각을 했지만, 주변이 지나치게 고요하였다.

바람은 잔잔했고, 햇볕은 따뜻했다.

굳은 의지만으로는 눈꺼풀이 점점 무거워지는 것을 막을 수 없었다.

깜빡, 깜빡. 눈을 뜨고 감는 속도가 차츰 느려지던 순간.

디엘의 눈앞에 익숙한 얼굴이 모습을 드러냈다.

에드……?

그녀가 입술을 달싹이자 그가 다정스럽게 웃었다.

어느새 디엘은 호숫가 근처의 풀밭이 아니라 어느 방안의 거울 앞에 있었다.

루베니움에서 그녀가 생활하던 바로 그 방안이었다.

거울 속의 디엘은 여학생 교복을 입고 있었다.

아.

디엘은 그제야 비로소 이게 꿈이라는 걸 알아차렸다.

'디엘.'

자신의 이름을 부르는 목소리에 심장이 쿵쿵 뛰었다. 고개를 돌리려고 하니 커다란 팔이 그것을 가로막았다. 훤히 드러난 목덜미로 따뜻한 숨결이 스쳤다. 디엘의 숨이 가쁘게 허공으로 튀어 올랐다.

에드. 저를 감싼 커다란 팔 위에 손을 올리고, 그를 불렀다. 그러자 발톱을 감춘 맹수가 응석을 부리는 것처럼 에드가 디엘의 목덜미에 뜨거운 입술을 문질렀다.

꿈속이지만 이미 몇 번이고 직접 느꼈기에 지나치게 생생한 감각이었다.

'예뻐.'

다른 미사여구가 없는 담백한 칭찬에 얼굴이 화끈 달아올랐다. 심장이 야단이었다.

　그 말이 한 치의 거짓도 없는 진심이라는 것을 알기 때문이었다.

　거울 너머로 자신을 황홀하게 바라보는 붉은 눈동자가 있었다.

　그 눈동자를 마주하는 것이 부끄러워서 고개를 숙이니 커다란 손이 그녀의 턱 끝을 부드럽게 잡아당겼다.

　저항하지 않았다. 그럴 필요가 없었다. 모양 좋은 입술이 긴장으로 살짝 떨리는 디엘의 입술을 느릿하게 문질렀다.

　그의 몸에서 흘러나오는 열기가 고스란히 디엘을 적셨다. 몇 번이고 가볍게 입술을 맞대는 입맞춤을 나누었다.

　천천히 얼굴이 떨어졌을 때. 디엘은 자신에게 입을 맞춘 남자를 넋 놓고 바라보았다.

　가장 높게 떠오른 태양처럼 눈부시게 빛나는 금빛 머리칼, 세상에서 가장 귀한 루비로 만들어 놓은 것 같은 붉은 눈동자. 반듯하고 오똑한 이목구비, 애정 가득한 미소가 걸린 아름다운 입술.

　예쁜 건 내가 아니라 당신이에요.

　홀린 듯 중얼거린 그 말에 눈앞의 남자가 더욱 예쁘게 웃었다. 입술이 다시 맞닿았다. 디엘은 스르륵 눈을 감으며 그를 받아들였다.

　팔을 뻗어 굵은 목에 팔을 휘감으며….

　"어머나!"

　불현듯 들려온 날카로운 목소리에 디엘의 몸이 크게 흔들렸다. 놀라 고개를 든 그녀는 그제야 자신이 꾸벅꾸벅 졸았다는 것을 깨달았다.

혹시 침을 흘리지는 않았겠지?

부끄러운 마음에 괜히 입 주변을 매만지는데, 다시 듣기 싫은 목소리가 들려왔다.

"세상에. 여기서 드문 분들을 만나네요."

조는 디엘을 흐뭇하게 바라보며 연필을 부지런히 움직이고 있던 에이미가 오만상을 찌푸렸다.

"소피아 크레이스."

에이미의 중얼거림에 디엘은 비로소 완전히 정신을 차렸다.

고개를 들어 보니 치렁치렁한 금발 머리칼을 늘어트린 소녀가 적의가 담긴 눈빛으로 디엘을 쏘아보고 있었다.

"오랜만이에요. 디엘 님. 아니, 이제는 디엘 양이라고 불러야 하려나? 왕자도 아닌 데다가 자르타 왕가에서도 쫓겨나셨으니 호칭을 정하는 게 쉽지가 않네요."

디엘의 처지를 동정하는 것 같은 말을 건넨 소피아가 곧 기세등등하게 웃었다.

"흐음, 생각해 보니 왕족도 아닌데 굳이 존댓말을 해야 할 이유도 없네. 내가 선배기도 하고. 그렇지, 디엘?"

"......"

그 말에 딱히 무어라 대답을 하기도 귀찮아서 디엘은 침묵하였다.

그러자 그것을 다르게 오해한 것처럼 소피아가 코웃음을 쳤다.

"뭐니? 지금 날 무시하는 거야? 가진 것도 없는 주제에 알량하게 자존심을 세우시겠다? 아, 정말 안됐다."

"……."

이번에도 디엘은 대답하지 않았다.

아니, 대답할 필요 자체를 느끼지 못했다.

그냥 두면 제풀에 지쳐 가겠지.

하지만 소피아는 순순히 물러서지 않았다.

"이제 좀 고분고분하게 구는 법을 배워야 하지 않겠어? 뭐, 여태 껏 사내처럼 꾸미고 살았으니 인제 와서 교양 있는 숙녀처럼 행동 하는 게 쉽지는 않겠지. 그런 널 누가 대체 신부로 받아주려나? 어 쩌면 한평생 혼자 살아야 할지도 모르겠네. 가여워라."

마음에도 없는 소리를 하며 소피아는 왼손을 들어 올려 제 머리 칼을 만지작거렸다.

일부러 네 번째 손가락, 약지에 있는 반지를 보여 주려는 것 같은 동작이었다.

하지만 디엘이나 에이미는 소피아의 반지 따위에 별 관심이 없었다.

"디엘. 춥지는 않지? 오늘은 바람이 조금 부네."

"아니, 오히려 딱 좋은 것 같아. 스케치는 어때? 잘 되어가?"

"응, 모델이 워낙 좋아서 아주 만족스러운데."

두 소녀가 웃으며 대화를 주고받는 모습을 본 소피아가 얼굴을 찌푸렸다.

자신을 대놓고 무시하는 꼴을 도저히 보아넘길 수 없다는 것처 럼 그녀가 발을 쿵쿵 굴렀다.

"하! 사람이 모처럼 호의를 베풀어서 말을 걸어주었더니 그 태도 는 대체 뭐야?! 그리고, 에이미 샤로트! 너도 사람은 좀 가려 사귀는 버릇을 들이는 게 좋을걸? 안 그랬다가는….”

소피아가 찢어지는 목소리를 더는 참을 수 없었는지 에이미가
그녀의 말을 막았다.

“내 일은 내가 알아서 하니까 괜한 신경 꺼줄래, 소피아? 그리고
자랑하고 싶은 게 있으면 그냥 말로 해, 말로. 그렇게 되지도 않는
몸짓으로 사람 웃기지 말고.”

“무, 무슨……! 에이미 샤로트! 어떻게 이 나에게 그렇게 건방진
말을 할 수 있어!?”

우와. 에이미를 대신하여 소피아에게 화를 내려던 디엘은 입을
헤 벌렸다.

처음 자신을 보고 수줍게 쭈뼛거리던 그 단발머리 소녀는 사실
은 꽤 대담한 성격의 소유자였다.

어쩐지 그간 속은 기분인데?

디엘이 그런 생각을 하는 순간, 소피아가 더더욱 큰소리를 냈다.

“나는 이제 곧 델피아의 왕비가 될 몸이라고!”

“델피아?”

가만히 대화를 듣고 있던 디엘이 저도 모르게 입을 열었다. 어째
서인지 묘하게 귀에 친숙한 이름이었기 때문이었다.

그것을 다르게 오해한 소피아가 신이 난 얼굴로 얼른 고개를 끄
덕였다.

“그래! 너도 명색이 왕족이었으니 들어 본 적은 있겠지? 이시호
다음으로 국력이 막강한 델피아 말이야! 난 내년에 델피아의 첫째
왕자님과 혼인을 올리기로 했어.”

이것이 그 증표라며 소피아는 의기양양하게 왼쪽 약지를 보여주었다.

가느다란 손가락에는 푸른빛이 감도는 커다란 보석이 박힌 반지가 있었다.

"나에게는 푸른 보석이 잘 어울린다며 왕자님이 손수 골라주신 약혼반지야. 후후, 너희 같은 가난뱅이는 평생 손가락 하나 대보지도 못하겠지."

디엘은 소피아가 앞으로 내민 반지를 보고 고개를 갸웃하였다.

얼핏 보기에는 아쿠아마린 같지만, 가만 보니 뭔가 이상했다.

디엘은 자리에서 벌떡 일어서서 성큼성큼 소피아를 향해 다가갔다.

"뭐, 뭐야!?"

소피아는 디엘이 갑자기 다가와서 유심히 제 목걸이를 보는 걸 보고 뒤로 후다닥 물러섰다. 그녀가 제 목걸이를 탐내기라도 한다고 생각한 모양이었다.

하지만 디엘은 그런 소피아의 태도에도 화가 나지 않았다.

가까이서 보니 역시 그녀의 생각이 맞았기 때문이었다.

어떻게 이렇게 운이 없을 수가. 디엘은 절레절레 고개를 저었다.

"소피아 양. 아무래도 당신은 좋은 보석을 만날 기회가 영 없나 봅니다."

"뭐? 갑자기 그게 무슨……."

"가짜입니다. 그 아쿠아마린 반지. 이건 아쿠아마린이 아니라 블루토파즈, 아니…… 어쩌면 합성모조석일지도 모르겠습니다."

"뭐, 뭐?"

소피아가 넋 나간 얼굴로 입을 벌렸다. 그 모습을 본 디엘은 다시 한 번 동정 섞인 한숨을 내쉬었다.

일반적으로 아쿠아마린은 그 이름 그대로 선명한 바다색을 지니고 있을 것으로 생각하기 쉽다.

그러나 실제로는 보는 각도에 따라서 무색으로 보이는 양색성(Dichroismus)을 가진 특징이 있었다.

게다가 아쿠아마린 특유의 물빛이 제대로 나타나기 위해서는 적어도 10캐럿 이상의 보석이어야만 했다.

하지만 암만 보아도 소피아의 목걸이는 10캐럿이 채 되지 않을 크기였다.

그런 보석이 이토록 선명한 바다 빛을 품고 있는 것은 이상한 일이었다.

"아쿠아마린은 몇 년 전부터 고갈상태에 이른지라 시세가 상당히 비쌉니다. 그래서 그만큼 정교한 모조품이 많이 도는 보석 중 하나죠."

멍하니 반지를 내려다보고 있던 소피아가 디엘의 말에 퍼뜩 정신을 차린 것처럼 고개를 휙 들어 올렸다.

그녀의 눈에 아까와는 다른 독기가 서려 있었다.

"너 지금 무슨 수작질이야? 그딴 식으로 또 나에게 창피를 주려고……!"

"만일 그 보석이 아쿠아마린이 아니라 블루토파즈라면 충격에 무척 약할 겁니다. 한 번 확인해 보세요."

딱히 소피아에게 창피를 줄 마음은 없다.

그저 알고 있는 지식에 안타까움을 더해서 말을 전했을 뿐이었다.

시뻘겋게 달아올라 있던 소피아의 얼굴이 차츰 새하얗게 변하였다.

디엘의 확신에 찬 태도가 그녀를 한 걸음 뒤로 물러서게 만들었다.

소피아는 보석과 디엘을 연신 번갈아 보다가 휙 소리가 나게 몸을 돌렸다.

성큼성큼 걸음을 옮겨 자리를 벗어나는 소피아의 모습이 다급해 보였다.

심지어 손에 반지를 꼭 쥔 채, 무어라 중얼거리는 것이 흡사 사람 하나를 죽일 기세였다.

그 뒤를 쫓아가는 추종자 무리 역시 겁에 질린 얼굴이었다.

당연하다면 당연한 일이었다.

그녀가 자랑하던 저 반지는 무려 '약혼반지'였다.

그냥 일상생활에서 착용하는 장신구의 보석이 모조품이어도 창피할 마당에 약혼반지의 보석이 가짜라니.

어쩌면 저건 정말 심각한 문제가 될지도 모르겠는데.

델피아와 시틸란 공국 사이의 외교 문제로….

어라, 잠깐. 그런데 델피아는 왜 이렇게 귀에 익숙한 이름이지?

진지하게 생각에 잠겨 있던 디엘의 귀로 커다란 웃음소리가 날아들었다.

"풉, 아하하! 지금 소피아 무슨 꼬리에 불붙은 생쥐 같지 않았어? 진짜 엄청 꼴불견이더라!"

신이 난 에이미가 웃느라고 머리가 땅에 닿도록 몸을 숙이고 있었다.

그 모습을 보니 문득 기시감이 들었다. 예전에 나나도 딱 저렇게 좋아했던 것 같은데.

"하여간 소피아 쟨 늘 저렇게 자기 보석 자랑을 못 해서 안달이더라. 누가 자길 부러워하지 않으면 아주 속이 뒤틀려 죽으려고 하지. 그런데 이번에는 어쩌나. 무려 약혼반지가 가짜라니. 아하하!"

그녀가 너무 좋아하니 디엘은 오히려 그녀를 말려야 할 것 같다는 생각이 들었다.

"에이미. 너무 그러지 마. 소피아는 이미 충분히 창피를 당했잖아."

"무슨 소리야, 디엘! 지금 소피아가 너를 어떤 식으로 대했는지 잊었어? 전에는 네 발바닥도 핥을 것처럼 굴더니 이제는 널 막 대하잖아!"

디엘은 어깨를 으쓱하였다.

로비나에서도 소피아 같은 타입은 자주 볼 수 있었다.

제가 가진 권력에 잔뜩 취해 있는 사람들. 그런 이는 언제나 저보다 높은 이에게 굴종하였다.

그것을 잘 알기에 딱히 불쾌하지 않았다.

"소피아는 그냥 무시하자. 그것보다도 스케치는 슬슬 끝나가?"

"응? 아, 아직! 조금만 더 해도 괜찮아?"

"응, 괜찮아."

에이미는 서둘러서 연필을 다시 손에 쥐었다.

서걱서걱, 연필이 움직이는 소리와 함께 에이미가 입을 열었다.

"그나저나 디엘. 아까 잠시 졸 때 무슨 꿈을 꾼 거야? 엄청 행복해 보이는 표정이었는데."

"……."

호숫가로 쏟아지는 빛이 어느덧 붉게 물들어가고 있었다.

조금 전, 꿈속에서 본 그의 눈동자처럼.

조용히 미소 지은 디엘이 중얼거렸다.

"내가, 좋아하는 사람의 꿈."

*　　　*　　　*

에이미의 스케치 모델은 생각보다도 순조로웠다.

첫날에 비록 작은 불상사가 있긴 했지만, 그 후로는 불청객이 찾아오는 일도 없었다.

간혹 니나가 따뜻한 커피가 든 보온병과 잼을 바른 하얀 밀빵을 간식으로 들고 오면 즉석에서 피크닉이 이루어지고는 하였다.

그렇게 에이미가 약속했던 삼일은, 눈 깜짝할 사이에 흘러갔다.

오 일째에는 에이미가 완성한 그림을 공모전에 제출하였다.

그동안 디엘은 빠르게 새로운 생활에 적응하였다.

사실 이미 아카데미의 내부 사정을 속속들이 꿰고 있으니 어려울 건 없었다.

걱정되는 건 언제나 사람들의 시선이었다.

디엘 샤 자르타가 아닌 그냥 디엘을 그들이 어떻게 볼까, 하는 그런 염려.

하지만 그녀의 걱정은 불필요한 것이었다.

"디엘, 잘 가!"

"내일 봐!"

"응, 잘 가. 마르텔. 켄."

조금 전 함께 선형대수학 강의를 들었던 학우들과 인사를 나눈 디엘은 강의실을 빠져나왔다.

복도에서도 그녀를 향한 인사가 여기저기서 들려왔다.

다들 로비나의 일곱째 왕자일 때보다, 왕자라는 신분을 버린 지금의 그녀를 편하게 여기는 것 같았다.

기쁜 동시에 묘한 기분이 들었다.

그래도 적응하지 못한 것보다야 낫지.

그런 생각을 하며 디엘이 도서관으로 가기 위해 걸음을 옮기던 찰나였다.

"너 그거 들었어? 소피아가 하고 있던 약혼반지 말이야. 사실 가짜였대."

"어머, 진짜?"

소곤거리는 대화 소리가 저절로 디엘의 걸음을 붙잡았다.

"그래! 그렇다니까! 그래서 소피아가 얼마나 난리를 쳤는지……."

디엘은 속으로 한숨을 내쉬었다.

아무래도 앞으로 더더욱 소피아가 자신을 눈엣가시로 여길 것 같다는 생각이 들었다. 어쩔 수 없는 일이긴 하지만.

이대로 대화를 엿듣고 싶지는 않았기에 디엘은 얼른 그 자리를 떠났다. 사람이 드문드문 있는 복도를 빠져나와 계단 층계를 내려가던 그녀가 멈칫하였다.

"……반지라."

디엘은 자신의 왼손 약지를 힐끔 보았다.

자신이 직접 반지를 끼워준 에드의 손과는 달리 텅 비어 있는 곳이었다.

그게 섭섭하거나 싫지는 않았다.

이건 디엘이 원한 일이었으니까.

하지만 어쩐지 허전하다는 생각이 차츰 들기 시작하였다.

그 이유가 무엇인지는 분명했다.

바로 꿈 때문이었다.

며칠 전 호숫가에서 꾼 꿈을 시작으로 그녀는 매일 밤 꿈속에서 에드를 만났다.

꿈속의 디엘은 지금과 다르게 머리가 길었고, 드레스를 입고 있었다.

그녀의 곁에는 한층 더 늠름하고 단단해진 에드가 있었다.

쏟아지는 눈빛은 지금과 다름없이 다정했고, 그녀를 어루만지는 손길은 부드러웠다.

그의 손에는 디엘이 선물해 준 반지가 끼워져 있었고, 디엘의 왼손에도 반지가 있었다. 영롱하게 빛나는 보석은 분명 아름다웠다.

다만 그건….

"처음 보는 보석이었는데."

도서관 정문 앞에서 디엘이 그렇게 중얼거리던 순간.

"뭐가요?"

바로 옆에서 들려오는 목소리에 디엘은 허공으로 펄쩍 뛰어올랐다.

고개를 휙 돌리니 옆에서 긴 앞머리로 얼굴을 가리고 있는 남자의 모습이 보였다.

"하, 학장님!?"

"네, 학장이에요. 안녕하세요, 디엘 양. 좋은 오후네요."

"조, 좋은 오후입니다."

덩달아 고개를 꾸벅 숙인 디엘은 떨떠름한 얼굴로 도서관 건물과 카리스 학장을 번갈아 보았다.

우연인지 주변에 다른 사람은 없었다.

만일 다른 학생들이 있으면 작은 소동이 벌어졌을 텐데.

디엘의 생각을 알아차리기라도 한 것처럼 학장이 헤헤 웃었다.

"개학한 지 얼마 안 되어서 도서관에 오는 괴짜는 별로 없거든요. 그것도 이런 애매한 시간에요."

"……"

역시 블루블러드는 사람의 마음을 읽는 능력도 지닌 게 아닐까.

디엘이 그런 생각을 하는 사이, 학장이 그녀의 옆을 가리키는 시늉을 하였다.

"그나저나 에드 군은 아직 안 돌아왔어요? 그러면 한 삼일 만에는 돌아올 줄 알았는데."

"아직 소식이 없……."

담담하게 대답을 하려던 디엘이 멈칫하였다.

어라. 그녀의 기분 탓이 아니라면 지금 카리스의 저 말투는 마치 에드가 무엇을 하러 어디로 간 건지 알고 있는 것만 같았다.

"저, 학장님. 혹시 에드에 대해 아는 게……."

"아아, 참! 디엘 양은 요새 예술학관에 자주 가나 보던데. 거기 무슨 볼일이라도 있나요?"

어째서인지 카리스는 부자연스럽게 디엘의 말을 끊었다.

탐탁지 않은 기분을 느끼면서도 디엘은 순순히 답하였다.

"친구를 좀 도울 일이 있었습니다."

"친구요? 니나 양이 뭘 부탁했는데요?"

마치 디엘의 친구가 니나밖에 없는 것 같이 느껴지는 말투였다.

아니, 내가 그렇게 친구가 없어 보이는 인상인가?

"아니요, 니나가 아니라 에이미 샤로트입니다."

기분이 상한 디엘이 퉁명스럽게 답하자 카리스가 고개를 몇 번 갸웃거리더니 손가락을 튕기는 시늉을 하였다.

"아! 그 풍경화의 거장!"

"풍경화의 거장?"

이번에는 디엘이 어리둥절한 얼굴을 하자 카리스가 어깨를 움찔하였다.

"아차차, 실수! 못 들은 걸로 해 줘요. 그건 지금이 아니지, 참…… 가끔 내가 시간대를 착각해서요."

"……."

본능적으로 디엘은 카리스 학장이 한 말의 내용이 에이미의 미래라는 걸 깨달았다.

그것을 깨달은 순간, 손끝이 움찔 떨렸다.

옆에 있는 이 갈색 더벅머리의 남자는 대체 무엇을 얼마나 할 수 있는 사람일까?

정체를 알 수 없는 것에 대한 본능적인 두려움이 그녀의 얼굴을 굳게 만들었다.

하지만 그 두려움은 오래가지 않았다.

"나이를 먹으니까 자꾸 기억력만 안 좋아져서 큰일이에요. 안 그래도 빌린 책 반납기한이 1년을 넘겼다고 유마 교수가 얼마나 잔소리인지, 그거 반납하러 왔다가 유마 교수한테 붙잡혀서⋯⋯ 어휴. 하마터면 유마 교수한테 엉덩이를 맞는 줄 알았다니까요. 내가 세 살배기 애도 아니고."

입술을 삐죽이며 불만을 털어놓는 그 모습에서, 유일하게 지상에 남은 블루블러드의 위엄 따위는 손톱만큼도 없었다.

디엘은 조용히 웃었다. 마음이 한결 편해졌다.

그가 가진 힘이 어떤 것인지는 몰라도 그가 세상을 해할 존재가 아님은 확신할 수 있으니까.

"그나저나 디엘 양은 무슨 일로 도서관에 온 건가요? 뭔가 조사하고 싶은 거라도 있나요?"

"아뇨. 그냥 시간이 남는 김에 책이나 조금 읽어볼까 싶어서요."

"아, 정말 모든 학생의 거울로 삼고 싶은 대답이네요!"

갈색 머리칼로 가린 눈이 흐뭇하게 빛나는 것처럼 보인 건 기분

탓만은 아니니라.

카리스 학장의 말대로 주변에는 아무 인기척도 없었다.

평소에도 시험 기간이 아니면 도서관에는 사람이 그렇게 많지 않았다.

식당에 몰려드는 인원에 비하면 도서관은 거의 매일 텅 비다시피 한 곳이었다.

덕분에 디엘이나 유진은 도서관을 이용하기 좋았지만, 반대로 학장인 카리스는 학생들이 도서관을 잘 찾지 않는 것이 속상할 것 같았다.

"뭐, 열심히 하는 것도 좋지만, 쉬엄쉬엄해요. 디엘 양에게 무슨 일 생기면 에드 군이 난리 나요."

순수한 걱정인지 무엇인지 알 수 없는 말이었다. 그래도 걱정이 맞겠거니 생각하며 디엘은 웃었다.

"그러는 학장님께서는 어떤 책을 반납하고 오시는 길인가요?"

이 대단한 사람이 과연 어떤 책을 읽었던 걸까 궁금했다. 혹시 무척 어려운 세상의 진리가 담긴….

"응? 별 건 아니에요. 동화책이에요, 동화책. 루살카에 관한 이야기가 담긴."

"루살카요?"

전혀 예상하지 못했던 대답에 디엘은 깜짝 놀랐다. 게다가 묘하게 귀에 익은 단어마저 나왔다.

루살카라니. 그건 분명 에이미가 그리는 그림의 테마인 물의 요정이었다.

"그……"

반가운 마음에 무언가 말을 해 보려던 디엘은 자신이 루살카가 물의 요정이라는 것 외에 아는 게 전혀 없다는 걸 깨달았다.

"학장님. 혹시 루살카에 대해 아는 게 있으신가요?"

"응? 어느 시대의 루살카요?"

"네?"

디엘은 눈을 동그랗게 떴다.

어느 시대냐니?

마치 루살카가 한 명이 아니라 여러 명이라도 되는 것 같은 말투였다.

어리둥절한 디엘의 얼굴을 본 카리스 학장이 친절히 설명해 주었다.

"루살카는 슬랍 지역에서 물의 요정을 일컫는 고유용어예요. 그래서 시대별로 다양한 루살카가 존재했죠."

"……요정이 정말로 실존했던 건가요?"

루살카가 하나가 아니라는 것보다는 우선 실존했다는 사실 자체가 놀라웠다.

당연한 이야기지만, 지금 시대에 요정 같은 건 없었다.

마법의 자리를 과학이, 요정의 신비를 예술이, 괴물의 역할을 악한 인간이 대신하는 시대였다.

아니, 잠깐. 정말로 그럴까?

여기 버젓하게 블루블러드가 생존해 있는데, 요정이 정말 없다고 단정할 수 있나?

디엘이 혼란에 빠진 걸 알아차리기도 한 것처럼 카리스가 웃었다.

"요정은 실존했어요. 사실 지금도 존재하고 있지만, 뭐. 보통 사람은 교류할 수 없을 거예요. 이미 그런 시대는 끝났으니까."

그가 손가락을 두어 번 튕기는 시늉을 하자 어느새 디엘은 저 멀리 떨어져 있던 벤치에 앉아 있었다. 카리스 역시 함께였다.

"다만 루살카는 조금 특별해요. 루살카의 힘은 저주를 사용하기 위해서 가장 중요한 매개체 중 하나거든요."

"루살카의 힘이요?"

"응, 물. 보통 저주를 행할 때 물 한 잔씩은 떠놓고 하잖아요."

디엘은 잠시 생각에 잠겼다.

희미한 기억 속에서 어린 자신이 저주를 행하던 날, 여러 보석과 물이 가득 담긴 그릇을 앞에 두고 있던 기억이 있었다.

"마법이 사라지고 저주가 세상에 남게 되었을 때. 블루블러드처럼 마력을 몸속에 갖고 있지 못한 인간들은 자연의 마력을 끌어와서 사용하는 기술을 터득했죠. 아니, 정확히는 누군가 그런 식으로 조작한 방법을 인간들에게 알려 주었다고 해야 하나."

카리스가 손가락을 한 개 세웠다.

"루살카의 힘."

푸른 물기 같은 것이 검지를 에워쌌다.

"살라맨더(Salamandra)의 힘."

곧 작은 불길이 중지를 타고 올라왔다.

"진(Jin)의 힘."

아주 작은 회오리 같은 바람이 약지를 감쌌다.

"티탄(Titan)의 힘."

마지막으로 새끼손가락이 울퉁불퉁한 돌처럼 변해 갔다.

하지만 그 모든 것들은 카리스가 손을 한 번 흔드는 것과 동시에 사라졌다.

마치 거짓말 같은 풍경에 디엘은 눈조차 깜빡이질 못했다.

"이러한 자연물의 힘이, 진즉 세상에서 사라졌어야 할 마법을 다시 세상과 연결하는 매개체가 된 거죠. 세상의 주인이 바뀌었다고 해서 자연물이 이 땅에서 사라진 건 아니니까요. 안 그래요?"

카리스 학장의 말을 듣고 있으니 자연스레 떠오르는 것이 있었다.

물, 불, 바람, 땅. 그 4가지 원소가 만들어 낸 가장 휘황찬란한 자연물.

"보석……."

"하하, 맞아요. 디엘 양은 역시 영리하네요. 그 자연물의 정수(essence)가 응축된 것이 바로 보석이에요. 그러니까 마법에도 반드시 보석이 필요했던 거고요."

"……."

단지 루살카에 대한 뒷이야기가 궁금해서 꺼낸 말인데, 생각하지도 못한 이야기를 들어버렸다.

머릿속이 복잡한 와중에도 디엘은 열심히 그것을 기억 속에 새겨 두었다.

언젠가 이 주제를 좀 더 제대로 조사하고 싶다. 아니면, 유진과 토론을 나누는 것도 즐거울 것 같았다.

디엘이 순수한 학구열에 불타는 모습을 흐뭇하게 바라보던 카리스가 입을 열었다.

"자, 그럼 이제는 내가 물을 차례네. 누구였어요?"

"네?"

"루살카 말이에요. 디엘 양이 궁금해 하는 그 루살카는 어떤 루살카였나 싶어서요."

"아, 제가 말한 루살카는 실존한 것이 아니라, 학장님이 보셨다는 그 동화책 속에 나온 루살카일 것 같아요. 어느 인간 왕자와 사랑에 빠졌다는….."

만일 루살카에 대한 동화책이 다른 게 더 있는 게 아니라면 카리스가 읽은 동화책과 에이미가 읽은 동화책은 같은 게 아닐까.

디엘이 그렇게 생각하며 꺼낸 말에 카리스가 고개를 끄덕였다.

"아, 그 아이. 잘 알죠."

"어, 알고 계세요? 아니, 그보다도 잘 안다는 건 그 루살카는 실제로 존재했던 요정인 건가요?"

"그럼요. 그 아이가 흘린 루살카의 눈물을 거둬들인 게 나였는 걸요."

"루살카의 눈물?"

이번에도 낯선 말이 튀어나오자 디엘이 어리둥절한 표정을 지었다.

카리스 학장과 대화를 나누다 보면 늘 그랬다.

새로운 걸 알게 되는 건 좋지만, 동시에 혼란스러웠다.

마치 자신이 읽을 수 없는 어려운 책을 손에 쥔 것 같은 기분이랄
까.

"루살카의 눈물이라는 건 말 그대로 루살카가 흘리는 눈물이에
요. 그녀들이 흘리는 눈물은 곧바로 굳어서 아름다운 보석이 되기
때문에 고대로부터 많은 이들이 탐내는 보물 중 하나였죠."

"……아아."

무언가 숨겨진 뜻이 있는 게 아닐까 생각했는데, 정말 문자 그대
로의 뜻이었구나.

디엘이 멍하니 고개를 끄덕이자 카리스가 빙긋 웃었다.

"엄청 예쁜 보석이랍니다. 겉보기에는 다이아몬드같이 투명한
데, 어느 순간에는 호수처럼 깊은 물빛을 띠기도 하거든요."

"……."

어라. 카리스 학장의 설명을 들은 디엘이 고개를 갸웃거렸다. 묘
한 기시감이 들었다.

마치 그런 보석을 어디서 본 적이 있는 것 같은데.

"그 깊은 투명함은 누군가가 흘린 눈물을 떠올리게 하죠. 뭐, 진
짜 눈물이 보석이 된 거기도 하니까."

학장이 쓸쓸하게 중얼거린 말에 디엘이 멈칫하였다.

에이미의 말에 의하면 동화책 속의 루살카는 왕자와 결혼하여
행복한 결말을 맞이했다고 하였다.

하지만 지금 분명 학장은 그 루살카가 실존했으며, 그녀는 눈물
을 흘렸다고 했다.

그렇다면 동화의 뒷이야기는 행복과는 거리가 멀었던 것일까.

"대체 그녀에게 어떤 비극적인 일이 있었기에 루살카의 눈물이 생겨난 거죠?"

디엘이 어두운 표정으로 중얼거린 말에 카리스가 놀란 목소리로 답했다.

"응? 아무 일도 없었는데요?"

"……네?"

"그녀는 수명이 다할 때까지 왕자님과 행복하게 살았는데요?"

"어? 하, 하지만…… 방금 그녀의 눈물을 학장님이 거두셨다고……."

혼란스러운 머리로 디엘은 열심히 말하였다.

"아! 그래서? 하하하. 디엘 양도 참 재미있다니까요."

카리스는 무엇이 그리 재미있는지 헤죽헤죽 웃으며 고개를 저었다. 디엘은 여전히 어리둥절한 얼굴로 카리스 학장을 볼 수밖에 없었다.

한참 혼자 웃던 학장이 큼큼, 헛기침하였다.

"디엘 양. 눈물은 어떨 때 흘리나요?"

"슬플 때요?"

"응, 맞아요. 그런데 그 외에는 없던가요?"

카리스의 물음에 디엘은 잠시 생각에 잠겼다.

"아."

이윽고 머릿속에 떠오른 사실에 디엘이 짧은 신음을 흘렸다.

사람이 눈물을 흘리는 순간은 대부분 슬픈 일이 있거나 힘들 때였다.

하지만 정반대의 상황에서도 눈물을 흘리고는 하였다.

"……기쁠 때도요."

"맞아요. 내가 거두었던 루살카의 눈물은 주체할 수 없는 기쁨에서 나온 것이에요. 동화에서야 그 아이의 고생이 간략하게 요약되었겠지만, 사실 결혼식까지도 엄청 방해가 많았거든요. 왜 아니겠어요. 인간과 요정의 결합인데."

먼 옛날 일을 회상하는 카리스의 어조는 부드러웠다.

"그 모든 고난과 역경을 견뎌내고 사랑하는 이와 영원히 함께하겠다는 맹세를 나누면서 루살카가 흘린 눈물은 이제까지 세상에 존재한 적이 없는 가장 아름다운 보석이 되었어요. 그래서 내가 거둔 거예요. 혹시라도 그 보석 때문에 인간들 사이에서 전쟁이라도 벌어지면 안 되니까."

동화책에 쓰여 있던 루살카의 이야기도 재미있었겠지만, 그 모습을 실제로 지켜보았던 이에게 전해 듣는 뒷이야기는 더욱 흥미진진하였다.

디엘은 귀를 쫑긋 세우고 카리스의 말을 경청하였다.

"감동적인 결혼식 이후에는 얼마 지나지 않아 아름다운 요정과 왕자 사이에서 요정을 닮은 예쁜 아이도 태어났어요. 당연히 그 아이가 다음 왕이 되었죠. 그 왕가의 이름은……."

카리스 학장이 입술을 달싹이며 한 말에 디엘의 표정이 굳어졌다.

그가 말한 이름은 바바라의 옛날 성(family name)과 똑같았다.

우연의 일치일까? 아니면…….

생각은 오래 이어지지 않았다.

카리스 학장의 이야기는 아직 끝나지 않았으니까.

"동화책에 루살카의 눈물이 언급되지 않은 건 당연해요. 루살카의 눈물은 이미 세상에서 잊힌 보석이거든요. 그걸 동화책 같은 것에 적어두었다가 나중에 그것을 본 아이들이 '난 루살카의 눈물을 찾겠어!'라고 나서기라도 해 봐요. 내 창고가 아주 난리가 나겠지."

학장이 절레절레 고개를 젓는 모습을 보던 디엘이 입을 열었다.

"정말로…… 그 루살카에게는 아무 일도 없었나요?"

어째서 그런 말이 흘러나온 것일까. 디엘 자신도 알 수 없었다.

하지만 그녀는 걱정이 들었다.

정말로 동화책에서 나온 것처럼 그녀는 행복했던 걸까.

조금 가라앉은 눈을 하는 디엘을 본 카리스가 빙긋 웃었다.

"디엘. 눈물이 반드시 비극의 상징이라고 생각할 필요는 없어요. 당신이 알고 있는 것처럼 인간은 슬플 때뿐만이 아니라 기쁠 때도 울잖아요."

어느덧 하늘에서 뉘엿뉘엿 붉은색이 물에 번진 물감처럼 퍼지고 있었다.

그것을 보니 마음이 들끓었다.

당장 저 붉은빛을 눈에 가득 담고 있는 남자를 보고 싶었다. 그를 끌어안고 이 영문 모를 불안함을 달래고 싶었다.

"그러니까 울고 싶을 때는 참지 않고 울어도 괜찮아요. 특히 소중한 사람 앞에서라면 더더욱 말이죠."

"……."

언제나 그랬듯 이 사람에게 속을 훤히 다 들킨 것 같은 생각이 들었다.

우는 건 남자답지 못한 일이라고 배웠다.

그래서 울컥 치밀어 오르는 것은 무조건 참아야만 하는 것이었다.

슬플 때나 아플 때나 힘들 때뿐만이 아니라 기쁠 때조차도.

돌이켜 보면 그랬다.

다른 사람들이 자신을 받아들여 주었던 순간.

레아를 이곳 스타투스에서 다시 만났던 순간.

그리고 에드에게 고백받았던 순간.

기쁘고 행복했던 순간마다 그녀는 치밀어오르는 눈물을 무던히 참았다.

그게 옳다고 생각했는데, 카리스는 아니라고 말한다.

사실은 참을 필요가 없는 것이라고.

정말로 그랬던 걸까?

에드가 주고자 했던 것을 전부 받아들였다면, 그럼 이렇게 잠시 떨어져 있는 동안에도 이런 기분은 느끼지 않았을까?

어찌 될지 모르는 먼 미래 때문에 현재를 저당잡아 괜한 불안을 끌어안을 필요는 없었던 걸까?

멍하니 생각에 잠겨 있던 디엘이 천천히 입을 열었다.

"학장님은요?"

"네?"

"학장님도 슬플 때뿐만이 아니라, 기쁠 때 우신 적이 있나요?"

"……"

술술 잘 떠들던 학장이 길게 침묵하였다. 그사이에 완전히 해가 져 버렸다.

어둠 속에서 가느다란 입꼬리가 편편하게 당겨지는 것이 보였다.

"언젠간 그러고 싶네요."

염원을 담은 그 목소리에 디엘의 가슴속이 저릿하였다.

그가 지닌 케케묵은 슬픔에 동화되기라도 한 것처럼.

"아."

무거워진 공기를 털어 내려는 것처럼 카리스가 기지개를 켜는 시늉을 하였다.

"뭐, 어쨌든 걱정하지 마요. 에드 군과 디엘 양의 행복한 미래는 내가 장담할게요. 애초에 에드 군이 당신을 불행하게 만들 리가 없잖아요."

그의 말에서는 농담의 기색이 전혀 느껴지지 않았다. 고개를 숙이고 있던 디엘의 입이 열렸다.

"저도."

"네?"

"저도 마찬가지입니다. 그를 슬프거나 불행하게 만들 생각은 없습니다."

디엘의 말에 카리스 학장이 놀란 듯 잠시 아무 말이 없었다.

하지만 그는 곧 씩 웃었다.

"오오. 지금 보니 디엘 양도 제법 에드 군에게 푹 빠져 있네요. 이런 걸 두고 단국에서는 천생연분이라고 하던데. 들어봤어요?"

짓궂은 놀림에 디엘의 볼이 붉게 달아올랐다.

그래도 그녀는 자신의 말을 번복하지 않았다.

부디 당신이 내 곁에 빨리 돌아오기를.

이번에는 그가 내주려는 것을 하나쯤은 받아들이겠다고 결심하며 디엘이 완전히 저문 하늘을 바라보았다.

유독 그가 보고 싶은 밤이었다.

*　　*　　*

디엘이 아카데미로 돌아온 지 열흘째 되던 날.

그리고 에드가 감감무소식인지도 딱 열흘째 되던 날.

에이미가 참여했던 교내 미술 공모전의 결과가 발표되었다.

사실 모델을 하는 동안, 디엘은 에이미의 그림이 무척 궁금했다.

자신을 모델로 그린 그림이니 당연했다.

하지만 그때마다 에이미는 당당히 공모전에 입선할 테니 그때 전시된 그림을 보러오라고 하였다.

디엘은 당연히 그러겠다고 했다.

그러나 설마 에이미가 진짜로 공모전에서 입상할 거라고는 예상하지 못했다.

그것도 무려 제일 우수한 성적으로.

"그러니까 내가 말했잖아. 에이미가 이래 뵈어도 솜씨 하나는 최고라니까."

"잠깐, 니나! 이래 뵈어도, 는 지금 무슨 뜻으로 한 말이야?"

"응, 그거야 당연히 전혀 대단해 보이지 않는다는 뜻이지."

"그러는 너는!"

평소처럼 옥신각신 투덕거리는 두 소녀 사이에서 디엘은 앞에 걸려 있는 그림을 멍하니 바라보았다. 거대한 액자 안에 있는 것은 물빛 머리칼의 디엘, 아니 요정이었다. 디엘과는 다르게 길게 흘러내린 머리칼이 호숫가에 드리워져 있었다. 어디선가 불어온 바람이 그녀의 머리칼을 흐트러트린 것처럼 아주 자연스럽게.

머리칼을 다시 손질할 생각이 없는지 요정은 눈을 지긋하게 감고 있었다. 잠시 단잠에 빠진 요정은 무척 행복해 보이는 얼굴이었다.

마치 그리워하는 누군가를 꿈속에서라도 만나기라도 한 것처럼.

디엘의 얼굴이 화끈 달아올랐다. 어째서인지 자신이 첫날 그림 모델을 서면서 꾸었던 에드의 꿈이 떠올랐기 때문이었다.

"그런데 이건 전에 네가 미리 생각해 두었다는 구도랑은 좀 다른 거 아니야?"

옆에서 들려온 니나의 목소리에 디엘이 퍼뜩 정신을 차렸다. 그녀는 붉어진 뺨을 감추려는 것처럼 손바닥으로 제 볼을 문질렀다.

"아."

그런 디엘을 힐끔 본 에이미가 의미심장하게 웃었다.

"도중에 영감이 와서 조금 구도를 바꾸었어. 이건 꿈속에서 사랑하는 연인을 만난 루살카의 모습이야."

"오오, 어쩐 일이야? 네가 이렇게 낭만적인 모티브를 다 쓰다니!"

"으음. 이게 다 내 모델께서 적극적으로 소재를 던져 주신 덕이지."

에이미의 말을 들은 니나가 디엘을 힐끔 보았다. 디엘은 차마 니나와 눈을 마주치지 못하고, 슬그머니 시선을 피했다.

"뭐야. 디엘. 그 표정 뭔가 수상한데."

"뭐, 뭐가."

괜히 말을 더듬으며 디엘은 다른 그림을 보는 시늉을 하였다. 그러자 니나가 얼른 옆에서 고개를 들이밀었다.

"에드랑 방학 동안에 사이가 더욱 깊어졌나 봐. 응? 그러니까 지금 옆에 없어도 그렇게 애틋한 거 아니겠어?"

"그, 그런 거 아냐."

"에이그, 어째. 그렇게 좋아하는 에드가 아직도 아카데미에 못 돌아와서. 우리 디엘 진짜 쓸쓸하겠다. 그렇지?"

대놓고 자신을 놀리려는 니나의 태도에 디엘은 발끈하였다.

"그러는 니나는 유진하고……!"

"앗, 거기서 유진 후배 이야기가 왜 나와!"

옥신각신 다투는 디엘과 니나를 보며 에이미가 고개를 절레절레 저었다. 평소와는 입장이 정반대였다. 그것을 깨달은 디엘의 입가가 실룩거렸다.

이러니저러니 해도 역시 이런 소란이 싫지는 않았다. 니나와 에이미가 있어 준 덕분에 에드가 없는 외로움을 달랠 수 있는 것 역시 사실이었다. 물론 완전히 그의 부재가 잊힌 건 아니었다. 그 증거로 매일 밤 꾸는 꿈의 내용은 이제 전혀 생각하지도 못했던 것으로 바뀌어 있었다.

얼마 전 꿈속에서는 푸른 머리칼과 붉은 눈동자를 가진 아이를 보았다. 디엘과 에드를 향해 방긋방긋 웃던 아이가 얼마나 사랑스러웠는지. 심장이 지끈거리며 아파 왔던 감각이 아직도 생생하게 가슴속에 아로새겨져 있었다.

에드는 한 손으로 능숙하게 아이를 안았고, 다른 손으로는 디엘의 허리를 꼭 끌어안았다.

잔잔한 종소리 같은 웃음소리에 행복하게 웃는 자신이 낯설었다.

마치 해피 엔딩을 맞이한 동화책의 주인공 같았다.

하지만 꿈이 행복했던 만큼, 잠에서 깨면 슬픔이 배로 밀려왔다.

시큰거리는 코끝을 문지르며 디엘은 한참이나 설움을 삼켜야 했다.

금방 온다고 했으면서…… 벌써 열흘째, 당신은 그림자도 보이지 않잖아.

눈앞에 없는 상대를 향해 디엘은 마음속으로나마 불평을 늘어놓았다. 내내 내 곁을 떠나지 않겠다고 했으면서. 그리움이 차곡차곡 쌓여서 이제는 가슴이 무거웠다.

그를 보면 아무 말도 못 하고 울어버리는 게 아닐까 싶을 정도로.

그렇게 화가 미칠 듯이 나다가도 불쑥 걱정이 들었다.

혹시나 그에게 무슨 일이 있어서 이렇게 돌아오는 길이 늦어지는 건 아닐까?

하지만 텐을 통해서 소식을 전해 들은 바로는 에드에게는 별일이 없다고 했다. 그가 거짓말을 전할 리는 없으니까 에드는 무사하리라.

그렇게 안심하고 나면 다시 또 불만이 들었다. 편지라도 한 통 보내면 좋을 텐데.

혼자 있을 때는 그렇게 하루에도 몇 번씩 마음이 술렁거렸다.

어느 순간에는 그게 겁이 나기도 했다.

이제 고작 열흘이었다. 한 달도, 십 년도 아닌 열흘.

딱 손가락 열 개를 접으면 되는 시간 동안, 디엘은 에드의 빈자리에 허덕였다.

다르게 말하자면 그녀는 이제 그가 없는 것을 견딜 수 없게 되었다는 뜻이었다.

물론 레아나 다른 친구들이 없어도 괴롭겠지만.

에드의 부재는 그런 것과는 차원이 다른 문제였다.

디엘은 열흘 동안 그것을 아프도록 실감하고 있었다.

"디엘? 괜찮아?"

말이 없어진 디엘을 본 니나가 걱정스러운 표정을 지었다. 디엘은 그런 니나를 향해 괜찮다는 대답 대신 웃어 보였다. 하지만 힘없는 미소인지라 니나의 표정은 더욱 어두워졌다.

"디엘……."

옆에서 그 모습을 지켜보던 에이미 역시 안타깝게 그녀의 이름을 부르던 순간이었다.

"아아, 여기 공기가 너무 더럽네."

악의가 가득 담긴 빈정거림이 근처에서 날아들었다.

디엘이 그 목소리의 주인공이 누구인지 알아차리는 것과 동시에 니나와 에이미 역시 얼굴을 찌푸렸다.

벌레 씹은 얼굴을 한 세 사람은 약속이나 한 것처럼 몸을 돌려 버렸다.

하지만 상대 역시 만만치 않았다.

"여기는 왜 이렇게 공기가 더러운…… 어머."

디엘의 앞으로 모습을 드러낸 것은 소피아였다. 이번에도 순순히 물러설 생각은 없겠구나.

디엘은 한숨을 내쉬었다. 전시장에 있던 다른 학생들이 술렁거리며 호기심 어린 시선을 보내는 모습이 보였다.

전에는 죽자사자 디엘을 쫓아다니며 아부하느라 정신이 없던 그녀가 지금은 디엘을 볼 때마다 시비를 거느라 정신이 없었다. 이런 걸 뭐라고 하더라.

"애정과 증오는 종이 한 장 차이라더니."

에이미가 혀를 끌끌 차는 소리에 디엘은 쓴웃음을 지었다.

애정까지는 아니어도 소피아가 디엘에게 알기 쉬운 호의를 갖고 있던 건 사실이었으니까.

아니, 애초에 그걸 호의라고 할 수 있나? 소피아는 디엘이 가진 출신에 끌렸을 뿐이다.

그게 나쁜 것이라고는 할 수 없지만, 좋게 보이지 않는 것 역시 사실이었다.

"이런 곳에서 한가롭게 시간을 버려도 되겠어, 디엘? 이제 네 뒤를 봐줄 왕가의 비호도 없는데 평민답게 살 궁리나 해야지."

얼마 전에 있었던 반지 일 때문인지 소피아의 목소리에 전에 없던 독기가 서려 있었다.

하긴 디엘 때문에 약혼반지의 보석이 가짜라는 걸 알았으니 얼마나 자존심이 상했을까.

표면적으로는 큰 문제가 되지 않은 모양이지만, 그 속사정이 어떨지 알 수 없는 노릇이다.

무엇보다 왕족이 목숨처럼 귀하게 여기는 체면을 다 망치고 말았으니 소피아가 조금 가엽기도 하였다.

그러나 불쌍한 마음이 든 건 잠시뿐이었다.

"왕실에서 쫓겨난 빈털터리와 천한 노예 계집, 그리고 다 망해가는 예술가 집안의 외동딸이라니. 참 잘 어울리는 조합이야."

"소피아."

디엘은 자신뿐만이 아니라 니나와 에이미를 나쁘게 말하는 그녀에게 분노를 느꼈다.

"당장 그 무례한…!"

"어머, 소피아. 얼마 전에 약혼자한테 받았다던 가짜 약혼반지 문제가 잘 해결되었나 봐? 얼굴이 참 좋아 보이네."

아무래도 참지 못한 건 디엘만이 아닌 모양이었다.

해사한 웃음을 지으며 에이미가 손뼉을 쳤다. 부러 사방에 들리도록 아주 우렁찬 소리를 내는 것도 잊지 않았다.

"네가 그토록 자랑하고 다니던 그 비싼 아쿠아마린 반지가 사실은 가짜였다니! 얼마나 상심이 클까 걱정이 되더라고. 괜찮은 거지?"

우와. 디엘은 에이미의 속사포같이 쏟아지는 공격에 입을 쩍 벌렸다.

옆을 힐끔 보니 나나가 히히 웃으며 엄지를 추켜올리는 시늉을 하였다.

"그, 그 입 다물어, 에이미 샤로트!"

"어머, 왜? 난 진심으로 네가 걱정되어서 그러는 건데. 혹시라도 그 일 때문에 네가 그렇게 자랑하던 그 부유하고, 잘생긴 델피아 국의 왕자님이랑 사이가 틀어질지도 모르잖니. 아! 아니면 사실 델피아의 왕자님은 약혼녀에게 가짜 보석을 보낼 정도로 재정 사정이 안 좋은 거 아니야? 곧 나라가 망하기라도 하나?"

"너, 너! 닥쳐! 부끄러운 줄도 모르고 어떻게 그런 말을……!"

느긋하게 빈정거림을 날리는 에이미와 달리 소피아는 닥치라는 말만 반복하였다. 완전히 여유를 잃은 모습이었다.

"에이미네 집안은 원래 대대로 덴마라의 궁정 화가 출신이라 에이미도 어릴 때부터 궁정 살롱에 자주 드나들었거든. 저런 건 에이미 전문이야."

나나의 속삭임에 디엘은 감탄하였다. 자신을 보고 쭈뼛거리던 그 소녀가 사실은 저 정도로 대범한 인물이었다니.

역시 사람은 첫인상만으로는 알 수 없는 법이었다.

에드만 하더라도 처음 만났을 때는 그 경박해 보이는 남자와 이런 사이가 될 줄은 몰랐는걸.

"……."

무심코 또다시 에드에 대해 생각하고 만 디엘의 얼굴이 어두워졌다.

옆에 있으면 사람을 곤란하게 만드는 남자이지만, 없으면 없는 대로 곤란했다.

그가 마고 여황의 명령으로 정찰을 간 문제는 아직도 해결되지 않은 걸까?

분명 그 나라의 이름이….

"아!"

번개가 머리를 후려친 것처럼 불쑥 중요한 사실이 머릿속에 떠올랐다. 디엘은 자신이 깨달은 사실에 놀라 입을 작게 벌렸다.

세상에, 내가 그걸 왜 지금 깨달은 거지? 아니, 그보다도 그럼 지금 에드는….

디엘이 홀로 경악에 빠진 사이에도 에이미와 소피아는 치열한 접전을 벌이고 있었다.

"아무리 생각해도 소피아 넌 우리와 친해지고 싶은 것 같아. 그렇지 않고서야 스토커도 아니고 이렇게까지 우리가 나타나는 장소에 딱딱 나타날 수 있을 리가 없는데."

"지금 누가 할 소리를 하는 거야, 에이미 샤로트!? 너희야말로……."

소피아가 무어라고 큰 소리를 내는 찰나, 갑자기 전시장 안으로 새파랗게 질린 소녀가 뛰어들어왔다.

묘하게 얼굴이 낯이 익다 싶어 보니 평소에 소피아의 뒤를 졸졸 따라다니는 추종자 무리 중 한 명이었다.

"소, 소피아 님! 큰일이에요!"

소녀의 얼굴에서 심상치 않은 기운을 감지한 소피아가 얼굴을 찌푸렸다.

"뭐야? 갑자기 무슨 일이야?"

"델피아가 이시호 제국의 속국이 되어 버렸……."

거기까지 말한 소녀는 핫, 하는 얼굴로 입을 틀어막았다.

이런 자리에서 공공연하게 떠들 말이 아니라는 걸 깨달았기 때문이었다.

하지만 이미 늦은 깨달음이었다.

"뭐야? 이시호가 다시 영토 확장을 시작한 거야?"

누군가가 내뱉은 말에 주변의 공기가 서늘하게 얼어붙었다.

그 자리에 모여 있던 모두가 당황했지만, 물론 그중에서 가장 당황한 것은 소피아였다.

"너, 너……! 당장 이리와!"

조금 전 뛰어들어와 비보를 전했던 소녀는 소피아에게 팔이 붙잡힌 채, 질질 끌려 나갔다.

모두 그 뒷모습을 멍하니 보고 있다가 그녀가 사라지자 웅성거리기 시작하였다.

"정말로 이시호가 다시 영토 확장을 시작한 건가?"

"어, 전쟁이 났다는 이야기는 못 들었는데."

"전쟁이 아니더라도 타국을 정복하는 방법이야 얼마든지 있지."

"우와. 그럼 델피아의 왕자가 소피아한테 가짜 보석을 보낸 것도 일부러 그런 거 아니야? 진짜로 나라가 망할 판이라서."

"에이, 아무리 그래도 그건 좀 아니지. 아마 정말 속아서 아닐까?"

"그렇게 치면 속아서 가짜 보석을 왕세자비에게 보낼 만큼 내정이 엉망이라는 건 사실 아니야? 뭐, 이시호의 속국이 되었으니 이제 델피아의 왕가는 허수아비나 마찬가지지만."

"어머. 소피아가 그렇게 델피아의 왕비가 될 거라고 목에 힘을 주고 다니더니. 완전 허수아비 왕비가 되게 생겼네."

"흥. 뿌린 대로 거두는 법인 거지."

소피아를 동정하는 여론보다는 쌤통이라는 반응이 더 많았다.

다들 소피아 때문에 싫은 경험을 한 적이 한 번씩 있기 때문이었다.

심지어 델피아 국의 차기 왕위 계승자와 혼약을 했다며 얼마나 어깨에 힘을 주고 다녔던지, 델피아의 'ㄷ'만 들어도 경기가 일어날 지경인 학생도 있었다.

그랬던 와중에 날아든 소식에 모두가 십 년 묵은 체증이 내려간 것 같은 얼굴이었다.

다들 평화로운 분위기를 깨트렸던 불청객이 퇴장한 것에 만족하는 가운데, 니나는 심각한 표정을 지었다.

그녀는 아직도 떨떠름한 얼굴을 하는 에이미에게 다가가 어깨를 두들겼다.

"에이미. 너……."

잠시 말을 멈추었던 그녀가 진지하게 말했다.

"이쪽으로 나가보는 게 어때? 너한테는 예언 재능이 있을지도 몰라."

"아, 역시 너도 그렇게 생각해? 방금 나 진짜 온몸에 완전 소름 돋았어! 설마 진짜로 델피아가 망해 버릴 줄이야!"

"이 정도면 거의 뭐 예언이 아니라 저주 아니야, 저주? 저주술사 에이미 샤로트!"

"……그건 좀 싫은데."

실없는 대화를 나누고 있던 니나는 문득, 디엘이 묘한 표정을 짓고 있는 걸 발견하였다.

좋아하면 안 되지만, 그래도 자꾸 올라가는 입꼬리를 억지로 참고 있는 것 같은 표정이랄까.

"왜 그래, 디엘? 아, 소피아 때문이구나!"

멋대로 혼자 이해한 니나가 이번에는 디엘의 어깨를 톡톡 두들겼다.

"이럴 때는 그냥 웃고 싶은 걸 참지 말고, 크게 웃어버려. 쌤통이지, 뭐."

하지만 디엘은 고개를 저었다. 웃고 싶은 건 사실이지만, 소피아 때문은 아니었다.

그것보다도 더욱 중요한 사실을 알아차렸기 때문이었다.

자꾸만 멋대로 올라가려던 입꼬리가 결국 부드러운 선을 그리며 휘어졌다.

이제 곧 그가 돌아올 테니까.

　　　　*　　　*　　　*

　전시전 시상식이 끝난 후.

　디엘은 뒤풀이를 함께 하자는 에이미와 니나에게 양해를 구하고
혼자 방으로 돌아왔다.

　떠들썩한 분위기도 나쁘지는 않지만, 오늘은 혼자 조용한 시간
을 보내고 싶은 기분이었다.

　방으로 돌아와서 부츠를 벗고, 불도 켜지 않은 채 그녀는 곧바로
침대 위로 굴러떨어지듯 몸을 던졌다.

　푹신한 시트가 그녀를 부드럽게 감싸자 몸에서 힘이 저절로 풀
렸다.

　"……."

　사방이 조용했다. 지나친 적막은 어쩐지 사람을 우울하게 만든
다.

　원해서 홀로 이 조용한 방에 돌아온 것인데, 불현듯 쓸쓸하다는
생각이 들 만큼.

　이상한 일이었다. 모르아에 오기 전에는 그녀는 늘 혼자였다.

　물론 곁에 레아가 있긴 하나 그녀가 늘 함께 있는 건 아니었다.

　잠자리에 들 때면 지금처럼 언제나 혼자서 고독한 밤을 보내야
했다. 그게 당연했다.

　그런데 어느 순간부터 그게 당연하지 않은 일이 되고 말았다.

　이게 다 그 남자 때문이었다.

　붉은 눈에, 반짝반짝 빛나는 예쁜 금빛 머리칼을 가진 남자.

손은 뜨겁고, 목소리는 다정하고, 단단한 팔을 가진 이.

디엘은 마치 시트가 에드의 품속이라도 되는 것처럼 그 안으로 몸을 좀 더 밀어 넣었다.

추울 리가 없는 계절인데도 춥다는 생각이 들었다.

몸이 아니라 마음이 느끼는 추위였다.

'내가 원하는 건 하나도 들어주지 않으면서, 날 네 뜻대로 움직 이는 건 너무 잘하잖아.'

자신을 품에 안고 중얼거리던 목소리가 아직도 생생하였다.

분명 그날은 아니라고 답했지만, 어쩌면 그 말이 맞을지도 모른 다.

디엘은 그가 그토록 간절히 원하던 것.

차마 이시호의 황태제비라는 자리를 수락하지 못했다.

그녀가 감당하기에는 지나치게 높은 자리였기에 부담스러웠다.

동화책은 언제나 해피엔딩으로 끝나지만, 현실은 어떨까 생각하 며 불안해했다.

하지만 그 불안보다 넘쳐흐르는 애정을 억누르는 것이 더욱 힘 들다는 걸 이제 알아 버렸다.

그 어떤 일이 있더라도 결국 그녀는 절대 그를 놓지 못할 것이다.

에드가 잠시 자리를 비운 며칠이 그녀에게는 몇십 년처럼 길고, 또 힘겨웠다.

어느샌가 마음속 깊은 곳에 감추어져 있던 욕심이 꿈틀거렸다.

당신을 오롯하게 홀로 독점하고 싶다. 그것을 위해서라면 설령 가시밭길이라 하더라도 기꺼이 황태제비가 될 수 있을 것 같다.

도저히 다른 사람과 그 남자를 나눠 가질 수 없을 테니까.

내가 당신을 그 누구보다 사랑하니까.

자연스럽게 그 애틋한 그리움이 벌어진 입술 틈새로 흘러나왔다.

"…보고 싶은데."

"누가?"

"웃!?"

무심코 툭 내뱉은 말에 대답이 돌아올 거라고는 생각 못 했기에 디엘은 깜짝 놀랐다.

이불을 박차고 일어서려고 하는 것보다 먼저 침대 위로 묵직한 무언가가 내려앉았다.

정수리에 뜨끈한 것이 닿았다. 익숙한 체온이었다.

"에드……?"

정답이라고 말하는 것처럼 길고 단단한 손가락이 디엘의 뺨을 쓸어내렸다.

엎드려 누워 있던 디엘은 얼른 몸을 돌리려고 하였지만, 에드는 그것을 허락하지 않았다.

그녀의 몸을 단단히 끌어안은 채, 그 가녀린 몸을 지긋하게 제 상반신으로 눌렀다. 도톰한 블라우스 천 너머로도 쿵쿵 요란하게 뛰는 남자의 심장 소리가 고스란히 전해졌다.

디엘의 심장도 덩달아 빠르게 뛰었다.

열흘 동안 단 하루도 빠짐없이 만나고 싶었던 상대였다.

당장에라도 그를 보고 싶어서, 느끼고 싶어서 참을 수가 없었다.

가슴이 간질간질한 것 같은데 동시에 아릿한 감각이 빼곡하게 그녀를 채웠다.

디엘은 손을 뻗어 침대 위에 놓여 있는 커다란 손을 꼭 움켜쥐었다.

굳은살이 박힌 단단한 손가락에 제 손이 맞닿는 순간.

가슴속에서 무언가가 펑 터져 버렸다.

그녀는 입술을 질끈 깨물며 그 손을 잡아당겼다. 반지가 끼워져 있는 손가락에 입을 맞추자 머리 위에서 열기를 담은 한숨이 터져 나왔다.

"디엘."

이름을 부르는 목소리에 정신이 아득해질 것만 같았다. 디엘은 다시 한번 몸을 돌리려고 하였다.

하지만 에드는 그것을 허락하는 대신, 턱 끝으로 가볍게 디엘의 목덜미를 문질렀다.

"누가 보고 싶었어?"

솜털이 쭈뼛 설만큼 다정한 목소리였다. 쌓아 두었던 외로움을 더욱 부채질하려는 것처럼.

"당신이…… 당신이 보고 싶었습니다."

디엘은 솔직하게 감정을 털어놓았다. 그리움을 참지 않았다.

아니, 참을 수 없었다.

단 며칠이라도 그와 떨어져 지냈던 시간은 사무치게 쓸쓸했다.

이 마음을 참고 싶지 않았다.

"오."

절절한 마음을 아는지 모르는지 에드는 작게 웃음을 터트렸다.

"가끔은 이런 것도 나쁘지 않네. 네가 이렇게 솔직할 때도 있고. 그만큼 외로웠어? 내가 없어서?"

"……."

소리 내어 대답하는 대신 고개를 끄덕이자 에드가 다시 웃었다.

그녀의 반응이 만족스러워 미치겠다는 그런 웃음이었다.

"디엘."

꿀에 잔뜩 절인 것처럼 온몸이 열기로 무거웠다. 디엘은 자신의 고개를 잡아당기는 손길을 느꼈다. 어둠 속에서도 선명한 붉은 눈동자가 바로 앞에 있었다.

얼마나 그리워했던 색이었나.

왼쪽 가슴에 있는 어느 기관이 욱신거리며 통증을 호소해 왔다. 디엘은 손으로 그의 얼굴을 더듬었다. 반듯한 콧날과 선명한 입술을 쓸어내리자 에드가 눈을 내리깔았다.

주인의 손길을 즐기는 고양이처럼 나른한 표정이 무어라 표현할 수 없을 만큼 관능적이었다.

그 모습에 심장이 터질 것만 같았다.

"에드."

오랜만에 본 연인의 이름을 부르는 목소리가 스스로 듣기에도 애달팠다.

에드의 얼굴이 천천히 가까워지는 것을 보며 디엘은 눈을 스르륵 감았다.

햇빛을 떠오르게 하는, 마르고 따뜻한 향이 코끝에 맴돌았다.

세상에서 오로지 단 한 사람. 그녀의 눈앞에 있는 남자가 가지고 있는 향이었다.

그것을 가득 가슴속에 담으며 디엘은 힘주어 에드의 목을 잡아당겼다.

느릿하게 떨어지던 에드의 고개가 순식간에 가까워졌다.

이윽고 두 사람의 얼굴이 완전히 겹쳐지려던 그 순간.

"아야!"

눈을 번쩍 뜬 디엘이 있는 힘껏 에드의 오뚝한 콧날을 꼬집어주었다.

"자, 잠깐! 디엘 이건 반칙이잖아!"

코가 잡힌 탓에 콧소리를 내는 에드의 목소리는 조금 전까지의 근사한 저음과는 거리가 멀었다.

그런 그를 노려보며 디엘은 열흘간 담아두었던 불만을 쏟아 내었다.

"대체 왜 한 번도 편지를 보내지 않은 겁니까! 사지가 멀쩡하다면 한 번쯤은 직접 편지를 보냈어야죠! 내가 얼마나 당신 걱정을 한 줄 압니까?"

꿈을 꾸었다. 계속 당신의 꿈을.

루베니움에서 보냈던 그 시간을 되풀이해서 보는 동안.

어쩌면 정말 기적처럼 현실이 될지도 모르는 어떤 미래를 그려

보는 동안.

디엘은 점점 슬퍼졌다.

꿈속의 에드윈 디 듀크가 아니라 진짜 에드윈 디 듀크와 함께 있고 싶었으니까.

"텐은 계속 당신이라면 죽여도 죽지 않을 벌레 같은 분이니 걱정하지 않아도 된다고 했지만, 나는, 나는……."

"아. 텐이 그런 말을 했다 이거지? 응, 응. 알았어."

본의 아니게 충실한 호위기사를 사지에 몰아넣었지만, 디엘은 그것을 눈치채지 못했다. 그녀는 여전히 에드의 코를 움켜쥐고 있었다.

좋은데, 화가 나고, 그런데도 좋다.

이 모순된 감정 속에서 도저히 어떤 행동을 취해야 하는지 알 수가 없었다.

"디엘."

그녀를 달래는 것처럼 에드가 디엘의 손등을 부드럽게 토닥거렸다. 손에서 저절로 힘이 풀렸다.

어느새 그녀의 손은 에드의 커다란 손바닥에 감싸여 있었다.

"디엘."

다른 건 아는 말이 없는 사람처럼 에드는 디엘의 이름을 불렀다. 그녀가 그 어떤 보석보다도 아름답다고 생각하는 붉은 눈동자가 곧게 디엘을 향하고 있었다.

그 눈에서 사로잡힌 것처럼 도저히 그에게서 눈을 뗄 수가 없었다.

당신이 내 생각보다도 훨씬 더 빠르게 내 곁으로 돌아온 게 좋아서.

당신이 그 나직하고 부드러운 음성으로 나를 부르는 게 좋아서.

당신이 평소처럼 건강한 모습으로 내 앞에 있는 게 좋아서.

그냥 당신이 좋아서.

시선에 담긴 그 모든 감정을 알아차린 것처럼, 에드가 픽 웃었다.

"닳겠어."

"……미안합니다."

에드가 일부러 짓궂은 말을 하고 있다는 걸 아는데도, 건성으로 받아치지 못할 만큼 목덜미가 화끈 달아올랐다.

"그럴 때는 닳아도 괜찮다고 해야지. 난 네 것이잖아."

커다란 손이 디엘의 손을 잡아당기더니 제 양 뺨을 감쌌다.

손가락 끝에서 느껴지는 뜨거운 살갗의 감촉에 디엘의 가슴속이 쿵쿵 울렸다.

에드는 천천히 디엘의 뺨을 쓰다듬어준 뒤, 걱정이 어려 있는 목소리로 물었다.

"괜찮아?"

디엘은 그가 주는 온기에 온전히 취해 그 말이 무슨 뜻인지 이해할 수 없었다.

"무엇이 말입니까?"

디엘이 눈을 느리게 깜빡이며 묻자 깃털로 간질이는 것 같은 입맞춤이 눈꺼풀로 떨어졌다.

"아, 귀여워."

귀엽다니? 난데없는 달콤한 칭찬에 디엘은 당황하였다.

종종 에드는 눈에 문제가 있는 사람처럼 굴었다.

아니면 남들과는 좀 많이 다른 심미안을 가졌는지도 모르고.

"나 없다고 괴롭힌 놈은 없었지?"

이미 텐을 통해서 전부 보고를 받았을 텐데도, 에드는 디엘에게
물었다.

잠시 생각하는 시늉을 한 디엘은 고개를 끄덕였다.

"네, 없었습니다."

"거짓말. 소피아 크레이스가 있었잖아."

"……."

역시나. 디엘은 한숨을 쉬었다.

"에드. 혹시 그래서 델피아를……."

"으응? 델피아가 뭐? 설마 내가 너에게 건방지게 군 소피아 크레
이스 때문에 화가 나서 델피아를 이시호의 속국으로 삼았을까 봐?
에이, 그럴 리가. 마침 델피아가 먼저 이시호를 침공할 준비를 하고
있었다고. 그러니까 당하기 전에 해치운 것뿐이야."

씩 웃는 에드의 얼굴에 디엘은 할 말을 잃었다.

"……전쟁이 있었다는 이야기는 듣지 못했습니다."

"응, 전쟁은 없었어. 그냥 좀, 델피아 왕성에 내가 놀러 갔다 왔
지."

"……."

"가서 가볍게 이야기만 나누고 왔어. 유혈사태는 전혀 없었어.
우리 주인님이 싫어할까 봐 난 요새 난폭한 짓 안 한다고."

어디서부터 어디까지 이 남자의 말을 믿어 줘야 할지 알 수가 없었다.

그는 원래부터 델피아를 칠 계획이었던 것처럼 말했지만, 실제로는 어땠을까?

디엘은 소피아가 저를 모욕주려 한 것이 이번 일과 완전히 무관할 것 같지 않다고 생각했다.

어쩌면 오래전부터, 사실 소피아가 델피아의 왕자와 약혼한 것부터가 에드가 손을 쓴 게 아닐까?

아직 디엘이 로비나의 왕자였을 때. 그녀는 디엘의 주변을 성가시게 맴돌았다. 에드 역시 그것을 알고 있었다.

그러니까 어쩌면….

"화났어, 주인님? 내가 빨리 안 돌아와서?"

생각에 잠겨 있는 디엘을 본 에드가 조심스럽게 그녀의 눈치를 살폈다.

세상 그 누구에게도 고개를 숙이는 법이 없을 남자가 디엘 앞에 서만큼은 온순한 양이었다.

그것이 디엘에게 묘한 감정을 느끼게 했다.

당신은 알까.

당신에게 내가 고개 숙일 수 있는 유일한 존재인 것처럼, 나에게는 당신이 유일하게 약한 속을 내보일 수 있는 상대라는 걸.

"……나는 다른 무엇보다 당신이 빨리 돌아오는 게 더 좋았습니다."

타박 대신 디엘은 에드의 가슴에 얼굴을 묻었다. 셔츠 속에 감추어진 단단한 근육이 움찔거리는 것이 느껴졌다.

"……미안. 혼자 둬서 미안했어. 응? 다시는 안 그럴게."

그녀가 평소와 다르다는 걸 알아차린 에드가 얼른 디엘을 달랬다.

커다란 손으로 조금 자른 물빛 머리칼을 쓸어내리고, 열이 오른 입술로 이마에 입을 맞추었다. 쪽 소리를 내며 입술이 떨어지자 디엘은 그것이 아쉬웠다.

그래서 그의 굵은 목에 팔을 둘렀다. 힘을 살짝 주어 당기자 에드는 얌전히 고개를 숙였다.

이번에는 디엘 역시 순순히 입술을 내주었다. 말캉한 혓바닥이 살짝 벌어진 입술 틈새를 파고들었다. 도톰한 살덩이가 예민한 입 천장을 느릿하게 문질렀다.

가빠오는 숨을 집어삼키자 에드가 디엘의 아랫입술을 살짝 깨물었다.

날개를 붙잡힌 새처럼 디엘이 몸을 파드득 떨었다.

"하아…."

긴 숨과 함께 천천히 에드가 고개를 떼어 냈다. 미처 삼키지 못했던 타액이 은빛 실처럼 길게 이어져 있었다. 에드는 제 입술로 그것을 천천히 닦아 냈다.

디엘은 손가락 하나 까닥하지 못하고 그것을 멍하니 올려다보았다.

눈이 마주친 순간, 에드가 부드럽게 눈초리를 휘며 웃었다.

네가 좋아서 견딜 수 없다는 그런 웃음이었다.

"에드."

참을 수 없는 기분에 그의 이름을 부르자 다시 한번 입술이 겹쳐졌다. 이번 키스는 짧았다.

"이것까지 챙겨오느라고 조금 늦었어."

어느 틈엔가 에드의 손에 작은 상자가 들려 있었다. 기시감이 들었다.

디엘이 언젠가 에드를 위해 준비한 반지가 들어 있던 상자도 꼭 저만했다.

달칵, 뚜껑을 연 에드가 그 안에서 물빛이 감도는 투명한 보석이 박힌 반지를 꺼내 들었다. 처음에는 다이아몬드인 줄 알았지만, 어느 순간 깊은 물빛이 방안을 덮었다.

디엘이 눈을 커다랗게 떴다.

"이건···."

언젠가 꿈속에서 보았던 바로 그 보석이었다.

지금보다 나이를 조금 먹은 것처럼 보이는 에드의 옆에 있던 자신이 손에 끼고 있던 반지.

그것이 바로 눈앞에 있었다.

"너는 아직도 조금 부담스러울지 모르지만. 내가 이걸 주고 싶어서."

꿈속에서 보았던 행복한 시간이 어느새 달칵거리며 하나로 이어지기 시작하였다.

마음속에 겹겹이 쌓아 두었던 것이 더는 들어설 수 없을 정도로 가슴을 채웠다.

"받아 줄래?"

늘 자신만만한 남자의 목소리가 전에 없이 떨리고 있었다.

디엘은 에드가 내민 반지를 가만히 바라보았다.

물빛이 감도는 투명한 보석. 꿈속에서 보았던, 하지만 실제로는 처음 보는 보석이다.

그러나 디엘은 이 보석의 이름을 알고 있었다.

이건 분명……

"루살카의 눈물."

그녀가 툭 내뱉은 한 마디에 에드의 표정이 굳어졌다.

"어떻게 그걸, 아."

범인이 누구인지 떠올랐다는 것처럼 에드가 고개를 저었다.

"그 입 싼 영감. 나한테는 절대로 비밀로 해 주기로 해 놓고서는."

에드의 눈썹이 사납게 치켜 올라갔다.

디엘에게 어울리는 보석을 찾기 위해 그가 고른 상담 상대는 카리스였다.

세상에서 가장 다양한 지식을 가진 그였으니 디엘에게 가장 어울리는 보석이 무엇인지 알려 줄 수 있을 거라는 확신 때문이었다.

그의 생각대로 카리스는 디엘에게 꼭 들어맞는 아름다운 보석을 알려 주었다.

루살카의 눈물.

디엘의 물빛 머리칼을 꼭 닮은, 그렇지만 어느 순간에는 깊은 호수처럼 청록빛을 띠기도 하는 보석이었다.

에드는 그 보석에 관한 이야기를 들은 순간, 그 보석은 디엘을 위해 만들어진 것이라고 확신하였다.

그래서 델피아의 일을 핑계 삼아 잠시 디엘의 곁을 떠난 동안 그 보석을 손에 넣기 위해 온갖 개고생을 했다.

디엘을 깜짝 놀라게 해줄 생각에 두근거리며 왔건만, 어쩐지 맥이 쭉 빠지는 기분이었다.

에드가 조금 시무룩한 표정을 짓고 있는 것을 본 디엘이 조심스럽게 물었다.

"……학장님이 주신 겁니까?"

디엘은 카리스가 했던 말을 떠올렸다.

그는 루살카의 눈물이 이제 세상에서 잊힌 보석이라고 하였다.

그러니까 당연히 에드가 그를 통해서 이 보석을 얻었을 것이라.

그렇게 생각하던 순간, 터무니없는 말이 들려왔다.

"아니. 빼앗아 온 거야."

"네?"

"영감이 그러더라고. 갖고 싶으면 어디 한번 빼앗아 보라고. 그래서 빼앗아왔지."

디엘은 눈을 커다랗게 떴다. 빼앗아왔다니.

그 학장님에게서? 대체 어떻게?

다른 무엇보다도 그게 제일 놀라웠다.

놀란 얼굴로 저를 보는 디엘의 시선을 오해한 것인지 에드가 머쓱한 표정을 지었다.

"눈물이라고 하니까 불길한 의미가 담긴 것처럼 들릴지도 모르지만."

작게 헛기침을 하여 목소리를 가다듬은 그가 말을 이었다.

"나는 네가 슬퍼서 흘리는 눈물이 아니라, 기뻐서 흘리는 눈물을 원해. 그러니……"

그가 고르고 골라 내뱉는 한 마디, 한 마디에 가슴이 다시 요란하게 뛰기 시작하였다.

에드가 잠시 아무 말 없이 디엘을 바라보았다.

붉은 눈에 어려 있는 것은 불안과 긴장이었다.

에드윈 디 듀크에게는 어울리지 않는, 하지만 사랑에 빠진 남자에게는 잘 어울리는 눈빛이었다.

한참 동안 입안에서 부드럽고 곱게 말을 다듬은 후에야, 모양 좋은 입술이 벌어졌다.

"네 눈물을 전부 나에게 줘."

"아……"

그 순간.

너를 행복하게 해 주겠다는 말보다도.

평생 웃으며 살게 해주겠다는 말보다도.

지금 에드가 한 말이 더욱 가슴속에 깊이 와 닿았다.

디엘의 눈 안쪽이 뜨거워졌다. 울컥거리는 것이 물방울처럼 뭉쳐 눈에 고였다.

그녀가 손을 내밀었다. 에드가 손에 쥐고 있던 반지를 그녀의 왼손 약지에 끼워주었다.

언젠가 별을 보던, 그날 밤처럼.

에드가 행복하게 웃었다. 디엘이 그를 따라 웃었다.

눈에 고여 있던 것이 주르륵, 뺨을 타고 흘렀다. 투명하고 말간 눈물이었다.

그가 원한대로 슬픔이 아니라 주체할 수 없는 기쁨으로 흘린 눈물이었다.

디엘의 젖은 눈가에 입을 맞추며 에드가 다시 한번 맹세하였다.

눈물이 날 만큼 아름다운 해피엔딩을.

＊　　　＊　　　＊

"메르 님! 메르 님! 어디 계십니까?"

저를 부르는 커다란 목소리에도 메르는 아무 대답을 하지 않았다.

지금 나가면 아침 식사 때 슬그머니 남겨두었던 당근을 전부 다 먹어야 한다.

그것만큼은 절대로 싫었다.

"여기서 안 나갈 거야."

입술을 고집스럽게 옹 다문 어린 메르는 창문에 바짝 붙어서 바깥을 살폈다.

언제나처럼 허둥지둥 저를 찾는 건 올해부터 메르의 호위기사가 된 텐이었다.

다른 사람보다 머리 하나는 더 큰 텐은 아주 먼 곳을 잘 살폈지만, 그만큼 메르의 눈에도 곧잘 보였다.

곧잘 말썽을 일으키고 숨어버리는 어린 황녀에게는 다행스러운 일이었다.

열심히 바깥을 살피던 메르는 텐과 눈이 마주치기 전에 얼른 고개를 숙였다.

창틀 밑으로 몸을 숨긴 채, 메르는 얼른 주변을 둘러보았다.

메르가 급하게 숨어들어온 곳은 아버지의 집무실이었다.

평소에도 종종 이곳에 들어와서 그림을 그리거나 책을 읽으며
논 덕에 메르에게는 놀이터에 가까운 장소였다.

"당근은 텐에게 줘야지. 텐은 당근을 좋아하니까 기뻐할 거야.
레아도 당근이 없어지면 화 안 내겠지!"

어린 메르는 제 결정에 매우 만족하였다.

물론 텐이 당근을 좋아한다는 것은 순전히 그녀만의 생각이었다.

언제나 울며 겨자 먹기로 어린 황녀의 명령에 따르고 있을 뿐이
었다.

그것을 알 리 없는 메르는 기분이 매우 좋아졌다.

조금 이따가 레아에게 당근이 없어진 접시를 보여 주며 아몬드
쿠키를 달라고 조를 대범한 계획도 세웠다.

콧노래를 흥얼거리며 메르는 책상 가장 아래쪽에 있는 서랍을
열었다.

그곳은 그녀가 좋아하는 동화책을 가득 넣어 두는 곳이었다.

대신들은 황제 폐하의 책상 서랍에 있는 동화책을 보고 당황하
였지만, 메르의 아버지는 괜찮다고 하였다.

그는 언제나 메르가 하고 싶은 건 무엇이든 마음대로 해도 좋다
고도 하였다.

물론 어머니는 절대 아버지의 말대로 하면 안 된다고 엄하게 메
르를 타일렀다.

다른 건 다 좋지만, 아버지의 성격만큼은 닮으면 안 된다고도 했다.

알았다고 고개를 끄덕이면, 어머니는 곧 환하게 웃었다.

평소에도 아름다운 녹색 눈동자가 그때는 정말 에메랄드처럼 예쁘게 빛이 났다.

메르는 그게 좋았다.

아버지처럼 멋진 붉은 눈동자를 가지고 있는 자신이 자랑스러웠지만, 때때로 어머니의 눈 색이 더 예쁘다고 생각하였다.

그러니까 아버지가 어머니 앞에서 쩔쩔매는 것도 당연하다고 생각했다.

왜냐면 어머니는 세상에서 제일 아름다운 사람인걸.

"에드! 메르가 또 숨어 버렸어요!"

문득 창밖에서 메르가 너무나 사랑하는 어머니의 목소리가 들려왔다.

반가움에 빼꼼 고개를 내밀자 어머니와 아버지가 함께 있는 모습이 보였다.

신나서 손을 흔들려던 메르는 자신이 지금 몰래 숨어 있는 중이라는 걸 깨달았다.

꼬물꼬물 몸을 다시 창문 밑으로 숨기자 어머니의 목소리가 조금 작아졌다.

"당신이 너무 오냐오냐하니까 메르가…."

"그래, 그래. 우리 딸답게 기운이 넘치고 똑똑하고, 예쁜 데다가 재빠르기까지 하네. 정말 대단해. 하하."

"에드! 좋아할 일이 전혀 아니라고요!"

언제나처럼 아버지는 어머니에게 혼나고 있었다.

그런데도 뭐가 그리 기쁜지 활짝 웃고 있었다.

"어휴. 정말 못 말린다니까."

조그만 입술을 오물거리며 한숨을 쉰 메르가 다시 책상 앞으로 돌아왔다.

아이는 쌓여 있는 동화책 사이에서 능숙하게 가장 좋아하는 동화책을 꺼냈다.

아름다운 물의 요정이 어느 인간 왕자와 사랑에 빠지는 이야기였다.

그 물의 요정이 어머니를 똑 닮았기에 메르는 이 책이 가장 좋았다.

메르는 또박또박 소리를 내어 책을 읽었다.

온갖 고난과 역경을 겪은 물의 요정은 마침내 왕자와 결혼하게 된다.

새하얀 드레스를 입은 그림 속의 요정은 무척 행복해 보였다.

"루살카는 기쁨의 눈물을 흘렸습니다. 그리하여 모두가 영원히 행복했습니다."

마지막 문장을 읽은 메르가 습관처럼 고개를 들어 올렸다.

벽 너머에 걸려 있는 것은 어머니의 친구인 유명한 어느 화가가 그린 그림이었다.

사방을 반드르르하게 빛내는 눈 부신 햇살. 사뿐사뿐 휘날리는 꽃잎. 환하게 웃으며 손뼉을 치는 사람들. 그들 사이에 있는 아름다운 여인과 늠름한 남자.

커다란 액자에는 동화책에서 나올 것 같은 멋진 풍경이 그려져 있었다.

단지, 벽에 걸려 있는 그림 속에서 새하얀 드레스를 입고 있는 것은 물의 요정이 아니라 메르의 어머니였다.

그 옆에 있는 것도 그냥 인간 왕자가 아니라 세상에서 제일 멋진 메르의 아버지였고.

하지만 같은 점이 있었다.

동화책 속의 루살카가 그랬던 것처럼 메르의 어머니 역시 행복하게 웃으며 보석처럼 예쁜 눈물을 흘리고 있었다.

그 모습을 흐뭇하게 지켜보며 메르가 턱을 괴었다.

밖에서는 여전히 많은 이들이 숨어 버린 황녀를 찾느라 야단이었다.

그런 소란은 아랑곳없이, 어린 황녀는 동화책의 마지막 구절을 다시 한번 읽어보았다.

"그리하여 모두가 영원히 행복했습니다."

〈외전 완결〉